LES

PUDEURS DE MARTHA

Librairie de E. Dentu, Éditeur

DU MÊME AUTEUR

Le Capitaine Marche-ou-Crève, 1 vol. . . . . 3 fr.

La Peau du Mort, 1 vol. . . . . 3 »

Histoire de tous les Diables, 1 vol. . . . . 3 »

Le baron Jean, 2 vol. . . . . 6 »

Saint-Amand (Cher). — Imprimerie DESTENAY.

LES PUDEURS

DE MARTHA

PAR

CAMILLE DEBANS

PARIS
E. DENTU, ÉDITEUR
LIBRAIRE DE LA SOCIÉTÉ DES GENS DE LETTRES
PALAIS-ROYAL, 15, 17, 19, GALERIE D'ORLÉANS

—

1885

LES

PUDEURS DE MARTHA

I

LA DANSEUSE

C'était l'an dernier.

Tout Paris se rendait aux courses de Longchamps par un temps splendide.

Calèches, mail-coachs, phaétons, ducs, vis-à-vis, coupés, victorias, fiacres, guimbardes et tapissières filaient avec des vitesses inégales vers le bois de Boulogne.

Des êtres ventrus à l'air soucieux étudiaient le programme des courses où ils n'allaient que pour affaires. Plus d'un commis, plus d'un caissier, le front sombre, se demandaient si la chance allait enfin leur permettre de rembourser les emprunts forcés qu'ils avaient faits à la caisse de leurs patrons.

Ce n'était pas un jour de fête pour tous.

Il était pourtant des jeunes gens qui avaient le sourire aux yeux et qui n'allaient là que pour s'amuser, pour y voir du monde, pour admirer les jolies femmes ou pour incendier de leurs œillades les mondaines au cœur léger.

Parmi ces insouciants, ces heureux, si l'on veut, étaient Pierre Leval et son ami Gaston Malbessan. Ce dernier tenait les rênes d'un magnifique alezan aux allures de stepper, qui emportait dans son trot rapide un élégant dog cart.

— Pour achever ta pensée tout entière, dit Gaston en continuant une conversation commencée, Martha est sur le point de t'ennuyer.

— Hélas ! non. J'ai bien peur, au contraire, d'être sur le point de l'aimer.

— Si tu en étais capable.

— Comme tu dis.

— Alors, c'est le moment de couper la trame de cette aventure qui a déjà beaucoup duré.

— Martha ne demande pas mieux.

— Très-bien. Il y a un successeur sous roche...

— Mais pas du tout, mon cher.

— Fat !

— Oh ! que voilà un mot qui se trompe d'adresse. Si tu connaissais Martha, mon ami, comme tu comprendrais ce que je te dis.

— Fais-la-moi donc connaître, puisque j'arrive de l'autre monde et que cette belle journée est mon premier jour de parisien relaps.

— Martha est une élève de l'école de danse qui est arrivée, toute jeune encore, à être l'une des étoiles chorégraphiques les plus célèbres de l'Europe.

— Ce n'est déjà pas mal ça.

— Sa mère est une ancienne qui florissait du temps où on les appelait encore des lorettes. Elle a élevé sa fille pour...

— Bon ! un capital. Elle a commencé par la caser.

— Oui, à l'époque où elle était encore toute jeune. Mais cela n'est qu'une question accessoire dans le cas singulier de Martha.

Un jour, à Naples, j'ai assisté à une représentation du signor Pulcinella, et l'impresario donnait une pièce de sa composition dans laquelle la célèbre marionnette jouait un rôle de marchand d'oiseaux et de volaille. Un Anglais marchandait un perroquet qui parlait admirablement et qui était fort beau de plumage.

— Combien ? demandait-il.

— Quarante lires, répondait Pulcinella.

— C'est trop cher, déclarait l'insulaire, qui, avisant une poule noire toute simple, lui en demandait aussi le prix.

— *Questa gallina ?* disait alors Polichinelle, soixante lires.

— Comment ! s'exclamait l'Anglais en italien très-comique, vous osez me demander pareille somme d'une vilaine poule, quand tout à l'heure vous m'avez fait ce perroquet bien meilleur marché !

— Oui, excellence.

— Mais enfin, le perroquet parle.

— C'est vrai. Mais ma poule pense.

— Tu ne peux te figurer, reprit Pierre Leval, l'emphase avec laquelle Pulcinella prononça ces mots : Ma poule pense.

— Je m'en doute. Mais quel est le sens de cet apologue ?

— Le voici : c'est que Martha, qui est aussi jolie que le pourrait être le plus bel oiseau du monde, partage avec la poule de Pulcinella l'inappréciable faculté d'avoir des idées à elle. En un mot, ma poule pense.

— Baste ! voilà un phénomène ! Mais que pense-t-elle ?

— Des choses fort bizarres. D'abord, elle en veut prodigieusement à sa mère d'avoir fait d'elle une danseuse. Ensuite, elle a soif de considération.

— C'est une plaisanterie.

— Pas le moins du monde. Sa profession, dans laquelle elle a voulu être la première, parce que c'étai e seul moyen, dit-elle, de se la faire pardonner, sa prossion, elle l'a en horreur.

— Tu te moques d'un infortuné qui a lâché Paris pendant deux ans, et tu profites de son innocence pour vouloir lui faire avaler des bourdes.

— Nenni, mon cher Gaston. Martha m'a dit bien souvent qu'elle enviait à en mourir de jalousie l'existence plate des petites bourgeoises qui ne la connaissent même pas de nom.

— Elle t'aime ?

— Non.

— La réponse est carrée et tu ne t'en fais pas accroire.

— Je suis persuadé qu'elle ne n'aime pas.

— Alors, comment arrange-t-elle ses secrètes pensées avec sa vie publique ? Car enfin, si elle a des instincts d'honneur — j'emploie ce grand mot à défaut d'autre — il semble qu'elle n'ait qu'une excuse à alléguer en te recevant et en t'avouant, c'est qu'elle t'aime. Si, comme tu me le dis, elle n'a pas pour toi la plus violente passion, ses regrets, ses remords et toutes ses idées ne sont que de la fantaisie pour te distraire ou te faire poser. Je te demande pardon de m'exprimer avec ce sans-façon, mais j'ai repris avec toi mon ancienne habitude de dire ce que je pense, ainsi que ta poule.

— C'est pourtant comme j'ai l'honneur de te le dire.

— Mais alors, comment arrange-t-elle tout cela ?

— Elle ne l'arrange pas. Martha est entrée dans la vie de femme de théâtre sans s'en douter, poussée par Madame sa mère, à un âge où l'on ne raisonne pas encore. Elle était déjà éblouie par son succès naissant ; vingt gentilhommes se sont présentés : on lui a fait choisir le plus riche.

— Dis-moi, Pierre...

— Quoi ?

— Est-ce que Martha ne serait pas une fine mouche qui jouerait le grand jeu des aspirations vertueuses ?

— Allons donc !

— Est-ce que par hasard elle ne ferait pas sa Marion

Delorme, et à une époque où les barons prussiens épousent avec tant de frénésie chanteuses et écuyères, n'aurait-elle pas mis dans ses projets de devenir une grande dame après avoir été une belle petite ?

— Est-ce que c'est pour moi que tu dis ça ?

— Pour toi ou pour un autre.

— En tout cas, ça ne peut être pour moi, car, comme je te l'ai dit, elle m'a déclaré catégoriquement qu'elle ne m'aimait pas.

— Alors c'est une énigme.

— Peut-être.....

— Encore un mot, Martha.. ..

En ce moment Pierre Leval toucha brusquement le coude de son ami et lui dit à demi-voix :

— Tais-toi. La voici.

Le hasard avait en effet amené les deux jeunes gens, à l'instant où l'encombrement des voitures les forçait à se mettre au pas, juste aux côtés d'une élégante calèche à huit ressorts dans laquelle une jeune femme, éblouissante de beauté, mais d'une physionomie un peu sévère, était toute seule.

Pierre lui adressa un sourire discret, auquel elle répondit par un clignement d'yeux. Malbessan ébaucha un demi-salut. Martha fit un léger mouvement de tête, et ce fut tout.

Les deux équipages marchèrent un moment côte à côte et vers la cascade se séparèrent. La chanteuse entrait dans la prairie en voiture : les deux jeunes gens pénétraient dans le ring par la porte extérieure des tribunes.

La voiture de Martha vint se ranger au second rang, le long de la piste, juste à côté d'une victoria tapageuse attelée de deux chevaux pie et agrémentée de laquais prodigieusement poudrés.

Dans la victoria se tenait une dame, une vraie dame, connue pour ses allures pimpantes et folâtres. C'était la veuve d'un ancien ministre qui avait eu quelque mal avec elle. Depuis la mort de son mari, dont le deuil, presque clairement porté, ne pouvait l'avoir gênée, elle affectait les façons d'une liberté fort outrée. Ses voitures, ses toilettes, ses regards et son langage voisinaient avec l'effronterie.

Et ce qui contribuait le plus à attirer sur elle l'attention et le sarcasme, c'est qu'elle était loin d'être jeune. En revanche, elle était peinte.

Malheureusement, elle n'avait aucune disposition pour l'art qu'illustrent Detaille et de Neuville, et quoiqu'elle n'eût fait depuis dix ans tous les matins que chercher à reproduire la figure de sa jeunesse, elle n'avait jamais pu y réussir. Sans doute elle était née impressionniste.

Sa physionomie s'en ressentait. Ses joues étaient trop rouges, le dessous de ses yeux trop noir, ses cheveux trop teints et ses dents trop perles.

Mais elle ne paraissait point s'en douter et elle n'en faisait pas moins les plus folles mines du monde, lorgnant les jeunes gens — les plus jeunes — faisant la moue devant les hommes mûrs, tutoyant son cocher et parlant sans façon à tout le monde.

Quand la voiture de Martha vint se ranger à côté de la sienne, elle causait avec une espèce de grand beau en compagnie duquel elle se moquait de toutes et de tous.

Ses voisins qui s'en amusaient lui envoyaient des lazzis auxquels elle répondait de son mieux. Bref, elle jouait à ravir son rôle de petite folle.

Après la deuxième course, elle braqua insolemment son lorgnon sur Martha qui souriait de ses manières. La chanteuse soutint sans broncher l'examen qu'elle semblait faire.

Mais la vieille dame se remit à parler, à crier, à rire en compagnie de quelques messieurs.

Tout à coup elle prit la parole à haute voix :

— On me dit que *Clocher* n'est pas en forme aujour

d'hui. Je l'ai pris depuis hier, je vends *Clocher* : qui
veut me prendre *Clocher ?*

Et en disant cela elle jetait autour d'elle des regards
interrogateurs.

— Moi ! madame, fit Martha d'une voix claire, donnez-
moi votre *Clocher.*

Au même instant le grand beau qui causait avec la
vénérable dame lui dit un mot à l'oreille. Elle eut aussitôt un mouvement de lèvres fort insolent, et après
avoir promené son regard sur Martha :

— Valentin, dit-elle d'une petite voix aigre à son valet de pied, Valentin, on vous parle, par ici.

La femme du monde venait de reparaître brusquement.

A cette injure, Martha se sentit rougir de la gorge
aux cheveux. Les ailes de son nez frémirent. Elle hésita,
mais une seconde seulement. Avec une vivacité rare,
elle ouvrit elle-même la portière de sa calèche, et d'un
bond sauta sur le marchepied de la voiture où trônait
celle qui venait de l'insulter.

Là, levant la main elle souffleta de son gant sur l'une
et l'autre joue la figure illustrée de la vieille extrava-
gante.

Cela s'était fait très-rapidement, si rapidement que
Mme de Sébezac n'avait pas eu le temps de se mettre en
garde. Mais en revanche, personne dans le voisinage
n'avait perdu un seul détail de cette scandaleuse scène.

Sa vengeance accomplie, Martha regagna sa voiture,
où elle se laissa aller dans une pose de parfaite noncha-
lance.

Mme de Sébezac était effrayante de colère, son rouge
tombait, et la sueur abondante qui lui était montée au
front commençait à délayer les autres couleurs. De co-
miquement laide qu'elle était une minute auparavant,
elle devenait horrible. Autour d'elle on souriait. Le
grand beau s'était prudemment éclipsé, ne se souciant
pas de prendre en cette affaire un rôle ridicule.

D'un air effaré, avec des gestes dramatiques quoique involontaires, elle cherchait quelqu'un à qui demander protection.

De toutes parts elle n'apercevait que visages railleurs ou indifférents. Ses domestiques eux-mêmes laissaient percer, sous leur raideur, une jubilation sans pareille.

Enfin n'y pouvant tenir, elle s'écria :

— Valentin ! à l'hôtel.

Et quand la voiture s'ébranlant dépassa la calèche de Martha, la pauvre vieille dame, ne se contenant plus, jeta sur la danseuse un regard vipérin et lui dit à haute voix :

— Vous entendrez parler de moi, petite saleté.

— Allez, madame, répondit Martha sans faire un mouvement, je ne saurais me commettre avec vous.

Mme de Sébezac rendue encore plus furieuse gourmanda ses gens qui ne poussaient pas leur attelage assez vite à son gré, et disparut au moment même où commençait la troisième course, la plus importante de la journée.

Ce fut *Clocher* qui gagna.

Mme de Sébezac eut cette mince consolation. Le sort lui devait bien ça.

Il va sans dire que depuis l'acte risqué par leque Martha s'était vengée de l'insolence que lui avait décochée la veille femme, la jeune artiste était le point de mire de tous les regards.

De voiture en voiture l'aventure avait couru jusqu'aux extrêmes limites du champ de course. On se la racontait en l'embellissant sur la piste, et quelques instants après il n'était question que de cela dans les tribunes, où l'on daubait sans pitié sur Mme de Sébezac.

Martha qui regretta sa vivacité dès quelle fut de retour dans sa voiture, faisait bonne contenance, mais n'en était pas moins singulièrement gênée par l'avide curiosité dont elle était l'objet.

Si elle n'avait pas craint de paraître vider, elle aussi, un peu trop tôt le champ de bataille, elle eût donné l'ordre à son cocher de rentrer à Paris. Mais elle voulait rester par amour-propre, sinon par bravade.

Elle s'était donc résolue à attendre, avant de partir, le résultat de la quatrième course, lorsqu'elle aperçut Pierre Leval qui errait à travers les voitures avec la mine d'un homme assez ému.

Désirant ne pas avoir d'explication avec lui en ce moment, elle donna l'ordre du départ. Son cocher venait de toucher ses chevaux ; un individu assez correctement vêtu, mais ayant dans sa tenue quelques fautes d'orthographe décelant l'étranger, s'avança vers elle d'un pas délibéré.

— Pardon, madame, dit-il en s'adressant à Martha et en portant négligemment un doigt à son chapeau.

La jeune femme lui jeta un coup d'œil et dit à son cocher, qui faisait mine de retenir ses chevaux :

— Allez donc, Julien !

— C'est à vous, madame, que je m'adresse, reprit sur un ton assez cavalier le personnage qui venait de surgir.

— Ce n'est pas possible, répliqua Martha, personne ne se permet de m'aborder avec son chapeau sur la tête.

L'étranger, à ces mots, salua, et voulut ouvrir la bouche.

— Je n'ai pas l'honneur de vous connaître, monsieur, dit brusquement la ballerine, et si vous avez quelque chose à me dire, faites-vous présenter au moins par quelqu'un à qui je puisse me fier.

— Je suis le baron de Mainz, madame.

— Et vous désirez ?

— Je désire savoir s'il y a au monde un homme, père, frère, mari ou autre chose qui soit disposé à prendre la responsabilité de l'acte que vous venez de commettre.

— Vous êtes bien indiscret, monsieur.

1*

— Ceci, madame, n'est pas une réponse.

— Je n'en ai pourtant pas d'autre à vous faire et croyez que j'en suis aux regrets. Allez, Julien.

— Puisqu'il en est ainsi, madame, dit le baron de Mainz en suivant à petits pas la calèche qui se frayait lentement un passage au milieu du fouillis des voitures, j'aurai le plaisir de me présenter chez vous.

— Soit, monsieur. Aussi bien y serons-nous plus commodément pour causer, répondit Martha.

La charmante artiste venait de voir Pierre Leval qui se rapprochait et elle ne se souciait pas qu'il vînt ramasser là une sotte querelle. Deux minutes après, elle franchissait la porte du champ de courses.

Certes, si Mme de Sébezac en rentrant chez elle était dans une colère verte, Martha lorsqu'elle descendit de voiture ne se sentait pas moins furieuse. Outre qu'elle s'en voulait beaucoup de n'avoir pas su se contenir sur le champ de course et de s'être laissé emporter trop loin, la danseuse ne pouvait songer au mépris avec lequel elle venait d'être traitée sans éprouver des accès de rage froide, pendant lesquels elle eût été capable de plus d'une folie.

D'après ce que disait tout à l'heure Pierre Leval de sa maîtresse, on sait que la charmante femme courait après la considération.

Accommodant ou croyant accommoder les sévérités du monde avec les petites iniquités de sa profession ; croyant de très-bonne foi que sa grande réputation artistique pouvait et même devait aider à l'absolution qu'elle réclamait pour ses fautes passées, Martha s'était imaginée qu'elle pouvait prétendre — certaines circonstances étant données — à quelque sympathie ou du moins à l'indulgence des gens du monde.

— Quoi donc ! s'écria-t-elle en arrachant les brides de son chapeau, dès qu'elle fut seule dans sa chambre, parce que j'ai eu le malheur de naître sans en avoir, légalement, le droit, parce que moi à qui on n'a jamais appris que le mal, je n'ai pas su étonner le monde par ma vertu, il me sera impossible de remonter jamais même vers un semblant de considération !

Comme elle achevait ce monologue, Mme Versin, sa peu respectable mère entra chez elle.

— Eh ! ma chérie, s'écria la dame, que t'arrive-t-il ? Te voilà rouge comme un joli coquelicot. Que t'a-t-on fait ? Que s'est-il passé ?

Martha se croisa lentement les bras sur la poitrine regardant fixement celle qui lui avait donné le jour et le reste.

— Voyons, qu'y a-t-il ? dis-moi ça, reprit Mme Versin.

— C'est inutile, répondit Martha, tu ne comprendrais pas.

— Ah ! fit d'un air entendu la vieille femme, **tu** me crois donc bien bête.

— Ce n'est pas ça que je crois.

— Quoi donc alors ?

La colère de la danseuse grandissait à chaque question de sa mère. Il est certain que celle-ci n'arrivait pas à propos et que ses façons mielleuses ne pouvaient qu'exaspérer davantage la jeune femme.

Néanmoins Martha ne répondit pas encore. Elle n'était pas arrivée à ce degré d'emportement où l'on vide son cœur tout d'un coup.

Mais il était dit que Mme Versin attirerait sur elle les objurgations complètes de sa fille.

— Que penses-tu, ma chérie ? reprit-elle obstinément.

— Eh bien ! répliqua Martha, tu ne me comprendrais pas parce que pour me comprendre il faut avoir une pudeur dans l'âme, des délicatesses dans les sentiments et de la dignité dans l'esprit.

— Et que ?...

— Et que tu n'as rien de tout cela.

Mme Versin, qui croyait avoir conservé sur sa fille

une certaine autorité, parce que Martha professait pour elle, devant le monde, un respect affecté, Mme Versin crut qu'elle aurait tort de supporter le langage de sa fille, bien qu'au fond il la laissât parfaitement froide.

— Martha, dit-elle avec une solennité comique, vous oubliez que je suis votre mère.

— Plut à Dieu, mais malheureusement ce n'est pas en mon pouvoir d'oublier ça.

— Ah ! vraiment ! et qu'entends-tu par là ? demanda Mme Versin qui n'était guère capable de conserver longtemps les formes d'un langage convenable et qui déjà se tenait à quatre pour ne pas s'exprimer sur un ton plus cavalier.

Martha, qui s'était assise, se dressa brusquement.

— Ce que j'entends, dit-elle. J'entends que tu as fait de moi une misérable fille, qui n'a droit ni à un respect, ni à un semblant de considération.

— Et c'est pour ça que tu te tournes les sangs ! s'écria la Versin en éclatant de rire.

— J'entends que tu avais le droit de faire de toi tout ce que tu voulais, mais que tu aurais pu réfléchir que j'aurais honte un jour d'être une sauteuse ; que je serais mortellement désespérée de me trouver, à l'âge où l'on réfléchit, une fille perdue.

— Ah ! ma pauvre enfant, tu es amoureuse et tu ne te trouves pas digne du particulier qui t'a inspiré cette flamme ! Je connais ça. Ça te passera.

— J'entends enfin que tu n'avais pas le droit de disposer de moi comme tu l'as fait et pour ce que tu en as fait.

— C'est tout? demanda insolemment Mme Versin.

— Tu vois bien, reprit Martha, j'avais raison de te dire que tu ne comprendrais pas. Tu ne soupçonnes même pas qu'on puisse être honnête.

— Alors, c'est donc vrai, ma chérie, qu'il y a un homme...

— Tais-toi ! s'écria la danseuse. Ce qui est vrai, c'est

que j'ai été insultée par une femme qui ne me vaut pas et que si je me plaignais, tout le monde m'accueillerait par un sourire d'étonnement et d'incrédulité.

— On t'a insultée. Qui ? N'as-tu pas M. Leval pour te venger.

— Ah ! ça ! es-tu folle ! est-ce qu'on nous venge, nous ?

— Oh ! mais dis donc, ma fille, tu es farouche et lugubre, ce soir.

A ces paroles décidément trop pleines de sans-façon, Martha bondit.

— Ecoute-moi bien, dit-elle en prenant le bras de sa mère qu'elle serra vigoureusement, je te conseille de ne pas me parler ainsi. Que les autres m'injurient, ils sont dans leur droit puisque je n'ai pas autre chose à attendre de tous. Mais que toi, qui vaux moins que moi, toi que je nourris, toi qui vis de mes entre-chats, tu ne me respectes pas, c'est ce que je ne consens pas à admettre.

— Oh ! oh ! tu es un peu vive...

La danseuse coupa la parole à sa mère.

— Au fait, dit-elle, il faut que cela finisse.

— Ingrate ! s'écria la Versin, sur un ton élégiaque avec de fausses larmes dans les yeux. Ingrate, voilà comme tu me traites, moi qui ai tout fait pour toi.

— Encore cette plaisanterie, dit Martha au comble de la colère. Pour moi tu n'as rien fait. En me mettant à six ans à l'école de danse tu ne voyais en moi qu'une ressource pour plus tard et quelle ressource ! Car tu ne pouvais espérer que je deviendrais une étoile ; on ne sait jamais ces choses-là.

— Mais je te demande pardon.

— Tu n'as donc été guidée que par ton infâme égoïsme. Ah ! si tu savais à quel point je reporte sur toi tout le mépris dont on m'accable. Qu'as-tu espéré ? Qu'as-tu voulu en me lançant comme tu l'as fait ? Tu as espéré de l'argent, n'est-ce pas ?

En prononçant ces paroles, Martha marcha droit à sa mère et la regarda dans les yeux.

— C'est là tout ce qui te tentait, avoue-le, mais avoue-le donc ; en dehors de ça, tu te souciais de moi comme d'une noix verte.

Eh bien ! soit, reprit la danseuse en courant à un petit bureau qu'elle ouvrit avec une véritable violence.

Tiens ! dit-elle, en voilà de l'argent. Voilà tout ce que j'ai chez moi. Je ne sais pas combien il y a, mais la somme est ronde. Prends, prends.

La Versin, les yeux écarquillés à la vue des billets de banque, avait fait un pas en avant, puis elle s'était reculée en souriant, de l'air d'une femme qui croit qu'on se moque d'elle.

— Tu n'en as pas assez, reprit Martha d'une voix éclatante, tu n'en as pas assez ? Soit. Prends encore mes bijoux, les voilà tous, tous, tous.

Et tirant ses diamants de leurs écrins, la chanteuse les jeta sur les billets de banque ; après quoi, saisissant le tout à deux mains :

— Mais prends donc, dit-elle, prends. Tu ne diras pas que je suis une ingrate. Il y a là de quoi vivre aisément en plaçant le tout à rente viagère.

Mme Versin, stupéfaite, tenait l'argent et les bijoux dans ses mains, regardant tour à tour sa fille et le papier de la Banque de France.

— Et maintenant, reprit Martha d'une voix sourde, maintenant nous sommes quittes, n'est-ce pas ? Va t'en donc, sors de chez moi. Nous ne sommes plus rien l'une pour l'autre.

— Tu me renvoies.

— Je te paie et je te chasse, oui. Va-t'en, te dis-je.

La Versin eut un moment d'hésitation assez comique. Mais elle prit bientôt son parti.

— Comme tu voudras, dit-elle avec un joli cynisme.

Et, sans un regret apparent, sans une nuance d'attendrissement, elle gagna la porte en fourrant tranquillement dans ses poches l'argent et les diamants de Martha.

Quand elle fut partie, la pauvre fille se jeta en san-
glotant sur une chaise longue :

— Et dire, s'écria-t-elle, que cette femme est plus
méprisable encore que je ne le croyais !

II

UN GENTLEMAN ET UN... BARON

En ce moment même, on sonna. C'était Pierre Leval.

N'ayant pu parvenir à retrouver Martha sur le champ
de courses, il était revenu promptement à Paris, laissant son ami Malbessan jouir des péripéties médiocre-
ment palpitantes que devaient offrir les dernières
épreuves. La cantatrice quitta sa pose désolée, s'essuya
vivement les yeux et se composa une physionomie indifférente.

Pierre entra, lui tendit la main affectueusement et
s'assit à côté d'elle. Puis, sans précautions oratoires :

— Est-il vrai, dit-il, que vous ayez souffleté de votre
gant Mme de Sébezac ?

— C'est vrai, répondit la jeune femme.

— Tant pis ! fit Pierre.

— Pourquoi tant pis ? Cette femme m'a insultée. En
avait-elle le droit ? Non, vous en conviendrez. Je l'a
châtiée ; et vous pensez que j'ai eu tort !

Pierre Leval garda un moment le silence. Puis il reprit :

— Si vous commencez par me parler avec cette animation et de cette façon il est clair que je n'ai plus rien
à dire.

— Alors, vous me blâmez ? demanda Martha violem-
ment.

— Oui, ma chère amie, répondit non moins catégoriquement le jeune homme.

— Et vous m'aimez ?

— Et je vous aime, je l'affirme. C'est même parce
que j'ai pour vous une affection très-sincère et très-vive
que je vous blâme.

— J'avoue que je ne comprends pas ce paradoxe, dit
Martha.

— Cela m'étonne. Ecoutez-moi donc. Je sais que vous
êtes avide de calme, de repos, que vous voudriez, au prix
de bien des choses, être une brave petite femme de
bourgeois sans ambition.

— Oui, je désirerais cela ardemment, si c'était possible.

— Vous manquez donc de logique, car vous devez
bien vous douter qu'une telle algarade ne va pas manquer d'occuper tout Paris pendant huit jours, et par
conséquent d'attirer l'attention sur vous.

— Pourquoi n'ajoutez-vous pas : et sur moi-même ?

— Parce qu'il ne s'agit pas de moi pour le moment.
Je reviens donc à vous. Quelqu'un qui ne vous connaîtrait pas comme je vous connais pourrait croire, en vous
jugeant sur votre conduite, que vous n'êtes pas si affamée d'obscurité, de tranquillité que vous voulez bien le
dire.

Martha baissa les yeux et ne répondit pas un mot.

— Il est fort bête, reprit Pierre, de venir, quand un
événement est arrivé, dire ce qu'il aurait fallu penser et
faire. Mais enfin, vous conviendrez avec moi qu'il vous
eût été bien facile de mépriser l'insulte de cette caricature à laquelle vous venez de refaire une virginité
mondaine.

— Que voulez-vous dire ?

— Que tout le monde à Paris se moquait ouvertement de cette vieille aliénée, à qui l'on prédisait, pour
un jour prochain, ce qui lui est arrivé. Mais que du
moment où elle a été si durement traitée, et par vous,

on ne se souviendra plus que de la femme du monde outragée, et cinq cents imbéciles, sans compter une centaine de gens raisonnables, vont crier par dessus les toits que ce n'est pas tolérable.

— Eh ! bien ?

— Eh bien ! il se trouvera certainement quelqu'un pour pousser cette femme ivre de fureur et affamée de vengeance à vous faire un procès.

— Un procès à moi ? pour lui avoir touché les deux joues de mon gant ?

— Mais certainement, ma chère Martha, un procès en police correctionnelle où vous serez forcée de comparaître, où un avocat vous traînera impunément dans la boue, auquel tout ce qui flâne, s'ennuie et adore le scandale dans Paris viendra assister et où enfin vous serez parfaitement condamnée.

— Et si vous me permettez de compléter votre pensée, continua la danseuse, procès où il sera peut-être question de vous, ce qui vous désobligera infiniment.

— J'allais avoir le regret de vous le dire, ma chère amie, dit Pierre sans cesser d'employer le ton le plus doux et le plus affectueux.

— Mais si je refuse de comparaître devant leur police correctionnelle, tous les curieux et les méchants en seront pour leurs frais de déplacement.

— Sans aucun doute. Mais cela aurait sans doute un grave, très-grave inconvénient.

— Lequel ?

— Celui d'être gratifiée par défaut. Et généralement, dans ce cas, le tribunal n'hésite pas à prononcer le maximum de la peine et au lieu d'en être quitte avec une amende et des dommages-intérêts de cinq cents francs, vous seriez probablement gratifiée en outre d'un mois de prison.

— Vous êtes avocat, Pierre ! demanda Martha.

— C'est-à-dire que j'ai fait mon droit et que je suis

licéncié, comme tout le monde. Je pourrais donc être avocat s'il m'en prenait la fantaisie. Mais pourquoi me demandez-vous cela?

— Est-ce que, s'il vous en prenait également la fantaisie, vous pourriez plaider pour moi dans cette affaire?

— Oui, si je désirais qu'on vous infligeât une condamnation sans précédents, ce qui ne manquerait pas d'arriver.

— Merci de ce renseignement, fit Martha sur un ton parfaitement tranquille en apparence. Maintenant voici...

— Qu'y a-t-il encore, ma chère amie? demanda Pierre toujours aimable.

— Il y a autre chose que la police correctionnelle.

— Ah! fit doucement Pierre Leval.

— Mme de Sébezac a trouvé un chevalier errant... dit Martha.

— Pour quoi faire?

— Mais apparemment pour la venger de la correction qu'elle me doit.

— Est ce possible? Quel est l'homme assez ridicule pour prendre en main la défense de cette sempiternelle et déplorable coquette!

— Un homme d'assez belle prestance, très-blond, qui s'est dit baron de quelque chose.

— Il vous a parlé?

— Oui, sur le champ de courses.

— Que vous a-t-il dit?

— Après s'être présenté peu civilement, il m'a demandé si j'avais un père, un frère, un mari, ou quelqu'un enfin prêt à me défendre.

— Le drôle, que lui avez-vous répondu? interrogea Pierre.

— Que je n'avais rien à répondre.

— Fort bien.

— Mais il ne s'est pas tenu pour battu et il m'a annoncé qu'il viendrait chez moi.

— Ah ! est-ce que ce monsieur aurait la prétention d'appuyer sur le scandale en cherchant un
duel.

— C'est bien possible. Mais pour se battre, il faut être
deux, remarqua insidieusement Martha.

— C'est parfaitement exact.

— Et j'ai tout lieu de croire, mon bon ami Pierre,
continua la danseuse, que vous n'êtes pas disposé à
croiser le fer avec un inconnu pour les beaux yeux
de votre princesse.

L'attaque était directe. Il n'y avait que deux moyens
de la parer. Pierre pouvait avouer simplement qu'il
ne se sentait pas assez fort pour se lancer dans pareille
aventure ou bien déclarer qu'il était prêt à courir sur le
terrain.

Il ne fit ni l'une ni l'autre réponse. Au contraire, il
garda le silence.

Sa situation était en effet très-embarrassante. Certes !
Pierre ne manquait pas de courage. Deux fois, il s'était
admirablement conduit dans de véritables affaires
d'honneur ; mais comme, franchement, il ne consentait
pas à mettre l'honneur en tiers dans l'aventure qu'on
lui faisait prévoir, il hésitait.

Martha eut un sourire d'une profonde tristesse. Et
comme Leval allait ouvrir la bouche :

— Mon pauvre Pierre, reprit-elle, ne me donnez ni
raison, ni excuse, ni prétexte. Vous ne pouvez pas vous
battre, je le sais. Est-ce qu'on endosse la querelle d'une
femme comme moi ?

— Mais, ma chère enfant... voulut interrompre
Pierre.

— Oh ! ne prenez pas la peine de vous justifier. Je
vous l'ai dit tout à l'heure, vous ne pouvez pas accepter un duel pour une affaire pareille. Quoique j'aie de
moi une haute opinion et que je m'estime peut-être de
temps en temps un peu plus que je ne vaux, vous ne

pouvez pas plus faire ça pour moi que vous ne le feriez pour une de mes camarades.

— Voyons, ma chère Martha, n'allons pas si vite...

— Oh ! ne cherchez pas un biais. Je suis absolument de votre avis. Il est des conventions sociales qu'il faut respecter.....

— Mais enfin.....

— Et bien mieux, je vous jure que je ne vous en veux pas. Je sais que si le monde pouvait approuver votre conduite, au cas où vous vous battriez, nous n'auriez pas hésité une minute.

— Eh ! bien oui, c'est vrai, fit Pierre d'une voix ferme.

— Merci de votre franchise. Je vais donner à mon tour une preuve de ma sincérité. Quand vous êtes arrivée, j'étais décidée à vous prier de rompre.

— Rompre avec vous ? en ce moment ? Pour quelle raison ? demanda le jeune homme.

— Mais comme j'aurais trop l'air de prendre cette détermination par rancune après ce que vous venez de me dire, j'y renonce pour le moment ; nous resterons amis.

— Pour le moment ! répéta Pierre. Voyons, Martha, qu'avez-vous ? Quelle nouvelle lubie vous pousse?

La danseuse allait répondre, lorsqu'une femme de chambre entra, tenant à la main une carte de visite.

Martha la prit et lut :

— Le baron de Mainz.

— Qu'est-ce que c'est que ça, le baron de Mainz ? demanda Leval.

— C'est le chevalier qui venge les injures de Mme de Sébezac.

— Mais personne ne connaît ça, le baron de Mainz.

— Nous allons faire sa connaissance, Julie, faites entrer ce monsieur au salon.

— Sérieusement, vous allez recevoir cet individu.

Il n'a aucun titre à prendre parti pour la vénérable insensée que vous avez punie de sa grossièreté ?

— Qu'est-ce que cela peut vous faire, mon ami ? Non-seulement je veux le recevoir, mais je désire savoir jusqu'où iront ses prétentions, et je vous prie de vous tenir bien tranquille ici pendant que je m'expliquerai avec lui.

— Mais, ma chère Martha, je ne puis permettre...

— Laissez, laissez. Peut-être n'aura-t-il pas si beau jeu que vous le croyez.

Et sans attendre un mot de réponse, elle quitta Pierre. Celui-ci voulut la suivre. Mais elle revint à lui en disant :

— Si vous intervenez de n'importe quelle façon dans cette affaire, vous m'aurez vue aujourd'hui pour la dernière fois.

Pierre obéit et se jeta dans un fauteuil avec un geste de résignation rageuse. Aussi bien, il aurait toujours le temps de paraître si le visiteur oubliait les convenances, car Martha venait de laisser la porte entrebâillée, et le jeune homme pouvait entendre la conversation que le baron et la danseuse allaient avoir.

Ce fut Martha qui prit la parole.

— Veuillez, monsieur, vous donner la peine de vous asseoir, dit-elle, et m'informer de ce qui vous amène chez moi.

Elle souligna d'une intention très caractérisée les mots : chez moi.

— Je pense, madame, répondit le baron avec un accent étranger indéfinissable, que vous me faites l'honneur de me reconnaître.

— Oui, monsieur. C'est vous qui m'avez assez malhonnêtement abordée, il y a deux heures.

— Je vous ai demandé alors si quelqu'un, derrière vous, pouvait répondre de vos incartades.

— J'espère, monsieur, que vous savez imparfaitement le français...

— Pourquoi ?

— Parce que c'est la seule excuse que vous puissiez alléguer lorsque vous vous servez d'expressions aussi peu convenables que celle qui vient de sortir de votre bouche.

— Madame, je ne suis pas venu ici pour chercher une leçon.

— Peut-être, dit Martha en le regardant entre les deux yeux. En tous cas, vous auriez eu tort de ne pas venir pour ça.

— Enfin, madame...

— Enfin, monsieur, reprit la jeune femme en l'interrompant, veuillez quitter cet air rébarbatif qui ne m'en impose pas, et me dire sans ambages ce que vous voulez.

— Je vous l'ai déjà fait savoir. Existe-t-il quelqu'un qui puisse répondre de l'injure que vous avez faite à Mme de Sébezac sur le champ de courses ?

— Oui, monsieur, il existe quelqu'un.

— Qui donc, alors ?

— Moi !

Le baron de Mainz eut un sourire assez insolent, qui pourtant disparut par degrés sous le regard de son interlocutrice.

— Une question, s'il vous plaît ? fit celle-ci d'un ton extrêmement sec.

— Parlez, madame.

— A quel titre vous posez-vous en défenseur de cette... dame ?

— Que vous importe ?

— Il m'importe beaucoup. Car si vous n'en avez aucun de sérieux, je saurai de quelle façon je devrai me conduire. Et, retenez bien ceci : dans le cas où vous ne jugeriez pas à propos d'être très-catégorique sur ce point, je ne vous retiendrais pas une minute de plus.

Le baron réfléchit un instant.

— Je consens, madame, à vous informer des raisons qui m'ont poussé à me mettre en avant dans cette affaire.

— Je suis toute oreille.

— Je n'ai pas l'honneur de connaître personnellement Mme de Sébezac...

— Ah ! fit la danseuse.

— Mais il m'est impossible de voir injurier une femme du monde sans me...

Martha eut un rire froid.

— Ainsi, monsieur, c'est par goût, sans raison, que vous vous faites le champion d'une personne à qui vous n'avez jamais parlé...

— Oui, madame, et aussi par devoir, car je considère la chose ainsi.

— Vraiment ! Et pour tout dire, vous venez me demander si je n'ai pas à vous offrir quelque beau jeune homme qui consente à croiser le fer avec vous.

— C'est parfaitement cela, madame.

— A merveille. Et maintenant, voulez-vous que je vous dise ce que je pense de votre démarche ?

— Si vous y tenez absolument...

— Je pense, monsieur, que vous désirez faire quelque bruit autour de vous et, par ricochet, de moi-même, dans un but qui m'échappe, mais qui pourrait être facilement percé à jour si on se donnait la peine de chercher un peu.

— Vous êtes, madame, dans une erreur profonde, murmura le baron.

— Non, monsieur, je ne suis pas du tout dans l'erreur. Vous avez besoin de vous mettre en vue dans je ne sais quel intérêt, dont d'ailleurs je me soucie fort peu. Eh ! bien, soit, monsieur, je consens à vous y aider.

— Ah ! vous allez me désigner un homme chez qui je pourrai envoyer des témoins.

— Non, monsieur.

— Alors, madame…

— Vous n'en trouverez pas moins un adversaire, reprit Martha.

— Ah ! je comprends, fit le baron, vous attendez la personne qui doit prendre votre cause en main, et je vais avoir l'honneur de me trouver face à face avec elle.

Pierre, qui entendait cette conversation, se demanda si l'heure de se montrer n'était pas venue. Il n'était point encore disposé à se battre ; mais il bouillait à chaque mot prétentieux, dédaigneux ou insolent que prononçait le baron.

Martha répondit :

— Non, Monsieur, vous n'avez pas encore deviné.

— Ah !… fit de Mainz d'un air stupéfait.

— Mais cela ne prouve rien contre votre perspicacité.

— Veuillez donc être assez bonne pour vous expliquer plus clairement, dit l'étranger qui commençait à sentir combien il faisait sotte figure.

— Je vous ai dit que vous trouverez l'adversaire que vous cherchez.

— Où !

— Ici même.

— Je ne me trompais donc pas.

— Mais si, fit tranquillement Martha.

Le baron, sans dissimuler son impatience, s'écria.

— Montrez-le moi donc !

— Cet adversaire, c'est moi, répondit la chanteuse.

— Allons ! allons ! parlons sérieusement, s'il vous plaît.

— Monsieur, rien n'est plus sérieux. C'est moi qui ai insulté votre cliente que vous ne connaissez pas, et c'est moi qui répondrai de l'injure.

— Madame, je vous prie de ne pas m'irriter.

— En effet, ce serait dommage… Mais si vous vous irritez, ce sera bien de votre propre mouvement, car rien n'est plus sérieux que ce que j'ai le plaisir de vous dire.

— Ainsi, madame, c'est votre dernier mot ?

— Parfaitement. Est-ce que vous me prenez pour une sotte, et dans votre baronnie exotique a-t-on l'habitude d'agir ainsi que vous le faites. Comment ! vous venez chez moi, vous disant le baron de Mainz, sans que je sache seulement à quelle nationalité vous appartenez.....

— Je suis Russe.

— Sans que je sache d'où vous sortez, ce que vous êtes et qui vous êtes. Vous vous mettez dans l'esprit de vous servir de moi pour vous faire un piédestal dans le monde parisien, ou peut-être pour poser les assises de quelque ténébreuse complication, et vous voulez que, dans ma naïveté, j'aille prêter le flanc à vos projets !

Le baron s'était mis à sourire.

— Non, monsieur, reprit Martha, je ne vous servirai ni de plastron, ni de marchepied. Vous voulez une querelle, vous l'aurez. Mais vous l'aurez avec moi. Vous cherchez un duel, je veux bien, nous nous battrons au pistolet. Et pour que vous n'ayez pas de scrupules, sachez que je suis de première force. De cette façon, je vous rendrai ridicule...

— Si j'accepte.

— Non, si vous n'acceptez pas. Car dès ce soir je raconterai à tous mes amis la conversation que nous venons d'avoir et où, je suis désolée de vous le dire, vous n'avez pas le beau rôle.

— Et si je consentais ?

— Ce serait encore mieux, car alors vous seriez odieux.

Le baron, sur ces derniers mots, garda le silence. A la physionomie farouche qu'il s'était donnée en entrant avait succédé sur ses traits un air gracieux et fort-aimable.

Il se mit à rire joyeusement. Martha le regardait avec stupéfaction. Enfin il reprit :

— Je savais, madame, que vous étiez une femme d'esprit. Me pardonnerez-vous la petite comédie que je viens de jouer avec vous.... .

— Dans quel but ? demanda sévèrement Martha.

— Mon Dieu, madame, dans le but, que vous daignerez me pardonner, je pense, d'avoir l'honneur de faire votre connaissance.

Il serait difficile de peindre l'étonnement de Martha. Il lui était impossible de supposer que ce singulier baron eût été poussé par un sentiment de peur à changer ses batteries, puisqu'elle-même lui avait donné à entendre qu'elle ne parlait de se battre que pour l'obliger à se retirer.

Etait-ce une manière de couvrir sa retraite après l'insuccès de son incompréhensible démarche ? Qui l'obligeait à faire l'aimable ? Rien ni personne.

La jeune femme fut si surprise qu'elle garda son aspect un peu dur et dit :

— J'avoue, monsieur, que je ne comprends pas très-bien.

— Dans ce cas, je vais me faire comprendre, répondit avec enjouement le baron. En arrivant à Paris, il y a déjà quelque temps, j'avais formé le projet, étant de vos admirateurs, de devenir de vos amis, si toutefois ce n'était pas trop prétentieux.

— Ensuite...

— Mais j'aurais été désolé de vous être présenté purement, simplement et banalement. Vous devinez pourquoi. Nous eussions échangé quelques paroles vulgaires, un salut cérémonieux, et je n'aurais pas plus marqué dans votre vie que le dernier des envoyeurs de bouquets...

— C'est pourquoi, vous avez imaginé.....

— Oui, madame, dit le baron de Mainz, en se levant, dès que j'ai su, par le bruit public, le petit événe-

ment d'aujourd'hui, j'ai saisi cette occasion aux cheveux, je me suis posé en chevalier de la vieille peinture
qui vous doit un si désagréable quart d'heure, je me
suis présenté chez vous, j'ai goûté pendant trente-cinq
bonnes minutes tout le charme de votre esprit, et la
grâce un peu raide, vu la circonstance, de votre personne.

— Bref, monsieur.....

— Bref, madame, je suis bien certain, aujourd'hui,
que vous vous souviendrez de moi beaucoup mieux que
si M. le directeur de l'Opéra lui-même m'eût conduit
dans votre loge.

Il y eut un court silence.

— Je ne veux point d'ailleurs, Madame, abuser de
votre complaisance, je vais me retirer, avec l'espoir
que lorsqu'il me sera donné de pouvoir vous présenter
mes hommages vous voudrez bien me traiter un peu
moins en ennemi qu'aujourd'hui.

Tout ce petit boniment avait été débité presque d'une
haleine, sans hésitation, comme s'il eût été préparé.
Martha qui ne s'expliquait pas encore ce dénouement,
tant les paroles de l'étranger sonnaient faux, malgré
son air bonhomme, Martha ne savait trop que répondre quand le baron de Mainz fit un profond salut et se
retira.

Dès qu'il fut parti, la danseuse se retourna et aperçut Pierre qui venait de se montrer à la porte du salon.

— Qu'est-ce que cela signifie ? demanda-t-il. Ce doit
être une gageure.

— Je ne crois pas, répondit la jeune femme.

— Un grand original tout au moins, insista Pierre.

— Pas davantage.

— Pourquoi ?

— Parce que cet homme avait un projet, un plan en
venant ici. Il vous aurait suffi de voir ses yeux pour en
être absolument persuadée comme moi.

— Laissez donc, ma chère Martha. C'est un seigneur étranger qui sans doute est farci d'amour pour vous et qui a tâché d'entrer dans votre maison et dans votre esprit d'une façon peu commune. Je crois même qu'il y a réussi.

— C'est vrai. Il a parfaitement réussi à m'étonner. Mais j'ai sur ses intentions d'autres idées que vous.

— Lesquelles donc, ma chère.

— Il se peut que cet étrange personnage veuille jouer auprès de moi le rôle d'un amoureux plus ou moins original; mais on ne m'ôtera pas de l'esprit qu'il a de secrètes intentions et je gagerai qu'on le reverra, si je m'y prête, avant peu de temps.

— Vous y prêterez-vous?

— Pas le moins du monde, mon ami. Mais quoi qu'il en soit, je vous serais reconnaissant de vous informer auprès de vos amis quel peut être ce baron de Mainz.

— Ne vous a-t-il pas dit qu'il était Russe?

— Si.

— Dans ce cas, il est extrêmement facile de savoir en deux temps à quoi nous en tenir.

— Comment?

— Je suis lié avec le premier secrétaire de l'ambassade de Russie, et personne mieux que lui ne pourra me renseigner sur ce baron.

Vous seriez bien aimable de vous occuper de cela.

III

DEUX ASSOCIÉS

Si Martha eût pu suivre son visiteur lorsqu'il sortit de chez elle, sa surprise eût pris des proportions bien autrement grandes en le voyant se diriger vers une voiture qui stationnait devant la porte et sur la portière de laquelle s'appuyait patiemment une main gantée de frais.

La voiture était de grande remise, la main de grande dimension. Et cependant cette dernière appartenait à une femme qui, en voyant paraître le baron, sur les lèvres duquel voltigeait un sourire triomphant, lui dit avec empressement :

— Eh bien ! as-tu réussi?

— On ne peut mieux, répondit M. de Mainz en ouvrant la portière et en se glissant dans la voiture dont le cocher avait des ordres, sans doute, car il toucha ses chevaux qui partirent d'un pas honorable, mais peu rapide.

Le baron de Mainz était un homme de haute taille, aux épaules carrées, à la face un peu plate, coupée horizontalement en deux par de formidables moustaches blondes qui ne lui allaient pas trop mal. Ses yeux avaient cette nuance bleu-gris qui jette quelquefois des reflets d'acier, et l'on sentait, à les voir, que leur propriétaire était un homme intelligent et capable de bien des audaces, quoique peu brave peut-être.

En somme, l'aspect général du baron eût été sympathique s'il n'y eût eu dans son regard une hésitation presque imperceptible, si son front n'eût été un peu bas sous une chevelure drue et rebelle, si enfin sa voix n'eût inspiré, à la première audition, quelque chose qui ressemblait à de la défiance.

Sa compagne était bien la plus longue, la plus sèche, la plus maigre personne des deux mondes. Si, par un bonheur improbable, elle eût pu faire venir un peu de chair entre les os et la peau de son visage, elle n'aurait certainement pas été laide.

On ne pouvait guère savoir son âge qu'à une quinzaine d'années près. Malgré des artifices vraiment trop faciles à deviner, on voyait qu'elle était plate comme une feuille de zinc, quoiqu'elle ne fût point large, et ses longs bras semblaient ne pas exister dans ses manches,

qui eussent été trop étroites pour qu'on y fît passer un
verre de lampe.

La malheureuse s'était tellement développée en longueur, que la nature paraissait avoir épuisé sa bien-
veillance pour elle dans le seul sens vertical.

Quand la voiture arriva sur les boulevards, la longue
femme reprit :

— Est-ce que la chose a été difficile ?

— Non, répondit le baron, parce qu'elle ne pouvait
pas l'être.

— Comment a-t-elle accueilli ta demande de réparation ?

— Fort crânement, ma chère diva. Malgré mon air
bravache, elle n'a pas été intimidée un seul moment.

— Et quand la reverras-tu ?

— Je n'en sais rien encore ; cela dépendra du joli
petit brin de femme que voilà.

Et en disant ces mots-là sans rire, le baron de **Mainz**
prit le menton du squelette féminin assis à son côté,
avec un petit air convaincu dont on se ferait difficile-
ment une idée.

Mais ce qui était le plus drôle, c'est que la « chère
diva » reçut cet hommage si semblable à une mystifica-
tion avec une mine de petite fille pudibonde qui eût fait
esclaffer de rire un bataillon de fondeurs de cloches.

En ce moment même la voiture s'arrêta devant le
passage de l'Opéra. Cette fois, ce ne fut pas le baron
qui descendit, mais la grande femme. Sur ses pieds et
tout à fait développée, il y eut de quoi s'étonner qu'elle
eût pu tenir dans la voiture.

Les passants du dimanche s'arrêtaient net pour la regarder et ne se gênaient point pour échanger sur son
compte des réflexions plus ou moins flatteuses. Mais la
haute personne était sans doute habituée à l'effet qu'elle
produisait, car elle s'enfonça dans le passage d'un pas
solennel, mais non sans saluer du sourire, à droite et

à gauche, quelques enragés tripoteurs occupés à regretter que ce jour-là il n'y eût pas bourse.

— Est-ce que je ne connais pas cette grande liquidation-là? dit l'un d'eux à son voisin quand elle fut passée.

— Parbleu, c'est la Malvignan.

— Tiens ! c'est vrai. Est-ce qu'elle chante toujours?

— Non, fort heureusement pour ses contemporains.

— On dit qu'elle a été jolie.

— Oui, pendant dix-huit mois, quelque temps après sa naissance.

Pendant qu'on parlait d'elle, Mlle Thérèse Malvignan, la diva, gagnait la rue Chauchat, allait sans hésitation sonner à la porte d'un élégant petit hôtel construit sur l'emplacement de l'ancien Opéra, et après s'y être introduite refermait la porte sur elle, comme une personne qui sait les habitudes de la maison.

Elle resta là vingt minutes environ, après quoi elle reparut, toujours invraisemblablement haute, mais sereine. Aussi tranquillement qu'elle était venue, on la vit se diriger vers le passage de l'Opéra, resaluer discrètement les agioteurs et remonter en voiture à côté du baron, qui lui dit avec une certaine inquiétude dans la voix :

— Eh bien?

— Trois louis, répondit-elle laconiquement.

— Fort bien, fit M. de Mainz.

— Les voici, ajouta la Malvignan du ton le plus naturel du monde en mettant soixante francs dans la main de son compagnon.

— Et lui as-tu parlé de moi? demanda le baron après avoir mis les trois pièces d'or dans sa poche.

— Parbleu !

— Qu'a-t-il dit?

— Mardi, en sortant de la Bourse, il ira te voir.

— Où?

— Mais à ton bureau, naturellement.

A cette réponse, le baron bondit sur les coussins du char de louage qui roulait, d'ailleurs, depuis long-temps.

— Qu'y a-t-il? demanda la chanteuse pleine d'an-xiété.

Le baron ne répondit qu'en lâchant une bordée de jurons en plusieurs langues.

— Ai-je donc fait une sottise? reprit la Malvignan de plus en plus troublée.

— Faut-il, ma petite chérie, que tu sois maladroite... moins maladroite que charmante, pourtant, reprit-il, aussi gracieusement que s'il se fût adressé à la plus déli-cieuse femme des six grandes puissances.

Et la grande flûte de reprendre ses mines effarées, mais pas pour longtemps.

— Qu'ai-je donc fait de si sot? demanda-t-elle.

— Eh ! ma chère, le bureau qu'on me loue rue Richelieu est bon pour les citoyens peu versés dans les secrets de Paris. Mais ton ami Fanazet est bien un trop fieflé boulevardier pour ne pas connaître cette ficelle-là. Et s'il me trouve dans une semblable maison, c'est comme si nous avions craché dans une contrebasse.

— Que faire, alors? car....

Mais la voiture s'arrêtait encore au n° 53 de la rue Neuve-des-Mathurins. Ce fut encore Mlle Malvignan qui descendit. Elle resta dans la maison dix minutes pendant lesquelles le baron fuma philosophiquement des ciga-rettes. Enfin, elle reparut.

—- Eh bien? demanda de nouveau M. de Mainz, sur le même ton que tout à l'heure.

— Un louis, répondit Thérèse Malvignan, c'est peu.

— Très-peu. Notre semaine est très-chargée.

— Que penses-tu faire pour Fanazet? demanda Thérèse en reprenant la conversation interrompue par le louis qui venait d'entrer en scène pour aller rejoindre les trois autres dans la poche du baron.

— Tu lui écriras demain.

— Pour lui dire?...

— Pour lui dire que je suis malade et qu'il ne me trouverait pas à mon bureau.

— Alors tu renonces à te rencontrer avec lui ?

— Non. Mais nous aviserons. Deux ou trois jours de retard ne sont pas une affaire. As-tu encore quelqu'un à voir ?

— Fraval, boulevard Haussmann.

— Et ce sera tout ?

— Oui, tout.

La voiture s'arrêta, en effet, devant une maison de belle apparence du boulevard Haussmann. La Malvignan fit sa petite visite et reparut le sourire aux lèvres.

— Cinq louis, dit-elle avant même que le baron ne l'eût interrogée.

Celui-ci empocha sans rien dire et tendit la main à sa compagne pour l'aider à monter en voiture.

Cette fois, le cocher était descendu de son siège. Avec toutes les formules de politesse usitées chez les gens d'écurie, il vint à la portière et s'informa des nouvelles courses qu'il y avait à faire.

— C'est fini pour aujourd'hui, répondit de Mainz ; ramenez-nous à l'hôtel.

Ces mots : à l'hôtel, il les prononça sur un incroyable ton d'importance.

L'hôtel du baron était une bonne petite maison de bourgeoise apparence, située rue Legendre, aux Batignolles, sur les confins de l'ancienne plaine Monceaux, Le baron, quand il donnait son adresse, ce qui lui arrivait assez rarement d'ailleurs, ne manquait jamais de dire :

— C'est à deux pas du parc Monceaux, en haut du quartier de l'Europe.

Les Parisiens souriaient, les autres restaient pénétrés d'admiration.

En descendant de son véhicule, M. de Mainz donna au cocher dix francs.

— C'est pour vous cela, Célestin, dit-il ; quant au prix de la journée, votre patron le mettra sur mon compte comme cela est convenu.

Et sans attendre que Célestin ouvrît la bouche, le baron se retourna et disparut sous la porte-cochère, où déjà la Malvignan s'était engouffrée sans s'inquiéter de ce qui se passait derrière elle.

La diva et le noble étranger montèrent lentement et silencieusement l'escalier. Ils étaient sans doute fatigués l'un et l'autre. Sur la face aigüe de la cantatrice se lisait une parfaite indifférence. Comme elle ne s'observait pas, son œil était terne, sa lèvre inférieure tombait mollement sur le menton et les lignes rigides de toute sa personne s'accentuaient.

Quant au baron, il la suivait avec un front soucieux et marmottait des paroles obscures au milieu desquelles on pouvait distinguer quelques chiffres.

Arrivée devant une double porte, au second, la Malvignan sonna. Et aussitôt elle reprit son air imposant, son regard aimable ; elle redressa sa lèvre et y mit un léger sourire. M. de Mainz passa sa main dans ses cheveux épais comme pour s'assurer qu'ils n'avaient pas fait acte de rébellion.

Une bonne vint ouvrir.

Ils entrèrent.

— Madame Caressat est-elle sortie aujourd'hui ? demanda Thérèse Malvignan.

— Une minute seulement, dans l'après-midi, répondit la servante.

Ils prirent un assez long couloir, au bout duquel se trouvaient les portes de leurs chambres, voisines l'une de l'autre et dans lesquelles ils allèrent se débarrasser de la poussière qu'on rapporte toujours d'une course.

Quand ils se furent suffisamment ablutionnés, brossés, changés, ils reparurent. Le baron offrit son bras à la chanteuse et ce fut avec ce cérémonial qu'il firent leur entrée dans le salon où se trouvait Mᵐᵉ Caressat.

Dès qu'elle les aperçut, celle-ci se leva, leur tendit la
main et demanda :

— Comment allez-vous, bâron ?

Il faudrait avoir entendu ce *bâron* avec un *â* long d'un
kilomètre pour s'en faire une idée. On sentait que la
digne Mme Caressat regrettait de ne pas avoir la bouche assez grande pour prononcer ce *bâron*. Elle appuyait dessus, non sans une certaine grâce, mais assurément avec une jubilation sans pareille de pouvoir
l'exhaler. Elle en était heureuse, elle s'en faisait honneur.
Ce bâron — le mot qu'elle disait, bien entendu — l'eni-
vrait.

— Oh ! bâron, mettez-vous là, je vais très-bien.
Merci, bâron. Je ne vous attendais pas si tôt, bâron.

C'était une litanie et un refrain.

Mme Caressat était une charmante femme, de petite
taille, point grasse, point maigre, âgée de soixante-cinq
ans, mais jolie encore, avec ses yeux vifs et ses lèvres
roses, elle avait la plus sympathique physionomie du
monde.

Au premier coup d'œil on devinait qu'elle possédait
ce qu'on appelle de l'esprit dans Paris, c'est-à-dire de
de l'à-propos et des saillies. Mais son front pur, son nez
un peu court indiquaient chez elle, en revanche, une
très-petite dose de bon sens. Quant à cette qualité pré-
cieuse qu'on appelle prévoyance, elle en avait encore
moins que de bon sens.

Elle marchait d'un pas alerte ; sa voix sonnait comme
une clochette d'argent, et l'on était attiré vers elle quand
on voyait son regard rieur qui se mariait si bien avec
les abondantes boucles de cheveux blancs qui voltigeaient
sur son front et ses tempes comme une neige joyeuse.

Avec cela d'excellentes manières, un langage très-
correct ; on voyait qu'elle avait été bien élevée et l'on
sentait qu'elle devait être riche.

— Eh ! bien, bâron, ces courses ? reprit-elle, vous
êtes-vous bien amusé ?

— Oh ! mon Dieu, moi je suis un peu blasé sur ces choses là, répondit de Mainz d'un air important. Mais ma chère petite s'y est beaucoup divertie. C'est tout ce qu'il faut.

La chère petite était l'interminable échalas qui s'appelait Thérèse Malvignan.

— Comme ils s'aiment, les chers enfants, murmura la vieille dame.

— Pour tout dire, fit observer la diva, je m'y serais fort diverti si Michel n'avait encore jugé à propos de me mettre dans les transes avec sa manie de redresseur de torts.

— Qu'est-il donc arrivé, bâron ? demanda la vieille dame avec effroi.

— Oh ! rien. Une pauvre femme qu'on insultait.....

— Quoi donc ? Un homme assez mal élevé pour se permettre.

— Non. C'était....

— Eh ! mais, ma chère madame Caressat, vous connaissez bien Mme de Sébezac ?

— Je crois bien, baronne. Nous nous sommes liées bien jeunes. Il y a longtemps, hélas !

— Eh bien ! madame, reprit le baron, figurez-vous qu'elle a été fort malmenée par une danseuse de l'Opéra.

— Par une danseuse ? Et à quel propos.

— Eh ! à propos de rien. Cette pécore...

— Vous parlez de l'artiste ? demanda Mme Caressat.

— Bien entendu, fit en souriant le baron ; cette pécore qui n'a aucun talent cherchait sans doute à faire un esclandre pour attirer l'attention des gens qui n'aiment que les filles à scandale.

— Est-ce possible, bâron ? s'écria d'un air scandalisé la vieille dame.

— Mais rassurez-vous, ma chère madame Caressat, elle ne l'a point porté en paradis.

— Puisqu'il s'agit d'une femme de théâtre vous pour

riez dire : au paradis, riposta Mme Caressat, visiblement
enchantée de lancer cette pointe facile.

A ces mots la Malvignan et son compère le baron
partirent d'un éclat de rire beaucoup trop bruyant pour
être d'une franchise bien orthodoxe.

— Mais, reprit la brave dame, que lui est-il donc arrivé à cette danseuse?

— Oh! rien, sinon que je suis allé chez elle pour lui
ôter l'envie de recommencer.

— Vraiment.

— Et c'est ce qui me désole, murmura d'une voix do-
lente la diva, Michel ne peut pas se contenir. Il me fera
mourir d'inquiétude. Figurez-vous qu'il est allé trouver
cette Martha.

— Ah! C'est mademoiselle Versin?

— Oui, madame. Et il lui a demandé, continua Thérèse, s'il existait quelque gentleman capable de prendre
sa cause en main.

— Ah! mon Dieu! un duel, fit madame Caressat en
levant les bras au ciel.

— Rassurez-vous, Madame, reprit le baron, je n'aurai malheureusement pas la joie de venger Mme de Sébezac.

— Comment?

— Cette femme n'inspire à personne assez d'intérêt
ou d'affection pour que l'on veuille épouser sa querelle.

— Ni intérêt, ni affection! répéta Mme Caressat sur le
ton le plus parfait de la femme tendre et sensible. Pauvre fille !

— Vous pourrez dire à Mme de Sébezac, reprit le
baron que, sans cette circonstance, j'aurais été tout à
fait heureux de me déclarer son chevalier...

— Elle le saura, bâron, elle le saura. Pas plus tard que
demain, j'aurai le plaisir de lui faire une visite pour le
lui apprendre. Et je pense qu'elle tiendra, quand elle
saura votre noble conduite, bâron, à vous remercier
elle-même.

— Pour moi, je serai enchanté de l'assurer de mon respect et de lui présenter mes hommages.

Le dîner venait d'être servi, on passa dans la salle à manger. Madame Caressat, placée entre la cantatrice et son baron, fit les honneurs du repas.

Dès que l'appétit des convives — et il était brillant — fut un peu assourdi, la conversation continua de plus belle. Ce fut Mme Caressat qui reprit la parole.

— Je ne sais comment vous exprimer mon admiration, cher bâron, pour l'élévation de vos sentiments et pour les élans de votre courage.

— Oh ! madame ! fit l'étranger avec modestie.

— Aussi, je me réjouis tous les jours de la chance que j'ai eue. Désirant alléger le fardeau, un peu trop lourd pour moi, d'un loyer de trois mille francs, je me décidai à louer une partie de mon appartement. Il n'y avait pas deux heures que l'écriteau était posé...

— Quand je passai, par hasard, avec ma chère Thérèse, nous levâmes le nez...

— L'idée vous vint de monter.

— Nous nous entendîmes sur le prix... je vous donnai des arrhes.

A ce dernier trait, Mme Caressat eut un petit soubresaut, mais elle n'en continua pas moins :

— Et voilà six mois que nous menons, tous les trois, l'existence la plus heureuse. J'ai des pensionnaires charmants et je pense, bâron, que vous n'avez pas à vous plaindre de votre vieille hôtesse ?

— Hôtesse deux fois, reprit de Mainz, car vous avez été assez bonne pour vouloir bien nous prendre en pension, et vous nous nourrissez comme des princes...

— Je fais ce que je peux...

— Mais à ce propos, s'écria le baron d'un ton sévère, il faut que je vous gronde. A plusieurs reprises, j'ai eu l'honneur de vous demander la note de ce que je vous dois et vraiment vous nous la faites bien attendre.

— Mais, bâron...

— Vous n'avez rien à craindre avec moi, vous le savez, et j'en réponds, mais encore peut-être vaudrait-il mieux régler tous les trois mois ou toutes les six semaines. Je vous trouve trop confiante, ma chère madame Caressat... Si au lieu de tomber sur moi, vous aviez eu affaire à quelque intrigant, il aurait pu se faire nourrir pendant deux trimestres et vous tirer son chapeau ensuite...

— Oh ! bâron, je n'aurais pas été si confiante avec tout le monde.

Sur ce dernier mot on s'occupa d'autre chose. M. de Mainz parla des grandes opérations industrielles commerciales ou financières auxquelles il était mêlé.

Cet homme avait vraiment un talent tout particulier pour jongler avec les millions ; on ne pouvait s'empêcher d'admirer avec quelle désinvolture il traitait la vente d'un terrain de trois cent mille mètres à cent vingt-sept francs soixante seize centimes le mètre. Et la question des tramways entre Rouen et la Villette, et la construction de quatorze grands navires à vapeur pour le transport en Europe des moutons de l'Australie.

Mme Caressat ouvrait de grands yeux et restait ébahie. Elle se sentait pénétrée de vénération pour un homme si extraordinaire.

— Vraiment, disait-elle, c'est cette dernière affaire qui me séduit le plus.

— Quand on songe que nous payons les bonnes côtelettes douze sous, remarqua la diva, et que, grâce à Michel, toute la France pourra en manger qui ne reviendront pas à plus de onze centimes l'une dans l'autre.

— Oui, c'est le côté humanitaire qui me frappe dans cette gigantesque entreprise. Est-ce que vos navires seront bientôt en état de prendre la mer, bâron ?

— Peste, madame Caressat, comme vous y allez. On ne construit pas des bâtiments de cinq mille tonneaux comme on fait un pot au feu.

— Je m'en doute bien, bâron.

— Voici où nous en sommes. Les nouvelles sont toutes fraîches, je les tiens de M. Chauvrier, notre directeur, que j'ai rencontré aux courses. On lancera la *Thérèse*, le premier des quatorze vapeurs, dans cinquante ou cinquante-cinq jours. Le temps de le mâter, de le gréer, de l'aménager, de le charger, et il partira pour Sydney ou Melbourne avec quinze cent mille francs de marchandises.

— Des marchandises françaises? demanda Mme Caressat, qui était patriote.

— Oh! ceci n'est pas encore déterminé. On s'inspirera, au bon moment, des besoins de l'Australie. Du reste, d'ici là, je serai fort occupé...

— Encore une nouvelle affaire, bâron? demanda Mme Caressat de sa petite voix si douce.

— Oui, une émission.

— Une émission! répéta la bonne femme qui n'était pas très au courant des expressions du monde financier.

— Je vais organiser, dit de Mainz sur le ton d'un homme qui consent à descendre jusqu'aux explications fastidieuses, je vais organiser une société par actions pour l'exploitation d'une mine d'or en Nouvelle-Calédonie. Cette mine existe. Elle est déjà en pleine prospérité depuis trois ans et chaque inventaire annuel donne quatre millions de bénéfices net.

— C'est énorme! fit d'un air ennuyé la diva qui poussait l'art de donner la réplique sans en avoir l'air aussi loin que le plus exigeant compère aurait pu le rêver.

— Enorme, en effet, répéta Mme Caressat très-sincèrement.

— Je lancerai sur le marché quatre-vingt mille actions de cinq cents francs qui dès la première année toucheront un dividende sûr de dix pour cent...

— Mais, bâron, pourquoi demander de l'argent au public, interrogea naïvement Mme Caressat, puisque l'affaire est en pleine prospérité ? A mon avis, les propriétaires de la mine sont bien bêtes de s'en dessaisir et de donner leurs quatre millions annuels à des actionnaires.

— Pauvre femme ! fit l'étranger d'un ton paternel. Apprenez, madame Caressat, que cette mine pourrait produire huit, douze, et peut-être quinze millions par an.

La vieille dame ouvrait de grands yeux.

— Ce qui manque aux propriétaires actuels, ce sont les fonds nécessaires pour installer une exploitation dix, vingt, cent fois plus importante que celle qu'ils possèdent. Ils manquent d'outillage, de machines de toute sorte. Les quarante millions que nous demandons au public serviront à mettre sur pied une armée d'ouvriers servie par les engins les plus puissants qu'on ait jamais vus et dirigée par les ingénieurs les plus savants et les plus habiles du monde entier.

Il y eut un silence.

— C'est égal, reprit Mme Caressat avec entêtement, si la mine était à moi, je me garderais bien d'aller chercher quatre-vingt mille associés. Je me contenterais d'appliquer pendant quelques années mes quatre millions de bénéfice à améliorer mon matériel, mon personnel et mes moyens d'extraction ; car je suppose qu'on peut s'offrir pas mal de machines et beaucoup d'ingénieurs avec quatre millions.

Le baron fit un geste d'impatience. La cantatrice jeta un regard vipérin sur la brave hôtesse, qui ne s'aperçut de rien, et qui reprit :

— Mais cela ne me regarde pas, et si ces gens-là y trouvent leur compte, je n'ai rien à dire.

IV

UNE ANCIENNE CONNAISSANCE

On se leva pour aller prendre le café au salon, ce qui était la règle.

Quand Mme Caressat et ses deux pensionnaires y pénétrèrent, ils ne furent pas peu surpris d'y trouver un quidam installé dans un fauteuil.

Ce quidam, qui s'amusait à frapper d'une mince canne la pointe de sa botte, se leva dès qu'il aperçut ces dames et leur fit un salut profond.

Puis se redressant, il alla droit à de Mainz et lui dit sur un ton d'imperceptible ironie?

— Bonjour, monsieur le baron !

A ces mots, de Mainz s'arrêta net. Les bonnes couleurs qui égayaient sa large face s'évanouirent comme par magie. Il devint blême. Ses lèvres tremblèrent un instant. La sueur jaillit pour ainsi dire à son front.

— Ah ! ah ! reprit le visiteur, à coup sûr inattendu, je vous fais l'effet d'un revenant, mon cher baron. On vous aurait bien étonné si l'on vous eût annoncé ma visite. J'ai voulu vous en faire la surprise.

De Mainz, pendant ce verbiage où l'insolence et la menace perçaient sous chaque mot, avait eu le temps, sans doute, de se remettre, car il fit deux pas en avant.

— Et vous avez bien fait, dit-il. Rien ne pouvait m'être plus agréable que le plaisir de vous voir.

— Merci, fit le visiteur, mais faites-moi donc la faveur de me présenter à ces dames, votre femme, je pense...

Et il désignait du regard Thérèse Malvignan, qui flairait un danger.

— Madame votre belle-mère, je suppose, ajouta-t-il.

Et d'un geste, il indiquait discrètement Mme Caressat.

— Pas tout à fait, mon cher ami, répondit Michel de Mainz. Je vous présente Mme Caressat, qui n'est autre chose que ma très-aimable propriétaire ; ma chère madame Caressat, M. Blanchard, de Saint-Pétersbourg.

— Monsieur est Russe comme vous? demanda la vieille dame.

A cette question, M. Blanchard fit un singulier mouvement d'épaules qui pouvait exprimer un étonnement.

— Non, madame, répondit le baron, non, M. Blanchard n'est pas mon compatriote. Il est Français, et c'est seulement à titre de grand industriel qu'il habite la capitale russe.

Le nouveau venu s'inclina comme un homme qui n'a pas un mot à ajouter et se tourna vers la Malvignan comme pour engager de Mainz à parachever la présentation. Michel s'exécuta.

— Mon cher Blanchard, Mlle Thérèse Malvignan cantatrice du plus grand talent et qui veut bien m'honorer de son amitié. La plus charmante femme du monde, et la voix la plus suave qu'on ait jamais rêvée. Vous l'entendrez. Nous sommes fiancés.

M. Blanchard s'inclina et ne fit aucun compliment à la chanteuse, ce qui mit un peu de froid dans la conversation.

— Oserai-je, monsieur, dit bientôt Mme Caressat, vous prier d'accepter une tasse de café?

— Je vous remercie, madame, la Faculté me défend ce breuvage.

— Cet excellent Blanchard! s'écria tout à coup le baron comme un homme ravi d'avoir retrouvé le plus fidèle de ses amis. Un peu plus, il eût déclaré que sa fortune allait prendre une face nouvelle. Mais, malgré cela, les couleurs ne revenaient pas à ses joues.

On prit le café.

Michel ne tenait plus en place. Il lâchait de temps à autre quelques paroles banales, et sa contenance eût étonné une personne plus clairvoyante que Mme Ca-ressat.

— Dites-moi, monsieur le baron..., fit enfin M. Blanchard.

— Que désirez-vous ?

— Seriez-vous assez bon pour me consacrer votre soirée.

— Comment donc ? Mais j'allais avoir l'honneur de vous le demander.

— Je ne priverai pas trop ces dames ?

La Malvignan et Mme Caressat protestèrent chacune de leur côté.

— Je ne sais comment vous exprimer toute ma gratitude, dit alors M. Blanchard, qui se leva et prit son chapeau.

La Malvignan se glissa derrière de Mainz et lui dit d'une voix brève :

— Quel est cet homme ?

— Vous le saurez ce soir, répondit de Mainz.

Le baron et M. Blanchard sortirent du salon en se faisant des politesses.

Dès qu'ils furent dans la rue, Blanchard reprit la parole, toujours sur le même ton de la plus parfaite ironie.

— Vous ne m'attendiez pas, je gage, monsieur et cher baron ?

De Mainz, à cette question, ne jugea pas à propos de répondre. Il trouva sans doute plus sage d'interroger.

— Que me voulez-vous ? demanda-t-il, avec infiniment d'aplomb.

— Vous vous en doutez bien un peu, n'est-ce pas ? Mais, malgré le beau temps qu'il fait, je trouve que la rue n'est pas un endroit suffisamment commode pour causer de nos affaires.

— Pourquoi donc ? nous pouvons aller au bois...

— Au coin du bois? demanda Blanchard, toujours railleur.

— Ah! fit le baron sur le ton tragique, il serait temps de cesser de pareilles plaisanteries.

— Comment! s'écria Blanchard sur le mode aimable, c'est vous qui allez vous fâcher? Ce serait drôle. Mais je n'ai pas le temps de me divertir des prétentions que vous affichez. Nous sommes d'anciens amis, pas vrai?

— Sans aucun doute.

— C'est pour cela que je me suis permis d'aller vous relancer jusque chez vous, à l'heure de votre dîner. En venant plus tard, j'aurais craint de ne pas vous rencontrer, et je tenais à vous voir.

Le baron fit une moue. Evidemment, il n'eût pas été fâché d'esquiver la visite. Mais le vin était tiré.

— Seulement, continua Blanchard, j'ai ,ce soir même et dans quelques instants, une affaire importante à terminer. Je voudrais donc vous revoir d'ici deux heures.

— Je ne puis pourtant pas faire le pied de grue en vous attendant.

— Vous le feriez si je l'ordonnais, dit Blanchard très-énergiquement. Mais je ne suis pas exigeant à ce point, ajouta-t-il subitement radouci.

— Alors, que désirez-vous?

— Un homme tel que vous, monsieur le baron... A propos, vous devez bien rire quand vous entendez votre vénérable hôtesse prendre un ton presque dévot pou vous appeler bâron.

— Au fait, monsieur Blanchard, au fait, vous allez manquer votre importante affaire.

— Ne craignez rien. Donc, un homme tel que vous, disais-je, ne peut manquer d'avoir un cercle.

— Pourquoi pensez-vous cela?

— Mais parce qu'un cercle est un admirable terrain pour servir de champ de bataille ou, si vous le préférez, de terrain de manœuvre.

— Eh bien! oui, je fais partie d'un cercle, répondit de Mainz.

— C'est parfait! Veuillez être assez bon pour me dire la rue et le numéro de ce club.

— Chaussée d'Antin, 71, au premier.

— Parfait, vous serez assez bon pour m'y attendre. J'y serai à onze heures précises, nous causerons.

— C'est fort bien, monsieur; vous m'y trouverez à l'heure dite.

— Vous voyez combien je suis aimable, reprit le négociant de Saint-Pétersbourg, je vous donne deux heures pour réfléchir à la façon dont vous pourrez vous moquer de moi. Mais cette fois, j'ose prétendre que ce sera difficile.

V

LE PÈRE

Sur ces derniers mots, Blanchard fit un signe de la main et s'éloigna dans la direction du boulevard Malesherbes qu'il descendit jusqu'à Saint-Augustin. Une fois là, il s'orienta comme un homme qui a un peu désappris son Paris et gagna le boulevard Haussmann, puis la rue Neuve-des-Mathurins et pénétra dans une maison que nous connnaissons déjà, celle qu'habitait Martha Versin.

Dès que la jeune artiste, chez laquelle il venait de sonner, eut lu son nom sur une carte de visite, elle s'élança dans l'antichambre.

— Qu'il entre! qu'il entre! s'écria-t-elle.

Et apercevant Blanchard, elle courut à lui, se jeta dans ses bras, lui tendit son front sur lequel le visiteur mit un affectueux baiser.

— Ah! comme vous arrivez bien! lui dit-elle, en le prenant par la main et en le conduisant dans son

boudoir. Asseyez-vous là, dans ce bon fauteuil, embrassez-moi encore. O Dieu ! que c'est bon de vous
revoir et que je vous aime, cher père !

— Chut ! fit Blanchard en souriant.

— Est-ce que cela vous fâche que je vous appelle
ainsi ?

— Non, mon enfant, non. Mais à quoi bon dire cela
trop haut ? Je ne puis, moi, t'appeler ma fille qu'en me
cachant, et c'est un des tourments de ma vie aujourd'hui.

— Depuis quand êtes-vous arrivé ?

— Depuis cette après-midi ; si ma première visite n'a
pas été pour toi, c'est que j'avais à m'occuper d'une
grave affaire. Mais tu le vois, je n'ai guère tardé.

— Et je vous en remercie, murmura Martha qui
s'était pelotonnée dans un fauteuil bas à son côté et
qui venait de passer son bras sous celui de son père
avec un geste câlin.

— Et maintenant, causons, ma petite Martha.

— Causons, mon petit père, répéta la jeune femme

— Voyons ! donnez-moi vos deux mains et regardez-
moi. Es-tu heureuse, mon enfant ?

Le front de la chanteuse s'assombrit.

— Non, mon père, répondit-elle.

— Tu n'es pas heureuse ! s'écria Blanchard, et
pourquoi ?

— Pourquoi ? pourquoi ? ce serait long et difficile à
dire.

— Qu'importe, dis toujours. J'ai deux longues heures
à te consacrer. Dans deux heures on peut raconter une
infinité de choses.

— Vous avez raison. Eh bien, mon pauvre petit père,
je n'étais pas née pour le métier que l'on m'a donné.

Blanchard, à ces mots, regarda sa fille avec une
visible émotion. Une flamme joyeuse s'alluma dans ses
yeux.

— Pauvre petite, dit-il, tu ne sais pas de quelle joie
amère tu me combles en me faisant cet aveu. Tu peux

être convaincue que je ne t'aurais jamais parlé de cela.
Une destinée misérable a voulu que, malgré moi, tu fusses
jetée dans un milieu que je connais et que je tiens en
piètre estime.

— Quelle destinée ?

— Eh ! ma chère enfant, nous n'avons jamais eu
l'occasion de nous expliquer sur ce point. Mais après ce
que tu viens de me dire, je puis parler sans crainte.

— Oh ! oui, allez. Car vous ne direz jamais de ce que
je suis et de ce que j'ai fait tout ce que j'en pense. Moi
qui aurais voulu... mais parlez, parlez.

— Je ne veux pas récriminer contre ta mère. C'est
avec elle que je mangeai mon patrimoine, si complètement que je fus obligé de m'expatrier pour refaire ma
fortune.

— Oui, je me souviens de votre départ, quoique je
fusse bien petite. Vous m'avez, ce jour-là, couverte de
baisers qui m'ont laissé le plus cher souvenir.

— Dès que je fus un peu revenu à flot, je n'eus qu'un
souci : toi. Je voulais que tu fusses une demoiselle, que
tu fusses honnête et charmante.

Une larme tomba des yeux de Martha.

— Retenu en Russie, sans en pouvoir bouger, car
j'étais employé et employé indispensable dans la maison
qui m'avait accueilli à mon arrivée, je me contentai
d'envoyer de l'argent à ta mère pour qu'elle te plaçât
dans un pensionnat.

— Vous avez fait cela ?

— Oui, mon enfant.

— Et ma mère garda l'argent ?

— Oui, sans doute.

— Et le pensionnat où elle me mit fut l'école de
danse.

— Hélas ! oui. Je le sus tard, trop tard, car, bien entendu, ta mère s'était gardée de me l'apprendre. Mes
affaires avaient prospéré. Je m'étais établi. Il m'avait fallu
rester à la tête de ma maison pour lui donner l'impulsion

nécessaire, et lorsque je revins à Paris pour la première fois, le mal était fait. Tu venais de débuter.

— Oui, et j'étais très-fière de mon succès, qui m'avait un peu grisée.

— C'est ce que je vis.

— Pourquoi ne m'avez-vous rien dit à cette époque ? J'étais si jeune, si enfant pour mieux dire, que je n'avais pas eu le temps de réfléchir.

— Pourquoi je ne t'ai rien dit ? Parce que tu étais dans toute l'ivresse d'une gloire naissante ; parce que tu aurais pu me répondre que j'étais aussi coupable que ta mère de ce qui était arrivé.

— Oh ! cher père...

— Je fus cruellement atteint en apprenant ce que tu étais devenue. Mais je ne pouvais pas ne pas t'aimer. Il ne me restait que cette consolation.

— Et... demanda la jeune femme avec une tristesse profonde... vous saviez tout ?

— Tout, répondit Blanchard avec amertume.

Puis, au bout d'un instant, il reprit :

— Moi qui avais rêvé, en travaillant là-bas, durant de longs hivers, que je ferais de toi une bonne et douce mère de famille, moi qui songeais constamment à t'amasser une dot, une dot assez ronde pour que celui qui t'aimerait ne songeât pas trop à ta naissance et à ce qu'avait été ta mère !

— Mon père, mon père, ne parlons plus de cela.

— Hélas ! non, n'en parlons plus. Et pourtant ne viens-tu pas de me dire que tu n'aimais plus ton art ?

— Il me fait honte. Je ne puis plus entrer en scène sans être écœurée à l'idée que je vais sauter devant deux mille personnes dont la plus indulgente n'a pour moi que du dédain.

— Est-ce que tu voudrais quitter le théâtre ?

— Oui, si je pouvais.

— Et que ferais-tu ?

— Savez-vous ce que je rêve ?

— Non, mais dis toujours.

Je voudrais pouvoir aller me cacher dans un petit village bien gai, bien perdu au fond de quelque vallée, un de ces petits pays invraisemblables où l'on ne sait même pas ce que c'est que l'Opéra.

— Et puis?

— Et puis, je voudrais y vivre tranquille, avec quelques sous. Il n'en faut pas beaucoup pour se nourrir dans ces fonds de campagne. J'y serais si heureuse! J'aurais des bêtes, des fleurs et peut-être des amis dans ce petit monde.

— Pauvre chère folle! Tu ne sais pas ce que tu cherches.

— Mais si, mais si. Je cherche l'oubli et je suis avide de respect. Je voudrais qu'au bout de trois ans il n'y eût qu'un cri sur mon honorabilité.

— Mais, singulière enfant, crois-tu que tu pourrais te si bien cacher qu'il ne passât jamais dans ton petit village quelque habitué de l'Opéra?

— Eh! qui l'empêcherait d'y passer!

— Il te verrait, et, dès son retour à Paris, il ne manquerait pas d'informer les petits journaux de sa découverte. Les reporters seraient trop enchantés d'une pareille aubaine pour n'en pas parler à plume que veux-tu.

— Qu'est-ce que cela pourrait me faire? demanda Martha.

— Cela te ferait qu'un ou deux de ces journaux arriveraient un matin dans ta solitude. Le notaire ou le maire lirait l'article à deux fois, sans en croire ses yeux, et il n'aurait rien de plus pressé que d'aller le faire savourer à tous les notables du crû.

Et, dès ce moment, ces excellents notables, convaincus que tu serais le diable en personne ou tout au moins quelque chose d'approchant, te fermeraient leurs portes et mesdames leurs épouses marmotteraient des exorcismes dès que tu paraîtrais dans la rue.

— Alors, je ne puis plus espérer de reconquérir l'estime que j'ai perdue sans le savoir ?

— Si. A la condition pourtant de ne pas quitter Paris d'abord.

— Mais je serais obsédée et peut-être insultée, objecta Martha qui se souvint de l'incident des courses.

— Bon ! tu sauras bien te défendre. Et lorsque l'on se sera habitué à te voir chaque jour, on ne songera plus à s'occuper de toi dès que tu mettras ton rêve à exécution, c'est-à-dire lorsque tu t'envoleras vers le petit village dont tu parlais tout à l'heure.

— Soit... fit Martha.

— Seulement... reprit Blanchard.

— Il y a donc un seulement ?

— Il y en a un très-gros.

— Voyons-le, s'il vous plait.

— Seulement, es-tu bien sûre de ne pas céder, en renonçant au théâtre, à un mouvement de dégoût très passager ?...

— Oh ! non.

— Attends un peu. Es-tu bien sûre que tu ne regretteras rien ?

— Je ne crois pas.

— Prends garde. Les soirées sont longues l'hiver, quand on a eu l'habitude de les voir s'envoler au bruit de l'orchestre et des applaudissements. A la campagne surtout, quand tu seras seule avec une servante plus ou moins maussade, plus ou moins bête, ne te reviendra-t-il pas des bouffées de souvenirs ?

Martha restait pensive.

— Ne songeras-tu pas aux triomphes qui t'attendaient à chaque apparition sur la scène ? Ne te prendra-t-il pas la fantaisie de revoir ce monde que tu auras cru pouvoir quitter sans regrets, et n'auras-tu pas envie, en voyant le succès d'une rivale, de revenir lutter avec elle pour reconquérir cette faveur si changeante du public ?

Martha, très calme, répondit :

— Mon père, non. Je suis sûre que je n'aurai aucune envie de reprendre une carrière qui ne m'inspire aujourd'hui que de la répulsion. Ce ne sont ni la fatigue, ni la monotonie de ma profession qui m'excèdent, c'en est...

Elle hésita.

— Parle, mon enfant...

— C'en est, dit-elle alors à demi-voix, l'impudeur.

Blanchard eut un sourire satisfait.

— Alors, tu es bien décidée ?

— C'est-à-dire que je serais bien décidée s'il n'y avait à la réalisation de mes espérances des empêchements matériels.

— Que veux-tu dire ?

— Je suis engagée à l'Opéra pour dix-huit mois encore.

— Eh bien ?

— Il faut que je tienne cet engagement ou que je paie un dédit.

— De combien ?

— De quarante mille francs.

— Viens m'embrasser, Martha. Si tu es modeste, si tu sais te contenter d'une petite rente, je serai demain en état d'exaucer tes vœux.

— Vrai ?

— Vrai, ma chérie. Tu compteras quarante mille francs à ton directeur et tu auras dix mille francs de rente...

— Oh! c'est trop, c'est trop !

— S'il t'en reste, tu feras la charité.

— Oh ! père, j'y aurais un plaisir bien grand, mais c'est trop.

— Non, ma fille, ce n'est pas trop.

Ce soir, je compte voir un homme qui me doit une grosse somme. Je n'espère point qu'il me la paie. Mais au cas où je parviendrais à l'y forcer, ce serait déjà la moitié de ce qu'il me faudrait pour assurer ton avenir.

Quant au dédit, dès demain je t'apporterai la somme, ou, pour mieux faire, je vais te la donner tout de suite.

Sur ce mot, Blanchard tira de sa poche un carnet de chèques, écrivit quelques mots et dit :

— Tu n'auras qu'à te présenter dès demain matin chez MM. Lordet et Grossat ; on te comptera les quarante mille francs à présentation.

— Comment vous remercier, cher père ?

— Eh ! mon Dieu ! en m'aimant bien.

— Oh ! ça, c'est trop facile.

— Petite flatteuse !

— Est ce que vous resterez longtemps à Paris ?

— Non. Ma présence ici est presque un mystère. Trois personnes au plus doivent en être informées. Et dès que j'aurai fait un coup,..

— Un coup ? répéta Martha souriante.

— Oui, un coup de commerce sur lequel je compte beaucoup.

— Dès qu'il sera fait, vous repartirez...

— Oui, mais non pas sans t'avoir donné ce que je t'ai promis. A moins...

— A moins ? répéta la chanteuse.

— A moins qu'une dépêche ne me rappelle subitement, auquel cas je t'enverrai, de Russie ou d'ailleurs, une traite pour que tu puisses mettre tes beaux projets à exécution.

Mais il faut que je te quitte.

— Déjà ?

— Oui, voici l'heure du rendez-vous que j'ai donné et je serais désolé de ne point être exact.

— Ne vous reverrai-je pas demain ?

— Si, mais demain tu danses ?

— En effet ; ce sera probablement pour la dernière fois.

— Ainsi tu quitteras l'Opéra comme ça sans tambour ni trompette...

— Et avec un soulagement dont vous n'avez pas une idée.

— Tu me fais bavarder, nous causerons de tout cela demain.

— A quelle heure viendrez-vous ?

— A deux heures, si cela ne te dérange pas.

— Je vous attendrai. Allons, vilain père trop occupé, allez à vos affaires.

— A demain, ma chérie.

Blanchard embrassa tendrement sa fille et s'apprêtait à sortir, lorsqu'on sonna. Il regarda Martha, qui rougit jusqu'aux cheveux.

— C'est la dernière fois que celui que vous allez peut-être voir vient ici.

— J'aime autant ne pas le voir.

— Je vous remercie ; venez avec moi.

Martha prit son père par la main, lui fit traverser deux grandes pièces et lui dit :

— Vous pouvez partir. On m'attend probablement dans le salon.

Blanchard ouvrit une porte — il y avait quelque chose de gêné dans son attitude — traversa l'antichambre et sortit.

VI

LA RUPTURE

Martha, pensive, revint lentement vers le boudoir où elle avait reçu son père. Elle le traversa sans s'y arrêter et entra dans le salon. Pierre, assis près d'une lampe, feuilletait un livre nouveau.

— Il paraît, dit-il sans cesser de lire ou de faire semblant, il paraît que c'est aujourd'hui la journée aux visites, la journée des Dupes, peut-être.

— Que voulez-vous dire, Pierre ?

— Eh ! ma chère amie, rien de plus que ce que je dis.

— Alors, vous avez tort.

— Est-ce que la personne qui sort d'ici est venue également pour vous demander des explications sur l'affaire de Mme de Sébezac ?

— Mon cher Pierre, répondit Martha sans mauvaise humeur, je pensais que vous me connaissiez mieux. Je ne prendrai pas la peine de me justifier. L'accusation est trop affreuse, et si vous saviez la vérité, vous regretteriez de l'avoir formulée, cette accusation.

— Enfin, ma chère, il y avait là...

— Il y avait là mon père, interrompit brusquement la chanteuse, qui, pour ne pas donner le temps à Leval de faire une réflexion quelconque, continua :

— Oui, mon père que je vois pour la troisième fois depuis quatorze ans, et avec l'aide duquel je puis mettre à exécution des projets caressés depuis longtemps.

— Quels projets ?

— Je vous estime trop, mon ami, reprit Martha sur un ton presque triste, pour ne pas croire que je vais vous faire de la peine.

— Que voulez-vous dire ? Voudriez-vous me quitter ?

— L'expression dont vous venez de vous servir, Pierre, a, dans notre monde, un sens qui ne peut s'appliquer à mes intentions.

— Mais enfin, c'est cela que vous voulez dire, n'est-ce pas ?

— Je veux dire que nous nous séparerons.

— Martha...

— Attendez. Il faut nous séparer. Vous savez que je n'aime pas le mensonge et jusqu'à ce jour ma plus grande qualité, peut-être, est d'avoir toujours été franche.

— Est-ce que vous n'étiez pas heureuse avec moi ? demanda Leval.

— Si j'avais dû être heureuse avec quelqu'un, ç'aurait été sûrement avec vous. Je veux ajouter que je ne prends pas cette détermination sans regrets, mais elle doit être irrévocable.

— Je sais, on dit ces choses-là plus ou moins gracieusement, et il faudra bien que je m'en contente si vous l'exigez, dit Pierre. Mais quelle est la raison qui vous pousse à cela ?... Est-ce qu'il y aurait à Paris un homme...

— N'allez pas plus loin, monsieur Leval, vous faites fausse route. Il faut nous séparer pour plusieurs raisons. La première, c'est que je suis un obstacle à votre mariage.

— Oh ! dans ce cas, ma chère...

— Mais ce n'est pas la plus importante, ni celle qui m'aurait décidée si j'avais été une femme comme tant d'autres...

— Après vous, je ne verrai, je ne connaîtrai personne, je vous l'affirme. Vous pourrez emporter cette consolation, si c'en est une. Dès demain, je quitte l'Opéra...

— Vous quittez l'Opéra ! s'écria Pierre abasourdi.

— Oui, mon ami.

— Et pour quoi faire ? Qu'allez-vous devenir ? Vous n'avez pas de fortune. Je sais même que vous avez été assez folle pour donner ce qu'il pouvait y avoir chez vous à votre mère.

— Mon cher Pierre, je vais devenir une petite femme tranquille, qui vivra dans un coin, oubliée jusqu'au jour où elle sera honorée.

— Encore cette marotte...

— Marotte tant que vous voudrez, mais rien ne pourra m'en détourner. Du reste, rassurez-vous, mon ami, j'aurai de quoi vivre. Dès demain, je romprai mon engagement à l'Opéra, je paierai mon dédit et mon père pourvoira aux nécessités de ma vie.

— Vous êtes folle, Martha. Si je ne craignais de vous

froisser, je vous ferais comprendre que vous courez après une chimère. La considération que vous poursuivez...

— Je ne pourrai pas la conquérir, n'est-ce pas? Eh bien, mon cher, si je ne réussis pas à gagner l'estime du monde, j'aurai toujours la mienne propre, et vous conviendrez que c'est déjà quelque chose.

— Mais moi, Martha, moi...

— Vous, mon ami, vous deviendrez un très-aimable père de famille et je ne vous dis pas : vous m'oublierez, car je suppose qu'au contraire, si je persiste dans mon projet, vous aurez de moi un souvenir auquel se mêlera peut-être quelque respect.

— Ah! Martha, vous savez bien que je vous respecte.

— Ne dites pas cela.

— Et surtout que je vous aime. Vous ne pouvez pas douter que je vous aime.

— Vous croyez m'aimer, mon ami. Vous avez été flatté d'avoir pour amie une étoile de l'Opéra, et c'est tout. Demain, je ne serai plus qu'une petite fille assez jolie, ayant beaucoup de défauts, peu de qualités et poussant assez loin l'art d'être fort ennuyeuse.

— Ne parlez pas ainsi, Martha.

— Pourquoi donc? tout ce que je dis là n'est-il pas vrai?

— Eh bien! ma chère, bien chère enfant, franchise pour franchise. Oui, il y a du vrai dans ce que vous avez dit. Oui, j'avoue qu'au début il y avait en moi moins d'amour que d'orgueil satisfait.

— Vous voyez bien!

— Mais depuis, j'ai appris à vous connaître. Je ne soupçonnais pas que sous la...

— Sous la danseuse.

— Que sous le premier sujet se cachait une femme intelligente et fine, une créature excellente, et je me **suis laissé peu à peu enguirlander par toutes vos grâces**

privées, qui valent au centuple les grâces de convention
dont le public est honoré. Bref, ma chère Martha, je
vous le dis avec sincérité, sans pose, sans arrière-pen-
sée, je vous aime maintenant, je vous aime ardemment.

— Pauvre ami, vous vous montez la tête.

— Écoutez-moi. Quittez l'Opéra si vous voulez, mais
ne me dites pas que tout est fini entre nous. Vous me
rendriez trop malheureux. Je vous en prie, Martha, je
vous en supplie.

— Si vous m'aimez, mon cher Pierre, pourquoi, répondit la jeune femme, pourquoi voulez-vous m'empêcher de faire la première action honorable de ma vie ?
Du reste, à quoi servirait une prolongation de notre...
amitié ? A rien, n'est-ce pas ?

Elle s'arrêta. Pierre resta muet.

— Il vaut donc mieux en finir ce soir même. A mon
tour, je vous supplie de vous retirer. Ne considérez pas
cela comme une injure pour vous. A un autre j'aurais
dit : Allez-vous-en ! A vous, je vous demande d'avoir
autant de courage que moi.

Leval essaya par des raisonnements, aussi serrés que
nombreux, d'ébranler sa résolution. Mais il ne put y
parvenir.

— Vous ne réfléchissez pas, Pierre, que vous me prê-
chez le mal. Mais je le connais et je sais ce qu'il vaut.
Vous ne parviendrez pas à me faire revenir sur ma détermination. Donnons-nous la main comme de vieux
amis qui garderont un bon souvenir l'un de l'autre.

— Si c'est là toute la consolation qui me reste.

— Allons, pas d'amertume, Pierre, et adieu. Si je
jouais la comédie de la vertu, je vous dirais que je veux
même oublier votre nom, mais je ne me fais pas
meilleure que je ne le suis. Vous avez été pour moi un
loyal ami et je prendrai beaucoup de plaisir à me le
rappeler.

Leval, vaincu par la ténacité douce de Martha qui

s'était levée et qui lui tendait la main, quitta son fauteuil aussi, ne pouvant ou ne voulant pas dissimuler une larme qui tomba de ses yeux sur la main de la chanteuse lorsqu'il se pencha pour y déposer un baiser !

— Adieu donc, lui dit-il, puisque c'est votre volonté.

— Adieu, mon ami, et merci de cette émotion qui me prouve combien vous êtes sincère.

Elle le conduisit doucement vers la porte. Pierre, voyant que tout était vraiment fini, lui serra la main et s'enfuit plutôt qu'il ne s'en alla de chez elle.

Quand il fut parti, la jeune femme, à bout de forces, resta un moment immobile et murmura :

— Non, c'était trop de prétention. Et il croit m'aimer !

VII

L'AMI DE LA DIVA

Pendant que ce gros événement s'accomplissait chez la fille de Blanchard, celui-ci avait rejoint le baron de Mainz au cercle de la Chaussée-d'Antin.

Comme s'en était bien douté l'industriel de Saint-Pétersbourg, ce cercle n'était à proprement parler qu'un de ces établissements fondés par quelque exploiteur des passions humaines, et dans lesquels on trouve à déjeuner, à dîner, mais surtout à jouer.

Pour sauver les apparences, il y avait bien à cette réunion d'hommes un président plus ou moins sérieux, un secrétaire à la hauteur du président, mais la besogne de ces deux fonctionnaires était fort limitée.

Tout le poids de l'administration retombait sur l'exploiteur des passions humaines, qui se contentait du titre modeste de gérant, mais qui empochait seul les produits du jeu et les bénéfices faits sur la vente des cartes.

Rien n'était plus facile que de s'introduire dans l'antre. Il suffisait d'oser. Et lorsque Blanchard demanda le baron de Mainz à un garçon de service, celui-ci lui répondit tranquillement :

— M. le baron est dans les salles.

Pas d'autres formalités.

Blanchard accrocha son chapeau à une patère numérotée et entra.

A peine avait-il fait deux pas dans la première pièce où s'exécutaient silencieusement des bouillottes énergiques, qu'il vit venir à lui un grand gaillard à la face un peu ravagée, aux tempes légèrement dégarnies, au sourire aimable, qui leva les bras en l'air et s'écria :

— Blanchard ! vous ici !

— Moi-même, mon cher Malvezin, moi-même. Je suis joliment heureux de vous rencontrer. Pas plus tard que demain, je me proposais de vous aller faire une visite.

— Depuis quand êtes-vous à Paris ? Avez-vous quitté définitivement Pétersbourg ?

— Je suis à Paris depuis quelques heures et je retourne en Russie dans deux ou trois jours.

— Soupez-vous ce soir ?

— Oui, vers une heure du matin.

— Parfait ! je vais tailler une banque au baccarat. Ensuite si vous voulez, nous irons souper ensemble dans le premier cabaret venu.

— C'est entendu.

— Mais à propos, qui vous a conduit ici ? Que venez-vous faire dans cette galère ?

— J'ai quelques affaires à traiter avec le baron de Mainz...

— Le baron de Mainz ! Vous savez donc ce qu'est cet étonnant personnage ?

— Oui, mon ami, je le sais.

— Et vous me le direz, n'est-ce pas ?

— Je vous le dirai, si vous y tenez absolument.

— Oh ! c'est pure curiosité de ma part, la figure de ce monsieur ne me revient pas et comme mon instinct me trompe rarement, j'ai la conviction qu'il ne vaut pas beaucoup mieux que sa figure.

— Nous aurons toute la nuit, après la partie, pour parler du baron, dit Blanchard en souriant.

— Soit. Je l'ai vu à la table de crabs. Il doit y être encore. Allez l'y cueillir ; faites vos affaires avec lui et quand vous aurez fini, nous irons reprendre l'entretien dans un cabinet du café Riche.

Toute cette conversation avait eu lieu à haute voix. L'ami de Blanchard, qui paraissait être un gaillard solide et déterminé, n'avait même pas daigné mettre une sourdine à ses paroles, quand il s'était si catégoriquement exprimé sur le compte du baron.

L'un des joueurs de bouillotte avait même relevé la tête en entendant parler ainsi Malvezin, l'avait attentivement examiné et s'était remis à sa partie sans avoir l'air d'y attacher plus d'importance.

— Soyez assez bon, reprit Blanchard en s'adressant à son ami, pour me dire où se trouve la table de crabs.

— Venez avec moi, répondit Malvezin.

Mais au même instant le baron de Mainz apparut dans l'encadrement d'une porte, comptant quelques louis que sans doute il venait de gagner.

Blanchard quitta son ami et rejoignit celui qui l'attendait.

Dans ces cercles, qui ne sont pas encore borgnes, mais qui ont un œil bien malade, les habitudes modernes ont exigé un certain confortable. C'est ainsi que de Mainz conduisit Blanchard dans un petit salon très-coquet et très-frais, fort agréablement meublé et suffisamment retiré pour qu'on ne craignît pas d'y être dérangé.

— Nous serons ici en parfaite sûreté pour causer, dit-
il.

— Causons donc, dit Blanchard d'un ton décidé, en
tirant de sa poche un cigare qu'il alluma sans daigner
demander au baron s'il désirait l'imiter.

Les deux hommes s'étaient assis.

— Vous me devez soixante-quinze mille francs que je
ne vous ai jamais prêtés, commença Blanchard, et vingt-
quatre mille autres, que j'ai eu la bonasserie de vous
offrir un jour que nous avions échoué dans une entreprise où vous aviez déployé une grande intelligence et,
m'a-t-on dit depuis, quelques autres qualités un peu
moins recommandables.

— C'est-à-dire, riposta de Mainz, que je suis votre débiteur reconnaissant de six mille roubles au taux de
1869. Mais j'ignore ce que vous voulez dire avec vos
soixante-quinze mille francs.

— Je m'attendais à cette réponse, dit Blanchard,
mais j'ai pris mes précautions.

Le baron jeta un coup d'œil rempli de questions à
son interlocuteur. Celui-ci n'eut pas l'air de s'en apercevoir. Il reprit :

— Puisque vous voulez commencer par les vingt-
quatre mille francs, je ne chicanerai pas sur ce point.

— Je ne nie pas...

— Et pour cause. Mais il ne s'agit pas de savoir si
vous daignez reconnaître, j'ai votre signature...

A ces mots, le baron eut un sourire imperceptible qui
dut échapper à Blanchard.

— Ce que je suis venu vous demander, continua celui-ci, c'est : voulez-vous me payer d'abord ces vingt-
quatre mille francs ? J'en ai besoin.

— Je dois vous avouer, répondit de Mainz, que je ne
les ai pas en ce moment. Vous me prenez, convenez-en,
à l'improviste.

— A l'improviste ! s'écria Blanchard, quand vous me
devez depuis dix ans.

— Je veux dire, objecta le baron, que je ne comptais pas sur votre réclamation aujourd'hui, et qu'il me faudra bien trois ou quatre jours pour me mettre en mesure de vous payer.

— Trois ou quatre jours, soit, dit Blanchard en tirant de sa poche un portefeuille et en mettant le doigt sur le bouton d'une sonnette électrique.

— Que faites-vous ? interrogea de Mainz étonné.

En ce moment un domestique du cercle se présenta.

— Veuillez nous donner ce qu'il faut pour écrire, dit Blanchard tranquillement.

— Que prétendez-vous ? demanda le baron, dès que le valet fut sorti.

— Je désire vous faire souscrire, à quatre jours de date, un effet de vingt-quatre mille francs.

— Et si je refuse ?

— Si vous refusez, je me rends aussitôt dans la salle de jeu et je raconte à haute voix, à l'un de mes amis qui se trouve là, l'histoire de certain mariage à main armée, accompli dans une petite ville du gouvernement de Moscou.

— Quelle histoire de mariage ? fit le baron d'un air très-naturellement étonné.

Pour toute réponse, Blanchard se leva brusquement et marcha droit vers la porte. De Mainz y fut avant lui.

— Comment avez-vous appris cela ?

— Qu'importe, si je le sais, répondit le négociant de Saint-Pétersbourg ?

Le domestique revenait avec un encrier, des plumes et le buvard traditionnel.

— Merci, mon ami, fit Blanchard.

Puis se tournant vers le baron :

— Etes-vous disposé à signer cet effet ?

— A quatre jours de date ?

— Oui.

— Mais si je ne suis pas en mesure à l'échéance ?

Vingt-quatre mille francs ne se trouvent pas du jour au lendemain.

— Je vous donne huit jours, mon ancien complice, dit Blanchard énigmatiquement. Vous voyez que je suis bien gentil.

— Ce n'est pas assez.

— Je ne puis pourtant dépasser ce délai. C'est à prendre ou à laisser.

Le baron, malgré le calme apparent qu'il affectait, était en proie à la plus violente colère. Il jeta un regard de bête féroce sur Blanchard.

Celui-ci se leva de nouveau et se dirigea vers la porte.

— Je signe ! s'écria de Mainz.

Blanchard fit un geste de satisfaction, prit dans son portefeuille un papier timbré, le mit devant le baron, qui écrivit sous sa dictée :

Paris, le 3 septembre 1881.

A huit jours de date, je paierai à M. L. Blanchard, ou à son ordre, la somme de vingt-quatre mille francs, *valeur reçue en espèces.*

Bon pour vingt-quatre mille francs.

— Et signez maintenant, en ayant soin de faire suivre votre nom de votre adresse.

Le baron hésita. Il avait l'air d'un homme extrêmement embarrassé.

— Signez, reprit Blanchard, mettez : Baron de Mainz-rue Legendre, 59.

— C'est que...

— Ne vous appelez-vous pas le baron de Mainz, demanda Blanchard.

— Si.

— Eh bien ! alors, signez.

De Mainz reprit la plume et d'une main fiévreuse,

en homme qui vient de prendre une résolution, il signa.

Blanchard s'empara de l'effet, l'examina fort attentivement, prit la plume, y inscrivit un numéro, puis le plia soigneusement et le mit dans son portefeuille.

— Maintenant, dit-il, parlons des soixante-quinze mille francs.

— J'ai déjà eu l'honneur de vous dire que je ne comprenais pas cette dernière réclamation.

— Si j'étais un homme brutal, je pourrais vous déclarer que vous mentez. Mais je suis trop aimable pour dire de si vigoureuses choses. J'aime mieux les prouver.

— Ah ! fit de Mainz qui ne paraissait pas tout à fait dans son assiette ordinaire.

— Il y avait une fois, reprit Blanchard, un négociant de Pétersbourg qui faisait des affaires considérables. Ce négociant était affligé d'un commis gracieux, charmant, blond et dont les talents calligraphiques étaient développés à un point difficile à imaginer.

Employé merveilleux, il avait toutes les écritures, la ronde, la bâtarde, la coulée, l'anglaise, sans compter la sienne propre, qui n'était pas la moins étonnante, pour cette raison qu'elle se transformait à volonté et qu'elle était douée d'un talent d'imitation prodigieux. Il lui suffisait, je ne dirai pas d'étudier, mais de voir une signature pour être capable de l'imiter aussi parfaitement que possible.

Un jour que sans doute il avait besoin d'argent, il contrefit la signature de son patron sur cinq traites de dix mille francs et sur cinq autres de cinq mille.

Mais par malheur pour lui, il avait été surpris au milieu de cette opération par un ami, qui voulut être de moitié dans sa spéculation. On ne put pas s'entendre, selon toute apparence, car l'ami alla trouver le patron...

Ici Blanchard s'interrompit pour dire :

— Vous me suivez, n'est-ce pas, M. le baron ?

4*

De Mainz fit un signe de tête affirmatif.

— L'ami alla donc trouver le patron et lui révéla le crime dont s'était rendu coupable son employé. En apprenant cela, le négociant sortit brusquement de son cabinet et d'une voix rude ordonna à son commis de venir lui parler. Dominé par un trouble bien naturel, le malheureux se leva pour obéir et laissa ouvert le tiroir de son bureau dans lequel il venait de cacher les fausses lettres de change.

L'ami n'avait pas voulu assister à la scène qui devait avoir lieu dans le cabinet du négociant. Il s'était retiré par mesure de convenance, mais pendant qu'une explication se produisait entre le patron et l'employé, l'honnête ami, déjà délateur, s'emparait des traites, allait les négocier séance tenante et prenait une voiture qui le portait dans l'intérieur du pays d'où il gagna la Galicie, l'Autriche, puis l'Italie et enfin la France.

Blanchard s'arrêta.

— C'est fini ? demanda le baron sans l'apparence d'un trouble.

— Oui, c'est fini, répondit l'industriel.

— Eh bien ? que veut dire votre histoire, ou plutôt votre conte ? il doit avoir une moralité, selon l'usage.

— En effet, monsieur le baron, il a une moralité et la voici. Je donne à l'ami qui a si habilement manœuvré pour s'emparer des fausses traites un délai de trois mois à l'expiration duquel, s'il n'a pas payé les soixante-quinze mille francs, il sera contraint de reprendre le cours de ses voyages. Faites-lui savoir cela de ma part.

— Et s'il ne se laissait pas convaincre même par cette menace ?

— Allons donc ! je suis persadué qu'il se laissera convaincre. Il est parvenu à se faufiler dans plusieurs sociétés en voie de formation. Il joue déjà un rôle dans une grande entreprise de transports. Il essaie d'acheter des terrains. Se glissant ou essayant de se glisser dans la confiance de grands capitalistes, il n'attend que le moment favorable pour frapper un grand coup. Comme il manque de scrupules et qu'en France les tribunaux criminels ne plaisantent pas, j'ai tout lieu de croire qu'il sera assez habile pour être presque honnête. Je pense même qu'il réussira d'ici à trois mois, et c'est alors que je me présenterai pour être payé ou pour démolir d'un souffle le château de cartes qu'il aura édifié.

— Très-bien, monsieur Blanchard, dit le baron d'une voix tranquille, je lui ferai part de ce que je viens d'entendre.

— J'y compte d'autant plus que maintenant j'ai dan ma poche une pièce très-intéressante qui pourra m'aider beaucoup dans l'exécution de mes menaces.

— Quelle pièce ?

— Mais un billet de vingt-quatre mille francs, signé : baron de Mainz.

— Vous ne l'aurez pas dans huit jours !

— Vous vous flattez, mon cher, dit Blanchard en se levant. Dans huit jours vous ne serez pas en mesure de payer cette somme.

— Qui dit ça !

— Moi. Le billet sera bien et dûment protesté dans les délais légaux. Les poursuites seront commencées aussitôt. Vous êtes habile, je le sais. Vous ferez traîner les choses en longueur ; mais elles ne dureront pas plus de trois mois, et si vous ne vous êtes pas exécuté ce jour-là, nous aurons le plaisir de faire la connaissance du procureur de la République.

— Sous quel prétexte !

— Croyez-vous qu'on sera bien longtemps avant de savoir qu'il n'existe au monde aucun baron de Mainz et l'on vous démontrera alors qu'il est absolument défendu de signer d'un pseudonyme les effets de commerce.

Cela dit, Blanchard, en homme qui n'a plus à discuter, se dirigea vers la porte, l'ouvrit et rentra dans les salons du cercle, où de Mainz le suivit.

VIII

M. PERDRIGEARD

Il était un peu plus de minuit. La partie de baccarat était dans tout son éclat. Malvezin taillait et gagnait.

Dans une grande pièce voisine contiguë à la salle de billard, il y avait beaucoup de monde.

Là, causaient, bavardaient, cancanaient tous ceux que le jeu n'occupait pas encore ou n'occupait plus. Les décavés de la première heure, les féticheurs qui attendent une minute précise pour exposer cinq louis, les flâneurs même qui ne jouent pas du tout, les personnes étrangères au cercle, comme Blanchard, formaient de petits groupes où l'on parlait très-haut de toutes les choses possibles et de quelques autres encore.

En ce moment le sujet presque général des conversations était le scandale des courses, comme on appelait déjà le conflit dont Mme de Sébezac avait été la victime.

Ainsi que cela ne manque jamais d'arriver, les uns tenaient pour Martha, les autres défendaient la vieille coquette. Mais tout le monde s'accordait à trouver que la conduite de la danseuse était un peu raide.

Blanchard qui n'était pas au courant, comprit bien qu'il s'agissait de sa fille, mais il lui fut très-difficile de saisir le fil de l'aventure, tous ceux qui se trouvaient là n'en parlant qu'au point de vue de l'appréciation, personne ne jugeant à propos de la raconter.

Une voix pourtant domina toutes les autres.

— Que Mme de Sébezac, qui est entièrement folle, ait
été corrigée à la suite d'une de ces incartades dont elle
est coutumière, ce n'est pas ça qui troublera mes diges-
tions. Mais je suis hors de moi en songeant que la correction a été infligée par cette petite Martha.

— Et pourquoi ? demanda un organe aigu à côté de
l'orateur.

— Mais parce que cette demoiselle m'agace.

— Cela ne peut pas être considéré comme une raison
péremptoire, fit observer un creux du Midi qui parlait
en mineur.

— Elle vous agace, elle vous agace, fit une autre
voix franche et ronde. Si on disait du mal de tous ceux
qui vous agacent, il faudrait travailler la nuit pour ça.
Quant à moi, je trouve que Martha n'a pas eu tort de
se défendre. Elle est charmante, elle a beaucoup de talent.

Il y eut un murmure.

— Oui, beaucoup de talent. Il y a vingt ans que l'O-
péra n'a pas eu un premier sujet aussi remarquable
qu'elle. Je ne trouve pas étonnant qu'elle ait voulu se
faire respecter par ce portrait de famille mal peint qui
s'appelle Mme de Sébezac, laquelle a cent sept ans et
joue les jeunes veuves inconsidérées.

— La vieille est une chipie, appuya un homme aux
moustaches excessives.

— Eh bien ! moi, je soutiens que Martha est une pimbêche.

— Ils sont trop verts et bons pour des goujats, récita
quelqu'un de jeune derrière les groupes.

— Laissez donc. Je ne dis pas qu'elle n'ait pas de
talent cette Martha, mais jamais on n'a posé comme elle.
Ses grands airs me font suer, et ma foi dans cette saison !

— Avec ça qu'elle a mené une vie assez ondoyante,
la belle petite.

— Oh ! qui a dit ça ? reprit la voix ronde et franche de tout à l'heure.

Blanchard au milieu de ces propos qui se croisaient faisait une assez sotte figure. Il ne savait trop quelle contenance garder et la conduite qu'il devait tenir.

Se fâcher eût été bien ridicule. Prendre un monsieur à part et l'inviter à mesurer ses propos ? C'était encore bien risqué. Il lui aurait fallu entrer dans des explications fort longues, et puis après tout, n'y avait-il pas beaucoup de vrai dans ce qu'on disait ?

Malgré ses réflexions, la moutarde lui montait lentement au cerveau et il n'était pas bien sûr qu'il n'allait pas faire une esclandre lorsque de Mainz crut devoir prendre la parole.

— Mᵐᵉ de Sébezac, dit-il, a trouvé un défenseur qui saura bien obtenir une réparation de cette demoiselle Martha.

Le baron n'avait pas achevé sa phrase qu'une main solide s'abattait sur son épaule.

— Et ce défenseur, quel est-il ? demanda Blanchard.

— C'est moi, répondit avec une bouffée de dignité le baron.

— Vous ! s'écria Blanchard en riant aux éclats, cette fois.

Mais il se calma pourtant, et, attirant de Mainz dans un coin :

— Je vous engage vivement à ne pas vous mêler de cette affaire, monsieur le baron, vous m'entendez !

— Qu'est-ce que cela peut vous faire ?

— Peu vous importe. Il serait ridicule de ma part de chercher querelle aux imbéciles qui parlent si brutalement d'une femme sans défense et absente ; mais vous, vous garderez le silence, car je vous en voudrais plus pour cela que pour les jolis tours que vous m'avez joués.

— Vous êtes aussi son amant? demanda de Mainz abasourdi.

Blanchard n'eut pas le temps de répondre. Malzevin le rejoignait. Il venait d'être chanceux au-delà de toute espérance, ce Malvezin. Sa banque, dans laquelle il avait eu pour adversaires de très-gros pontes, n'avait pas cessé d'être heureuse un seul moment.

Son gain devait être très-considérable, car il était entouré de cet essaim de flatteurs qu'on retrouve dans toutes les maisons de jeu, disposés à toutes les bassesses, moyennant un prêt variant de cent francs à cent sous, suivant l'appétit ou l'audace de l'emprunteur.

Mais Malvezin était familiarisé avec cette sequelle, et, il ne paraissait pas se douter que tous les compliments dont on l'accablait fussent pour lui.

— Excellente soirée, mon cher, dit-il à Blanchard en lui mettant la main sur le bras.

Le négociant se retourna brusquement, distrait de son altercation avec de Mainz. Celui-ci profita de l'occasion pour se perdre dans les groupes, et quand Blanchard voulut revenir à lui pour lui adresser quelques dernières paroles fort significatives, il ne le trouva plus à sa portée.

— Vous avez donc beaucoup gagné? demanda-t-il alors à Malvezin.

— Cent treize mille, mon cher, répondit le joueur sur un ton joyeux et très-haut, car Malvezin ne savait pas parler à demi-voix. Il fallait que tout le monde entendît ce qu'il disait.

— Peste! mon ami, c'est une aubaine, cela.

— Oui. Je rentre un peu dans mes fonds. Il ne me faudrait qu'une soirée semblable pour que je fusse vraiment en bénéfice.

— Je vous la souhaite, mon cher Malvezin, car je suppose que si je vous donnais le conseil de vous en tenir là, vous me regarderiez comme un gêneur.

— Oh! fit Malvezin d'un ton dégagé, je ne fais fi d'au-

cun conseil. Seulement j'ai la mauvaise habitude de
n'en pas tenir compte. Ils ne me gênent pas, d'ailleurs.
Allons-nous souper ?

— Quand vous voudrez. Aussi bien, il me tarde de
sortir d'ici. Je dois y faire une sotte figure.

— Pourquoi ?

— Pour rien.

— Avez-vous fini vos affaires ?

— Oui, archi-fini.

Les deux hommes gagnèrent la porte du cercle. L'un
joyeux, parlant haut, enchanté de sa soirée ; l'autre, un
peu inquiet, mécontent, avec une physionomie singulière.

A peine furent-ils dans l'escalier que Blanchard interrogea son ami.

— Quelle est donc cette aventure dont on parlait tout
à l'heure et où la Versin joue un rôle assez extraordinaire ?

Malvezin raconta la scène de Longchamps à son ami
et une fois dans la rue ils gagnèrent à pied le café
Riche.

Pendant ce temps la conversation continuait au cercle. Il était toujours question de Mme Sébezac et de Martha.

On s'escrimait sur le compte de cette dernière et les
petites calomnies, escortées de grandes méchancetés,
allaient leur train.

— Du reste, reprit celui qui tout à l'heure l'avait traitée de pimbêche, du reste, il suffirait probablement
d'être assez riche.

— Allons donc, fit une voix.

— Il n'y a pas d'allons donc ! Je la soupçonne très-
fort de n'être aussi revêche qu'avec les gens qui n'ont
pas le sou.

— Tu en as donc tâté ? dit méchamment quelqu'un
à celui qui parlait avec tant d'aplomb.

— Moi ! pas le moins du monde. Mais je suis convaincu que si je voulais en tâter, je ne serais pas plus malheureux qu'un autre.

— Qu'un autre qui le serait déjà beaucoup.

— Voulez-vous parier cinquante louis ?

— Je veux bien, répondit un jeune homme blond qui n'avait pas entendu un mot de ce qu'on avait dit; de quoi s'agit-il ?

Un éclat de rire général accueillit la question de ce parieur quand même.

— Voyons, messieurs, reprit le jeune homme blond, on ne dit pas : voulez-vous parier, si l'on n'a pas l'intention réelle d'engager quelque chose. Je renouvelle ma question. De quoi s'agit-il ?

— C'est Carlemont qui prétend que Martha ne saurait lui résister s'il veut se donner la peine de l'investir et de l'assiéger.

— Et Carlemont parle-t-il sérieusement ?

— Oui, répondit Carlemont.

— Les cinquante louis sont tenus, dit le jeune homme blond; c'est peu, mais ils sont tenus. Je suppose que vous n'emploierez pour réussir que des moyens dignes d'un gentleman ?

— Bien entendu.

— Et dans quel délai, — car enfin il faut un délai, — reprit l'adversaire de Carlemont, comptez-vous avoir gagné le pari? On ne peut attendre, vous le sentez bien, que la demoiselle ait cinquante ans.

— Je demande un délai de trois mois.

— Trois mois, soit. Vous ne pourrez pas dire, comme César : *Veni, vidi, vici*, mais je ne suis pas exigeant. Je continue à tenir le pari.

— Et vous perdrez, mon cher, dit un gros homme qui venait d'entrer dans le groupe.

Le nouveau venu était un de ces personnages faits pour jouer dans la vie les comiques-ganaches, quelle que soit la situation dans laquelle ils se trouvent.

Sur des jambes courtes et grêles, il essayait — avec

succès presque toujours — de faire tenir en équilibre un
buste assez long, mais bien plus large, buste encore
appesanti par un abdomen qui remontait audacieusement dans l'estomac, non sans arrondir outrageusement la taille ou ce qui avait été la taille du petit
homme.

Au-dessus de l'estomac, des épaules volumineuses,
puissantes, allant se perdre dans un dos presque aussi
rond que le ventre, enchâssaient un cou très-court,
mais énorme, sur lequel se tenait ferme la plus drôle
de tête pointue qu'on puisse rêver. Avec cela, une face
plus large que la pleine lune, une bouche allant effrontément de l'une à l'autre oreille, un nez insolemment relevé, de ces nez dans lesquels il pleut et des yeux gris
tout petits, tout petits.

Il était impossible à un hypocondriaque de ne pas
rire à l'aspect de M. Perdrigeard. Il s'appelait Perdrigeard et il était cocasse au premier chef.

Cela le rendait même assez malheureux. Il lui était
arrivé, grâce à sa figure étrange, plusieurs mésaven-
tures déplorables. Jamais, dans les circonstances les
plus douloureuses de sa vie, il n'était parvenu à attendrir personne. Quand il prenait un air triste, la peau de
sa face se plissait d'une façon si drôle, ses petits yeux,
qui se fermaient presque, prenaient des allures si gaies,
sa bouche faisait une si plaisante grimace, qu'il était
impossible de le regarder sans rire.

Est-il besoin de dire qu'ainsi bâti, le gros Perdrigeard
était le plastron de toutes les sociétés qu'il fréquentait !
Rarement il ouvrait la bouche sans qu'on l'interrompît
par quelques lazzi, même lorsqu'il parlait des choses les
plus sérieuses du monde.

Heureusement pour lui, le pauvre homme était riche.
Il avait gagné une grosse fortune dans les terrassements
de chemins de fer, et comme il était relativement jeune
il essayait d'en jouir en fréquentant des sociétés mêlées

qui passaient à ses yeux pour la quintessence du monde comme il faut.

Dans ce milieu, Perdrigeard avait récolté quelques amis, de ceux qui ont le profond respect des sacs d'écus et qui espèrent qu'à un moment donné ils pourront passer à la caisse sous un prétexte ou sous un autre.

Donc, lorsque Perdrigeard prononça d'une voix importante ces mots : « Vous perdrez, mon cher, » tout le monde se retourna vers lui et les joyeusetés reprirent de plus belle.

— Messieurs, s'écria quelqu'un, retenez bien cette parole. Perdrigeard, en sa qualité de séducteur, sait parfaitement à quoi s'en tenir.

— Il n'en manque pas une, le misérable.

— Je parie que Martha l'a aimé pour lui-même.

— Et plutôt deux fois qu'une. On ne se doute pas de ce qu'il y a de tendresse dans ce boudin mal ficelé.

— Allez, allez, messieurs, dit tranquillement Perdrigeard, je sais ce que je dis. Je connais, moi, la corde qu'il faut faire vibrer pour toucher Martha.

— Et je suis sûr que si vous vouliez...

— Si je voulais ? interrogea Perdrigeard sans se démonter.

— Vous seriez capable de vous faire aimer vous aussi par cette danseuse.

Perdrigeard se redressa cocassement. Il prit la pose d'un chapon dont on exciterait l'amour-propre.

— Et pourquoi pas ? Croyez-vous que parce qu'on est laid, on doive renoncer à être aimé ?

— Pas du tout, et à plus forte raison quand on est l'amour en personne.

— Le fait est que Perdrigeard, tout nu, avec un carquois, quelques flèches, et un petit arc de vingt-neuf sous, aurait un air tout à fait mythologique.

Le gros homme avait rougi.

— La figure n'est rien, messieurs, c'est le cœur qui est tout, dit-il avec emphase.

— Et il est sensible ! et il est poétique ! Qui se serait douté de ça !

— La figure d'un homme, quelque laide qu'elle soit, on s'y habitue, et je suis sûr qu'au bout de deux mois la plus belle femme du monde commencerait à me trouver supportable...

— A condition de n'en pas voir d'autre, bien entendu.

— Et je vous étonnerais bien si je voulais entrer en concurrence avec Carlemont.

— Ah! oui, par exemple ! s'écria-t-on de toutes parts.

— Eh bien! moi, je parie dix mille francs à mon tour...

— C'est tenu, fit le jeune homme blond avec le même empressement que tout à l'heure.

— De réussir auprès de Martha. Carlemont et moi, nous agirons séparément, et le premier arrivé restera maître du champ de bataille.

— Si gros et si fat! fit quelqu'un dans la foule.

— Dans le délai de trois mois ? demanda l'enragé parieur qui avait accepté la gageure de Carlemont et celle de Perdrigeard.

— Dans le délai de trois mois, oui. Pas un jour de plus. Nous sommes le 3 septembre. Il faudra être victorieux le 3 décembre.

— Ce Perdrigeard doit être ivre-mort pour oser parler ainsi.

— Rira bien qui rira le dernier, grommela le volumineux entrepreneur de terrassements.

— Mais tout le monde rira, mon cher, surtout si vous gagnez votre pari.

— Un instant, dit Carlemont.

— Ah! ah! est-ce que vous reculez, mon cher ? fit-on à la ronde.

— Non; seulement, puisqu'il s'agit d'un steeple-chasse, il faut courir à poids égaux.

— Vous ne pouvez pourtant pas exiger que Perdrigeard ait le même poids que vous, fit remarquer un railleur.

— Il ne s'agit pas de ça. Moi, dit Carlemont, je ne suis pas assez riche pour employer d'autre moyen que mon éloquence et les preuves de mon dévouement...

— Ainsi que votre agréable figure, ajouta Perdrigeard.

— Bien entendu. Si vous combattez, vous à coups de billets de mille, la partie n'est plus égale.

Une tempête d'exclamations, de réclamations, d'interrogations et d'interjections se déchaîna sur les dernières paroles du jeune homme.

Mais Perdrigeard, grâce à un vigoureux effort parvint à dominer tout ce tumulte et s'écria :

— Mon cher, vous ne pouvez avoir la prétention que je rivalise avec vous de sveltesse, d'élégance et de beauté. Il faut donc que j'emploie les moyens dont je puis disposer.

— Il a raison ! il a raison ! déclara-t-on dans tous les groupes.

— Peu importent les armes dont chacun de nous se servira, reprit le gros homme. Combattez avec votre jeunesse et tout l'attrait qu'elle a ; moi je combattrai avec mes écus, si j'en ai besoin ; mais, croyez-moi, je ne les considère que comme une réserve et je ne les ferai donner qu'au dernier moment.

— Bravo ! Perdrigeard.

— Voyons ! est ce convenu ? D'ailleurs, reprit le poussah, ce n'est pas avec vous que je parie, et vous pouvez vous retirer, si bon vous semble. Nous chassons la même gazelle et n'avons pas à nous inquiéter l'un de l'autre. Dès aujourd'hui je vais prendre mes dispositions pour entamer la campagne.

— Et moi aussi, riposta Carlemont, qui persistait par pur amour-propre.

IX

LA CATASTROPHE

La pendule sonna trois heures.

— Comment ! s'écrièrent plusieurs voix, il est déjà si tard ?

— Cela vous étonne, messieurs, dit de Mainz en souriant, quand on s'occupe de choses aussi graves que celles que vous traitez, il n'est pas étonnant que les heures passent si vite.

Et d'un air aimable il parcourut le salon, s'adressant à tout le monde, causant avec celui-ci, disant adieu à celui-là qui partait.

Peu à peu le vide se fit autour de lui. On laissait les acharnés joueurs se bercer encore d'espérances et chacun se retirait à son tour. Quand il fut à peu près seul :

— Je vais, dit-il tout haut, exposer encore quelques louis au baccarat.

Et il passa dans une pièce voisine ; mais, soit qu'il eût réfléchi, soit qu'il lui fût passé une fantaisie par la tête, il se dirigea vers la porte à son tour et quitta le cercle.

Le lendemain lundi, Martha se leva très-tôt. Jusqu'à dix heures, elle passa le temps à écrire quelques lettres et à mettre des affaires en ordre.

Puis elle prit un petit sac, se coiffa très-simplement, endossa une visite noire et se rendit à l'Opéra.

Quand elle parut, elle fut vite entourée. C'était à qui lui demanderait des détails sur son aventure de la veille. Les danseuses, les chanteuses, tous les artistes de l'Opéra lui savaient gré de ne pas s'être laissée in-

sulter sans riposte. Il leur semblait qu'elle avait tenu
haut le drapeau du corps... de ballet, et on l'en félici-
tait avec entrain.

Martha fut assez sobre de détails. Elle se montra,
comme toujours, bonne camarade et suffisamment com-
plaisante. Cela ne l'empêcha pas de prendre la leçon
comme à l'ordinaire. Elle répéta un pas qu'elle avait
dansé à ses débuts et qu'elle voulait reprendre pour sa
dernière représentation, puis elle demanda si le directeur était dans son cabinet.

Le personnage qui se trouvait alors à la tête de l'Académie nationale de musique était toujours dans son cabinet. Il vivait à l'Opéra, en dehors duquel l'univers
n'existait pas. C'était l'assiduité en personne. Peu doué
par la nature sous le rapport artistique, il rachetait
cette absence de qualités natives nécessaires à son emploi par la plus obstinée des présences.

Jamais ou presque jamais il ne quittait son théâtre,
et il y surveillait tout lui-même. Les répétitions, les représentations et les recettes, voilà sa vie entière, les recettes surtout. On lui a même reproché de s'en être trop
préoccupé. Du reste, il avait très-probablement juré de
s'enrichir pendant sa gestion. Il a tenu parole. Les circonstances, il est vrai, l'y ont aidé. Il est deux fois millionnaire, trois fois peut-être. Ne l'admirons pas trop,
mais ne le plaignons point.

Donc le directeur était dans son cabinet. Martha s'y
rendit. En la voyant entrer, l'estimable fonctionnaire
se leva galamment, lui tendit la main, mais laissa voir
sur son visage quelque mécontentement.

Martha ne remarqua pas cette attitude et s'assit.

— Je viens, mon cher monsieur, dit-elle, vous apporter une nouvelle qui vous sera peut-être désagréable et
je vous prie d'avance de me pardonner.

— Que voulez-vous dire, mon enfant ? demanda le
directeur devenu paternel.

— Je désire résilier mon engagement !

— Résilier ! résilier ! j'ai mal entendu.

— Non, monsieur, non, je veux...

— On vous offre donc des millions ailleurs.

— Pas du tout, mon cher directeur.

— Alors, c'est à cause de cette algarade d'hier. Vous craignez que les abonnés, pour vous punir de la légèreté de votre main, ne vous rendent la vie difficile à l'Opéra.

— Mais non, je ne crains rien du tout.

— Et vous avez tort, mon enfant. Je sais qu'on est très-monté contre vous parce que vous avez insulté Mme de Sébezac...

— Vraiment ! quand tout le monde s'en moquait encore vendredi au foyer !

— Les gens du monde, ma chère Martha, se déchirent entre eux à belles dents, mais ils ne permettent pas à ceux ou à celles qui n'en sont pas d'aller sur leurs brisées.

— Et alors ?

— Et alors attendez-vous ce soir à quelque petite manifestation peu sympathique.

— Ainsi je vais être sifflée ?

— Non, mais on pourra vous faire quelque niche. Je ne suis pas inquiet d'ailleurs ; quand vous aurez dansé, vous n'aurez plus d'ennemis.

— Des ennemis ! le mot est bien gros. Quelle aventure singulière en tous cas ! Ma dernière représentation sera celle où j'aurai eu le moins de succès.

— Votre dernière représentation ?

— Oui !

— Vous comptez donc que je vais accepter vos propositions.

— Il le faudra bien.

— Comment ?

— Quand j'aurai payé mon dédit.

Et Martha tira de sa poche le chèque de M. Blanchard qu'elle plaça devant le directeur stupéfait.

— Donnez-moi un reçu, et résilions dit-elle.

— Mais quel est le directeur qui vous fait un pont d'or?...

— Aucun, je quitte le théâtre. Je ne veux pas vous mettre dans l'embarras pour ce soir, sans cela on ne m'aurait pas revue sur la scène. Au surplus, puisqu'on veut me chagriner, je ne suis pas fâchée de braver l'orage.

— Vous quittez le théâtre, répéta le directeur. Mais, mon enfant, vous êtes folle. Comment, en plein succès, en pleine gloire! à vingt ans!

— Oui.

— Alors il y a de l'amour sous jeu.

— En aucune façon.

— J'y suis, vous allez vous préparer dans la retraite à quelque brillant mariage.

— Pas davantage, mon cher directeur.

— Mais pourquoi donc alors, pourquoi? Quelle est cette lubie? quelle mouche vous pique? me planter là, vous! la seule véritable étoile que j'aie découverte et vu grandir.

— Mon Dieu! je n'ai pas la vocation des planches.

— Laissez donc! quand on charme un public comme vous le faites, on ne dit pas de ces choses-là.

— Enfin, mon ami, je désire disparaître et ne plus jamais faire parler de moi.

— Ah! s'écria le directeur, qui n'était pas convaincu, si je tenais le misérable qui a soufflé pareille résolution à ma petite Martha.

— Il n'y a pas de misérable. C'est moi, entendez-vous, moi qui suis lasse de ma profession. Elle m'ennuie, elle m'excède. Je l'ai en horreur.

— Oh! en horreur. Le mot est fort. Mais que deviendrez-vous?

— Une bonne bourgeoise.

— Elle est folle, positivement folle. Allons! voyons, ce n'est pas sérieux.

5

— Au contraire, ma résolution est inébranlable.

— Comment! quand le ballet que vous venez de créer promet d'avoir encore cinquante représentations au moins!

— Signez ma résiliation, mon cher ami, et n'en parlons plus.

— Vous le voulez positivement? demanda le directeur qui ne pouvait se décider à la croire.

— Positivement.

Sur cette réponse, l'impresario poussa un gros soupir, prit la plume et...

— Où est votre engagement, ma chère Martha.

— Le voici, répondit la jeune femme en tirant un papier de son sac.

— Je vous donne trente mille francs de plus par an.

De la part d'un directeur si rangé, c'était là un beau trait; Martha en fut presque émue, mais elle sourit tristement.

— Vous m'en donneriez cent mille que ce serait exactement la même chose. Je veux quitter le théâtre pour toujours.

— Voyons, vous réfléchirez.

— C'est tout réfléchi.

— En attendant me voilà sans étoile, remarqua le chef suprême de l'Opéra.

Ce cri du cœur, qui laissait voir combien peu le directeur tenait à la femme, s'il s'obstinait à se raccrocher à l'artiste, accéléra le dénoûment.

— Je vous serais reconnaissante, dit Martha, de ne pas me retenir longtemps, j'ai quelques occupations importantes.

— Vous ne m'en voudrez pas d'avoir cédé à votre caprice?

— Non, je vous le jure.

— Eh! bien donc, résilions, mon enfant, fit le petit et rondelet directeur de l'air d'un homme qui se résigne parce qu'il ne peut pas faire autrement.

Les signatures furent échangées. On se sépara, non sans un débordement de paroles aimables, et la danseuse retourna chez elle, où elle devait, comme on sait, revoir son père.

Mais deux heures, trois heures sonnèrent sans que M. Blanchard parût.

Martha en fut fort chagrinée. Cependant comme le négociant lui avait fait entrevoir qu'il pourrait être empêché, elle ne fut pas extraordinairement surprise.

— Je le verrai peut-être ce soir dans ma loge, pensa-t-elle, s'il lui vient la bonne idée de se présenter à l'Opéra.

Le reste de la journée s'écoula tristement.

Le ballet que donnait en ce moment l'Académie de musique, et dans lequel Martha soulevait les enthousiasmes les plus fous, était intitulé *Bul bul*.

L'auteur, un jeune homme dont personne à Paris ne connaissait le nom deux mois auparavant, venait de conquérir, du premier coup, une des premières places, sinon la première, parmi les musiciens contemporains.

Ç'avait été une révélation qui s'était produite avec l'imprévu et l'éclat d'un coup de foudre.

Mais si l'œuvre était de valeur, la principale interprète avait tout fait pour la mettre en relief et lui donner sa véritable physionomie.

Tout le monde était d'accord sur ce point : sans Martha, la pièce eût obtenu un succès d'estime ; avec Mlle Versin, *Bul-bul* était allé aux nues et devait y rester.

Le rôle de Flamma qu'elle dansait était bien le plus poétique de ceux qu'a vu le théâtre de tous les temps.

Dès son entrée en scène, pendant que l'orchestre brodait des pizzicati sur un chant étrangement rythmé, Martha, plus légère qu'un oiseau, voltigeait à travers la scène et toutes les trois mesures, quand revenait un tutti imprévu, elle s'enlevait d'un bond, si flottante et si gracieuse qu'on s'attendait à la voir planer et qu'il passait un frisson dans les chairs des spectateurs émerveillés.

D'ordinaire ce pas, d'une simplicité grandiose, était accueilli par des applaudissements furieux. On pouvait même dire que les bravos, les battements de mains l'encadraient, car l'entrée de Martha était d'abord accueillie par la claque et les fanatiques de l'artiste, qui repartaient en frénétiques clameurs d'enthousiasme à la fin.

Il fallait alors le recommencer, ce qui donnait lieu à de nouvelles ovations.

Ce soir-là, les choses n'allèrent point sur ce pied. Quand Mlle Versin parut, elle fut accueillie par un silence profond. Les claqueurs eux-mêmes restèrent immobiles. On devina plutôt qu'on n'entendit une espèce de murmure qui passa sur la salle comme un vent glacial et monta des fauteuils d'orchestre aux dernières loges.

Martha sourit imperceptiblement.

— Si mon directeur compte me retenir, pensa-t-elle, avec des procédés de cette nature, il se trompe à coup sûr.

Parvenue à l'avant-scène, elle commença. Sa danse était une magie ; son talent un miracle.

Chaque fois qu'elle s'enlevait, on percevait le vague murmure de la foule qui contient son admiration. Mais personne n'applaudissait encore. Seulement on sentait que la claque avait du remords.

Toujours vive, toujours impondérable pour ainsi dire, elle acheva son pas. Non seulement on ne lui cria pas *bis* comme à l'ordinaire, mais la salle resta calme et ce fut à peine si trois ou quatre applaudissements maigres, timides et dispersés se firent entendre.

C'était sans doute déjà trop que ces quelques bravos, car presqu'aussitôt des loges, des avant-scènes, des fauteuils d'orchestre partirent des chut! chut! aussi nombreux que persistants.

La danseuse pâlit.

Evidemment, se dit-elle, voilà la manifestation an-
noncée ce matin même par mon directeur.

Quoique Martha fût bien décidée à quitter le théâtre,
quoique depuis déjà quelque temps, elle eût en profond dédain les enthousiasmes, parfois exagérés, dont
elle était l'objet, la punition qu'on semblait lui infliger
à propos de l'affaire des courses, lui parut injuste.

Elle eut un sourire de mépris et son regard se pro-
mena froidement sur ceux qui la traitaient ainsi.

Une minute après, elle dansait de nouveau. Jamais
elle n'avait été si parfaite. A sa délicate et chaste correction, elle joignit un abandon tellement plein de
charme que cette fois il y eut une explosion admira-
tive dans toute la salle.

Et pourtant, personne encore n'osait applaudir. Seul,
un gros homme, aux cheveux rudes et crépus, à la face
hilare, au gilet constellé d'une chaîne d'or qui eût suffi
à ferrer un forçat, un gros homme, dis-je, rond comme
une boule, se leva au milieu de l'orchestre et d'une voix
aigre, mais portant fort loin, il s'écria :

— Bravo ! bravo ! c'est admirable !

Et de ses deux formidables mains il applaudit aussi
bruyamment qu'auraient pu le faire quatre claqueurs
convaincus.

C'était Perdrigeard.

Une telle protestation, faite par un si singulier personnage, provoqua aussitôt et dans tous les coins de la
salle, une hilarité homérique. On se demandait quel
était cet épais flatteur ; on ne s'expliquait pas son ardeur et Martha était rentrée depuis longtemps dans la
coulisse que la gaieté provoquée par cet incident n'é-
tait pas éteinte.

Autour de Perdrigeard, quelques personnes qui le
connaissaient lui lançaient d'amusantes apostrophes.
Mais lui restait olympien et clignait ses petits yeux gris
en trous de vrille, tout en se disant que ce qu'il venait
de faire n'était déjà pas si maladroit.

En effet, Martha n'avait pas pu s'empêcher de remarquer ce courageux défenseur qui s'insurgeait contre l'iniquité de toute une salle, et qui le faisait avec
tant de crânerie.

Mais le rideau tomba sur un ensemble très-applaudi.

Pendant l'entr'acte, la nouvelle à sensation se répandit avec rapidité dans les couloirs.

On apprit que Martha résiliait son engagement et paraissait ce soir-là pour la dernière fois. On en voulut
pas d'abord y croire. Les abonnés prirent cela pour un
racontar lancé dans le but de détourner la mauvaise humeur plus apparente que réelle, du public.

Mais quelques-uns d'entre eux étant allés s'informer
auprès du directeur, revinrent en déclarant que la nouvelle était certaine, authentique.

Ils ajoutèrent que la décision de Martha ne pouvait
avoir pour cause le mauvais accueil que l'on venait de
lui faire, puisque la rupture du traité entre l'administration de l'Opéra et sa pensionnaire avait eu lieu dans
la matinée.

Cet événement inattendu changea subitement les
dispositions du public.

On s'était coalisé sans trop de réflexion pour donner
une leçon à la femme, dont la conduite avec Mme de Sébezac avait paru excessive, mais dès qu'on sut la perte
qu'allait faire l'Opéra, tout le monde fut d'accord pour
témoigner chaleureusement à l'artiste adorée les regrets
qu'on éprouvait de la voir partir.

— Ce n'est pas sérieux, disait-on. Elle veut faire une
fausse sortie pour rentrer plus bruyamment.

— Non, non, répondaient les gens bien informés.
C'est une résolution très-arrêtée chez Martha. Elle quitte
le théâtre.

— Est-ce qu'elle va épouser un dentiste ?

— Ah ! vous m'en demandez trop.

Pendant dix minutes on ne parla que du départ de

Martha. Mais l'entr'acte prit fin et le public, très-agité
par la nouvelle, rentra dans la salle.

Ce ne fut guère qu'au milieu du second acte que la
charmante ballerine reparut.

Cette fois, elle eut à peine fait un pas sur la scène
qu'une salve bien nourrie vint pour ainsi dire lui faire
amende honorable. De tous les coins de la salle, on
battait des mains, on criait brava et bravo. Les locataires des fauteuils levant leurs mains gantées bien au-
dessus de leurs têtes applaudissaient à tout rompre.

C'était même un spectacle assez curieux que toutes ces
manches noires terminées par la manchette éclatante de
blancheur et les gants d'un blanc plus glacé et plus
doux à l'œil.

Au milieu de ce bruit Perdrigeard faisait sa partie en
s'agitant en se montrant, en criant. Mais cette fois il en
fut pour ses frais. Il était englouti dans le tapage uni-
versel.

Martha s'avançait pour remercier. On remarqua que
la pauvre enfant chancelait et se tenait à peine sur ses
jambes. Quand elle arriva devant la rampe pour faire
la révérence règlementaire, ceux qui la tenaient au
bout de leurs lorgnettes s'aperçurent qu'elle pleurait.

On attribua ces larmes à son émotion, à la joie d'être
si généreusement pardonnée, aux regrets de quitter un
public qui se faisait papa-gâteau et les battements de
mains reprirent avec plus de fureur sans que la moitié de ceux qui se fatiguaient ainsi, sussent au juste
pourquoi ce redoublement avait lieu.

Tout a une fin, pourtant, même les enthousiasmes, et
le ballet continua.

Mais quelle ne fut pas la stupéfaction du public lorsque
celle qu'il venait de traiter avec tant de faveur se mit à
danser en dépit de toute mesure, et s'arrêta brusquement
à deux reprises, laissant patauger l'orchestre comme si
elle eût tout à coup été prise de suffocation.

On crut d'abord qu'avec sa nature résistante elle avait voulu à son tour punir le public de ce qu'il lui avait fait. On fut sur le point de se fâcher et de recommencer les scènes du premier acte.

Mais Martha, n'y tenant plus, eut un sanglot et quitta brusquement la scène. Un régisseur vint prier le public de permettre à Mlle Versin indisposée de ne pas danser la mazurka, qui d'ailleurs n'avait rien de bien particulier.

En ce moment Perdrigeard tira le *Soir* de sa poche et se mit à le parcourir.

— Allons, bon ! dit-il à demi-voix au bout d'un moment, encore un assassinat.

— Ce n'est vraiment pas possible, fit en souriant un de ses voisins qui n'aimait pas à chercher longtemps ses plaisanteries.

— Eh ! mon Dieu ! reprit Anatole Perdrigeard avec l'accent de la plus sincère et de la plus profonde stupeur.

— Que vous arrive-t-il, mon ami ? demanda le voisin toujours plaisant. Aurait-on occis votre concierge ou le plus sérieux de vos débiteurs ?

— Malvezin ! vous connaissez Malvezin !

— Parbleu ! j'ai failli être son ami intime.

— C'est lui.

— Qu'on a assassiné ?

— Oui.

— Allons donc.

— Lisez ! riposta Perdrigeard en lui passant le journal, lisez.

L'ami prit le *Soir* avec vivacité, chercha du plat de la main un monocle qui pendait sur le plastron de sa chemise au bout d'un mince cordon noir, s'introduisit ledit monocle dans l'arcade sourcilière gauche et chercha le fait-divers en question.

— Ah ! j'y suis, dit-il. Et par un froncement il fit re-

tomber son lorgnon qui, décidément, était du dernier
chic, mais le gênait un peu pour lire.

L'article était court. On voyait que le journal avait
réellement reçu la nouvelle à la dernière heure. Voici
comment s'exprimait le reporter du *Soir* :

« A la minute même où nous donnons le bon à tirer, on nous apprend un crime qui aura, sur le boulevard et dans le monde où l'on s'amuse, un grand reten-
tissement.

« M. Malvezin, l'aimable sportman qui entretint une
écurie de courses pendant huit ans et que tous les bou-
levardiers connaissent bien, a été assassiné à Paris, dans
la rue des Ecuries-d'Artois, la nuit dernière.

« L'heure tardive à laquelle nous apprenons ce malheur, ne nous permet pas de donner des détails absolument complets sur ce douloureux événement. Nous savons seulement que M. Malvezin avait passé la soirée
d'hiei dimanche au cercle de la rue de la Chaussée-
d'Antin.

« Il y avait gagné une somme considérable. Les uns
évaluent ce gain à cent vingt mille francs, les autres à
cent cinquante mille. Quoi qu'il en soit, il avait sur lui
une énorme liasse de billets de banque.

« Vers une heure du matin, il a quitté le cercle en
compagnie d'un M. Blanchard, industriel à Saint-Pétersbourg. On croit que ce dernier était arrivé dans la
journée. C'était un ancien compagnon de plaisir de
M. Malvezin, qui l'avait retrouvé par hasard au cercle.

« Ils allèrent souper ensemble au café Riche. Là,
M. Malvezin, un peu excité par le bénéfice inattendu
qu'il avait fait au jeu, mangea et but plus que de cou-
tume. Bref, un garçon du restaurant a pu dire que l'ancien éleveur titubait légèrement quand il a quitté le
café Riche. Son ami l'accompagnait.

« A partir de ce moment on ne sait rien. Le corps de
M. Malvezin a été retrouvé, criblé de coups de poi-

gnard dans la partie haute de la rue des Écuries d'Artois, à deux pas d'une maison en construction dont les fondations sortent à peine de terre.

« Quant à M. Blanchard, il a disparu. La police de sûreté savait à midi dans quel hôtel il était descendu. On ne l'y a pas revu depuis le moment où il l'a quitté, après avoir fait une toilette sommaire. Il n'est pas douteux que ce Blanchard ne soit l'assassin.

« Le misérable savait quelle fortune M. Malvezin avait dans sa poche. Il l'aura conduit, avant qu'il ne fût jour, dans le terrain avoisinant la maison en construction et l'aura poignardé. Puis il se sera hâté de prendre le chemin de fer. Mais son signalement est donné. Des télégrammes ont été lancés à toutes les frontières. Il est impossible que Blanchard puisse passer à l'étranger. »

« On nous apporte à l'instant, le détail suivant :

« Le prétendu négociant de Saint-Pétersbourg a fort habilement opéré. Il n'a voulu prendre que les billets de banque dont M. Malvezin était porteur, on a retrouvé, en effet, sur le cadavre du malheureux, tous ses bijoux, sa montre et une centaine de francs de monnaie.

« A demain de plus amples et de plus circonstanciés détails. »

A l'entr'acte, quand les uns et les autres purent se communiquer leurs impressions, il y eut dans les couloirs un mouvement énorme. On ne parlait que de Malvezin, qui était abonné de l'Opéra et l'un des plus fidèles.

Les commentaires allaient leur train, et chacun raconta son anecdote. Aussi l'entr'acte parut-il très court, et il y eut pas mal de retardataires quand commença le dernier acte.

Cette fois, ce fut chez les spectateurs une véritable

stupeur quand ils virent arriver Martha qui devait dans
ser une valse dans laquelle elle faisait fureur d'ordinaire.

Elle s'avança l'œil égaré, les bras ballants, avec la
physionomie d'une femme qui ne comprend pas très-
bien ce qu'elle fait.

Un silence de mort régnait dans la salle. Pas un spectateur ne pouvait imaginer pourquoi la danseuse avait
l'air si défait.

L'orchestre n'en continuait pas moins l'introduction
de la valse. Le chef d'orchestre leva son archet, les musiciens attaquèrent avec vivacité, et l'on vit Martha lever les bras, se cacher la figure dans ses mains pour
étouffer des sanglots qui lui déchiraient la gorge. Puis
elle tomba raide de toute sa hauteur sur le plan-
cher.

L'orchestre s'arrêta net. On accourut de toutes parts.
Deux figurants enlevèrent la jeune femme évanouie et
l'emportèrent dans sa loge. On baissa le rideau. Et enfin un régisseur, soigneusement ganté, vint annoncer
que Mlle Lise Pellini, qui savait le rôle, allait finir le
spectacle.

Mais la plupart des spectateurs déclarèrent que c'était
inutile et demandèrent avant tout des nouvelles de Martha.

— Mlle Versin, revint dire le régisseur au bout de quelques minutes, est toujours évanouie. Les médecins ne
savent que penser. Elle ne paraissait en proie à aucune
indisposition avant le deuxième acte et l'on espère que
ce sera seulement une longue syncope.

Sur cette assurance qui ne rassura personne, le public
se retira lentement, très-singulièrement impressionné
tant par le petit événement qui venait de se produire,
que par la nouvelle de l'assassinat de Malvezin, dont on
se remit à parler dans tous les groupes, sans se douter
que l'évanouissement de Martha n'avait d'autre cause
que le meurtre du sportman.

Et, en effet, à la fin de l'acte précédent, au moment
de son entrée, quelqu'un derrière elle avait lu l'article
du *Soir* à haute voix, et la malheureuse enfant s'élançait
en scène le sourire aux lèvres, au moment même où le
lecteur prononçait ces mots terribles :

« Il n'est pas douteux que ce Blanchard ne soit l'assassin. »

Elle se dit d'abord que probablement elle avait mal
entendu et elle dansa l'ensemble sans trop d'émotion,
mais les épouvantables paroles revenaient dans sa tête
comme un refrain. Elle ne percevait plus les sons de
l'orchestre et se faisait à elle-même l'effet d'une
folle.

Grâce à sa rare énergie, Martha parvint cependant à
finir l'acte tant bien que mal devant un public ahuri, et
quand elle arriva dans la coulisse, elle courut à un gentleman qui tenait le *Soir*, le lui arracha des mains et
monta en courant dans sa loge, où elle s'enferma.

Cet article affreux, elle le lut et le relut plus de dix
fois sans trop se rendre compte de ce que ses yeux
épelaient. Puis elle resta inerte, comme si le monde
n'eût pas existé, comme si elle eût été elle-même anéantie, morte.

— Enfin l'avertisseur étant venu la prévenir que le
troisième acte commençait, Martha sans une idée, se
laissa conduire dans les coulisses par son habilleuse qui
l'avait prise en pitié.

On l'avait pour ainsi dire poussée en scène ; toujours
inconsciente, elle s'était avancée instinctivement, elle
avait essayé de s'enlever sur les pointes et la cruelle
phrase de l'article était revenue en ce moment frapper
son cerveau ; elle était tombée, comme on l'a vu ;
elle s'était évanouie avec la vague espérance de mourir
là.

A minuit et demie, Martha n'avait pas repris connaissance. On la porta chez elle toujours évanouie. A côté
de son lit où on la coucha, deux médecins du théâtre

s'installèrent, lui prodiguant avec inquiétude les soins les plus dévoués.

Pierre Leval, informé de ce qui s'était passé avait cru devoir se rendre auprès de la jeune femme, quoiqu'il la crût éprise de quelque individu qui la faisait lâchement souffrir.

Vers deux heures du matin, elle ouvrit subitement les yeux, regarda autour d'elle, se souvint, remercia les docteurs en quelques mots hâtifs, les congédia et quand elle fut seule avec Pierre, elle eut le bonheur de pouvoir pleurer à chaudes larmes sur la poitrine du jeune homme, dans les bras de qui elle s'était jetée à corps perdu.

A plusieurs reprises, elle voulut parler, mais les sanglots l'étouffaient, et Pierre lui murmura doucement à l'oreille :

— Pleure, mon enfant ; pleure, ma pauvre Martha. Cela seul te fera du bien. Tu me raconteras tout plus tard.

Et les hoquets de sa douleur recommençaient plus violents et plus impérieux.

Cependant elle s'apaisa, et sans que la source de ses larmes fût tarie, elle put dire quelques mots entrecoupés au milieu desquels Pierre distingua ces paroles, qui revenaient presque sans cesse :

— Je suis maudite, mon ami, je suis maudite !

Leval laissa passer encore cette phase d'une irrémédiable douleur et attendit que Martha fût en état de parler pour l'interroger.

Redevenue enfin maîtresse d'elle-même, l'artiste put apprendre à Pierre ce qu'elle souffrait.

— Cet homme qu'on accuse d'avoir assassiné Malvezin...

— Ce M. Blanchard ?

— Oui.

— Eh bien ?

— C'est mon père. C'est lui que vous avez failli rencontrer hier chez moi.

— Votre père ! répéta le jeune homme abasourdi.

— Oui, mais il est innocent, s'écria Martha qui se leva brusquement. Je voudrais que vous l'eussiez vu et vous seriez convaincu comme je le suis moi-même qu'il y a là une erreur, que M. Malvezin a été tué par un autre, et qu'enfin on va aujourd'hui même, retrouver mon père, qui confondra d'un mot des accusateurs si prompts.

— Pauvre Martha !

— Oh ! oui, pauvre Martha, vous avez bien raison, mon ami, et je suis véritablement bien à plaindre. Hier, dans la matinée, j'ai payé mon dédit dans les mains du directeur de l'Opéra. Je rêvais d'aller m'enterrer dans quelque campagne inconnue des Parisiens. Je voulais surtout qu'on ne s'occupât plus de moi et qu'aucun bruit ne s'élevât autour de ma modeste personnalité.

Et voilà que ce soir il y a contre moi une sorte de cabale, voilà que je danse pour la dernière fois comme une sotte, voilà que je tombe évanouie en pleine scène et que le spectacle est interrompu. Demain cent journaux ne parleront que de cela. Pendant huit jours, il ne sera question que de moi dans tous les articles de théâtre. Je suis maudite.

— Hélas ! ma pauvre Martha, vous ne prévoyez peut-être pas tout.

— Ah ! que m'importe le reste.

— Vous ne prévoyez pas qu'en recherchant M. Blanchard la police apprendra qu'il est venu chez vous, et aussitôt vous serez mandée chez le juge d'instruction. On le saura. Les reporters judiciaires qui sont les plus bavards des reporters auront là une pâture qu'ils se garderont bien de négliger...

Martha interrompit Pierre d'un geste court et sec, et le regardant avec des yeux égarés :

— Quand je vous disais que je suis maudite !

Il y eut un assez long silence. La jeune femme, anéantie, cherchait vainement ses idées qui semblaient le dérober. Pierre, lui, était en proie à une pensée égoïste.

Il se disait que les indiscrétions des journaux allaient l'atteindre lui aussi, que l'on raconterait, à mots couverts, sa liaison avec Mlle Versin et que le scandale le toucherait certainement et lui nuirait au point de vue de ses relations de famille et de ses amitiés mondaines.

Et pourtant il ne songea pas à laisser la jeune femme sans appui, à l'abandonner au sort affreux qui la menaçait.

— Que faire ? murmura doucement Martha en essuyant ses larmes.

— Le plus sage, répondit Pierre, obéissant aux suggestions de son égoïsme, serait de vous soustraire à la curiosité des imbéciles.

— Oui, mais comment ?

— En mettant à exécution vos projets de retraite... Allez vous cacher quelque part. Je resterai votre ami dévoué.

— Oui, mais avec quoi vivrai-je ? Mon père devait aujourd'hui me constituer une rente. Je n'ai pas cent francs ici.

— Ne suis-je pas là ?

— Vous ! fit Martha presque avec violence. Ne vous souvenez-vous pas de ce que je vous ai dit hier. Nous nous sommes séparés et vous êtes maintenant le dernier de qui je pourrais accepter quelque chose.

— Martha, vous êtes folle. Préféreriez-vous demander l'appui de quelqu'un qui se croirait ensuite le droit d'exiger une reconnaissance que vous n'êtes sans doute pas disposée à témoigner ?

— D'ailleurs, continua Martha sans répondre, il faut maintenant renoncer à ce rêve délicieux et reprendre sa chaîne. J'ai été danseuse pendant quatre ans. Je puis bien l'être pendant cinq ou six. Encore une année de

fatigue, d'écœurement et de mépris à supporter. Mais
pendant cette année, j'aurai mis une petite somme de
côté. Mon directeur va me rendre le prix de mon dédit
puisque je lui reviens, et je me retournerai. Si je n'ai
pas mon compte à la fin de l'année, j'irai donner des
représentations à l'étranger, à Vienne, à Pétersbourg...

Non, non, pas à Pétersbourg, reprit-elle en retom-
bant dans ses pleurs amers.

Pierre Leval parvint encore à la distraire et à la ramener vers ses projets d'avenir, sachant bien que
cette conversation éloignait sa pensée de la terrible réalité.

Mais au bout de quelques mots :

— Mon cher Pierre, dit-elle, voilà quatre heures du
matin qui vont sonner. Il va faire jour. Vous allez me
quitter, n'est-ce pas ? Il m'importe peu, malgré mes résolutions, qu'on vous voie sortir de chez moi, mais il
importe beaucoup que vous ne restiez pas assez dans
cette chambre pour que l'un ou l'autre nous en arri-
vions à l'attendrissement.

— Soit, ma chère Martha, je vous prends telle que
vous êtes, fantasque et bonne malgré tout, et je vous
obéis.

— Merci.

— Mais il se peut que vous ayez besoin de moi, car,
si je ne me trompe, vous n'êtes pas au bout de vos
peines.

— Ce n'est pas tout à fait mon avis. Plus j'y pense,
plus je me rassure. Mon père m'avait dit que peut-être,
il serait obligé de repartir pour la Russie sans me revoir. A cette heure, il est sans doute en chemin de fer à
deux cent lieues d'ici, ne se doutant pas de l'abominable
accusation qui pèse sur sa tête, mais dès qu'il apprendra ce qu'on raconte, il reviendra en hâte, j'en suis
sûre, pour se justifier et pour me rendre la liberté qu'il
m'a promise.

— Dieu le veuille, Martha.

La pauvre fille se faisait illusion sur bien des points. Et d'abord, quand, dans la journée, elle alla trouver le directeur de l'Opéra pour retirer sa parole et sa signature, elle reçut un accueil terriblement inattendu.

L'honnête commerçant parut extrêmement surpris d'apprendre que son ex-étoile ne voulait pas donner suite à ses projets de retraite.

— Eh! quoi! s'écria-t-il, c'est maintenant que vous venez me dire cela! Mais je suis aux regrets. J'ai déjà télégraphié en Italie à la Bacacci, qui a accepté toutes mes propositions. Elle ne vous vaut pas, mais je ne puis surcharger mon budget des appointements de la Bacacci, si je vous garde.

Martha regardait son directeur, qui parlait lentement et sans lever les yeux, comme s'il eût eu peur de rencontrer les loyaux regards de sa pensionnaire.

— En termes plus clairs, dit Martha, vous refusez de me reprendre?

— Non, mon enfant, je ne refuserais pas si je le pouvais, mais, après tout, on ne fait pas de pareils coups de tête quand on n'a pas de ligne de conduite bien arrêtée.

Soit qu'il trouvât bon d'empocher les quarante mille francs du dédit de Martha, sans compter ses appointements qui ne couraient pas jusqu'au jour où il aurait réellement engagé la Bacacci, soit qu'il voulût amener la chanteuse à faire des concessions importantes sur le chiffre de ses émoluments, le fameux directeur se lamenta, fit le bon apôtre et ne voulut rien conclure, sans toutefois refuser positivement.

X

ANGOISSES

Tout Paris s'occupait beaucoup de Martha. On avait fini par comprendre que le crime de la rue des Ecuries-d'Artois était la véritable cause de l'évanouissement de la belle danseuse, et l'on cherchait naturellement quelles conclusions on pouvait tirer de la découverte.

Les uns croyaient que la jeune étoile avait connu jadis Malvezin et s'était vue sans forces pour supporter la nouvelle d'une mort qui venait ainsi la surprendre à l'improviste.

D'autres, — et ceux-là se rapprochaient davantage de la vérité, — supposaient que ce n'était pas Malvezin, c'est-à-dire la victime, qui intéressait Martha, mais bien Blanchard, c'est-à-dire l'assassin. Le directeur de l'Opéra était de ceux qui penchaient pour Blanchard, et il tablait sur la douleur et sur l'embarras de la jeune femme pour faire une meilleure affaire en l'obligeant à signer un nouvel engagement à bas prix. Ajoutons, pour rester historien véridique, qu'il n'en avait pas moins l'intention de garder l'argent du dédit.

Il disait, en effet, à sa pensionnaire :

— En droit, chère enfant, je n'ai pas à vous restituer quoi que ce soit. Vous avez voulu rompre et j'ai touché la somme qui me revenait ; je la détiens donc très-légitimement et je dois la garder.

Vous voulez maintenant contracter un nouvel engagement, j'en suis enchanté, mais c'est une question à débattre entre nous.

— Eh bien ! monsieur, lui répondit Martha, je n'ai pas besoin de vous tant que cela. Il suffira que je dise un mot pour que Milan ou Vienne m'offre le double de

ce que je gagnais chez vous. Ce mot, je le dirai. Mais je
dirai aussi à quelques amis comment j'ai voulu rester à
Paris et comment vos finasseries de Normand effronté
m'ont privé de ce plaisir.

— Eh! là! là! ne vous fâchez pas, ma mignonne. Je
défends ma caisse, comme c'est mon devoir...

— N'ajoutez pas un mot. Vous avez cru m'amener à
rentrer pour un morceau de pain, parce que vous devinez ma détresse, mais je suis trop fière pour passer sous
votre joug. Brisons-là.

— Oh! oh! fit le directeur en souriant, je ne m'oppose pas à ce que vous soyez fière comme Mme Artaban
elle-même, mais peut-être serez-vous moins hautaine,
d'ici à quelques jours, et n'oubliez pas que je suis toujours prêt à vous être utile.

Martha ne répondit pas. Elle pivota sur ses talons et
sortit du cabinet directorial sans esquisser un salut,
sans murmurer un mot d'adieu.

Quand il la vit si décidée, le directeur s'élança vers
elle :

— Martha! Mademoiselle Versin! Mon enfant! Ce
n'est pas sérieux. Ecoutez-moi!

Mlle Versin ferma la porte au nez du directeur et s'en
alla sans regarder derrière elle.

Son premier mouvement, en mettant le pied sur le
boulevard Haussmann, fut d'aller trouver deux ou trois
abonnés pour leur raconter ce qui venait de se passer.

Mais elle songea, non sans raison, qu'après tout c'était
elle qui avait tort, ou plutôt la destinée ; qu'on ne la
trouverait pas si intéressante qu'elle le croyait, et dix
minutes après, elle arrivait chez elle.

Comme elle sonnait, sa femme de chambre montait
l'escalier derrière elle, et lui dit :

— J'attendais madame chez la concierge. Je voulais
la prévenir ; mais madame a passé si vite, que je n'ai
pu la rejoindre.

— De quoi vouliez-vous me prévenir ?

— Deux messieurs attendent madame au salon.

— Quels sont ces messieurs ?

— Ils n'ont pas dit leur nom.

— Ah ! et pourquoi les avez-vous reçus ?

— Dam !

La femme de chambre eut un air embarrassé et méchant en prononçant cette interjection.

— Dam ! quoi ? interrogea la jeune femme avec vivacité.

— Dam ! c'est qu'ils n'ont pas voulu s'en aller.

— Que signifie ? dit Martha en entrant chez elle et en se dirigeant vers le salon dans lequel elle entra délibérément, l'œil enflammé, la bouche frémissante de colère.

— Vous désirez quelque chose, messieurs ? demanda-t-elle en entrant; à qui ai-je l'honneur de parler ?

Elle avait le regard provocant et la lèvre tremblante.

Les deux hommes s'étaient levés et saluaient avec une aisance parfaite. Il y avait dans leurs gestes et dans leur attitude une sorte d'autorité qui frappa la danseuse.

Elle eut un frisson et l'idée lui vint que ces étrangers lui apportaient un nouveau malheur.

— Mille pardons, mademoiselle, dit l'un des deux visiteurs, si nous n'avons pas donné nos noms à votre servante, cela n'eût servi probablement qu'à vous créer des ennuis que notre ferme intention est de vous éviter.

— Que voulez-vous dire ?

— Je me nomme André Massion, commissaire de police, chef de la sûreté, monsieur est un de mes collègues.

Martha pâlit. Vivant dans ce milieu de l'Opéra, où l'on considère un magistrat comme un être spécial et redoutable, elle frémit à la pensée que « la justice » était en ce moment chez elle.

Il ne lui fallut pas un grand effort d'intelligence pour

comprendre de quoi il s'agissait. On venait l'interroger au sujet de Blanchard. C'était limpide.

Dès qu'elle eut deviné la mission des deux personnages, toute émotion l'abandonna comme par enchantement et avec cette vigueur, ce courage, cette vaillance qui étaient le fond de son tempérament, elle alla au devant des questions qu'on lui allait adresser.

— Je vous remercie, messieurs, dit-elle, de ne pas avoir décliné vos qualités devant mes domestiques. Au fond, cela m'est indifférent, mais l'intention était bonne et je vous en suis reconnaissante.

Le chef de la sûreté voulut prendre la parole ; elle s'empressa de le prévenir d'un geste et continua :

— Je connais probablement la cause de votre visite, messieurs. Vous venez me demander des renseignements sur M. Blanchard ?

— Oui, mademoiselle, répondit M. Massion.

— Interrogez-moi, je suis prête à vous éclairer ; mais sachez bien, avant tout, qu'il est innocent.

— Ceci, mademoiselle, est un point que nous n'aborderons pas aujourd'hui. Nous savons, ou, pour mieux dire, on a su par un cocher qui avait pris Blanchard dimanche dernier à son hôtel, qu'il l'a conduit à votre porte dans la soirée, vers neuf heures environ.

— C'est vrai, j'ai vu M. Blanchard dimanche soir et je comptais le voir hier encore, lorsque, pendant le ballet que je dansais pour la dernière fois, j'ai appris le crime dont M. Malvezin a été la première victime, et dont M. Blanchard est aujourd'hui la seconde et la plus lamentable.

— Que voulez-vous dire ?

— Que l'accusation qui pèse aujourd'hui sur M. Blanchard est tellement infâme, qu'il vaudrait certainement mieux pour lui qu'on l'eût assassiné à la place de M. Malvezin.

— Ainsi, mademoiselle, vous croyez que M. Blan-

6*

chard est absolument innocent du crime dont l'accuse l'opinion publique ?

— J'en suis sûre. Et si l'on ne m'a pas trompée, la justice elle-même doit le considérer comme tel jusqu'au moment où l'on aura prouvé sa culpabilité.

— En effet, mademoiselle.

— Or, comme je n'ai jamais rencontré d'homme plus franc, plus loyal, plus honnête, je ne consens pas à admettre qu'un soupçon puisse être conçu contre lui dans n'importe quelle circonstance de la vie et à plus forte raison dans une occurrence semblable à celle qui vous occupe.

— La chaleur avec laquelle vous défendez Blanchard, mademoiselle, est un indice sinon certain, du moins problable, de son innocence, et croyez bien que le parquet est très-heureux quand, à la place d'un criminel qu'il croit tenir, il s'aperçoit qu'il a un homme d'honneur dans sa main. C'est pourquoi je vais avoir l'honneur de vous adresser quelques questions à la suite desquelles sans doute l'innocence de M. Blanchard sera clairement établie.

— Parlez, monsieur, je suis prête à répondre, dit Martha. Vous pouvez compter sur ma sincérité.

— Permettez-moi de vous adresser d'abord une question quelque peu délicate et à laquelle vous répondrez franchement, j'espère. Comment avez-vous connu Blanchard et quelle était la nature des relations que vous avez eues avec lui ?

Martha Versin se leva et répondit avec un ton de véritable dignité qui en imposa aux deux magistrats :

— M. Blanchard est mon père.

A ces mots, MM. Bourquin et Massion se levèrent à leur tour et s'inclinèrent devant la jeune femme.

— Pardon, mademoiselle, pardon, du chagrin que nous pouvons vous faire.

— Oh ! ne vous excusez pas, je m'attends à tout.

Après ce qu'on a imprimé dans les journaux, il n'est rien qui puisse beaucoup m'émouvoir.

— Êtes-vous disposée à nous laisser continuer cet interrogatoire ?

— Je suis entièrement à vos ordres, messieurs.

— Depuis quelle époque Blanchard était-il arrivé de Pétersbourg quand il est venu vous voir ?

— Depuis le matin même, et c'est là ce qui rend particulièrement odieuse l'accusation dont les journaux se sont fait l'écho. M. Blanchard serait donc parti de Saint-Pétersbourg il y a six jours avec l'intention d'assassiner M. Malvezin, qu'il a rencontré par hasard ? Il aurait donc su d'avance que M. Malvezin gagnerait cent trente ou cent cinquante mille francs au jeu ? Il serait devenu un malfaiteur vulgaire pour de l'argent quand, dans la journée, il m'avait donné un chèque de 40,000 fr. pour payer mon dédit à l'Opéra.

Ici le chef de la sûreté interrompit Martha.

— M. Blanchard, dites-vous, vous a donné un chèque de quarante mille francs ; où est ce chèque ? Pouvez-vous nous le montrer ou tout au moins...

— Je l'ai passé à l'ordre du directeur de l'Opéra. Il est fort probable qu'il l'a touché, et il saura vous dire où on peut le trouver.

— Fort bien. Encore une question qu'il me coûte de vous faire, mais qu'il est nécessaire de vous poser. M. Blanchard est-il votre père légitime ?

— Non, répondit la jeune femme en rougissant jusqu'aux cheveux.

— Vous a-t-il reconnue ?

— Non, répéta Martha devenue pourpre et qui souffrait visiblement.

— Quittons ce sujet, s'empressa de dire le chef de la sûreté. M. Blanchard, nous savons cela, Mademoiselle, a eu, dans le temps à Paris, une jeunesse orageuse, extrêmement orageuse.

— C'est vrai, lui-même s'en est courageusement ac-

accusé devant moi en me disant combien il avait amèrement pleuré ses folies et regretté son temps.

— Il s'est ruiné complètement à ce jeu...

— Je sais tout cela. Mais je sais aussi que pour refaire une fortune il s'est exilé, que le succès lui a souri
et qu'enfin il est riche aujourd'hui.

— Riche ?

— Oui, monsieur : la preuve, c'est que mon père, outre le chèque de quarante mille francs qu'il m'a donné,
devait, hier dans la journée, m'apporter un titre de
rente de dix mille livres avec lesquelles je comptais me
retirer à la campagne, loin du monde et loin du bruit.
Et c'est pour cela que je résiliais mon engagement avec
le directeur de l'Opéra.

— Quoi ! mademoiselle, crut devoir dire l'un des
deux magistrats avec une nuance de galanterie, il serait
donc vrai que vous quittez le théâtre et que vos admirateurs devront renoncer au plaisir de vous crier :
bravo !

— C'était vrai hier, répondit amèrement Martha. Aujourd'hui, ce n'est plus possible. Mon père est retourné
à Pétersbourg, si je ne me trompe pas, et je ne sais
plus que penser, car il ne m'a fait tenir ni un mot d'a-
dieu, ni la confirmation de sa promesse.

— Vraiment !

— Du reste, ajouta Mlle Versin avec une certaine
exaltation, c'est moi sans doute qui lui ai porté malheur
car il semble que je sois maudite.

— Maudite !

— Oh ! oui, monsieur, tout ce qui m'intéresse ou doit
me faire plaisir tourne mal. Depuis plus de six mois, je
suis dégoûtée du métier que j'exerce ; je me fais horreur à moi-même quand je songe à la vie que j'ai menée et dont la réponsabilité n'incombe pas à moi
seule.

Les deux magistrats étonnés se regardaient.

— J'avais formé le projet, reprit Martha, de regagner

l'estime de moi-même en me calfeutrant dans une existence de petite bourgeoise bien simple. Oh ! je sais que vous rirez en écoutant cela. Mais je vous le jure solennellement, je me souciais peu en agissant ainsi de ce qu'on penserait ou de ce qu'on dirait de moi. Je vous l'affirme, messieurs, je ne voulais que ma propre estime.

— Eh ! bien, mademoiselle ? interrogea M. Massion, vivement intéressé.

— Eh ! bien, monsieur, il vous semble peut-être que ce soit chose facile pour une actrice de se transformer en Madeleine. Ah ! vous vous trompez joliment, allez. Déjà dimanche aux courses, où j'ai fait la sottise d'aller, j'ai été insultée par une vieille coquette âgée de cent ans, et mon tempérament m'a poussée à la souffleter. Voilà comment je m'y prends pour ne pas faire parler de moi.

Et depuis, tout ce qui m'arrive, tout ce qui se passe semble fait pour me mettre en évidence, pour m'arracher à une obscurité que je cherche.

Bien mieux, j'avais un ami. Je ne me fais point meilleure que je ne le suis. Cet ami, je le renvoie, je lui fais part de mes projets ; je romps avec mon directeur, comptant sur la rente promise par mon père. Et la destinée abominable qui m'est réservée veut que mon père quitte Paris sans qu'on sache pourquoi ; que je renonce forcément à mes projets ; que je sois obligée sinon de reprendre ma honte, du moins de recommencer mon métier, de reparaître sur la scène.

On croirait que le ciel ne veut pas de mon repentir, ne consente pas à l'austérité de vie dont je suis altérée, et que pour cela, il frappe, non-seulement sur moi, mais sur ceux qui voulaient bien faciliter ma rédemption.

Les deux magistrats écoutaient les ardentes paroles de la chanteuse et ne trouvaient rien à dire.

— Oui, reprit Martha, qui ne laissa pas se prolonger

le silence, oui, c'est moi qui porte malheur à mon père,
c'est moi qui, sans doute... Croyez-vous à la destinée,
messieurs?

— Oui et non, fit M. Massion pour répondre quelque
chose.

— Eh bien, moi, j'y crois fermement et je suis convaincue que si je n'avais pas couru après le respect,
après la considération, il ne serait rien arrivé à M. Malvezin, et l'on n'accuserait pas mon père d'un abominable assassinat.

Mais ecla est arrivé parce que j'ai été condamnée
avant ma déplorable naissance à être une malheureuse
fille ; parce que, quoi que je fasse, il faudra que je su-
bisse la misère ou la débauche.

Comme elle achevait ces mots, Martha Versin se leva
brusquement, leva les yeux au ciel avec un air de défi,
frappa du pied avec violence et s'écria:

— Eh bien, non, non, cent fois non, je ne me rési-
gnerai pas. Je veux qu'on m'estime et l'on m'estimera.
Je veux être honnête et je le serai. Je lutterai jusqu'à ce
que les forces m'abandonnent et que je meure, mais je
lutterai. Destinée infâme, oppressive et cruelle, je te
défie!...

Elle était superbe de colère, d'exaltation, de nervo-
sisme.

Les yeux humides de larmes qui séchaient avant de
couler sur ses joues, ses beaux cheveux blonds un peu
lâchés, sa lèvre charnue légèrement contractée, la pâleur aux joues et la rougeur au front, elle eût excité
l'admiration de tout le monde.

Tout à fait conquis, le chef de la sureté se fût fait un
scrupule de prolonger cet entretien si douloureux pour
la danseuse.

— Je crois, mademoiselle, dit-il, que nous n'avons
plus rien à faire ici ; nous savons tout, ou à peu près
tout ce que nous devions apprendre chez vous. Il ne
nous reste plus qu'à souhaiter avec vous la prompte

justification de M. votre père. Nous ne doutons pas que
l'instruction commencée ne se termine à son avantage
et j'ajoute pour mon compte que je désire vivement la
fin de vos chagrins.

Ils s'étaient levés. Martha les reconduisit et leur demanda si on la manderait au Palais de justice.

— Cela est fort probable, lui répondit Bourquin.

— Je ne pourrais donc pas quitter Paris si c'était
nécessaire?

— Il n'y a rien qui s'y oppose légalement. Mais vous
ferez sagement de vous assurer avant de l'autorisation
du parquet.

— Je vous remercie, dit-elle.

Et les deux magistrats se retirèrent.

Dès le lendemain, comme l'avait prévu Pierre Leval,
les journaux d'informations s'en donnèrent à cœur-
joie.

On pense bien que leurs reporters connurent vite la
partie romanesque et parisienne du crime de la rue des
Écuries-d'Artois.

Ah! quel concert! quelle interminable chronique, et
que les bons rédacteurs furent heureux de pouvoir imprimer tout ce qu'ils avaient appris! Jamais crime ne
leur avait donné tant d'agrément.

Ils l'eussent commis eux-mêmes dans l'intérêt de leurs
journaux qu'ils n'eussent pas eu l'imagination assez
osée pour inventer d'aussi étonnantes péripéties.

Quoi? D'abord, la victime était connue de tout Paris.
Mais cela n'était rien. Le beau, l'étonnant, le superbe,
l'admirable, c'est que l'assassin fût le propre père de
Martha Versin, de la danseuse la plus célèbre de l'Europe; c'est que cette danseuse elle-même fût une personne d'une originalité qui aurait suffi à faire la réputation de quatre excentriques; c'est enfin que, d'après
les renseignements fournis par Martha elle-même, Blanchard devait être sûrement l'assassin, quoique cependant la jeune femme, en répondant au chef de la sû-

reté, eût cru démontrer clair comme le jour que son
père n'était pas coupable.

Et, pour comble de bonheur, ce Blanchard, cet assassin, était en fuite. Si l'on avait le bonheur qu'il ne fût
pas arrêté avant un mois, il s'ouvrait là, pour les journaux, une campagne des plus intéressantes.

On a connu cet éminent directeur d'un petit journal
— directeur et fondateur — qui, apprenant qu'un meurtrier avait été arrêté, en demandait des nouvelles à son
rédacteur.

- Quel âge a-t-il ?

— Vingt-deux ans.

— Bon !

— C'est un repris de justice.

— Bon !

— Et il avoue !

— Ah ! l'imbécile, s'écria le directeur avec un accent
gascon qui doublait le charme de l'exclamation.

Et, en effet, un accusé qui avoue cesse aussitôt
d'être intéressant. Le public ne s'occupe plus de lui,
plus le moindre mystère n'environne sa personne.
L'avenir n'est plus douteux. Quelle préoccupation voulez-vous qu'il inspire ? Ah ! l'imbécile !

Mais, dans l'affaire Malvezin, c'était complet. L'accusé, ou du moins celui qu'on soupçonnait d'avoir commis le crime, avait disparu, s'était évanoui, laissant le
champ libre à toutes les suppositions, à tous les racontars, à toutes les histoires saugrenues qu'il plairait
d'imaginer.

De plus, ce n'était pas un vulgaire criminel. On le
disait riche. Jadis, dans le monde, il avait tenu un
rang ; il avait fait figure. C'était un homme bien élevé.
Vraiment, il n'y avait que sa disparition pour être un
peu gênante.

Mais cette lacune était comblée et au delà par le
rôle qu'allait jouer dans ce sinistre drame une artiste

aimée du public et qui paraissait devoir ménager aux
Parisiens bien des surprises.

L'un des journaux d'informations les mieux renseignés n'hésita pas, dès qu'il sut les détails qu'on vient
de lire, à les imprimer et à en tirer des conclusions
que le parquet lui-même n'osait pas encore entrevoir.

« Ce Blanchard, disait le reporter avec le ton d'autorité qui distingue ces rivaux actuels de la magistrature
et de la police, ce Blanchard a eu l'existence la plus
scabreuse et la plus tourmentée. Né riche, très-riche
même — il est allié à plusieurs familles millionnaires
que nous pourrions nommer — il s'est trouvé en possession de sa fortune à sa majorité et il l'a jetée en peu
de temps aux quatre vents du ciel galant.

« Il fut, dans le temps, l'un des plus enragés sou-
peurs du Grand-Seize. Il n'y avait pas de bonne fête
sans lui. Les femmes, le sport, les premières représentations, la grande vie enfin avaient pour lui un attrait
incroyable. Il se jeta dans le tourbillon parisien à corps
perdu et y laissa toutes ses plumes.

« Il n'est pas une grenadière de la vieille garde qui
n'ait été jadis en relation avec lui, et c'est dans les
mains crochues de ces dames qu'il sema peu à peu son
avoir.

« Mme Versin, la mère de Mlle Martha Versin, fut,
croyons-nous, sa dernière conquête, Blanchard était à
demi-ruiné quand il connut cette aimable personne,
qui sut, en une fugitive saison, débarrasser son client
du solde que les autres n'avaient pu croquer.

« En échange, Blanchard eut avec la Versin une enfant qui est devenue la ravissante et malheureuse artiste
dont il serait superflu de faire l'éloge. »

Le reporter continuait son article en touchant plus
ou moins légèrement à la vie de la mère Versin et de
Martha elle-même. Il y faisait même une allusion

7

discrète à Pierre Leval et il concluait en ces termes :

« Récemment revenu de Pétersbourg, où il était allé soi-disant refaire sa fortune, il avait promis à sa fille de lui faire une situation indépendante et c'est sans doute pour créer des rentes à la célèbre danseuse que cet homme, assassin par amour paternel — une variété nouvelle — a lâchement poignardé son ami en profitant de ce qu'il était ivre.

« Aux dernières nouvelles, on était sur les traces de ce Blanchard qui, très-probablement, est capturé à l'heure qu'il est.

« Afin de ne pas entraver l'œuvre de la justice, nous n'ajoutons pas un mot, de peur qu'il ne soit pas encore arrêté. »

XI

PERDRIGEARD SE RÉVÈLE

Perdrigeard n'était pas fanatique de littérature — et pour cause. Les terrassements et la poésie ne sont pas d'ordinaire cousins germains. — Mais l'ancien entrepreneur aimait à lire les feuilles publiques et consacrait à cette besogne une partie de sa matinée.

Savourant le bonheur — nouveau pour lui — de se lever un peu tard, quoique par habitude, il se réveillât de très-grand matin, Perdrigeard lisait au lit avec un plaisir extrême.

Les faits divers surtout faisaient sa joie et il n'en passait pas une seule ligne. Ah ! les faits divers ! il y avait des jours où Perdrigeard rêvait de laisser sa fortune à quelque rédacteur de faits divers. Et il est probable que si quelques-uns de ces derniers avaient connu cette tendance, ils eussent rivalisé d'ardeur et de zèle pour charmer cet honnête homme.

On se souvient que le brave garçon avait été l'un des premiers à découvrir dans le *Soir* la nouvelle du crime.

Cette particularité, dont le bonhomme était assez fier, lui faisait regarder cet assassinat comme étant un peu le sien. Il se figurait volontiers avoir collaboré à sa découverte et c'est avec une avidité incroyable qu'il dévorait chaque matin les détails plus ou moins authentiques jetés par les journaux en pâture à la curiosité de leurs lecteurs.

Il en faisait acheter une dizaine tous les jours et celui qui ne contenait pas un long article sur « son crime » perdait aussitôt sa confiance et ne devait plus avoir les honneurs de sa lecture.

C'est en dévorant, sans en perdre une syllabe, les récits variés de l'assassinat, que Perdrigeard apprit — non sans une véhémente surprise — pourquoi Martha Versin s'était évanouie le lundi précédent à l'Opéra, et comment l'assassin présumé était son père.

La danseuse jouant, malgré elle, un rôle dans ce drame réel, devint aux yeux de Perdrigeard bien plus intéressante, bien plus séduisante, bien plus digne de tous les hommages.

Il se souvint alors de son pari, et une idée tellement inattendue lui vint à l'esprit, un projet dont il se croyait si peu capable se forma dans sa tête, que, sans désemparer, l'ancien terrassier sauta de son lit beaucoup plus lestement que n'auraient pu le faire bien des gens maigres.

Perdrigeard sonna son valet de chambre — car il avait un valet de chambre — et lui ordonna de courir chercher une voiture. Puis il s'habilla en deux temps comme à l'époque où il lui fallait gagner sa vie.

Il grommelait tout en se débarbouillant.

— Quelle occasion unique m'est offerte d'entrer chez Martha ! Outre qu'elle m'intéresse, outre que je l'aime presque, je serai joliment content de faire sa connaissance maintenant qu'elle est quelque chose dans l'affaire Malvezin.

— Perdrigeard, reprit le gros homme en se regardant sans rire dans la glace, tu vas gagner ton pari, mon bonhomme, je le sens, je le devine, je le crois.

Disons-le, notre futur vainqueur ne paracheva pas sa toilette comme il en avait l'habitude, si bien qu'au moment où il sortit de chez lui, Perdrigeard paraissait encore plus comique qu'à l'ordinaire.

Sa figure était plus ronde, ses yeux plus petits, ses jambes plus courtes et son abdomen plus débordant.

Son gilet manquait de correction et sa cravate obliquait. Les mèches légèrement crépues de sa puissante chevelure n'étaient pas, comme à l'ordinaire, soigneusement mises au pas et les crocs de sa moustache tombaient d'un air navré sur les coins de sa bouche, quand d'habitude ils montaient en pointes audacieuses vers le ciel.

Mais il s'agissait bien de cela !

— Cocher, rue Neuve-des-Mathurins, 72 et dare dare.

Perdrigeard ne se disait pas qu'il était à peine dix heures, qu'on n'allait pas chez une jolie femme de si grand matin.

Encore une fois il ne pouvait être question de convenances. Perdrigeard avait son plan. Tout disparaissait pour lui devant ce fait. Il avait son plan et sans doute, de peur de le voir s'envoler, il le mettait à exécution sur l'heure même.

Le gros terrassier ne perdait pas la carte. Il avait, croyait-il, trouvé un moyen sûr de devenir l'heureux ami de la danseuse, de gagner son pari et de passer pour un malin drille. Tout bénéfice, quoi !

En un autre temps, le malavisé Perdrigeard eût été solidement rabroué pour oser se présenter à pareille heure chez la Versin.

Mais depuis la visite du chef de la sûreté, depuis, surtout, que Martha, comme Perdrigeard, avait lu les

journaux, la malheureuse jeune femme s'inquiétait peu
des heures et des usages.

Dormant à peine, elle se levait au jour et semblait
attendre éternellement quelqu'un.

A chaque coup de sonnette elle s'élançait vers la
porte, espérant voir paraître son père, ou tout au moins
un être quelconque qui lui apporterait une consolation,
une espérance.

Et depuis trois jours, depuis la visite des magistrats,
elle vivait seule, n'ayant pas vu figure amie. Sa mère
était venue, mais n'avait parlé du crime que pour avoir
l'occasion de pleurer quelques larmes hypocrites. Elle
ne s'était même pas informée si sa fille, qui, la veille,
lui avait, dans un moment d'emportement, tout donné,
avait besoin de quelque argent.

Pierre Leval n'était pas revenu. C'était un parfait
gentleman que Pierre Leval, mais il n'aimait pas le
bruit et il avait une peur bleue d'être compromis dans
une affaire aussi scandaleuse et qui ne pouvait que le
couvrir de honte.

Cependant il aimait Martha. Il l'aimait peut-être
davantage depuis qu'elle l'avait renvoyé. Il se sentait
même tellement pris que parfois il se demandait si sa
maîtresse ne jouait pas une habile comédie pour se
l'attacher davantage et lui faire commettre quelque
sottise.

Le coup de sonnette de Perdrigeard fit battre le cœur
de la chanteuse.

Mais par un phénomène que beaucoup de gens
comprendront, la pauvre Martha qui attendait n'importe qui pour la sauver, fut prise d'une terreur
folle.

Elle redoutait un nouveau malheur, maintenant que
ce quelqu'un était là, et pour un peu elle eût ordonné à
sa femme de chambre de ne pas ouvrir.

Celle-ci, d'ailleurs, qui n'était pas agitée par les

mêmes émotions que sa maîtresse, ne mit aucun empressement à voir ce que voulait le sonneur matinal.

Mais quand elle vit Perdrigeard avec sa bouche en coup de sabre qu'il ouvrit pour demander Mlle Versin, la soubrette effrontée partit d'un éclat de rire tel que Martha, qui se tenait aux écoutes, en fut prise d'une colère folle, et se montra pour flanquer la drôlesse à la porte séance tenante.

Perdrigeard, en voyant Martha, renouvela sa question.

— Mademoiselle Versin?

— C'est moi, monsieur, répondit la chanteuse, donnez-vous la peine d'entrer.

Perdrigeard traversa un couloir assez obscur et pénétra dans un petit salon où la jeune femme lui offrit un siège et s'assit en lui disant:

— Veuillez m'apprendre, monsieur, ce qui me vaut l'honneur de votre visite.

En ce moment elle leva les yeux sur son visiteur, et malgré l'état de son esprit, peut-être même à cause de la surexcitation nerveuse à laquelle elle était en proie depuis trois jours, elle faillit, à son aspect, éclater de rire elle aussi, tant le pauvre homme était réellement drôle.

Martha eut assez de force pour se contenir cependant, et du reste, ce que lui disait Perdrigeard était assez extraordinaire pour qu'elle ne s'occupât plus de sa réjouissante laideur et pour qu'elle lui prêtat l'attention la plus soutenue.

— Mademoiselle, répondit en effet le terrassier, sans trop d'embarras, je viens, en présence du malheur qui vous frappe, me mettre tout entier à votre disposition. Quand je dis tout entier, cela signifie que je mets ma fortune et ma personne à vos ordres.

— Mais, monsieur, je ne vous connais pas.

— Est-il bien nécessaire que vous me connaissiez?

— Mais monsieur...

— Je vais avoir l'honneur de vous dire qui je suis.
J'ai le désagrément de m'appeler Anatole d'une part et
la douleur de répondre au nom de Perdrigeard de l'autre.
Je suis à mon aise et je me suis rendu coupable envers
vous, Mademoiselle, d'une inconvenance qui, avant les
événements, n'était qu'une simple sottise de ma part,
mais qui depuis prendrait les proportions d'une infamie
si je n'en étais le plus repentant du monde.

— Veuillez, monsieur, vous expliquer plus clairement
et m'épargner des paroles mal venues au moment où je
succombe sous le chagrin...

— Mademoiselle, voulut dire Perdrigeard.

— Permettez-moi d'achever, monsieur. Si ce que vous
avez à me communiquer n'est pas d'une importance tout
à fait particulière et si cela n'a aucun rapport avec le
malheur dont je suis la victime, je vous prierais d'a-
journer vos confidences.

— Il s'agit de choses très-graves, mademoiselle, mais
je n'ose...

— Pourquoi?

— C'est que je voudrais être sûr de votre pardon avant
de vous dire que dans un cercle, l'autre soir, au cercle
du Rocher...

— Au cercle du Rocher, dites-vous?

— Oui, mademoiselle.

— N'est-ce pas là que M. Malvezin a gagné l'argent
qu'on accuse mon père de lui avoir volé?

— Si, mademoiselle, c'est là.

— Continuez...

— Au cercle du Rocher, donc, l'autre soir, avant l'é-
vénement, et peut-être après boire, j'ai commis la faute
de parier que je saurais vous séduire et que vous ne me
résisteriez pas, si je voulais...

— Vous! vous avez parié cela!!! s'écria la chanteuse,
en riant tout à fait cette fois.

Oser faire un tel pari avec des dehors pareils semblait

à Martha la chose la plus bouffonne, la plus invraisemblable du monde,

— Hélas ! mademoiselle, je comprends votre hilarité et je suis sans excuse. C'est pourquoi, j'ai pensé, quand j'ai su ce qui vous arrivait, à faire amende honorable et à vous demander de m'employer à prouver l'innocence de votre père.

Perdrigeard s'exprimait avec conviction. Il paraissait sincère, et certes ! tout autre que Martha l'eût cru sur parole.

— Je suis de ceux, reprit-il, qui ont vu Monsieur votre père au cercle dimanche soir et je jurerais sur mon salut éternel, mademoiselle, que M. Blanchard est le plus honnête homme du monde. Jamais d'ailleurs je ne me suis trompé en physionomie et je réponds de celle-là, je vous en donne ma parole d'honneur.

Ce langage était bien fait pour plaire à la pensionnaire de l'Opéra.

— Je vous remercie, monsieur, dit-elle, et bien sincèrement de ce que vous pensez ; je voudrais reconnaître tant de bontés autrement que par des paroles, mais que feriez-vous pour moi ?

— Mon Dieu, mademoiselle, pas grand'chose, j'en conviens, mais encore vous pouvez m'employer comme commissionnaire pour faire vos courses, pour aller chez les témoins qui établiraient l'honorabilité de M. Blanchard.

— Oui, oui, mais, dans ma nouvelle position, et après le pari dont vous venez de me parler, je craindrais...

— Quoi ?

Martha hésita une minute. Perdrigeard acheva sa pensée :

— Vous craindriez d'être compromise.

— Oui.

— Oh ! mademoiselle, je croyais que vous m'aviez regardé tout à l'heure, et par conséquent...

— Voyons, continuez.

— Du reste, reprit Perdrigeard, si je ne me trompe, vous êtes une femme énergique, décidée à tout pour sauver l'honneur de M. Blanchard.

— Oh! oui, certes! fit Martha.

— Eh bien! ne pensez-vous pas qu'il serait bon de chercher avant tout, vous-même, ce qu'il a pu devenir?

— Mon père, monsieur, me disait dimanche, pendant l'unique visite qu'il m'a faite qu'il pouvait partir d'un moment à l'autre, de ne pas m'étonner si je ne le revoyais pas.

— Je sais, oui. C'est même sur cette imprudente parole qu'on bâtit le plus solide de l'accusation. Mais il pouvait partir... pour où?

— J'ai toujours compris que c'était pour Saint-Pétersbourg.

— Vous n'en êtes pas sûre?

— Non.

— Il aurait tout aussi bien pu s'embarquer pour New-York, pour Rio-Janeiro, pour l'Australie.

— Toutes ses affaires étaient à Saint-Pétersbourg.

— N'importe, on peut s'informer. Voulez-vous que je m'en occupe?

— Vous me rendrez le plus signalé des services.

— J'ai vu le baron de Mainz causer avec lui au cercle; je lui demanderai s'il sait quelque chose.

— Le baron de Mainz est donc de votre cercle?

— Oui, madame.

— Et il connaît mon père?

— Apparemment, car ils ont causé ensemble avec beaucoup d'animation, et on les a vu s'enfermer dans un petit salon, sans doute pour traiter une affaire.

— Ah! consultez le baron, alors, fit Martha, mais je crois qu'avant tout il faudrait voir à Pétersbourg.

— Voulez-vous que j'y aille?

— Vous! mais monsieur vous avez donc un intérêt particulier à cette affaire?

— Non, mademoiselle, pas d'autre que celui de vous

7*

être agréable et le désir de me faire pardonner l'inconvenance dont je me suis accusé tout à l'heure.

— Il vaudrait mieux que j'y allasse moi-même, reprit la chanteuse.

— En effet.

— Seulement, c'est impossible. Le malheur veut que je me sois démunie de tout mon argent.

— Je croirais vous faire injure en vous en offrant, mademoiselle, dit Perdrigeard d'un air confit...

— Et vous ne vous trompez pas, monsieur.

— Mais, continua l'ex-terrassier, ne pouvez-vous vendre une partie, aussi faible que ce soit, de votre mobilier, deux ou trois tableaux, par exemple ?

Il y a des gens qui donneraient un beau prix de ce Henner.

— Mais au fait, vous avez raison, s'écria la danseuse en se retournant pour regarder les tableaux. Est-ce qu'ils ont réellement une valeur ?

—Enorme.

— Et vous croyez qu'on trouverait à les vendre ?

— Dans les vingt-quatre heures, mademoiselle, et un bon prix, je vous assure.

— Ah ! vraiment ! fit Martha, qui n'osait pas prier son visiteur de s'en charger, mais qui en avait bien envie.

— Si vous le désirez, mademoiselle, je m'emploierai dans cette négociation. C'est un service que vous pouvez accepter de moi.

— Je le fais sans hésitation.

— Je vais donc m'en occuper sans retard, mademoiselle, dit Perdrigeard en se levant pour prendre congé.

Une minute après, il remontait dans son fiacre et se faisait ramener chez lui.

Il était joyeux ou, pour mieux dire, il était triomphant et se frottait les mains avec une intime et vive satisfaction qui se réflétait sur sa cocasse physionomie.

Quand il fut parti, Martha, qui n'avait pas eu le temps de réfléchir depuis trente ou quarante minutes, put son-

gerà cet être singulier et pressant qui était venu s'accuser
d'une insolence et qui avait trouvé moyen, par la même
occasion, de se glisser presque dans son intimité.

Ce sont là des rapprochements et de ces commence-
ments de camaraderie qui ne se nouent qu'à Paris.

Il avait fallu que Martha se trouvât dans une disposition d'esprit particulière quand l'ancien entrepreneur
s'était présenté.

Une minute avant, elle attendait pour ainsi dire un
secours suprême, un appui, un aide, sans trop savoir
d'où cela viendrait, et quand Perdrigeard était entré, en
faisant son effet habituel sur la soubrette, la Versin l'a-
vait accueilli comme quelqu'un qui est le salut.

Elle comptait que cet homme allait lui parler de son
père, lui démontrer qu'il était innocent, et quand Perdrigeard avait entamé cette corde, Martha, ne témoi-
gnant aucun étonnement, avait trouvé la chose naturelle.

— Trois ou quatre jours auparavant, si le gros parieur
se fût permis de venir raconter ainsi ses affaires, il est
fort probable qu'il eût été reconduit et de la bonne
façon.

Mais il avait eu la chance de tomber sur l'heure favorable pour entrer pour ainsi dire de plain-pied dans
l'orbite de Martha.

Dans l'état moral où elle se trouvait, il avait pu faire
accepter ses services et l'ex-pensionnaire de l'Opéra,
quand il fut parti, ne put s'empêcher de dire :

— Quel brave homme !

Donc Perdrigeard avait réussi admirablement. Il
était dans la place et il ne lui restait qu'à manœuvrer
adroitement pour arriver à ses fins.

C'est du moins ce que tout homme à sa place se fût
dit et lui-même en toute autre circonstance aurait tenu
ce langage.

Mais heureusement, la beauté de Martha, le charme
surprenant qui rayonnait autour d'elle avaient pro-

duit sur Perdrigeard l'effet qu'ils produisaient d'ordinaire.

Le bonhomme sortait de là séduit, charmé.

La grâce exquise de la danseuse, son malheur, la simplicité avec laquelle elle l'avait accueilli, le peu qu'elle
paraissait se faire valoir dans une situation semblable,
et sa douleur qui, on pouvait en répondre n'était pas
jouée, contribuaient à faire de Perdrigeard un esclave
de la jeune artiste. Il sortit de chez elle amoureux.

Amoureux ! lui ! Perdrigeard ! c'était bien l'accident
le plus bouffon qui pût se produire ! Amoureux, cet
homme obèse ! Ce poussah ! amoureux ! avec cette
figure bouffie, avec cette bouche gigantesque, avec ce
nez étrange, avec ces yeux en trous de vrille. Amoureux ! cet infortuné que l'on ne pouvait regarder sans
rire aux larmes !

Eh ! pourquoi non ? la nature s'inquiète bien des
grâces d'un homme avant de lui mettre un amour au
cœur, une passion dans la tête !

Perdrigeard se retira ébloui.

A peine eut-il retrouvé un peu ses esprits qu'il regretta, et cette fois sincèrement, d'avoir fait le sot pari
du cercle.

— Est-ce que je suis digne de cette admirable jeune
femme ! s'écria-t-il avec une modestie aussi sincère
qu'inattendue. Je lui ai promis mon secours. Elle me
permet de la servir. Eh bien ! ce sera une occupation.
Moi qui en cherchais une ! je n'en trouverai pas de plus
utile.

Sans désemparer, Perdrigeard se mit en mesure de
fournir de l'argent à la danseuse en échange de ses
tableaux.

Un secret instinct l'avertissait qu'il fallait agir avec
une grande délicatesse et tout le tact dont il était capable.

Aussi s'empressa-t-il de se rendre chez un ami auquel
il avait parfois rendu quelque service.

— Je viens, mon cher, lui dit-il, vous prier de m'accompagner chez Mlle Versin.

— Chez Martha. Pourquoi faire?

— Vous vous connaissez en tableaux, m'avez-vous
dit quelquefois?

— Un peu, mais je ne suis pas un expert.

— Peu importe, d'ailleurs. Voici ce que je voudrais. Il
y a chez Martha un Henner qu'elle vendrait volontiers.
Je le paierais ce qu'elle en demanderait. Mais, pour des
raisons particulières, il m'est impossible de paraître
comme acheteur dans cette affaire.

— Oh! oh! tout ceci est bien mystérieux, mon gros
Perdrigeard. Continuez.

— Vous viendrez avec moi, vous estimerez le Henner,
et vous déclarerez que vous vous en rendez acquéreur.

— Et puis?...

— Et puis votre rôle sera fini. Je porterai ce soir à
Mlle Versin la somme que vous aurez fixée. Seulement,
si on vous parle jamais de cette négociation, vous déclarerez à tout le monde que je n'y suis pour rien. A
tout le monde et surtout à Martha. Si vous m'avez quelque gratitude pour mes bons offices, faites cela pour
moi.

— De plus en plus mystérieux. Mais peu importe.
Vous avez été trop aimable et je suis trop votre obligé
pour que j'hésite une seconde. Allons.

Chez Martha, l'ami de Perdrigeard fut présenté
comme un amateur éclairé, qui voulait acheter le
Henner. On lui montra la toile, mais dès qu'il l'eut vue,
il se récria :

— C'est un chef-d'œuvre, dit-il, c'est une merveille
et je ne sais si je pourrais y mettre le prix que cela
vaut.

— Oh! mademoiselle ne tient pas à un chiffre bien
élevé.

— C'est que ce tableau vaut vingt mille francs comme
un sou.

— Eh bien ! payez les vingt mille francs dit Perdrigeard.

L'ami, éclairé par cette parole, dit à Martha :

— Eh bien ! oui, mademoiselle, je le prends à 20,000 francs.

— Et vous faites une exellente affaire.

— C'est vrai, mais mademoiselle peut encore se dédire.

— Non, non, fit Martha.

— J'aurai l'honneur, mademoiselle, de vous envoyer les 20,000 fr. par M. Perdrigeard. Après, je ferai prendre cette admirable toile.

Martha tomba d'accord avec le faux acquéreur. Les deux hommes se retirèrent.

— Ah ! malin, dit l'expert amateur à Perdrigeard quand ils furent dans la rue, vous vous connaissez en peinture mieux que moi et vous faites là une rude opération.

— Parbleu ! répondit l'entrepreneur.

Une heure après, le gros bonhomme, escorté d'un commissionnaire, apportait les vingt mille francs à la danseuse et faisait enlever le tableau.

Il faut rendre cette justice à Perdrigeard qu'il avait fort adroitement joué sa petite comédie et que Martha ne soupçonna rien du tout.

Elle crut à la vente réelle du Henner, et dès que le commissionnaire fut parti, elle remercia l'entrepreneur avec la plus vive effusion. Et puis dans un élan d'abandon, qu'elle n'avait jamais eu avec personne, elle raconta point par point ce qu'elle savait, ce qu'elle croyait touchant la singulière disparition de son père.

Perdrigeard avait une tête si étrange ; il ressemblait si bien à une citrouille ; il paraissait tellement incapable d'être méchant — le brave cœur — que Martha ne le considérait même pas comme un homme.

C'était pour elle un être indéterminé qui lui avait

montré de la sympathie, quelque chose comme un animal intelligent et bon à qui on préfère souvent se confier que de dire quoi que ce soit à un être humain.

— C'est ce qui fit que la danseuse, avec ce besoin d'épanchement qui s'empare parfois des âmes les plus rebelles à la confiance, fit au bonhomme le récit de tout ce qui lui était arrivé depuis huit jours, sans omettre la visite du baron de Mainz, sans lui cacher ce qui s'était passé entre elle et Pierre Leval.

— Comptez-vous sérieusement, lui dit alors Perdri-geard, aller à Pétersbourg?

— Oui, aussi rapidement que possible pour que le juge d'instruction ne conclue pas encore de mon absence contre mon père.

— Que ferez-vous à Saint-Pétersbourg?

— Je compte y trouver mon père.

— Naturellement, et puis?

— Et puis, une fois retrouvé, les choses marcheront, j'espère, toutes seules.

— Bon, mais il faut avoir le courage de tout prévoir Si vous ne le trouvez pas?

— Je reviendrai.

— Comme ça? tout simplement?

— Que voulez-vous que je fasse de plus? D'ailleurs, je le trouverai et je le ramènerai.

— Allons, mademoiselle, vous êtes une charmante femme; mais si vous n'étiez pas créée pour être artiste, vous ne l'étiez pas davantage pour avoir à vous débattre contre la méchanceté des hommes. Savez-vous ce qu'il faut faire à Pétersbourg?

— Dites-le moi.

Perdrigeard, en homme qui ne veut pas s'imposer, était resté debout tout en parlant et semblait prêt à se retirer. Mais Martha le pria de s'asseoir en ajou-tant:

— Voyons, parlez, faites-moi ma leçon.

Perdrigeard reprit:

— Il faut aller au comptoir de M. Blanchard, demander à avoir ses livres, et faire établir son bilan de la façon la plus exacte et la plus sérieuse.

— Pourquoi ?

— Parce que s'il est riche, si sa fortune s'élève à plus de cinq ou six cent mille francs, quel intérêt aurait-il eu à assassiner Malvezin ?

— C'est vrai ! fit Martha.

— Vous recueillerez en outre dans la ville tous les témoignages favorables à votre père.

— Oh ! vous avez raison.

— M. Blanchard, depuis le temps qu'il habite la Russie, doit avoir noué des relations avec une infinité de gens et comme je n'ai jamais douté qu'il fût estimable, il doit être estimé ; il doit jouir d'une réputation parfaite. En tout cas, on n'habite pas une ville vingt ans comme négociant sans y être connu à fond.

— Oui, oui, ce que vous dites là est très-juste et je suivrai votre conseil, s'écria Martha. Mais j'espère bien n'avoir qu'à ramener mon père qui se justifiera en deux mots.

L'entrepreneur en ce moment ne ressemblait pas du tout au personnage qui pariait le dimanche précédent de conquérir la Versin.

Il causait froidement, employant mille précautions pour ne rien dire qui pût froisser ou inquiéter Martha.

— Mademoiselle, ajouta-t-il, ne m'en veuillez pas si je vous fais de la peine, mais dans l'état actuel des événements, il faut mettre les choses au pis pour n'avoir pas de trop amères désillusions.

— Que voulez-vous dire ? interrogea Martha non sans une grande vivacité. Voudriez-vous me faire admettre que M. Blanchard a pu commettre ce meurtre abominable ?

— Non, mademoiselle, j'ai déjà eu l'honneur de vous dire que je croyais fermement à l'innocence de Monsieur

votre père, et je ne change pas d'avis en cinq minutes.
Mais il serait possible qu'il fût arrivé quelque accident à
M. Blanchard.

— Quoi ? Quel accident ? Vous savez quelque chose ?

— Non, non, je vous jure que vous vous trompez. Je
fais des suppositions seulement, et je regrette que
vous n'ayez pas assez de sang-froid pour m'écouter.

— Je vous demande pardon, je suis folle. Continuez,
s'il vous plaît, je vous écoute.

— Eh bien ! il a pu arriver, comme je vous le disais, que M. Blanchard soit tombé malade subitement.
Qui sait si on ne l'a pas recueilli quelque part ?

— C'est vrai ! je n'avais pas songé à cela. Que
faire ?

— Il faut s'informer dans les hôpitaux. Il faut mettre
un avis dans toutes les feuilles de Paris. Beaucoup de
journaux vous rendront ce petit service spontanément,
j'en suis sûr.

— Merci, merci, monsieur, de votre bonté, merci de
votre délicate et intelligente intervention. J'avais vraiment perdu la tête et vous me rendez tout mon courage. Ma gratitude ne finira qu'avec ma vie. Que pourrai-je faire pour vous la prouver ?

— Commencez par agir dans le sens que je vous in-
dique, mademoiselle, et quand vous aurez retrouvé
M. Blanchard, vous penserez à la gratitude en question
si vous en avez le temps.

Perdrigeard souriait. Il était plus laid que jamais
parce que sous son sourire on devinait une certaine
émotion.

Sans attendre une minute, Martha écrivit quelques
lignes pour les envoyer aux gazettes, dans le sens dont
l'entrepreneur venait de parler.

— Il faudrait copier cela autant de fois que je dois
voir de journaux, dit-elle.

— C'est inutile, fit Perdrigeard. Le premier à qui
vous porterez cette note voudra bien, à votre prière, la

faire composer tout de suite et en tirer aurant d'épreuves qu'il vous en faudra pour les autres. Si je ne craignais pas d'être indiscret, je vous offrirais d'accomplir
cette corvée.

— Je vous remercie. Il ne faut pas que l'on puisse
refuser, et j'obtiendrai bien mieux moi-même.

— C'est vrai.

— Seulement, si vous voulez absolument m'être agréable, chargez-vous de voir dans les hôpitaux.

Ils partirent chacun de leur côté. Il était temps que
Perdrigeard quittât la danseuse, le pauvre homme se
sentait remué jusqu'au fond de la poitrine par un je ne
sais quoi qui le troublait infiniment et qu'il aurait eu
beaucoup de peine à définir, mais qui, en somme, n'é-
tait pas autre chose que de l'amour.

Aussi, fut-ce avec une rare ardeur qu'il visita tous
les hôpitaux de Paris, où il ne trouva rien. Martha, de son côté, fut admirablement accueillie partout.
Le lendemain, toutes les feuilles publiaient les quelques
lignes rédigées par la danseuse.

Mais cela ne fit pas sortir Blanchard de sa retraite.

L'enquête sur l'affaire Malvezin était menée, en attendant, avec une grande vigueur par M. André Massion et par un juge d'instruction qui venait d'être désigné.

Les deux magistrats étaient on ne peut mieux disposés pour Martha. Massion principalement eût donné
tout au monde pour pouvoir établir l'innocence de
Blanchard.

Malheureusement, les renseignements fournis par un
grand nombre de témoins semblaient concorder pour
accabler le père de Martha et pour établir clairement
qu'il était coupable.

On ne sait comment il se trouva des gens à point
pour raconter au juge d'instruction la jeunesse de Blanchard.

Ce n'était pas matière à bréviaire ; mais encore y

ajoutait-on beaucoup d'histoires auxquelles dans d'autres circonstances, personne n'aurait voulu ajouter foi.

Il avait laissé çà et là, disait-on, des preuves d'une délicatesse douteuse.

On citait de lui des folies qui n'étaient point tout à fait honorables.

Avant de quitter la France, Blanchard, à bout d'expédients, avait, pendant six ou huit mois, fréquenté des gens tarés.

On racontait qu'à diverses reprises il avait abusé de diverses sommes à lui confiées.

Sans compter les *et cætera* dont on parlait d'un air mystérieux.

Au fond, rien de bien précis dans toutes ces accusasations, mais l'ensemble des faits constituait autant de présomptions très-fàcheuses.

XII

LE BARON REPARAIT

Dès le début de l'instruction, le parquet avait su que le baron de Mainz et Blanchard s'étaient, au cercle, assez longtemps entretenu ensemble.

Le baron fut mandé à la Sûreté.

A la première question que lui adressa M. Massion, de Mainz se récria sur la parfaite honorabilité de Blanchard.

— Je l'ai connu autrefois en Russie, dit-il, et je lui ai toujours accordé la plus grande confiance. Notre entretien avait pour sujet une affaire d'intérêt restée en litige lorsque j'ai quitté Pétersbourg.

— Y a-t-il longtemps que vous êtes en France?

— Cinq ans et quelques mois.

— Pardon, interrogea le magistrat. De quelle nature était cette affaire d'intérêt?

Le baron prit une mine étonnée.

— Je ne comprends pas très-bien la question que vous me faites l'honneur de m'adresser. En ma qualité d'étranger, il y a des tournures de phrases qui ne me sont pas familières.

— Je veux vous demander, monsieur, si c'est vous qui deviez de l'argent à M. Blanchard ou si vous étiez son créancier.

Le baron, sans paraître embarrassé, car il n'était pas homme à s'étonner de quoi que ce fût, le baron, dis-je, ne répondit qu'au bout d'un instant.

— Je lui devais de l'argent et il m'en devait également. L'objet de notre conférence était précisément de régler cette affaire en établissant nos droits réciproques.

— Très-bien! En ce cas, monsieur, vous pouvez me dire, n'est-ce pas? quelle était la somme que vous réclamait Blanchard et à quel chiffre se montait sa créance envers vous?

— Parfaitement. Je devais vingt-quatre mille francs à M. Blanchard, et je lui réclamais soixante-quinze mille francs, répondit effrontément de Mainz, qui ne tenait pas sans doute à dire exactement la vérité au juge d'instruction.

— Blanchard, demanda celui-ci, était-il d'accord avec vous au sujet de cette réclamation?

— Non. Il prétendait qu'il ne me devait rien, et nous eûmes à ce sujet une assez longue discussion.

— Comment cela se termina-t-il?

— Cela ne se termina pas le soir même; nous devions nous voir le lendemain pour en finir, et j'avais déjà consenti à une réduction de ma créance. La mort de M. Malvezin et la disparition de Blanchard ont naturellement laissé nos négociations en suspens.

La baron, quoiqu'il eût un léger accent étranger difficile à définir, s'exprimait avec une aisance parfaite.

Très-correct, ganté de frais, le sourire le plus courtois sur les lèvres, il avait l'air d'un homme qui rend
un service au juge d'instruction. Il paraissait prêt à
éclairer la justice, du moins autant que cela était en
son pouvoir, faisant l'empressé, non toutefois sans garder pendant ce temps l'air d'un homme qui a conscience
de sa dignité et qui n'est pas disposé à en faire bon
marché.

Malgré cela, tout ce qu'il disait sonnait légèrement
faux, et le magistrat ne se sentait pas gagné par la confiance qu'on accorde d'ordinaire et sans marchander
aux honnêtes gens.

— Encore une question, monsieur, dit André Massion sur un ton plus dur peut-être qu'il n'en avait réellement l'intention.

— Je suis prêt à répondre, fit de Mainz avec la même
liberté d'allures.

— Vous êtes étranger? De quel pays?

— Je suis Russe, monsieur.

— Ce nom que vous portez n'est pourtant pas un
nom russe, à ce que je crois. C'est plutôt...

— Un nom allemand, oui, monsieur. Mais vous savez
qu'en Russie il y a un grand nombre d'Allemands na-
turalisés, et d'ailleurs, j'appartiens à la noblesse des
provinces allemandes de la Russie.

— Je vous remercie, monsieur. Quelle est votre profession à Paris? vous vivez sans doute de vos reve-
nus?

— Non, monsieur. J'appartiens au monde de la
finance et je m'occupe plus spécialement d'émissions
d'actions pour les sociétés qui s'organisent. Etant jeune
homme, j'ai fait à Pétersbourg quelques folies que mon
père n'a pas consenti à me pardonner encore, et quoique je doive être riche un jour, je suis obligé de gagner
ma vie en attendant.

Sans rien laisser voir de ce qu'il pensait du baron de
Mainz, le juge d'instruction reprit :

— Croyez vous que Blanchard soit véritablement l'assassin de Malvezin ?

A cette question de Mainz eut l'air de se consulter,
comme un homme qui a besoin de réfléchir. Et ce fut
seulement au bout d'un instant que sans élan, sans un
mouvement de chaleur, il répondit :

— Non, monsieur, en mon âme et conscience, je ne
crois pas Blanchard capable de ce crime.

— Comment l'expliqueriez-vous, alors ?

— Ah ! monsieur, fit le baron du ton d'un homme
qui s'en lave les mains, vous me demandez si Blanchard
est, à mon avis, un meurtrier ; je vous réponds que
non. Quant à me faire une idée de la façon dont le
crime a été commis, ce n'est pas mon métier de deviner cela, c'est le vôtre et vous ne vous étonnerez pas
que je sois hors d'état de vous éclairer.

— Vous pouvez vous retirer, dit assez sèchement
André Massion.

Le baron reprit ses gants, son chapeau, sa canne et
quitta le cabinet du magistrat avec les allures d'un
homme qui a la conscience de sa valeur et de ses vertus.

En passant le pont au Change pour gagner la place
du Châtelet, de Mainz se frottait silencieusement les
mains. Il songeait que l'accident arrivé à Malvezin
était vraiment providentiel.

Jamais, en effet, le baron n'aurait été en mesure de
solder à son échéance le billet de vingt-quatre mille
francs qu'il avait souscrit à huit jours de date, et Blanchard ayant disparu d'une façon si étrange après l'assassinat, il y avait quelque présomption que l'effet avait
disparu avec lui et ne serait pas présenté.

Au cas où il le serait, c'est que Blanchard aurait reparu ; et alors, on l'arrêterait sans hésiter ; on commencerait par le fourrer à Mazas ; et enfin, il lui faudrait

bien — même dans le cas où il serait innocent, ce qui était probable — il lui faudrait bien huit jours pour se tirer de là.

Et de Mainz ajoutait qu'en huit jours un homme avait joliment le temps de se retourner.

Le baron pensait sans doute toutes ces choses-là, car il s'en allait d'un air fort guilleret rejoindre la diva qui l'attendait dans le Marais, à deux pas de la place Royale.

Thérèse Malvignan, plus osseuse que jamais, s'était embossée dans un fiacre. Elle n'allait jamais à pied, cette créature-là.

Et l'on se demandait, quand on connaissait cette particularité, on se demandait comment elle faisait pour rester aussi prodigieusement maigre, elle qui d'ailleurs ne se dérobait pas devant un large beefsteack et tenait à table une place honorable.

Il fallait que le ciel, à sa naissance, lui eût refusé toute chair sur les os.

Le baron vit le fiacre, en ouvrit la portière, adressa un sourire réellement aimable et un coup d'œil d'homme véritablement épris à ce squelette musical, et dit :

— Mon éminente amie a-t-elle fini toutes ses courses ?

— Oui, répondit brièvement la chanteuse.

— Combien ?

— Onze louis.

— Pas plus ?

— Non. J'ai vu au moins quarante personnes depuis midi et j'ai monté cent trente-sept étages.

— N'importe, c'est peu, reprit de Mainz sans cesser d'avoir sur les lèvres et dans les yeux un excellent sourire.

— Cependant, mon cher, onze personnes qui, dans un seul jour, prennent chacune un billet de concert à un louis, c'est assez bien. Si nous avions tous les jours de l'année un résultat aussi brillant... ce serait même tout à fait fameux.

— Peuh ! ça ferait soixante mille francs en défalquant les dimanches, un peu plus ou un peu moins.

La voiture, pendant cette conversation, roulait vers les Batignolles.

— Et soixante mille francs ne te paraissent pas un assez joli denier ? Tu es difficile aujourd'hui.

— J'ai des ambitions plus hautes, ma chère. Je croyais que tu t'en étais aperçue.

— En ce cas, tu ferais bien d'avoir aussi autre chose que des ambitions.

— Prenons patience, qui vivra verra ! Il ne faudra même pas vivre bien longtemps pour jouir du spectacle en question.

— Oui. Je connais ce refrain. En attendant nous allons sur les ressources de la mère Caressat. Et après tout, elles ne sont pas inépuisables.

— Oh ! parce que je lui ai emprunté quelques milliers de francs ! dit le baron. Du reste, c'est elle même qui me les a offerts. Et j'aurais cru la froisser...

— Oui, la carte forcée. Tu n'as pas besoin de t'excuser d'ailleurs. Seulement, quand la mère Caressat n'aura plus rien, et l'on peut prévoir l'heure, ainsi que le jour de cet événement, que deviendrons-nous, si mes billets de concert ne te suffisent pas ?

A ces mots, le baron bondit sur les coussins du misérable fiacre qui gémit et craqua dans ses profondeurs.

— Ah ça, mais ma chère, tu devrais bien commencer par mettre une sourdine à tes dépenses de toilette. Il ne se passe pas de semaine où il ne te faille une robe ou un chapeau.

— Ma toilette? Elle a bon dos, ma toilette ! Mais à coup sûr elle coûte moins cher que tes voitures et ton bureau, ton fameux bureau que cet usurier de Malbec te loue effrontément un louis pour l'après-midi.

— Ma chère, ne disons pas de mal de mon propriétaire Malbec, c'est la providence des financiers de l'avenir, et de plus c'est un homme de génie. Quoi! tu ren-
contres un ponte qu'on peut taper d'une forte somme,
à la condition d'avoir une surface apparente ; tu trouves un seigneur sortant de chez le notaire où il a touché quelque gros héritage, et il te suffit d'aller chez
Malbec pour que celui-ci t'installe, séance tenante, dans
un cabinet d'une correction parfaite, plein de cartons
qui prennent du ventre sous la pesée de papiers d'affaires, avec une table sur laquelle gisent pêle-mêle des
titres de rente, la cote de la Bourse, des obligations de
toute sorte et ce qui constitue l'appareil ordinaire de
la haute finance !

Tu cueilles le ponte, tu soulages de son fardeau le
naïf héritier. En un mot, tu fais une affaire d'or, et tu
te plains de Malbec, qui ne te demande qu'un louis, un
modeste louis, pour tant de bienfaits !

Un louis, mais c'est absolument pour rien. Quand ton
client se présente, il trouve là un garçon de bureau
stylé on ne peut mieux, qui le reçoit avec ce demi-res-
pect qu'affectent d'ordinaire ses pareils. Il prend son
nom, vous l'apporte, retourne chercher le bonhomme
et l'introduit auprès de vous comme s'il était depuis
plus de cinquante ans à votre service.

Et tu te plains de Malbec ?

Mais, ma chère, c'est une ingratitude noire de ta
part. Sans Malbec, je n'aurais jamais fait l'affaire des
argiles de Saint-Gaudens ni celles des pavés de Sar-
lat.

— Oui, mais si jamais on te pince, tu verras à quoi
ça sert de s'embusquer, comme une araignée, dans un
trou pour mettre à mal les moucherons imprudents et
les insectes étourdis.

— On ne me pincera pas. D'ailleurs, si les commen-
cements ont été difficiles, l'heure des succès va sonner
bientôt. La semaine prochaine, je suis de l'émission des

Épiceries Nouvelles avec Bernarou. Et ça c'est une grasse affaire, sérieuse, capable de poser son homme.

— Bernarou ! Tu y crois, toi, mon cher, à Bernarou ?

— Moi, ma chère, je ne crois qu'à moi-même.

— Oh ! oh ! tu es bien suffisant aujourd'hui.

— Parce que le moment du triomphe est proche ; avant peu tu verras se dérouler des événements dont tu seras joliment fière.

Thérèse Malvignan eut un mouvement d'épaules significatif et se confina dans son coin. Mais le baron reprit :

— Crois-moi, va, ma petite Thérèse, ma mignonne, mon ange.

— Oh ! la ! la !

— Nous allons sortir bientôt de cette situation un peu louche.

— Oh ! tu peux bien dire borgne, va. Personne n'aurait le droit de te démentir.

A son tour, le baron haussa les épaules et laissa voir que les paroles de la diva lui étaient on ne peut plus désagréables.

— Thérèse, reprit-il assez solennellement, je constate avec désespoir que tu ne te rends pas un compte exact de ma valeur personnelle.

— Voyons, Michel, répondit la Malvignan, ne me prends pas trop pour une imbécile, à la fin. Je te connais à fond. Depuis le temps que je te vois opérer, il faudrait que je fusse idiote pour ne pas savoir ce que tu vaux.

— Eh bien, non, ma chère, tu ne me connais pas !

— Vraiment ?

— Non. Tu n'as pas su démêler depuis deux ans ce que je rêve, ce que j'espère, ce que j'entrevois. Tu me prends sans doute pour un vulgaire faiseur, ne cherchant qu'à vivre au jour le jour et ne demandant rien

que la pâture quotidienne au bon Dieu qui s'occupe des
petits oiseaux ?

— Dame ! jusqu'ici, je ne vois pas trop quand et
comment tu as eu l'ambition d'autre chose, quoique tu
ne sois avare ni de promesses ni de gasconnades et qu'à
t'entendre tu n'aies qu'à dire un mot pour mettre Paris
et ce qu'il contient dans ta poche.

— Ma chère Thérèse, il ne faut pas vendre la peau
de l'ours avant de l'avoir tué.

— Que signifie ce langage parabolique ?

— Il signifie que j'ai la prétention de me faire une
grande place, une place énorme sur le pavé de Paris,
mais que je ne m'en vanterai pas avant de tenir
cette place.

— Il y a loin de la coupe aux lèvres.

— Je le sais, répondit le baron. Mais je me crois très-
fort parce que, précisément, je ne me fais pas d'illusion. J'ai, pour réussir, quelques belles cartes dans mon
jeu ; une santé de fer, une volonté qui brisera tout devant elle.

— Pas de préjugés ! interrompit tranquillement la
Malvignan.

— Un nom, continua de Mainz.

Ce dernier mot fut ponctué d'un demi-sourire par
l'étique diva.

— Un titre de baron, poursuivit intrépidement l'étranger, et tous les grands financiers sont barons.

— Alors, c'est dans la finance...

— Oh ! ne ris pas, Thérèse. Voilà quatre ans que,
sans en avoir l'air, je fais mon éducation ; quatre ans
que j'étudie les hommes, que j'observe les choses. Crois-
tu que ce soit trop de quatre ans pour explorer ce pays
inconnu qui s'appelle Paris et qui réserve chaque jour
tant de surprises à ceux qui s'imaginent le connaître ?

Il n'y a pas un agent de change, un banquier, un
coulissier, un homme de bourse quelconque dont je ne

sache le passé, dont je ne connaisse les faiblesses, dont je ne puisse décrire exactement le pied d'argile.

— Cela prouve que tu serais un bon agent de police.

— Tu n'as que des vues mesquines. Tu sauras bientôt que j'ai des idées plus vastes. En ce moment, je pose mes jalons, j'apprends à manœuvrer sur un terrain que personne dans six mois ne connaîtra mieux que moi. Je n'ai pas le sou, je suis étranger. J'ai du toupet et l'ordre du Sauveur orne ma boutonnière. Ajoutons que je ne suis pas un sot, et sache qu'avec de tels éléments sagement combinés un homme de ma valeur devient une puissance.

— Oh ! oh ! fit la Malvignan qui gardait son air railleur, mais qui au fond buvait les paroles du baron et le croyait réellement appelé, s'il voulait s'en donner la peine, aux plus hautes destinées.

— Ris tant que tu voudras. Je te permets même de te moquer de moi jusqu'au jour où tu seras bien forcé de croire à ma valeur, quand tu tiendras les splendeurs qui t'attendent.

Car tu penses bien que c'est surtout pour toi, pour toi, ma chère et bonne Thérèse, que je veux la fortune. Et tu peux compter que je l'aurai cette fortune, je l'aurai à n'importe quel prix.

— Ah ! ne va pas faire de sottise, au moins, s'écria la Malvignan.

— N'oublie donc pas, ma chère, que nous sommes en France, reprit le baron. Les Français sont, tout le monde sait ça, le peuple le plus spirituel de la terre. Je dirai même le plus intelligent. Mais il y a trop de gens en France qui s'ébaubissent devant un nom, devant un titre, devant un blason et je ne compte pas sur autre chose pour réussir.

Je n'ai pas besoin de monter comme le héros de Balzac sur le sommet de la butte Montmartre pour menacer Paris de le subjuguer, de le vaincre, de le mettre dans ma poche.

Ce que j'ai entrepris, il y a quatre ans, ma belle — et je suis étonné qu'une femme de ta valeur ne l'ait pas compris — ce que j'ai entrepris sans un sou, ne comptant que sur toi, qui es aujourd'hui mon associée, et sur mon cerveau pour mener la chose jusqu'au bout, c'est la conquête de Paris. Or, quand un homme tient Paris dans sa main, il tient la France, il tient le monde.

Ah! la conquête de Paris! la conquête de Paris! voilà assez longtemps que c'est mon rêve pour que j'en sente enfin la réalité sous mes doigts. Il y a trois cents ans un homme de ma trempe se fût taillé un empire quelque part. Aujourd'hui que signifient les conquêtes territoriales? C'est le vieux jeu.

— Oui, interrompit Thérèse, tu laisses ces banalités à la Prusse.

— Ah! ça, ma chère, n'est-il pas plus difficile, plus étonnant, plus glorieux d'entreprendre seul, sans ressources, par l'unique puissance de son génie, une œuvre aussi gigantesque, aussi incroyable que la conquête de Paris.

Dans cinq ans je régnerai sur tout ce monde qui passe là. Mon nom, le tien seront dans toutes les bouches comme le symbole de la puissance à laquelle rien ne résiste, l'argent. Nous éclabousserons de notre luxe et de notre dédain les gens les plus fiers. Et tel qui aujourd'hui prend avec nous des airs supérieurs, sera bien heureux d'obtenir un salut de la main, un sourire, un regard. Dans cinq ans, je me vois le maître de tous.

Je remuerai l'argent, les millions à la pelle, et l'on viendra bien s'inquiéter alors de ce que j'ai été, de ce que nous avons fait et de quel trou nous sortons.

Déjà mes troupes sont prêtes. Dix mille individus qui sont les bataillons de mon armée, commenceront, demain, à manœuvrer sans s'en douter pour édifier ma renommée, ma fortune, ma gloire.

Avant un mois, j'aurai un journal à moi. Dans un

an, il y en aura cent à ma dévotion, et l'on verra bien des gens lécher les talons de mes bottes !

Ce n'est plus le banal cabinet de chez Malbec qui me servira, ce sera un somptueux et correct bureau, précédé d'un hall dans lequel feront antichambre des princes de la finance, de ceux qui aujourd'hui nous jettent en passant un regard de mépris.

La Malvignan ne raillait plus. Muette, elle écoutait le baron et se laissait gagner par son éloquence.

Lui s'était animé. Ses joues avaient légèrement rougi et on sentait vraiment une électricité dans ses yeux.

Qui sait ? un tel homme était vraiment capable peut-être d'opérer les prodiges dont il parlait avec tant d'aisance.

Quelle distance, en effet, y a-t-il souvent entre un aventurier et un homme de génie? La distance de la malechance au succès.

— Thérèse, ma chère Thérèse, reprit-il pendant que la Malvignan se rengorgeait comme une vieille tourterelle maigre, tu ne t'es donc jamais dit que celui-là serait indéfiniment millionnaire qui parviendrait à frapper un impôt régulier sur toute cette foule qui passe, sur tout ce monde qui nous coudoie.

— Que veux-tu dire ?

— J'ai un plan vaste comme le monde... Grâce à ce plan, tout Français de tout âge et de tout sexe me payera annuellement la misérable somme de un franc.

La Malvignan étonnée regardait le baron avec une surprise à laquelle se mêlait une admiration véritable.

— Il y a trente-six millions de Français, reprit de Mainz. Cela fait trente-six millions de francs.

La perception de cette somme me coûtera six ou sept millions. Supposons qu'il y ait un coulage de trois millions ; reste à vingt-six millions par an.

— Bon ! mais quel est ton secret ?

— Je ne le dis pas encore.

— Même à moi ?

— Même à toi, Thérèse. Je n'oublie pas que tu es femme. Du reste, je ne le confierai pas même à la terre comme le roi Midas, de peur qu'il ne pousse des roseaux capables de raconter ma trouvaille aux passants.

Quand un homme a trouvé quelque chose de semblable à ce que mon bon génie m'a suggéré, il devient muet jusqu'au jour où sa triomphante idée éclate pour éblouir le monde.

— Mais cet homme peut se tromper sur la valeur de sa trouvaille, et ce qu'il croit de l'or enfin peut, après tout, n'être que du plaqué ; ce qu'il prend pour du diamant peut n'être que du strass.

— Non, non, ne te mets point de pareilles folies dans l'esprit. Mon plan est grandiose, et j'en réponds sur ma tête.

— Bon ! reprit la Malvignan, je n'insiste pas, je vais plus loin : tu fais bien de ne rien me dire, mais permets-moi une dernière question.

— Parle, chère amie.

— Tu n'as pas la prétention d'entreprendre ton œuvre colossale avec le gousset vide ? Je suppose qu'il te faudra quelque argent pour fonder ton journal, pour engager le fer en un mot.

— Oui, tu as raison, il me faudra quelque argent e j'en aurai.

— Où le prendras-tu ?

— Est ce que Mme Caressat n'est pas là ?

— Quoi ! encore ?

— Toujours, ma chère. Du reste, nous ne le lui devrons pas longtemps, car la réussite est certaine et le jour du succès n'est pas loin.

La Malvignan allait formuler d'autres objections.

Mais on était arrivé.

XIII

L'ART D'EMPRUNTER

Cinq minutes après, le couple assorti dont nous venons de rapporter la conversation, entrait avec des mines remontées dans le salon de Mme Caressat.

Cependant les deux amoureux ou pour mieux dire les deux associés, nourrissaient déjà une vive animosité l'un contre l'autre. Leur amitié avait du plomb dans l'aile. C'était la première fois qu'ils se disputaient. Ce ne devait pas être la dernière.

Mais il avait été convenu entre eux que si jamais une querelle s'élevait, leur premier souci serait de n'en laisser rien voir à personne, surtout à Mme Caressat.

Soit habitude, soit prudence, ils se conformèrent ce soir-là, comme dans les autres circonstances sans doute, aux conventions établies.

La bonne Mme Caressat les accueillit fort gracieusement, comme toujours, les appela « mes tourtereaux », ainsi qu'elle se le permettait fréquemment. Mais malgré tout Thérèse crut s'apercevoir que la vieille dame était un peu moins en dehors qu'à l'ordinaire.

Et de fait, Mme Caressat, qui aurait été trop aimable pour toute personne reçue par elle pour la première fois, Mme Caressat avait réellement l'intention d'être extrêmement raide. On va voir jusqu'où allait sa raideur.

— Eh ! bien, bâron, dit-elle, ce magistrat, ce juge, vous-a-t-il reçu comme il faut?

— Mais, ma chère madame Caressat, pourquoi voudriez-vous qu'il m'eût mal reçu, répondit de Mainz avec cette familiarité quelque peu brutale dont il usait avec la vieille dame et dont celle-ci était, il faut le dire, assez fière.

— C'est vrai, je me suis mal exprimée, dit avec une naïve sincérité la bonne Mme Caressat, je voulais dire : Avez-vous été content de lui ?

— Michel, madame, dit Thérèse sur un ton solennel et comme si elle eût fait une révélation tout a fait inattendue, Michel ne pouvait être ni enchanté ni mécontent du juge d'instruction. Celui-ci avait quelques renseignements à demander à M. de Mainz. Ils ont échangé ensemble une cer.taine de paroles courtoises, et cela s'est borné là.

— Oh ! mais bâron, s'écria Mme Caressat, je ne voudrais pas vous avoir fait de la peine. Vous savez combien je vous aime vous et votre chère Thérèse, vous n'ignorez pas à quel point je vous suis dévouée et j'ai eu fort heureusement le plaisir de vous le prouver.

A ces mots, la Malvignan, qui décidément était dans un de ses mauvais jours, se leva brusquement, comme si elle eût aperçu un scorpion sur le tapis. Elle prit une attitude de sibylle exaspérée ; sa bouche se crispa, son nez devint plus mince, et elle jeta un regard vipérin sur la pauvre hôtesse, qui ne savait plus comment parler, et lui dit brutalement :

— Est-ce que vous voudriez rappeler, madame, que vous avez prêté quelques sous à M. le baron de Mainz ?

— Je ne veux rien rappeler du tout ! s'écria Mme Caressat devenue pâle.

— En tout cas, ce serait d'un goût extrêmement douteux. Vous seriez la première qui nous aurait reproché un bienfait, et croyez bien que si nous avons consenti à accepter les services que vous nous avez offerts, nous ne sommes pas encore assez abandonnés du ciel pour ne pas pouvoir trouver, en vingt-quatre heures, de quoi vous rendre votre argent.

— Mais.... voulut interrompre Mme Caressat. Le baron ne la laissa pas parler.

— Thérèse a raison, fit-il avec une certaine majesté

bien jouée. Si seulement vous regrettez de nous avoir
obligés...

— Monsieur le bâron.... fit la vieille dame sup-
pliante...

— Dites un mot, et je me procure l'argent nécessaire.

— Oh ! vous ne croyez pas que je sois capable...
s'écria Mme Caressat.

— Du reste, je n'ai qu'à prendre un engagement à
Vienne, à Londres ou à Pétersbourg, dit avec un geste
de cinquième acte l'étique diva, qui eut assez d'aplomb
pour garder son sérieux en parlant ainsi.

Pour le coup, Mme Caressat se leva, très-agitée à son
tour. Elle fit un pas vers la Malvignan et après avoir
jeté un regard au baron comme pour le prendre à témoin ou pour lui indiquer qu'elle allait parler pour tous
les deux.

— Madame, dit-elle d'un air pincé, il ne faudrait pas
me faire dire des choses qui sont loin de ma pensée. Je
ne vous demande rien, et je ne comprends pas la querelle que vous me cherchez.

— Une querelle, s'écria Thérèse scandalisée, quand
c'est vous...

— Oui, reprit avec une certaine fermeté Mme Caressat,
j'ai dit une querelle et le mot est très-exact. Je ne suis
pas une sotte et vous devriez vous en être aperçue.

Décidément la Malvignan était allée trop loin. Elle
le comprit et essaya d'arranger les choses avec quelques bonnes paroles.

Le baron vint à son aide et la bonne vieille dame se
calma tout aussitôt.

Les deux associés daignèrent ensuite faire à leur hôtesse meilleure mine et celle-ci reprit :

— Moi qui vous aime tant, moi qui vous considère
tous les deux comme mes enfants. Eh ! n'avez-vous
donc pas vu que je suis bonne ? Je peux avoir bien des
défauts, mais je suis bonne, croyez-moi, je suis bonne.

— Il faut nous pardonner, ma chère madame Cares-

sat, dit le baron avec rondeur, bien souvent on paraît
injuste envers ses meilleurs amis, par la seule raison
qu'on est de mauvaise humeur.

— Quelqu'un vous a fait de la peine? interrogea la
brave femme avec un intérêt presque touchant.

La pauvre Mme Caressat! elle avait menti tout à
l'heure, car vraiment, elle avait eu l'intention de s'expliquer un peu avec le baron.

Quelqu'un qui lui avait rendu visite et à qui elle avait
fait part de sa situation vis-à-vis des deux associés, quelqu'un, dis je, lui ayant fait comprendre qu'elle pouvait
être la victime de ces gens là, elle s'était promis d'avoir
une explication, oh! tout à fait en douceur, avec de
Mainz, et de lui demander, sinon de la payer, du moins
de reconnaître sa dette qui se montait à dix mille francs
d'argent prêté et à deux ans de pension sur lesquels la
brave femme avait reçu vingt-cinq francs, quelque in_
croyable que soit la chose — le jour où ces deux cor-
beaux étaient tombés chez elle.

Et si Mme Caressat leur montra, lorsqu'ils arrivèrent,
une figure qui leur donna l'éveil, ce n'est point qu'elle
fût résolue à leur dire des choses sévères, mais c'est
qu'elle était fort ennuyée d'avoir à traiter cette question.

Du reste l'on vient de voir à quel point elle était capable de formuler sa réclamation.

Un premier mot prononcé sur un certain ton lui ferma
la bouche tout net et loin de s'attendrir sur elle-même,
elle montra presque du chagrin en apprenant que « ses
enfants », comme elle les appelait pouvaient avoir de
l'ennui. C'était une nature toute de sensibilité et de tendresse. Elle s'extasiait devant un couple d'amoureux et
ne pouvait pas entendre parler d'un chagrin sans que
les larmes lui montassent aux yeux, bien qu'au fond
elle n'aimât pas que sa quiétude ordinaire fût trou
blée.

Elle demanda donc au baron d'où lui venait sa peine.

— Oh! répondit celui-ci assez négligemment, ce n'est

rien, ma chère madame Caressat, une affaire, une admirable affaire manquée et pas autre chose.

— Une affaire ! de quel genre ? une émission ?

La bonne femme qui n'entendait parler depuis deux ans, que d'émissions, d'actions, d'obligations, de Société en commandite, de responsabilité limitée, avait fini par parler tant bien que mal le langage du baron. Elle disait « une émission » sans même se douter au juste de ce que c'était.

— Oui ! une émission dans laquelle je devais avoir un gros intérêt et qui a raté au dernier moment par la maladresse d'un co-intéressé.

Cela ne voulait pas dire grand chose, mais cela suffisait pour Mme Caressat qui eût plus facilement compris l'hébreu que les opérations de bourse.

— Quel malheur ! dit-elle.

— Un grand malheur, en effet, dit de Mainz, plus grand même que vous ne pouvez l'imaginer, chère madame.

— Est-ce une des affaires dont vous nous avez parlé quelquefois à table ?

— Non. Je l'ai tenue secrète, celle-là, parce que j'avais trop d'intérêt à ne pas me la laisser enlever. J'y aurais gagné cent soixante mille francs au bas mot. Et avec cent soixante mille francs, vous savez, un homme de ma force...

— Cent soixante mille francs ! s'écria Mme Caressat éblouie.

— Oui madame, ni plus ni moins.

— Ah ! mon Dieu ! fit Mme Caressat en joignant les mains.

Thérèse Malvignan regardait et écoutait le baron avec un vif intérêt, quoiqu'elle ne laissât rien paraître de son étonnement.

Où voulait-il en venir ? Quel était son but en inventant avec tant de présence d'esprit et d'audace cette affaire dont elle n'avait jamais entendu parler et qui évidemment n'existait que dans la remarquable imagination du financier de l'avenir.

— Nous devons émettre quarante-huit mille actions de cinq cents francs pour la Société française de l'Indigo dans le haut Orénoque.

— L'indigo ! dit madame Caressat, excellente affaire. J'avais un oncle qui en vendait. A cette époque on le tirait de l'Inde. Ça servait dans la teinture et dans une foule d'autres opérations industrielles. Ça valait très-cher.

— Et ça n'a pas changé, ma chère madame Caressat l'indigo coûte toujours très-cher ! Dans le haut Orénoque, cette denrée vient naturellement au milieu des forêts, et en telle quantité qu'on fera, dans cette industrie, des bénéfices imprévus.

On a calculé qu'il s'en perdait par an pour plusieurs centaines de millions qu'on gagnerait évidemment rien qu'en prenant la peine d'aller cueillir dans les bois ce merveilleux trésor.

— Merveilleux, en effet.

— Or, il est arrivé qu'un banquier, avec qui je faisais l'affaire, a eu la sottise de trouver fort laide la propre fille du directeur de la Société du haut Onéroque, et de le dire en plein escalier de l'Opéra, sans se douter que le père était derrière lui.

— Oh ! les gens qui ne peuvent retenir leur langue sont bien dangereux, dit Mᵐᵉ Caressat scandalisée et aussi intéressée par ce récit que si l'aventure l'avait touchée personnellement.

— Du coup, nous avons été mis de côté sans hésitation.

— Vous aussi, bâron. Mais vous ne deviez pas payer pour ce sot.

— Eh ! certainement, ma chère madame Caressat. Je le pensais comme vous. Je suis donc allé moi-même aujourd'hui pour tirer au moins mon épingle du jeu.

— Eh bien ?

— J'ai trouvé un homme piqué qui m'a donné de l'eau bénite de cour et m'a fait comprendre qu'il ne fallait rien espérer. C'est une affaire à la mer.

— Vous ne pouvez pourtant être ainsi responsable des maladresses......

— Non, mais comme j'étais du côté du banquier, il m'a entraîné dans son malheur et j'en suis, je vous assure, bien ennuyé.

— Pauvre bâron !

— Et je suis d'autant plus vexé que je comptais absolument sur ce bénéfice. J'y comptais si bien que j'avais pris des engagements pour le 15 et que ces engagements je ne pourrai pas les tenir.

— S'agit-il d'une forte somme ? demanda Mme Caressat avec élan.

— Non vraiment ! dit le baron sur le ton d'un homme habitué à brasser des millions, mais encore huit mille francs sont-ils difficiles à trouver, là, tout de suite.

A ce chiffre de huit mille francs, Mme Caressat avait failli bondir, mais elle s'était retenue, craignant de froisser son interlocuteur si, comme lui, elle ne traitait pas une pareille somme à l'égal d'une bagatelle.

Cependant, il lui fallut quelques instants pour se remettre, et sa voix tremblotait légèrement quand elle dit, avec toutes les grâces dont elle était capable :

— Peut-être pourrai-je, moi, vous procurer cette somme.

— Vous, madame ! oh ! mais vraiment je ne sais si, après ce qui s'est passé tout à l'heure, je puis...

— Oh ! je n'en suis pas sûre, reprit la pauvre femme, mais enfin j'espère.

— Vous me comblez, ma chère madame Caressat, s'empressa tout de même de dire le baron pour bien établir l'existence de l'offre que lui faisait la vieille dame et la mettre dans l'impossibilité de reculer, et vous pouvez être assurée que jamais je n'oublierai un si délicat procédé ; mais je ne puis accepter.

— Et pourquoi ? s'écria Mme Caressat stupéfaite.

— Parce que je ne veux pas vous mettre dans l'embarras. Déjà une première fois, vous m'avez offert votre concours bien généreusement et j'en suis pénétré de gratitude, mais c'est une raison de plus pour que je ne veuille pas user encore de vos bons offices. Les méchants ne se gêneraient pas pour dire que j'abuse de votre bonté, de votre cœur, de tous vos sentiments délicats.

— Oh ! bâron, c'est mal de me refuser, dit Mme Caressat les larmes aux yeux.

— Ne voyez aucune mauvaise intention dans mon refus, reprit de Mainz avec un rare aplomb. Je me retournerai ; peut-être trouverai-je la somme d'ici le 15.

— Soit, mais si vous ne la trouvez pas, je veux que vous acceptiez ce que je vous propose. Ne suis-je donc pas votre amie ?

— Si, si, et vous ne doutez pas de mes sentiments, je pense. Mais la délicatesse me fait une loi de ne pas accepter. Et cela d'autant plus que vous serez forcée d'emprunter vous-même cet argent...

— Eh bien ! c'est ce qui vous trompe, là. Cet argent, je l'ai, ou du moins, je l'aurai quand je voudrai.

Thérèse Malvignan n'avait pas été bien longue à comprendre la manœuvre de son digne ami. Elle souriait imperceptiblement, des yeux plutôt que des lèvres, et attendait tranquillement un dénoûment facile à prévoir.

Comme on le pense bien le baron de Mainz se laissa parfaitement convaincre en définitive, et il fut convenu qu'il aurait ses huit mille francs l'avant-veille du 15.

Et puis on alla dîner. Les choses se passèrent joyeusement. Sur l'ordre du baron, la servante alla chercher un gâteau et une bouteille de champagne. De Mainz ordonnait, mais c'était toujours Mme Caressat qui payait.

On fit un peu la fête. Le baron retrouva toute sa gaieté et Mlle Thérèse Malvignan riait à tout propos comme une aimable folle.

Enchantée de voir la bonne humeur dans sa maison, la vieille rayonnait, pendant que ses deux pensionnaires se gorgeaient de pâtisseries et sablaient le monte-bello.

Sur les neuf heures, elle pria la Malvignan de chanter quelque chose. Généralement, Mme Caressat priait Thérèse tous les soirs d'exécuter un grand air.

Celle-ci, tout en faisant remarquer que l'on ne pouvait chanter sérieusement après dîner, se dirigea vers le piano avec les mines les plus grotesques. Elle entonna une romance d'opéra-comique en s'accompagnant elle-même, et il faut l'avouer, elle chanta plus agréablement que ses amis les plus indulgents ne l'auraient espéré.

Le baron l'accabla de compliments. Mme Caressat s'extasia, et de Mainz, après avoir baisé la main des deux dames, prit son chapeau pour se rendre au cercle.

XIV

COLLISION

La scène qu'on vient de lire avait eu lieu la veille du jour où Perdrigeard s'était présenté chez Martha et lui avait procuré si délicatement la somme nécessaire pour entreprendre la justification de son père.

Le baron, comme on le voit, ne voulait pas être pris au dépourvu si Blanchard reparaissait et si le fameux billet lui était présenté à l'échéance.

Les huit mille francs de Mme Caressat joints à quelques sous qu'il tenait des billets de concerts de la diva
et à trois mille francs que de Mainz était parvenu à emprunter à un nouveau riche encore inexploité, consti-
tuaient déjà la moitié de la somme, et notre homme
comptait bien gagner assez de temps, dans tous les cas,
pour être à la fin en mesure.

Il lui fallait, à la vérité, dénicher encore 12,000 fr.,
mais cela ne l'inquiétait pas outre mesure, probablement, car il agissait en homme qui n'a plus d'inquiétude à l'égard du billet souscrit.

Du reste, il ne s'en cachait pas. Il disait à tout le
monde qu'il avait été en relation d'affaires avec Blanchard, qu'il lui avait souscrit un billet de vingt-quatre
mille francs. Il ajoutait que, dans les circonstances particulières et mystérieuses qui entouraient la mort de
Malvezin, il tenait essentiellement à payer.

— Je n'ai pas la somme entière, disait-il, mais dussé-
je remuer tout Paris, il faut que je me la procure, car
je ne veux à aucun prix rester le débiteur de cet homme
qui est peut-être un assassin.

Et chacun de l'approuver, après quoi le bon baron
ajoutait :

— Il me manque deux mille francs à peine, pourriez-
vous me rendre le service de me les prêter. Avant un
mois — il eût pu dire : foi d'animal — je vous les aurai rendu.

Certes! peu de gens mordirent à l'hameçon, mais il
se trouva par-ci par-là quelques personnes, très-riches,
ou légèrement imprudentes, qui se laissèrent prendre
cinquante ou cent louis.

Si bien que notre homme se donna bientôt des airs
supérieurs et affecta, dans plusieurs circonstances, de
laisser voir les billets de banque dont sa poche était
pleine.

C'est pendant cette phase de l'astre autour duquel

gravitait Thérèse Malvignan que Perdrigeard, sortant de chez Martha, rencontra le baron.

— Eh! s'écria le gros entrepreneur, vous passez à point, monsieur de Mainz, j'ai justement un renseignement important à vous demander.

— Est-ce que vous comptez me retenir longtemps? demanda le baron avec une rare insolence.

Perdrigeard, en toute autre circonstance, se fût souvenu que la nature l'avait doué de deux bras puissants et aurait été tenté de prendre son interlocuteur pour l'envoyer dans la boue, de dos ou à plat ventre.

Mais il s'agissait des affaires de Martha et il ne crut pas devoir se permettre la moindre incartade pour ne pas retarder d'une minute l'instant où de Mainz lui dirait ce qu'il savait de Blanchard.

— Je ne vous demande pas plus d'un petit quart d'heure, dit Perdrigeard.

— Je suis vraiment trop pressé, répondit le baron, pour pouvoir vous écouter aussi longtemps en ce moment, mais si vous voulez être assez aimable pour me venir trouver à mon bureau.

— Quand?

— Mon Dieu! quand vous voudrez, demain.

— A quelle heure?

— Venez à deux heures, c'est le moment où j'ai le moins de monde.

— Parfait. J'y serai à deux heures.

Et Perdrigeard s'en allait sur ce mot, quand il se ravisa :

— Eh! baron! cria-t-il.

De Mainz revint vers l'ex-terrassier.

— Je fais un bien joli étourdi, ajouta le gros bonhomme.

— Oh! joli! fit observer le baron.

Cette plaisanterie rentrait dans la catégorie de celles qu'on faisait tous les jours à Perdrigeard. Il n'y prêta pas la moindre attention.

— Dites-moi, reprit-il, où donc est votre bureau ?

— Rue Richelieu, 132.

— C'est parfait, à demain.

Les plus parisiens parmi les habitants de Paris, ne sont pas toujours ceux qui connaissent le mieux certaines industries interlopes dont quelques catégories d'étrangers et même de provinciaux savent se servir d'une façon toute magistrale.

C'est ainsi que Perdrigeard, qui roulait dans Paris depuis l'âge de huit ans, et qui savait par cœur tous les recoins de la grande ville ne se doutait point de ce que c'était que le *bureau* du baron.

Un de ces gaillards à qui suffit une bonne idée bien simple et bien pratique pour faire fortune à Paris — il s'appelait Malbec, on l'a déjà vu — avait imaginé quatre ans auparavant quelque chose qui, par ce temps de spéculation à toute vapeur et de financiers de toute farine, pouvait presque passer pour une invention de génie.

Il avait loué le second étage d'une immense maison de la rue Richelieu, et faisant aménager les innombrables pièces qu'il contenait de façon à ce qu'elles fussent toutes indépendantes les unes des autres, il les louait à la semaine, à la journée, à la demi-journée et à l'heure, selon les besoins du locataire.

Il n'est pas nécessaire de dire que les clients de Malbec n'appartenaient point à la partie la plus scrupuleuse de la population parisienne. Mais pour être historien sincère, il n'avait jamais compté sous-louer à des gens d'une vertu éprouvée. Il connaissait son Paris.

Chacune des pièces avait été installée de façon à figurer aussi complètement que possible un cabinet de banquier ou de directeur de grande administration: papier vert à bande veloutée sur les murs, tapis moelleux sur le parquet, garniture de cheminée sévère, mais riche, sièges confortables, mais sérieux, bureau en bois noir, vaste et placé en pleine lumière. Sur les murs, deux gravures représentant des navires de quelque grande ligne de paquebots anglais, ou bien les dessins d'un plan quelconque.

Et comme l'avait si bien dit le baron quand Thérèse s'était permis de s'exprimer légèrement sur le compte de Malbec, cet étonnant personnage louait, en même temps que l'appartement, des papiers d'affaires, des cartons pleins de correspondances fantastiques, des paquets d'obligations, et jusqu'à des billets de banque qui traînaient négligemment sur le bureau.

C'était une affaire de tarif. Pour quinze francs par matinée ou par après-midi, on avait le cabinet tout sec avec la table toute nue, sans papier, ni encre, ni plume, ni cartons, ni liasses de lettres, ni rien. On n'avait droit qu'au service d'un huissier à chaîne qui faisait partie du mobilier. La journée dans les mêmes conditions coûtait vingt-cinq francs. Mais avec le grand jeu, comme on disait, avec du feu dans la cheminée l'hiver, avec des billets de banque dans un portefeuille, des papiers nombreux, et tout le tremblement, cela coûtait deux louis. Enfin, si l'on voulait de faux clients destinés à faire faire antichambre aux naïfs qui venaient là se laisser détrousser, il fallait ajouter aux prix convenus dix francs par homme.

Et encore il y avait des nuances. Malbec fournissait hommes et hommes. Pour dix francs on servait un particulier comme tout le monde, sans aucun agrément personnel ni avantage social.

Mais si l'on avait besoin de gens d'importance, aux façons élégantes, à l'allure aisée, jeunes ou vieux, vieux plutôt, mais représentant du cossu, il fallait ajouter quelque chose de plus.

Un homme à cheveux d'un beau blanc et à favoris diplomatiques également blancs se payait fort cher. Rien ne fait bien dans une antichambre comme un pareil personnage, quand il s'impatiente et consulte sa montre en homme d'affaires qui perd un temps précieux.

Les étrangers étaient également cotés un prix à part.
Un Espagnol, un Italien ne valaient pas très-cher, un
Turc rien du tout, un Egyptien moins encore. Ah ! par
exemple, un Brésilien avait une véritable valeur, un Anglais était hors de prix. Mais ce qui se cotait le mieux,
c'était un rajah de l'Inde centrale ou un prince russe
qu'on annonçait à haute voix devant tout le monde.

Enfin chacun de ces individus en dehors de sa valeur
intrinsèque (10, 15, 20 et jusqu'à 100 francs) coûtait
50 pour cent de plus que son prix s'il était décoré. Quand
il était nécessaire que le faux client eût dans sa poche
un portefeuille bourré de billets de banque, il valait
aussitôt le double. Comme on le voit, c'était très-ingé-
nieux.

Beaucoup de lecteurs qui se croient très-Parisiens et
qui se figurent être au courant de toutes les singularités
de la vieille Lutèce, ne manqueront pas de déclarer que
le tableau ci-dessus est le comble de la fantaisie ; que
jamais de semblables industries n'ont existé et qu'en
tous cas on ne trouverait pas les faux clients dont il est
ici question.

Rien n'est pourtant plus exact. Malbec, — qui, bien
entendu, ne s'appelle pas Malbec, a si bien distribué son
second étage qu'il a établi quatorze cabinets d'affaires,
chacun avec son antichambre, de façon à ce que les
divers clients des locataires variés ne se trouvent pas
confondus.

Les huissiers à chaîne, fort bien payés, sont d'une
discrétion à toute épreuve et savent leur métier à fond.
Leur intérêt est la garantie de leur discrétion.

Il n'est pas arrivé cinq fois en dix ans qu'il y ait eu
la moindre méprise par leur faute. Si parfois une gaffe
a été faite, c'est généralement le locataire qui s'en est
rendu coupable.

Ce Malbec, comme disait si bien le baron, était vraiment génial. Dès le premier jour, il avait coté les divers
cabinets des prix différents. Ceux qui se trouvaient près

de la porte d'entrée étaient de beaucoup meilleur marché que ceux qui se trouvaient plus éloignés, et ceux pour lesquels il fallait arpenter de nombreux corridors se payaient des prix fous.

— Et c'est bien naturel, disait Malbec. Quand un client entre dans la première porte qui se présente devant lui, sa pensée est que le financier ou le directeur qu'il visite n'a pas grands bureaux, ni nombreux personnel sous ses ordres, tandis que les gogos qui traversent d'interminables couloirs et voient une infinité de portes avec des numéros dessus et des inscriptions telles que : CAISSE, CONTENTIEUX, etc., ces gogos, dis-je, sont émerveillés et s'en vont en disant : Oh ! oh ! il a au moins cent cinquante commis à faire marcher.

Or, convenons-en : à Paris, un homme vaut surtout selon l'importance qu'il paraît avoir et non selon par celle qu'il a réellement. Fla-fla, poudre aux yeux, ont été souvent et sont encore parfois les premières assises de fortunes énormes.

Il était juste que Malbec recueillît les fruits d'une invention aussi étonnante, et il les recueillait.

Il y a dans la grande ville tant et tant d'individus qui ont besoin de paraître et qui jouent journellement leur va-tout sur une carte biseautée.

C'est en cela que Malbec était un homme étonnant et méritait les aubaines qu'il encaissait chaque jour.

Il n'est rien de tel que de spéculer sur la sottise et sur la vanité des hommes.

Donc le bénéfice était gros pour le loueur.

Cela lui rapportait bien en moyenne, six à sept cents francs par jour. Quelquefois, à la vérité, la recette ne montait qu'à trois cents francs, mais il y avait des journées de mille et de douze cents. Il appelait ces jours-là ses jours de plus-value sur les évaluations du budget.

Le baron de Mainz, ce mardi-là, s'était offert un cabinet dans les extrêmes profondeurs de l'établissement. De nombreux clients de **tous** prix et de **toute** condition

attendaient sur les banquettes de l'antichambre. Tous
avaient une tenue admirablement correcte et le plus
malin n'y aurait vu que du feu. .

Anatole Perdrigeard arriva juste à deux heures précises. Il demanda le baron de Mainz. Obséquieux, quoique correct, l'huissier pria l'ex-terrassier de le suivre.

— Si monsieur veut me donner son nom, dit-il en
guidant Perdrigeard dans les corridors, je le ferai passer
à M. le directeur, qui a beaucoup de monde en ce moment, et peut-être monsieur obtiendra-t-il un tour de
faveur.

— Voici ma carte, mon ami.

L'huissier, laissant l'ancien entrepreneur dans l'antichambre, pénétra dans le cabinet du baron, d'où il res-
sortit quelques minutes après.

— Monsieur le directeur, dit-il à Perdrigeard, vous
prie instamment de l'attendre un moment. Il termine
une affaire et recevra monsieur dès qu'il aura fini.

— J'attendrai, fit Perdrigeard avec philosophie.

L'huissier parti, Anatole, pour passer le temps, jeta
un coup d'œil sur les autres personnages qui se trouvaient là depuis longtemps. Ils avaient tous l'allure de
gens qui s'occupent sérieusement d'affaires, et la moitié
d'entre eux faisaient des chiffres sur des carnets dans
les poches rebondies desquels on entrevoyait les dessins
bleus du papier à filigrane de la Banque de France.

Tout à coup, la porte s'ouvrit, et un jeune homme,
un commis, paraissant dans la salle d'attente, demanda
à haute voix :

— Quel est celui de vous, messieurs, qui est M. Picharry du Cantal ?

Du Cantal était une vraie trouvaille.

— C'est moi, répondit un vieillard à mine respectable.

— C'est quarante-deux mille francs, n'est-ce pas, que
vous avez à toucher.

— Quarante-deux mille francs vingt centimes, répondit le vieux.

— Très-exact. Voici votre argent.

On se mit à compter des billets de banque, et Picharry signa un reçu tout préparé, puis il se retira comme un homme enchanté d'en avoir fini avec une corvée moins longue qu'il ne le croyait.

Le commis rentra dans le cabinet du baron et reparut encore quinze secondes plus tard tenant toujours des paperasses innombrables.

M. Morin a-t-il quelque chose de particulier à communiquer à M. le directeur?

— Mon Dieu! non, répartit un individu à la figure entièrement rasée et qui pouvait être un notaire, un avoué ou quelque avocat. Non, je venais seulement pour verser quatorze mille cinq cents francs dans les mains du baron.

— Préparez votre argent, je vais aller chercher votre reçu.

Nouvelle disparition, pendant laquelle Morin tire de sa poche une somme en or et en papier qu'il se met à compter soigneusement.

Puis retour du commis qui prend l'argent, le compte à son tour avec la plus scrupuleuse attention et donne en échange un reçu orné d'une vignette commerciale.

Perdrigeard suivait de l'œil tous ces manèges sans se douter que tout cela n'était autre chose que de la poudre aux yeux, et n'avait pas eu le temps de s'ennuyer, quand le baron parut à son tour, reconduisant un monsieur qui avait tout l'air d'un gentilhomme : costume élégant et de la mode la plus fraîche, gants délicieux, canne parfaite, barbe taillée on ne peut mieux, tenue excellente. En un mot, tout ce qu'on peut rêver de correct.

— C'est entendu comme cela, n'est-ce pas, monsieur le comte? dit le baron avec une assurance parfaite.

— Entendu, répondit le comte avec une aisance encore plus étonnante.

— Au revoir donc, monsieur le comte, au revoir.

— Au revoir, fit le gentilhomme en touchant légèrement le bord de son chapeau, comme un grand seigneur qui a bien peur de sortir encanaillé de ce contact avec le vil métal.

— Entrez, mon cher Perdrigeard, dit de Mainz en se retournant gracieusement et en montrant la porte ouverte de son cabinet.

— Mais, répondit l'honnête entrepreneur, avec une entière bonne foi, ces messieurs étaient là bien avant moi.

— Oh ! ne vous préoccupez pas. Je sais ce que ces messieurs désirent et mon secrétaire traitera tout à l'heure avec eux.

Perdrigeard n'insista pas. Quand il fut installé dans un bon fauteuil à deux pas du baron qui s'était remis à son bureau, l'ex-terrassier s'écria gaiement :

— Compliments, baron, vous êtes installé d'une façon tout à fait charmante, je dirai même princière.

— Oh ! non, cher ami, c'est au contraire fort modeste, et je me garde bien de tomber dans le luxe exagéré des gens qui veulent jeter de la poudre aux yeux. Ce que vous voyez est très-simple, seulement c'est presque neuf, car mon affaire ne marche que depuis trois mois, et c'est cela qui donne aux objets si bonne mine.

Dans un an ou deux le temps aura jeté sur tout cela une couche qui constitue pour les maisons de banque comme un certificat d'honnêteté et de durée.

— Ah çà, de quoi donc êtes-vous directeur ? car je vous préviens, baron, que votre personnel vous appelle M. le directeur gros comme le bras.

— Mais, mon cher, je suis directeur de la Banque Générale des Deux Mondes, répondit de Mainz avec un air scandalisé de la question que lui adressait avec tant d'ingénuité son interlocuteur.

— Ah! pardon, pardon! j'ignorais, fit Perdrigeard très-sincèrement. Mais ne soyez pas offensé de mon ignorance, je ne suis plus un homme d'affaires, moi.

Le baron regarda l'entrepreneur avec méfiance. Il se demandait certainement si toutes ces manœuvres de l'antichambre n'avaient pas dépassé le but et si Perdrigeard ne s'amusait pas à le laisser aller pour se moquer de lui.

Mais comme il n'avait pas l'intention de demander un sou à son collègue du cercle, il n'hésita pas à jouer le tout pour le tout, peu inquiet au fond de ce que pensait le visiteur.

— Et cette Banque est montée, je suppose, par actions? demanda ce dernier, qui avec sa singulière figure avait l'air suffisamment goguenard.

— Oui, répondit le baron, avec des fonds exclusivement étrangers. Elle a pour but de représenter à Paris les capitalistes de l'univers entier, mais plus particulièrement les capitalistes russes et de l'Inde anglaise. Nous sommes en train d'attirer chez nous les Africains du Nord et quand nous aurons réussi, nous nous en tiendrons là pour quelque temps.

— C'est parfait.

— Non, mais ce sera parfait, j'ose l'assurer, ce sera parfait avant longtemps.

Perdrigeard, qui n'y voyait pas d'inconvénient, mais qui, malgré lui, trouvait que cela sonnait un peu faux, ne continua pas ses questions.

— Encore une fois, mes compliments, dit-il, mais je ne suis point venu pour vous interroger et je vous demande pardon de ma curiosité.

— Au fait, c'est vrai, vous avez quelque chose, un renseignement à me demander.

— Précisément Il s'agit de Martha Versin.

— Ah! vous la connaissez?

— Ou plutôt, continua Perdrigeard, il s'agit de son père.

— Le fameux Blanchard.

— Oui, le fameux Blanchard. On dit partout que vous avez été en bons termes avec lui.

— C'est vrai, répondit le baron. Je l'ai connu autrefois à Saint-Pétersbourg, lors de son arrivée en Russie.

— C'était un honnête homme, n'est-ce pas ? demanda Perdrigeard.

— Je ne sais pas, mon ami, je ne me permets pas d'affirmer ces choses-là.

— Comment?

— Mon cher, je ne réponds que de moi... Et encore ! ajouta le baron en souriant.

Perdrigeard, qui ne savait pas dissimuler, eut un air tout à fait désappointé.

— Eh quoi! dit-il, vous le croyez capable du crime dont on l'accuse ?

— Oh! mon Dieu, non, en principe, je ne le crois pas. C'est toujours navrant de constater qu'un homme de notre monde a pu commettre une action si noire. Je ne le crois donc pas. J'ai même eu l'honneur de le dire à un magistrat qui m'a fait la même question que vous.

— Ah ! fit Perdrigeard en respirant.

— Mais pourquoi diable s'est-il avisé de disparaître en un pareil moment? C'est vraiment d'une maladresse...

— Eh ! qui sait, baron, si le pauvre diable n'est pas dans l'impossibilité de se montrer ? Ne pourrait-il avoir reçu quelque mauvais coup lui aussi, en même temps que ce pauvre Malvezin?

— Votre supposition, fit de Mainz est tout à fait improbable. S'il avait péri dans le même guet-apens que Malvezin, on aurait retrouvé son corps dans la rue des Ecuries-d'Artois ou aux environs, en même temps que le cadavre de celui-ci.

— C'est vrai.

— Or, on ne l'a pas retrouvé, et il n'est pas croyable que les assassins l'aient mangé. Cela ne se fait plus.

— Oh ! ne plaisantez pas.

— S'il n'avait été que blessé dans la même aventure, continua le baron, vous pensez bien que son premier soin aurait été de le faire savoir à la police et de se plaindre, comme il en avait le droit. Donc, il n'est certainement pas mort, et s'il est innocent, comme de prime abord nous devons tous le penser, sa disparition est absolument inexplicable.

— Quelle réputation a-t-il en Russie ?

Perdrigeard fit cette question en homme un peu ébranlé par les paroles qu'il venait d'entendre.

— Commercialement, répondit le baron, je crois qu'il avait assez bonne renommée, du moins autant qu'on en peut juger à une distance de six cents lieues.

— Mais à l'époque où vous étiez en Russie en même temps que lui ?

— A cette époque, il n'était encore que petit employé.

— Et comme homme ? interrogea l'ex-terrassier.

— Comme homme du monde il n'était pas reçu, et il ne vivait qu'en compagnie de certains bas officiers, dont les nuits se passent généralement à s'enivrer et à jouer.

— C'est extrêmement singulier, remarqua Perdrigeard, moi qui me crois physionomiste, je l'aurais jugé tout autrement.

— Voulez-vous que je vous dise ce que je pense ? reprit à voix basse et d'un ton mystérieux le baron de Mainz.

— Parlez, mon cher.

— Blanchard aura perdu quelque somme énorme avec ces enragés joueurs d'officiers russes, et il sera venu à Paris pour trouver de l'argent.

— Et vous pensez qu'il aurait assassiné, comme cela,

Malvezin, pour se procurer des fonds dont son adversaire pouvait connaître la provenance avant même de les avoir reçus ?

— Écoutez, reprit le baron tranquillement, je vous dis ce qui me vient à l'esprit, parce que je cherche à expliquer le mystère.

— Eh bien ! baron, je suis convaincu que vous faites fausse route. Ce que je puis affirmer, car j'ai entendu Blanchard causer avec Malvezin, c'est qu'il n'est pas un sot.

— Je conviens avec vous que c'est, en effet, un homme intelligent.

— Or, ce serait un acte de complète démence que d'assassiner un homme avec qui cent personnes vous ont vu sortir, et d'espérer qu'on ne vous accusera pas.

— Mais, mon cher, dit le baron, il n'a peut-être pas de semblables espérances. Si Blanchard est coupable, il sait que la police le cherche et il se cache, il se cache même admirablement comme vous pouvez en juger, puisque l'on ne parvient pas à le dénicher.

Perdrigeard ne disait pas non. Mais il ne voulait pas croire le directeur très-général de la Banque encore plus Générale des Deux Mondes. Celui-ci ajouta :

— Croyez bien, mon ami, qu'il n'est pas si difficile que ça de se cacher lorsqu'on est assez adroit. Il y a en Espagne, en Italie, en Russie et partout des recoins où jamais police de France ou d'Angleterre, quelque futée qu'elle soit, ne me découvrirait si j'avais besoin de disparaître.

Perdrigeard pensa :

— On ne sait pas ce qui peut arriver, et il a prévu le cas.

Tout à coup la porte s'ouvrit, et l'huissier à chaîne entra, portant, avec un air d'incroyable importance, une carte sur un plateau.

— Madame de Sébezac ! s'écria le baron, réellement ravi de cette visite, faites entrer tout de suite.

L'huissier obéit.

De Mainz s'était levé et précipité vers la porte avec l'obséquiosité la plus plate.

Parée, ornée, peinte, teinte, la veuve de l'ancien ministre se montra presque aussitôt en faisant des mines de singesse, mais quand elle aperçut Perdrigeard elle voulut se retirer.

— Oh ! pardon, vous êtes en affaire. Je ne veux pas vous déranger. J'aurais trop de regrets de vous prendre un temps si précieux et si productif. Je reviendrai, baron, je reviendrai.

— Mais c'est moi, madame la comtesse, dit effrontément le baron qui savait bien qu'elle n'avait aucun titre de comtesse à mettre devant son nom, c'est moi qui vous demande mille pardons de vous recevoir sans en avoir fini avec monsieur. Mais j'aurais été désolé de vous faire attendre une minute.

La vieille roulait des yeux de vierge surprise.

— Permettez-moi, reprit le baron, de vous présenter mon ami, M. Perdrigeard, millionnaire.

Puis se tournant vers l'entrepreneur, de Mainz ajouta :

— Mme la comtesse de Sébezac.

L'ancien entrepreneur s'inclina très-profondément, flatté, quoiqu'il en eût, d'être présenté à une comtesse.

Tout le monde s'assit. Perdrigeard un peu ahuri de voir semblable caricature, Mme de Sébezac souriante, et par conséquent grimaçante, et enfin le baron on ne peut plus heureux de produire devant un membre de son cercle ses belles relations du faubourg Saint-Germain.

La veuve du ministre rompit le silence la première.

— Savez-vous, baron, dit-elle en montrant un râtelier des premiers facteurs, que vous êtes un homme charmant.

— Jamais une femme aussi aimable ne m'avait fait pareil compliment, madame la comtesse, et je vais faire des jaloux, dit tranquillement le baron, comme un homme convaincu qu'on peut impunément forcer toutes les notes avec une semblable folie.

— Quand je dis que vous êtes délicieux. Il n'y a plus que les étrangers et principalement les Russes pour avoir encore les excellentes manières qui faisaient autrefois la gloire et l'honneur des Français.

— Mais, reprit de Mainz, pourquoi m'apportez-vous avec tant de bonne grâce des paroles qui me rendent fier?

— Comment, pourquoi? Seriez-vous encore plus modeste que chevaleresque... Ce n'est pas possible... Quoi donc! Amalis, chevalier galant, courtois et protecteur, avez-vous déjà oublié votre noble conduite de dimanche dernier?

— Oh! madame la comtesse, fit le baron d'un air confus, on a donc eu l'indiscrétion de vous parler de ces bagatelles, et dans votre générosité, vous avez eu la bonté de vous en souvenir!

— Et je m'en souviendrai jusqu'à mon dernier jour, riposta galamment la vieille femme.

— En ce cas, pensa Perdrigeard, sa reconnaissance ne sera probablement pas de bien longue durée.

— Oui, monsieur, reprit Mme de Sébezac, oui, je sais votre noble et courageuse conduite. Je sais que vous vous êtes fait mon vaillant défenseur dans une conjoncture où j'avais dû subir les abominables injures d'une drôlesse...

— De qui parlez-vous donc, madame? demanda Perdrigeard, un peu surpris et qui croyait comprendre.

— Eh! monsieur, monsieur... Comment avez-vous dit, baron? demanda la vénérable coquette en braquant insolemment son lorgnon sur l'ex-entrepreneur, que cela d'ailleurs ne parvint point à intimider.

— M. Anatole Perdrigeard.

— Eh bien, monsieur Perdrigeard, de qui voulez-vous donc que je parle, sinon de cette baladine qui s'est

permis de me frapper, moi, en plein bois de Boulogne,
aux courses, devant mille personnes.

Perdrigeard était naturellement bon enfant et timide,
très-timide, même lorsqu'on lui parlait avec considération. Si Mme de Sébezac lui eût fait des compliments, il
eût probablement rougi, balbutié et n'aurait guère su
comment s'en tirer.

Mais quand on le traitait par-dessous la jambe, c'était
une autre affaire. Il retrouvait tout son sang-froid de
terrassier. Même on s'était aperçu que cela lui donnait
quelquefois de l'esprit et du meilleur.

— Ah! pardon, madame, dit-il, je vous demande
mille et mille fois pardon, je n'avais pas compris, parce
que vraiment je ne pouvais m'imaginer que vous par-
liez de cette très-charmante, très-sympathique et très-
courageuse jeune femme qui s'appelle Martha Versin.

— Quoi, monsieur, vous osez, devant moi, devant le
baron, chez qui j'ai le plaisir d'être en visite, vous osez
prendre le parti de cette fille d'assassin !

— D'abord, madame, tant que l'accusation n'aura
rien prouvé, M. Blanchard est innocent, c'est élémen-
taire. Martha n'est donc pas la fille d'un assassin. Ensuite M. Blanchard eût-il assassiné cent personnes, sa
fille peut-elle être rendue responsable d'un tel événe-
nent par des gens ayant quelque bon sens ? Quant à
l'expression de baladine dont vous vous êtes servie,
il y a des femmes de ministres... mais je vous demande
pardon, je m'arrête par respect pour moi-même.

Mme de Sébezac suffoquait. Elle levait les yeux et les
bras en l'air en poussant des holà! fort comiques.

— Baron ! baron ! parvint-elle enfin à articuler,
baron, vous me laissez insulter ainsi dans votre maison !

— Madame, se hâta de dire le baron, qui n'était plus
à la fête, remettez-vous, je vous prie ! je ne comprends
pas du tout la conduite de M. Perdrigeard, et je ne
tolèrerai pas, du reste, que...

— Quoi ? demanda Perdrigeard très-carré, qu'est-ce que vous ne tolérerez pas ? que je défende Mlle Versin ? Est-ce que vous croyez que j'ai besoin de votre permission pour cela ? Quoi que vous disiez et pensiez, quelque douleur que cela puisse faire naître dans le tendre cœur de madame, je déclare avoir la plus profonde estime pour Martha Versin, qui, si elle avait jamais été mariée à un ministre, se garderait bien, j'en suis sûr, de compromettre lamentablement sa mémoire et d'attirer l'attention sur elle par les extravagances les plus folles.

— Monsieur ! s'écria le baron, je considère ces paroles comme plus outrageantes pour moi que pour madame et je vous en demande formellement raison.

— Soit, dit Perdrigeard, qui se leva brusquement. Aussi bien, je serai fier d'être le champion de Martha, et nous verrons si vous serez aussi flatté de vous avouer le chevalier de madame.

Le baron s'était levé aussi et faisait très-bonne contenance, quoique, au fond, il fût réellement fort ennuyé. Les deux hommes se mesuraient du regard. Il n'aurait fallu qu'un mot trop vif ou un geste mal compris pour que Perdrigeard en vînt à quelque voie de fait.

— Messieurs ! clama la vieille femme en se jetant entre les deux adversaires, toute fière d'être l'objet d'une querelle, d'un duel.

En ce moment, la porte s'ouvrit et l'huissier, l'éternel huissier de Malbec, parut, tenant son non moins sempiternel plateau d'argent sur lequel naturellement on voyait une carte de visite.

Les trois acteurs de cette scène violente restèrent muets. De Mainz prit le carton et lut le nom qui y était imprimé.

— M. de Saint-Ciers ! dit-il tout haut. Frelin, demandez-lui s'il m'apporte les cent trente mille francs que je devais encaisser aujourd'hui.

Le domestique s'absenta une minute. Ces gens-là ne se lassaient pas de jouer leur incroyable comédie.

— Oui, monsieur le baron, dit-il en revenant. M. de Saint-Ciers prie même M. le directenr de le recevoir promptement, car il est pressé.

— Faites-le entrer.

Un homme entre deux âges, positivement ravagé, fort élégamment vêtu, mais sentant un peu sa bohême, malgré tout, fut introduit par l'huissier, qui se retira discrètement.

M. de Saint-Ciers ou l'homme se disant tel s'inclina très-galamment devant Mme de Sébezac, qui était rouge comme un cent d'écrevisses cuites, salua Perdrigeard et dit au baron :

— J'ai pensé, monsieur, que je n'avais pas à payer à votre caisse, car si je ne me trompe, la somme que je vous apporte vous est due personnellement par mon correspondant et ami, M, Calassan, de Marseille.

— En effet, monsieur.

Le Saint-Ciers tira de sa poche une liasse très-volumineuse et se mit à compter les billets de banque, par paquets de dix. C'étaient véritablement des billets de la Banque et non point de ces papiers destinés à faire illusion. Il fallait que ce Malbec eût vraiment une étonnante confiance dans ce personnage hétéroclite pour lui laisser, ne fût-ce qu'un quart d'heure, une pareille somme dans les mains,

Quand le nouveau venu et de Mainz eurent compté treize groups de dix mille francs, M. de Saint-Ciers ajouta :

— J'ai encore cent quarante-trois francs zéro cinq à vous donner ; les voici ; veuillez me remettre s'il vous plaît mon reçu et me donner décharge selon l'usage.

— Voici votre reçu, dit le baron en prenant un papier timbré dans un portefeuille.

M. de Saint-Ciers salua de nouveau et se retira.

Quand il fut parti, un silence assez long et

suffisamment embarrassant régna dans le cabinet directorial.

Ce fut Mme de Sébezac qui le rompit la première.

Les femmes n'ont pas toujours conscience du mal qu'elles font ou des maladresses qu'elles commettent.

— Je pense, monsieur le baron, que vous ne donnerez pas suite à une altercation dont je suis la cause et j'espère que j'aurai le plaisir de vous voir demain soir chez moi.

— Je suis le seul juge, madame la comtesse, de la conduite que je dois tenir dans les circonstances présentes, mais je ne vous en suis pas moins reconnaissant de la gracieuse faveur dont je suis l'objet et j'aurai l'honneur d'aller demain mettre à vos pieds mes hommages et mes respects.

Mme de Sébezac lui tendit la main et s'en alla en jetant un regard hautain à Perdrigeard qui fort heureusement pour elle n'était pas de bonne humeur, car sans cela il lui eût ri au nez.

Dès qu'elle eut disparu, le baron se tourna vers Perdrigeard. Celui-ci crut d'abord que la vieille partie, il n'allait plus être question d'une provocation si sotte. Tout au contraire, le baron lui dit sur un ton cassant :

— Je pense, monsieur, que vous allez vous hâter de m'envoyer des témoins.

— Ah çà, s'écria l'entrepreneur, c'est donc sérieux ?

— Extrêmement sérieux, répondit le baron d'un air convaincu.

— Je supposais, dit Perdrigeard, que vous aviez des motifs de faire le rodomont en présence de cette... personne singulière ; mais puisque vous insistez, car vous insistez, n'est-ce pas ?

— Certainement, mon cher, j'insiste. Je suis de ceux qui pensent qu'une femme, quelle qu'elle soit, mérite d'être protégée à tout âge.

— Vous êtes encore un bon blagueur, vous, avec vos

femmes et vos protections. Mais ça m'est égal, je vous jure, tout ça. Vous tenez à vous battre. Eh bien ! soit, battons-nous, monsieur le baron. Aussi bien ça me fera plaisir de casser quelque chose à quelqu'un en l'honneur de Martha.

— Monsieur, vous vous exprimez d'une façon peu convenable et l'on voit bien que vous n'êtes pas...

— Ah ! taisez-vous, hein !

— Quand je vous fais l'honneur...

— L'honneur ! Et si moi qui ne suis pas baron, dit Perdrigeard, je me contentais de vous appliquer une vénérable correction manuelle pour vous apprendre à protéger les comtesses hors d'âge et les peintures hors cadre, que diriez-vous ?

— Je dis que vous vous conduiriez en goujat...

— C'est vrai, fit l'ex-terrassier, et je vous remercie de me l'avoir rappelé... Mais qu'avons-nous besoin de seconds pour régler cette affaire. Convenons d'abord ensemble de ce que nous ferons. Puis nous prendrons ensuite les premiers témoins venus.

— Ce n'est guère chic, ce que vous me proposez là.

— Chic ou non, voici comment je comprends le duel : nous nous battrons au pistolet de tir à balle forcée, à vingt ou vingt-cinq pas, comme vous voudrez.

— Cela m'est égal, dit le baron.

— Seulement, comme je n'ai pas le temps d'attendre, reprit Perdrigeard, et que je tiens à liquider cette affaire-là ce soir-même, la rencontre aura lieu au Vésinet à six heures précises.

— Oh ! mais, mon cher, vous êtes bien pressé !

— En revanche, vous me paraissez bien plus prompt à la provocation qu'au combat.

— Quand on insulte les gens, on est à leur disposition.

— D'abord, répondit Perdrigeard, je ne vous ai pas insulté. C'est votre vieille ministresse qui a dit du mal de Martha, ce que je n'admets pas. Je lui ai répondu

vertement, et si j'ai offensé quelqu'un, c'est elle. Que si
maintenant vous vous considérez comme insulté par ce
fait, j'ai bien le droit aussi d'être scandalisé de ce
qu'elle a dit de Martha et je suis encore plus offensé
que vous.

— Inutile de dépenser toute cette dialectique.Puisque
nous pouvons nous entendre, ce sera l'affaire de nos
seconds.

— Soit, tenez les vôtres à ma disposition, les miens
ne seront pas longtemps à se présenter ici.

Sur ce, Perdrigeard quitta le cabinet du baron et,
prenant une voiture, se fit porter à la caserne de la
Pépinière. Deux de ses neveux, gaillards solides et bien
découplés, étaient adjudant et sergent-major dans le
131e de ligne. Il leur confia très-sommairement ce qui
lui arrivait et les pria de l'accompagner sur le terrain.

Les deux jeunes gens, Georges et André — Georges
était l'adjudant — se récrièrent.

— Quoi, mon oncle, vous voulez vous battre ?

— Oui.

— A votre âge !

— Il n'y a pas d'âge pour les bonnes choses, gamins,
et tâchez d'être convenables.

— Mais ce n'est pas votre métier !

— Est-ce que vous allez vous moquer de moi ?
s'écria Perdrigeard, qui n'avait pas envie de plai-
santer.

— Ecoutez, mon oncle, dit André, nous sommes vos
neveux et vos héritiers. Si vous n'étiez pas un brave
homme et si nous n'étions pas de loyaux soldats, nous
n'aurions qu'à gagner à votre duel, surtout si vous
veniez à être tué, comme cela peut très-bien arriver,
après tout.

— Eh bien ! est-ce que vous supposez que je ne le sais
pas ?

— Si, mon oncle, mais nous ne voulons pas que l'on

10

vous tue et nous vous aimons assez pour vous garder
longtemps.

— Tout ça est très-joli, très-spirituel, seulement nous
perdons notre temps. Voulez-vous me servir de témoins,
oui ou non, sacrebleu? Je vous le demande une dernière
fois.

— Mais mon oncle, savez-vous tenir une épée ?

— Il ne s'agit pas de ça, puisque nous nous battons
au pistolet.

— Alors, savez-vous tirer le pistolet?

— Non; mais ce n'est pas si nécessaire que ça.
D'ailleurs, ce n'est pas bien difficile. Et puis, si vous ne
voulez pas, j'irai chercher deux amis qui consentiront à
tout.

— En ce cas, mon oncle, dit André, il vaut mieux que
ce soit nous, et nous acceptons. Où demeure le pékin
qui vous a insulté? Nous allons le mener tambour
battant. Vous pouvez être certain qu'il va être secoué.

— C'est le baron de Mainz, rue Richelieu, 122, au
second.

XV

RENCONTRES ET ENTREVUES

Les deux sous-officiers menèrent la chose très-ronde-
ment, comme ils l'avaient promis. Ils s'aperçurent même
parfaitement que le baron ne pouvait dissimuler une
certaine inquiétude proche parente de la peur, et cela
les rassura aussitôt sur l'issue probable du combat.

Néanmoins il ne recula pas, et comme les deux trou-
piers ne voulurent rien entendre, il se décida, quoi qu'il
en eût dit, à se battre le soir même. Deux membres de
son cercle lui servirent de témoins quoiqu'ils ne le con-
nussent qu'imparfaitement — mais on trouve toujours

des gens disposés à faire tuer les autres — et à six heures tout ce monde et un médecin arrivaient au Vésinet.

Perdrigeard était rayonnant et crâne. Jamais un homme ne s'était battu pour une femme avec plus de plaisir. Le pauvre diable! il ne lui avait pas fallu plus de deux visites à Martha pour en devenir amoureux fou, amoureux à lier, et quoiqu'il eût le bon esprit d'être décidé à tout souffrir au monde plutôt que d'avouer ce ridicule, il ne pouvait dissimuler sa joie.

Et puis il y avait en lui aussi une secrète ivresse d'avoir à son âge des aventures semblables à celles qu'il avait lues dans les romans. C'était sa véritable jeunesse à lui qui commençait à quarante-trois ans.

Exposer sa vie pour la Versin lui semblait donc le comble du bonheur.

Certes! il comptait bien que Martha n'en saurait rien et ce n'était pas lui qui le lui avouerait jamais. Pourtant il se disait que s'il ne fallait que faire preuve d'un dévouement absolu et courir un danger mortel pour qu'elle le trouvât un peu moins laid, il offrirait sa vie cent fois en faisant bonne mesure.

Le baron de Mainz, lui, ne pouvait cacher son émotion. La pâleur dont son visage était indiscrètement affligé, ainsi qu'un léger tremblement dans la voix quand il salua son adversaire, donnait la mesure de son courage.

Mais il ne voulut pas faire d'excuse, et pour tous ceux qui se trouvaient là il devait avoir un intérêt de premier ordre à se battre pour Mme de Sébezac, un intérêt tel que, tout lâche qu'il fût, il préférait s'exposer à la mort plutôt que de laisser échapper une occasion probablement unique dans sa vie.

Les préliminaires de la rencontre furent promptement bâclés. Perdrigeard et le baron, placés en face l'un de l'autre, à la distance réglementaire, furent avertis qu'ils auraient à faire feu au commandement: un, deux, trois.

Perdrigeard, qui ne daignait même pas s'effacer, lâcha son coup au moment où le mot trois était prononcé par André.

Le baron poussa un cri, chancela et tira follement, sans toucher son adversaire.

On s'empressa autour du directeur de la Banque Générale des Deux-Mondes. La balle de Perdrigeard s'était logée dans l'avant-bras du baron, et, comme la charge des pistolets n'était pas énorme, le projectile s'était arrêté dans les chairs sans produire le moindre ravage.

Séance tenante, le docteur en opéra l'extraction.

De Mainz en fut quitte pour une hémorragie et il rentra dans Paris, le bras en écharpe, au septième ciel d'être blessé et de ne pas l'être plus grièvement.

Décidément, il avait à cœur de conquérir de n'importe quelle façon les bonnes grâces de la vieille ministresse, comme l'appelait Perdrigeard.

Le lendemain, les journaux racontèrent l'affaire par le menu, comme on pense.

On donna le signalement complet des deux adversaires. Depuis leur âge et la couleur de leurs cheveux, et l'air de leur figure, jusqu'à leur taille et à la nature exacte de leurs vêtements, tout fut imprimé. On alla même dans un journal jusqu'à dramatiser la rencontre au point d'en faire un combat singulier des plus émouvants.

L'un et l'autre des combattants furent présentés au public comme des héros ayant déployé le plus grand courage.

Bref, jamais on ne raconta un duel avec plus de détails.

Thérèse Malvignan en avait porté la relation aux feuilles à la mode.

Connaissant le secret et les intentions du baron, malgré les nuages dont nous avons parlé, elle restait dévouée au plan dont celui-ci poursuivait la réalisation.

Mme de Sébezac était pour de Mainz un moyen. Il espérait s'en faire un marchepied, disons mieux, un tremplin pour rebondir à des hauteurs inconnues, et il voulait la mettre dans l'obligation de lui avoir et de lui prouver une grande reconnaissance.

Il devenait donc essentiel qu'on parlât dans Paris du duel Perdrigeard, que tout le monde en allât dire un mot chez la veuve de l'ancien ministre, et que le baron fût porté aux nues plus ou moins sincèrement par tous ceux qui avaient un intérêt quelconque à flatter Mme de Sébezac.

Or, comme la dame était riche et légèrement prodigue, elle entretenait une assez jolie cohue de courtisans ou de pique-assiette.

Il ne fut donc question que de cette rencontre sur le boulevard le soir même et le lendemain dans Paris.

L'article publié par les journaux à informations donnait, nous venons de le dire, tous les détails possibles et insistait particulièrement sur la cause du duel, une querelle où M. Perdrigeard n'avait pas permis qu'on insultât Mlle Versin, et où le baron de Mainz s'était fait le champion de Mme de Sébezac, présente à l'altercation.

Quand Perdrigeard lut ce compte-rendu, son premier mouvement fut tout d'admiration pour les journalistes.

— Sont-ils au courant, tous ces gaillards-là ! Et l'on ne peut pas dire que ce soit moi qui les ai renseignés.

Mais quand il eut achevé sa lecture, il se mit à réfléchir et une sueur froide lui monta aux tempes.

Martha ! cette Martha pour laquelle il s'était battu et à qui Perdrigeard aurait voulu épargner tout ennui, Martha, si elle lisait le récit du duel, ne pouvait manquer d'être furieuse. Elle ne désirait qu'une chose, l'oubli ; elle n'aspirait qu'à voir un silence complet se faire autour de son nom, et l'on allait encore et toujours parler d'elle pendant une quinzaine.

L'ex-entrepreneur était désolé.

Du reste il n'avait pas tort. La Versin qui lisait attentivement les journaux tous les matins, la Versin se mit
dans une colère affreuse.

— De quoi se mèle donc cet être ridicule ? dit-elle
en froissant le journal. Suis-je donc vouée aux imbéciles à perpétuité ?

Et, sans réfléchir, elle prit une plume pour écrire de
sa bonne encre à Perdrigeard, qui fut bien plus cruellement atteint par la semonce de Martha qu'il n'aurait
pu l'être la veille par la balle du baron.

Défait, pâle, anéanti, l'ex-terrassier courut sans perdre une minute chez la danseuse. Mais celle-ci, qui n'a-
vait pas encore digéré sa colère, refusa de le recevoir
et, par conséquent, de le laisser se justifier.

— Et puis, ce n'est pas la peine de revenir, mon bonhomme, lui dit la soubrette effrontée, vous perdriez votre temps, et ce serait dommage, avec une boule comme
la vôtre. D'ailleurs, madame part ce soir pour Saint-Pétersbourg.

Perdrigeard, réellement beaucoup plus laid qu'à l'ordinaire, s'en alla profondément navré. Certes, il n'avait
plus la prétention de séduire Martha. Mais en ces quelques jours il s'était tacitement voué au bonheur de cette
femme ; il aurait voulu marcher devant elle partout où
elle irait pour écarter de son chemin les dangers et les
ennuis.

Son unique ambition maintenant était de jouer auprès d'elle le rôle de chien de garde et de lui consacrer
sa vie en un dévouement sans bornes.

Une idée lui vint aussitôt. Il y avait un moyen de réparer tout le mal, et il l'employa sans hésitation. Ecrire
à Martha eût été une tentative absolument inutile. La
jeune femme n'aurait seulement pas pris la peine de
recevoir sa justification, mais une lettre aux journaux
devait tout arranger, probablement. Voici celle qu'il
écrivit en rentrant chez lui :

« Monsieur le rédacteur,

« Vous avez été mal informé en ce qui concerne les
causes de ma rencontre avec M. de Mainz. Personne
n'a insulté M^llo Versin devant moi et je n'avais aucun
droit à prendre sa défense, par la bonne raison que je
ne la connais pas. Si c'est le baron de Mainz qui vous a
fourni les renseignements que vous avez publiés, je lui
donne le démenti le plus formel et je trouve d'une inconvenance extrême que le lendemain même de notre
duel il se soit permis de travestir ainsi le motif de notre querelle. Je ne permettrai pas qu'il recommence.

« Veuillez agréer, monsieur le rédacteur, etc., etc.

A. PERDRIGEARD.

« Paris, ce 2 octobre 1881.

Sa lettre envoyée aux journaux en sextuple exem-
plaire, Perdrigeard retrouva tout son calme. Mais
Martha ne devait connaître cette protestation que
beaucoup plus tard, car vraiment, comme l'avait dit
la soubrette, elle partit le soir même pour la Russie.

Le baron, lui, avala tranquillement le démenti de
Perdrigeard, sans se l'expliquer.

— J'ai eu mes raisons pour me battre, disait-il à Thérèse, il a eu les siennes pour écrire cette lettre. Je ne
veux point répondre. A quoi bon ? Cela ne servirait à
rien d'aller une seconde fois sur le terrain.

— Mais au moins écris pour déclarer que ce n'est pas
toi qui as renseigné ces journaux.

— Ce serait du temps perdu.

— Mme de Sébezac sait fort bien à quoi s'en tenir là-
dessus et c'est tout ce qu'il me faut.

— Mais enfin, que lui veux-tu, à Mme de Sébezac ?

— Je veux entrer dans son monde, je veux faire mes
amis de ses amis, mes connaissances de ses connais-

sances. En un mot, je veux que ses nombreuses et riches relations me servent à quelque chose. Avec ce levier, je soulèverai Paris et Paris est d'un certain poids, je t'assure, même pour des épaules comme les miennes, ajouta le baron d'un air supérieur.

— Et ensuite ? demanda Thérèse.

—Ensuite! mais ma chère, tu seras la baronne de Mainz, tu deviendras indéfiniment millionnaire et nous serons heureux comme le Persan qui n'avait pas de chemise.

Thérèse ne répondit rien ; seulement elle planta ses yeux dans les yeux du baron qui supporta ce regard avec le calme d'une âme innocente et pure.

Ah! ce n'était réellement pas le premier venu que ce baron. Comme audace, il n'avait peut-être pas son pareil sur le pavé de Paris.

Le soir même, de Mainz se rendit à l'invitation de Mme de Sébezac. C'était un grand, solide et beau garçon que l'ami de Thérèse Malvignan. Blond, de ce blond blanc et soyeux qui est assez commun chez les hommes du Nord ; il portait sa barbe à la russe, et ses longues moustaches très-claires contrastaient à merveille avec ses favoris plus fauves.

L'œil était grand et hardi, le front large, le nez droit et la bouche sensuelle. Avec cela notre homme portait la toilette très-convenablement et n'avait pas l'air embarrassé.

C'est tout au plus si l'on pouvait lui reprocher un peu de lourdeur dans les articulations et une certaine pesanteur dans la démarche.

Il fit une excellente impression néanmoins quand il entra la tête haute et le bras en écharpe dans le salon de Mme de Sébezac, où se pressait une foule nombreuse et un peu mêlée, la veuve du ministre n'ayant pas définitivement rompu avec tous les amis politiques de feu son mari.

Dès qu'elle l'aperçut, la vieille coquette alla au-devant de lui en s'écriant :

— Arrivez! arrivez donc! beau paladin, chevalier vaillant et courtois. Je croyais que la vieille galanterie était morte. Vous m'avez détrompée, merci, monsieur le baron. Venez, asseyez-vous à mon côté ; là, entre ma nièce et moi...

— Vous me comblez, madame, répondit de Mainz, sur le ton d'un homme qui sait ce qu'il vaut, vous me comblez.

— Eh quoi! voulez-vous que je retire mes témoignages de gratitude? N'y comptez pas.

— De grâce, croyez que je n'ai point autant de mérite qu'on le pourrait supposer, s'écria le baron. Je suis convaincu que tous les jeunes gens qui sont ici auraient fait autant et mieux que moi. Oui, mieux, car j'ai eu le regret de ne pas châtier mon adversaire.

— Ne regrettez rien, lui dit Mme de Sébezac, votre blessure vous honore, et si j'en suis désolée, c'est qu'elle vous fait souffrir, pas pour autre chose, soyez-en sur, car ce bras en écharpe vous va fort bien.

— Je suis d'autant plus flatté, madame, de vos paroles bienveillantes, que vous êtes, tout le monde le sait, un arbitre délicat en matière de nobles sentiments.

Cela ne voulait rien dire, mais l'impression n'en fut pas moins excellente.

— C'est un homme d'esprit, murmura la vieille folle à l'oreille de sa nièce, mais de façon à être entendue.

Le baron réussissait au delà de ses espérances.

— Ils sont rares, reprit Mme de Sébezac, ils sont rares, les financiers, qui, comme vous, manient une épée aussi adroitement que les millions.

La veuve de l'ancien ministre oubliait que de Mainz s'était battu au pistolet et qu'il avait été fort maladroit. Le mot n'en eut pas moins de succès et l'on parla des millions du financier comme s'ils eussent vraiment existé.

On pense si de Mainz laissait dire.

Le chevalier de la vieille — c'est ainsi que sur le boulevard on avait déjà baptisé de Mainz — le chevalier de
la vieille, tout en se félicitant de voir tourner les choses à son gré, se rengorgeait aussi modestement que
possible et répondait à Mme de Sébezac par des compliments gros comme des maisons.

Mais il ne l'appelait plus Mme la comtesse. Il était
trop fin pour ne pas avoir compris que dans son monde,
au milieu de ceux qui la connaissaient, une telle flagor-
nerie eût dépassé le but.

Bref, il fut assez correct. Et comme une entrée à sensation ne peut pas durer éternellement, on s'occupa
d'autre chose. Le baron en profita aussitôt pour se tourner vers la nièce de Mme de Sébezac.

— Ah ça ! lui dit la ministresse, n'allez pas faire tourner la tête à ma petite Clotilde, monsieur le baron.

— Eh ! madame, repliqua de Mainz avec empressement, recommandez-moi plutôt de ne pas perdre la
mienne en regardant mademoiselle.

Mlle de Renteria, espagnole par son père, avait eu pour
mère la sœur de Mme de Sébezac. Elle était d'une beauté
plus que médiocre, et l'on pensait que, sans cela, sa
tante ne l'eût pas gardée auprès d'elle.

Mais elle tenait de ses ancêtres paternels une vanité
incommensurable, une de ces vanités castillanes qu'on
n'explique pas et qui stupéfient ceux qui en sont les
victimes. Elle regardait tout le monde du haut d'une
grandeur purement morale, car sa taille était fort au-
dessous de la moyenne.

Du reste, orpheline et riche de cinquante à soixante
mille francs de rentes.

Cette hautaine, mais un peu sotte petite personne
daigna pourtant sourire au compliment du baron. Elle
leva nonchalamment les yeux sur de Mainz et naturellement le trouva fort bien. Quelques minutes après, elle
causait avec lui de bonne amitié, mais à l'espagnole,
c'est-à-dire qu'elle prononçait quelques paroles sans

grande signification et riait béatement aussitôt, enchantée sans doute de montrer tant d'esprit.

— Je ne la croyais pas tout à fait aussi idiote, pensa
le baron, mais enfin je ne suis pas là pour faire le dé-
goûté. Soixante mille francs de rente ne se trouvent
point sous le pas d'un mulet — fût-il andalou.

C'est pourquoi notre homme déploya ce soir-là une
amabilité de derrière les fagots, un esprit qui, pour
être exotique et un peu mouillé, n'en devait que mieux
plaire à Clotilde. Celle-ci d'ailleurs, admirait de confiance, ne consentant pas à se fatiguer pour comprendre sans cesse. En Espagne, les dames entendent sans
écouter ou écoutent sans entendre, comme on voudra.

Une heure après l'arrivée du baron, elle déclarait que
c'était un homme charmant.

— Il parle espagnol, ma tante, dit la jeune fille à
Mme de Sébezac qui riposta :

— Il est parfait, je te dis.

La fête n'aurait pas été complète si l'on n'avait un
peu dansé. Mlle de Renteria dansait à ravir. Les Espagno-
les savent danser en naissant et cela n'a rien d'extraordinaire. Dans les villes de la Péninsule, quand la musique militaire joue sur la place publique, l'étranger est
frappé d'un spectacle très-curieux. Toutes les nourri-
ces, venues là comme à un rendez-vous, tiennent leurs
bébés par les pieds et par la taille et suivant la mesure d'un pas redoublé ou d'une valse font sauter en
cadence les enfants qui rient et battent des mains.

Rien n'est plus amusant que de voir cent ou cent cinquante nourrissons s'élever ou s'abaisser en mesure au
son du piston ou de la clarinette. Il n'est donc pas étonnant qu'une fois capables de se tenir sur leurs jambes,
les hidalgos et leurs nobles sœurs ne demandent qu'à
savoir danser. On voit très-fréquemment à Madrid des
bambines de trois ans et des galopins de quatre, valser,
polker et exécuter un quadrille de l'air le plus sérieux
du monde. Du reste, il est impossible de jouer un petit

air d'un bout à l'autre de l'Espagne sans qu'aussitôt il se trouve deux personnes prêtes à jouer vigoureusement des castagnettes et à danser un fandango extrêmement convaincu.

Comme tous les gens du Nord, le baron valsait mieux qu'on ne valse ni en France ni en Espagne, ni dans aucun pays du soleil. Ostensiblement, il retira son bras blessé — qui d'ailleurs ne lui faisait aucun mal, — de l'écharpe noire sur laquelle il l'appuyait, puis s'adressant à Clotilde :

— Je ne puis, mademoiselle, lui dit-il, résister au désir que j'éprouve de vous demander la valse qu'on va danser.

— Mais, monsieur, vous n'êtes pas en état de faire une si dangereuse folie avec un bras malade.

— Oh ! mademoiselle, ne me refusez pas. Je donnerais ma vie pour valser avec vous. Je peux bien risquer d'être un peu souffrant demain. Et encore sait-on si le bonheur ne m'aura pas guéri.

Ah ! il n'y allait point par quatre chemins le gentilhomme russe. Une jeune fille française, ne fût-ce que par convenance, eût prié le baron de montrer un empressement moins compromettant ou d'attendre sa guérison et une autre visite avant de l'afficher ainsi. Mais Mlle de Renteria n'avait pas de ces scrupules. Quoi ! un homme poussait la galanterie jusqu'à danser avec elle, au risque de se rendre malade très-gravement, et elle aurait refusé ! Allons donc ! Si par chance mauvaise ou bonne le baron en mourait, quelle gloire d'avoir causé le trépas d'un héros de roman !

Elle accepta. Elle accepta même avec un redoublement de morgue, et une minute après, elle tournait follement avec le baron, qui profitait de l'excitation à laquelle elle était en proie pour lui murmurer à l'oreille les plus brûlantes paroles, pour lui faire une déclaration en règle, pour lui dire enfin que s'il avait pris s chaudement le parti de sa tante contre Perdrigeard,

c'était uniquement dans le but de se rapprocher d'elle
et de pouvoir lui dire à quel point il était épris.

— Si vous ne me laissez pas espérer, ajouta-t-il, je
mourrai de douleur.

Clotilde était jeune, elle ne soupçonna pas une seconde que le baron pût mentir. Comme, du reste, elle
n'était pas très-intelligente, elle fut excessivement flattée des prétendues révélations du banquier. D'ailleurs,
quel intérêt aurait-il eu à la tromper? Il était relativement jeune, tout le monde le trouvait fort bien, et
Mme de Sébezac le déclarait riche à millions.

Mlle de Renteria, lorsqu'elle revint à sa place, était
enivrée de son succès, et elle devint folle d'orgueil quand
le baron, remettant ostensiblement le bras dans son
écharpe, déclara qu'il ne danserait plus, l'effort qu'il venait de faire étant déjà vraiment excessif pour son état.
Chacun, du reste, et Mme de Sébezac comme ses invités,
pensèrent que de Mainz était amoureux de la jeune
fille ; il n'y avait là rien que de très-naturel et l'on se dit
qu'après tout il était assez bien de sa personne pour
prendre ce laideron.

La vieille veuve du ministre, elle, entrevoyait, en outre, qu'elle serait débarrassée de sa nièce qui commençait à la gêner de temps à autre.

— Je lui devrai tout, à ce garçon, se disait-elle, en
minaudant devant une glace, qui avait l'air de se moquer d'elle pendant qu'elle parlait.

De Mainz rentra enchanté de lui-même. Il ne tenait
plus qu'à lui, évidemment, de se poser en prétendu
et de réussir à épouser la jeune Espagnole dont il venait
de faire la conquête.

Clotilde l'avait gardé pour elle toute la soirée. Dès
qu'elle cessait de danser, elle revenait s'asseoir à son
côté. Puis elle se mettait à causer et à rire avec lui in-
considérément.

Cette tête vaniteuse et folle se monta si vite, si vite,
qu'elle ne dormit pas une seconde et que, dès le lende-

main, elle eût voulu voir le baron venir demander sa main.

Il arriva même qu'à plusieurs reprises, une voiture s'étant arrêtée à la porte de l'hôtel, elle s'oublia au point d'ouvrir une fenêtre et de se pencher pour voir si ce n'était pas de Mainz qui en descendait.

XVI

A PÉTERSBOURG

Pendant que celui-ci entamait cette aventure avec tant de succès, la pauvre Martha roulait en chemin de fer vers Saint-Pétersbourg ; une femme de chambre prise au hasard d'une agence l'accompagnait, et pour cette fois, la chance ne lui avait pas été trop défavorable ; sa nouvelle domestique était une honnête fille, et, de plus, capable de dévouement, Son visage, en outre, manquait de cette grâce chiffonnée qui attire les papillons, et Martha lui savait gré d'avoir déjà effarouché quelques seigneurs visiblement désireux d'offrir leurs services plus ou moins intéressés à deux femmes voyageant sans l'escorte du moindre cavalier.

Célestine, c'était le nom de la femme de chambre, ne se doutait pas, d'ailleurs, qu'elle fût au service d'une femme de théâtre. Les allures désormais très-sévères de Martha lui avaient fait penser que sa maîtresse était veuve.

Le voyage fut long et fatigant, comme on pense. La Versin, après s'être reposée, se mit courageusement à l'œuvre. Son premier soin fut de s'informer quels étaient les artistes du théâtre Michel ou de l'Opéra qui se trouvaient encore à Pétersbourg.

On s'empressa de lui citer les noms des chanteurs et

chanteuses dont on parlait le plus en ce moment.
Mais par une malechance spéciale, il se trouva qu'elle
n'en connaissait pas un seul. La plupart d'entre eux,
d'ailleurs, étaient Italiens ou lancés dans la carrière
italienne depuis longues années, et Martha était trop
jeune pour les avoir rencontrés au hasard des représentations de gala.

Il lui fallut donc se retourner d'un autre côté et chercher un autre moyen d'arriver à son but.

Elle eut alors une inspiration. Le ballet de Saint-Pétersbourg, — Martha ne l'ignorait pas, — est composé
de danseuses de grande valeur et qui pour la plupart
sont souvent en contact avec les premiers personnages
de l'empire.

De plus, ce sont pour la plupart de jeunes femmes
assez bien élevées, instruites et par conséquent capables de comprendre une situation douloureuse.

En se nommant, la Versin dont la réputation était
universelle pouvait compter sur un accueil sympathique
ou tout au moins bienveillant. Elle se rendit au hasard
chez l'étoile la plus célèbre, la plus brillante du ciel artistique de la Russie et se fit annoncer.

La Nichamoff — c'était le nom de la ballerine — se
montra très flattée de la visite, mais se tint sur la réserve et parut un peu froide. Elle craignait sans doute
que Martha ne vînt à Pétersbourg pour y donner des
représentations, et elle ne voulait pas accueillir avec
trop de facilité une artiste dont la gloire était encore
au-dessous de son véritable mérite. Elle craignait d'accueillir avec trop de complaisance une rivale capable de
l'éclipser au cas où celle-ci viendrait pour donner des
représentations sur une scène russe.

Mais la danseuse parisienne, trop fine pour ne pas
deviner le motif d'une tiédeur qu'elle trouvait naturelle,
s'empressa de faire connaître à la moscovite le but de
son voyage.

— J'ai définitivement renoncé au théâtre, dit-elle en

terminant, et j'y avais même renoncé avant le malheur incompréhensible qui me frappe.

A cette déclaration, la Nichamoff reprit sa sérénité et fit la plus gracieuse mine du monde.

— Je suis entièrement à votre disposition, lui dit-elle en français, et je crois pouvoir répondre aussi de l'empressement que mes camarades mettront à vous être agréable.

— Merci.

— Maintenant, interrogez-moi, usez de moi, faites de moi ce que vous voudrez.

— Avez-vous connu mon père ?

— Personnellement, non. Mais tout le monde à Pétersbourg savait son nom, et il avait des connaissances assez haut placées qu'il sera facile de retrouver.

— Quelle réputation avait-il ?

— M. Blanchard, autant que je puis m'en souvenir, jouissait de l'estime générale. On le disait probe jusqu'à l'excès, et quand on a su ici qu'il était accusé d'un crime, personne — personne, entendez-vous ? — n'y a cru un seul instant.

La nouvelle a même été accueillie par un éclat de rire général.

C'est seulement en France, disait-on partout, que pareilles accusations peuvent trouver créance.

— Oh ! que vous me faites de bien ! Savez-vous où il demeure?

— Non, mais il n'est pas en Russie.

— Vraiment ? fit Martha désolée.

— Mais il ne faut pas vous décourager.

— Certes ! seulement, renseignez-moi.

— Ecoutez, répondit la Nichamoff, vous me prenez un peu à l'improviste ; je ne puis vous répondre. Mais en deux heures, il me sera facile de savoir tout ce que vous désirez apprendre, et vous agirez ensuite à votre convenance. Venez dîner avec moi vers cinq heures. Je serai en mesure de vous répondre sur tous les points importants.

Martha, que le voyage avait un peu lassée et qui, malgré son énergie, s'était vue forcée, vers la fin, de céder au sommeil, jouissait, en ce moment, d'un calme relatif.

Mais dès le moment où la Nichamoff lui eut promis de la renseigner et de la guider en toutes choses, la fièvre dont elle était dévorée depuis les événements de Paris, s'empara d'elle de nouveau, et elle retomba dans cette surexcitation nerveuse qui, seule, lui donnait la force de vivre presque sans manger et tout à fait sans dormir.

Exacte au rendez-vous, Martha trouva dans la ballerine russe une femme vraiment intelligente, qui se passionna pour les inquiétudes et les tourments de sa nouvelle amie.

— D'abord, lui dit-elle, avez-vous un plan? Etes-vous arrivée avec une ligne de conduite toute tracée, et savez-vous exactement ce que vous ferez?

La Nichamoff voulait savoir si la cantatrice française était une femme de tète.

— Oui, répondit Martha. Je veux avant tout connaître la situation commerciale de mon père. Si ses livres prouvent qu'il est riche, ce sera un commencement de preuve pour son innocence.

— Bon. Après?

— Ensuite, je veux me mettre en rapport avec toutes les personnes qui connaissaient M. Blanchard et s'étaient liées avec lui, pour leur demander d'attester son honorabilité.

— Fort bien.

— Et enfin, je voudrais, grâce à votre appui, obtenir du fonctionnaire qui dirige la police de Saint-Pétesbourg, une lettre dans laquelle il serait établi que mon père a toujours vécu en honnête homme et n'a jamais donné lieu à quelque action en justice que ce soit dans

aucune circonstance de sa vie et pendant tout son séjour
en Russie depuis dix-sept ans.

— Tout cela est possible et je crois que nous y arrive-
rons en un temps relativement très court, sauf cependant une chose. Il faudra patienter pour le certificat de
la police.

— Ah! pourquoi donc?

— Parce que le général Remeteff, qui est chef de la
troisième section — c'est ainsi qu'on désigne le préfet de
police à Pétersbourg — le général Remeteff est à **Pe-**
terhof avec l'empereur et n'en reviendra qu'avec lui.

— Quand?

— On n'en sait rien, à cause des nihilistes.

— Et personne ne peut le suppléer pour me donner l'at-
testation que je solicite?

— Si, mais je crois que la signature du général Remeteff lui-même aurait un bien plus grand poids pour
innocenter votre père.

— C'est vrai.

— Nous laisserons donc ce point important de côté pour
le moment, reprit la Nichamoff, et nous nous occuperons
des autres. Je sais déjà où demeurait M. Blanchard.

— Ah! dites!

— Oh! c'est bien inutile; vous ne connaissez rien à
Pétersbourg; nous irons tout à l'heure et je vous condui-
rai dans mon droshki.

— Merci.

— Ensuite, j'ai une liste de gens assez nombreux
qui ont été liés d'amitié ou en relations d'affaires avec
M. Blanchard.

— Qui sont-ils? Nommez-les.

— Voici leurs noms avec leurs adresses en regard.

— Oh! vous êtes une Providence.

— Moi! je suis simplement une bonne camarade.

— Une camarade à qui je devrai tout. Car c'est déjà
un miracle qu'en si peu de temps, vous ayez pu réunir

tous ces documents et me mettre à même d'agir sans
retard.

— Oh! ne vous réjouissez pas trop tôt.

— Que voulez-vous dire?

— Il y a malheureusement des ombres au tableau.
En allant au bureau de votre père, nous ne gagnerons
rien ou presque rien.

— Pourquoi?

— Parce que les employés n'y vont plus depuis qu'on
a su l'accusation qui pesait sur lui. Seul, le caissier s'y
rend tous les matins pour payer les traites ou faire rentrer l'argent dû.

— On paie donc toujours à caisse ouverte?

— Oui.

— Vous voyez bien.

— Mais, reprit la Nichamoff en poursuivant son idée,
si nous ne pouvons rien obtenir de ce côté avant demain
matin, rien ne nous empêchera de passer à la troisième
section.

— C'est la police? demanda Martha Versin.

— Oui.

— Qu'irons-nous faire à la troisième section!

— Une chose à laquelle vous n'avez pas pensé. La
police de Pétersbourg sait peut-être où est allé votre
père en quittant Paris, car il a dû quitter Paris.

— Oui, oui, on saura cela ici peut être.

— La troisième section, en effet, continua la danseuse moscovite, ignore la plupart des choses qui se
passent en Russie, mais elle est souvent, on pourrait
même dire toujours admirablement informée de tout ce
qui concerne les sujets ou les résidents russes pendant
leurs séjours à l'étranger.

Martha n'avait presque rien mangé. Elle grillait d'impatience, tant elle avait hâte de commencer ses investigations, mais la Nichamoff, elle, était douée d'un solide
et sérieux appétit comme presque toutes les artistes

étrangères. Elle n'en perdit donc pas un coup de dent
et n'abrégea pas le moins du monde son dîner.

— Ne vous agitez pas, mademoiselle, dit-elle à la
Versin, nous partirons juste à l'heure où il le faudra
pour arriver au moment favorable.

Enfin, la minute qu'attendait Martha vint à sonner.
Elle se hâtait de mettre son chapeau et un mantelet
quand on apporta une lettre. La Nichamoff la prit, en
lut la suscription, et, la tendant à Martha :

— Pour, vous, dit-elle.

— Pour moi? se récria la Parisienne. Qui peut m'écrire
ici? qui peut savoir que je suis chez vous?

— Lisez. C'est sans doute le seul moyen de l'apprendre.

Martha brisa l'enveloppe et en tira une grande feuille
de papier à lettre simple, semblable à celles dont se servent les négociants et courut à la signature. Il n'y en
avait pas. L'étonnement de la Versin redoubla.

Entraînée par la situation et sans plus songer qu'elle
n'était pas seule, elle lut à haute voix la missive anonyme qui venait de lui être remise. Voici ce qu'elle
contenait :

Mademoiselle,

Une personne qui croit vous être agréable, a vérifié
sur les livres mêmes de M. Blanchard la situation commerciale de M. votre père. Le bilan, tel qu'il résulte de la
balance à ce jour, se solde par une somme de huit cent
quatre-vingt-seize mille francs à son crédit. En d'autres
termes, M. Blanchard, en liquidant sa maison de commerce, se retirerait avec environ neuf cent mille francs
— les créances douteuses n'ayant pas été comptées dans
cette somme.

Il est donc absolument certain que M. Blanchard
n'avait nullement besoin des cent mille francs de Malvezin, et que la justice française commet une erreur
grossière en le poursuivant comme le meurtrer de celui-

ci. Ci-joint quelques chiffres dont vous pourrez vérifier l'exactitude vous-même auprès du caissier de M. Blanchard.

Au verso de la page existait une espèce de compte-courant, auquel Martha ne comprit naturellement rien du tout. La Nichamoff était, de son côté, absolument incapable de le lui expliquer.

Les deux jeunes femmes, extrêmement surprises par cet incident tout à fait imprévu et même improbable, restèrent un moment silencieuses.

— Pourvu que ce ne soit pas une mauvaise plaisanterie, dit la Versin, qui devenait chaque jour plus défiante.

— Oh ! dans quel but ? demanda la Nichamoff.

— Qui sait ? Il y a des jours où je me crois entourée d'ennemis. Je m'imagine parfois que tout ce qui m'arrive n'est pas vrai et que je suis le jouet de misérables qui s'amusent à me faire souffrir.

— Oh ! ceci, ma chère camarade, est du domaine du rêve. Ne laissez pas votre énergie s'endormir dans ces imaginations saugrenues. Si une Russe me parlait comme vous je n'en serais pas surprise le moins du monde. Mais une Française ! allons donc !

— Vous avez raison, fit Martha, qui se redressa tout à coup et laissa voir dans ses yeux la flamme qui précédait chez elle les viriles résolutions.

La Nichamoff reprit :

— C'est sans doute le caissier de M. Blanchard qui aura su votre arrivée et qui se sera empressé de vous faire tenir ce document, ou bien quelque employé désireux de se concilier vos bonnes grâces au cas où vous auriez l'intention de prendre en mains l'administration de cette fortune.

— Oui, mais alors pourquoi ne pas signer ? Ma gratitude peut s'égarer. D'ailleurs, cette fortune ne peut pas me revenir. Je suis la fille naturelle de M. Blanchard et je n'ai aucun droit à son héritage.

— Eh bien, ma chère, fit la Nichamoff, allons à la troisième section et laissons cela pour le moment. Demain, dans le bureau de M. Blanchard, on nous dira probablement quel est l'aimable auteur du très-précieux renseignement qu'on vient de vous apporter.

A la troisième section, on ne savait rien sur M. Blanchard, ou plutôt on était au courant des faits et gestes de celui-ci depuis son départ de Pétersbourg jusqu'à l'heure où il était sorti du café Riche avec Malvezin. Mais on n'était aucunement renseigné sur ce qu'il devait faire par la suite.

Il résultait seulement d'une enquête faite à la hâte à Saint-Pétersbourg que deux ou trois personnes pourraient peut-être fournir des indications précises sur les intentions de M. Blanchard quand il avait quitté Paris.

Ces deux ou trois personnes étaient nominativement désignées dans le rapport de police. Martha et la Nichamoff s'informèrent de leurs adresses et s'y rendirent aussitôt.

C'étaient des Français qui avaient chargé Blanchard de diverses commissions pour Paris, pour Bordeaux, pour Lisbonne, et pour un certain nombre d'autres villes intermédiaires.

— Pour Bordeaux ! pour Lisbonne !

— Oui, mademoiselle, M. votre père, dit l'un d'eux à Martha, devait s'embarquer à Bordeaux pour le Portugal et de là se rendre à Buenos-Ayres Peut-être a-t-il mis son projet à exécution, peut-être est-il maintenant en mer, faisant route pour la Plata, sans se douter de l'abominable accusation qui pèse sur lui.

— C'est cela ! c'est cela ! s'écria Mlle Versin. Tout s'explique ainsi.

— Quel est le jour où M. Blanchard vous a rendu visite à Paris.

— Le dimanche 4 juillet.

— Vous en êtes sûre ?

— Absolument. Il m'était arrivé dans la journée une de ces aventures dont on n'oublie pas la date.

— Et c'est dans la nuit suivante que M. Malvezin a été assassiné ?

— Oui.

— Quelle est la date du départ des paquebots des messageries maritimes ?

— Ils partent de Bordeaux le 5 et le 20 de chaque mois.

— Vous êtes bien sûre des quantièmes que vous me donnez là ?

— Oh ! parfaitement sûre...

— En ce cas, mademoiselle. j'ai le regret de vous enlever une illusion. Mais M. Blanchard n'a pas pu arriver à temps pour prendre le paquebot.

— Ah ! fit Martha qui retombait brusquement du haut du ciel dans les profondeurs de l'angoisse.

— Mais on peut supposer que votre père, qui n'avait pas grand chose à faire à Bordeaux aura gagné Lisbonne par l'Espagne afin d'avoir une journée environ à dépenser dans la capitale du Portugal.

La Versin renaissait à l'espérance. Elle avait tant besoin de croire son père innocent qu'elle admettait toutes les suppositions et toutes les hypothèses.

— Oui, dit-elle, on peut espérer cela. Il faudrait que la police française éclaircît les deux points suivants : Mon père avait-il retenu sa place à bord du paquebot des Messageries maritimes pour le 20 ? Si oui, est-il arrivé à temps pour partir ?

— Il suffirait de savoir cela ; oui, mademoiselle.

— Et si la réponse était négative dans les deux cas, s'informer : s'il a traversé l'Espagne, s'il a séjourné à Lisbonne et s'il s'y est arrêté.

— Oui.

— Très-bien, Monsieur, je vous remercie ; voulez-vous me dire les noms des secrétaires ou des attachés à l'am-

bassade de France qui se trouvent en ce moment à Saint-
Pétersbourg?

— Vous ne trouverez à l'ambassade que le deuxième
et le troisième secrétaire, avec deux attachés. Le reste
s'est envolé de tous les côtés.

— Les noms de ces messieurs?

— M. le comte de Vallarmé, deuxième secrétaire,
M. de Précazeaux.

— Précazeaux ! voilà mon affaire. Il était abonné à
l'Opéra lors de mes débuts, et certainement il ne m'a pas
oubliée. Je vous remercie, monsieur.

La Nichamoff et Martha remontèrent en voiture.

— Dès demain, dit cette dernière, je me rendrai chez
M. de Précazeaux et je le prierai de télégraphier à Lisbonne, à la légation de France, où il sera facile de connaître sans doute les noms des passagers du paquebot.
De cette façon, je saurai en quelques heures si mon
père y est passé.

Le lendemain, dès l'heure d'ouverture des comptoirs
et magasins, Martha se présentait chez Blanchard et
comme la Nichamoff le lui avait dit, elle trouva le vieux
caissier qui, fidèle à son poste, attendait les traites et
payait à caisse ouverte.

La Versin se fit connaître, lui expliqua sa situation en
quelques mots et lui apprit qu'elle était venue en Russie
pour établir l'innocence de son père.

— Et ce ne sera pas difficile, mademoiselle, répondit
le brave homme, qui était français. Il faut être fou pour
accuser le patron de semblables infamies, lui ! M.
Blanchard, qui a dans sa vie vingt actes de probité
dont le plus simple suffirait pour faire une réputation
d'honnêteté à n'importe qui. Et on l'accuse d'avoir assassiné un monsieur pour 100,000 fr. ! Mais il les lui aurait
plutôt donné les 100,000 fr., car s'il a un défaut, celui-
là, c'est la générosité. Et croyez-moi mademoiselle, il
ne faut pas être généreux, on en est toujours mal récompensé.

— Quelle est la situation de la maison? demanda la jeune femme qui n'était pas disposée à causer philosophie.

— Excellente, mademoiselle. Sans compter une propriété patrimoniale de cent cinquante mille francs que M. Blanchard a dégrevée il y a peu de temps d'une hypothèque de soixante mille francs, le bilan accuse neuf cent mille francs environ de bénéfices, exactement huit cent quatre-vingt-seize mille deux cent onze francs quarante-deux centimes.

Ce chiffre rappela aussitôt à Martha la lettre qu'elle avait reçue.

— Est-ce vous, monsieur, demanda t-elle au caissier, qui avez pris la peine de m'adresser quelques lignes pour m'informer de cette balance en faveur de mon père?

— Non, mademoiselle.

— Ah! Et personne n'est venu vous demander communication des livres?

— Personne.

— C'est bien extraordinaire. Ce serait alors un des commis de la maison qui, ayant appris mon arrivée par hasard, a eu la bonté de m'écrire pour me donner du courage.

— Ce n'est guère probable, mademoiselle, car les commis sont presque tous absents, ou pour la plupart, cherchent une autre place ; car on est fort superstitieux en Russie et beaucoup de personnes, ici, pensent qu'il est maladroit de ne pas quitter une maison où la malechance s'installe. Je suffis d'ailleurs à faire fonctionner la maison, comme j'en ai reçu l'ordre écrit de M. Blanchard pendant son absence, qui doit durer au moins quatre mois.

— Ah! quatre mois! ceci est important ; mais qui donc a pu m'écrire ainsi?

— Montrez-moi la lettre, mademoiselle; si c'est un des commis, je reconnaîtrai vite l'écriture.

Martha retira de sa poche l'enveloppe renfermant la missive de la veille.

— La voilà, dit-elle.

Beaujeau — c'était le nom du caissier — lut d'abord les quelques lignes que contenait la lettre et dit :

— Non, mademoiselle, personne dans les bureaux n'a une écriture semblable, et je suis stupéfait que l'on soit aussi bien renseigné que moi sur la situation de ma caisse.

Beaujean allait ajouter quelque chose lorsqu'il s'interrompit pour s'écrier :

— Ah ! par exemple, c'est trop fort !

— Quoi ?

— Les chiffres authentiques ! huit cent quatre-vingt-seize mille deux cent onze francs quarante deux centimes ! Voyez, mademoiselle, continua le caissier en ouvrant brusquement ses livres et en lui montrant le total.

— C'est vrai.

— Je suis confondu.

— Il ne peut pourtant pas y avoir là de sorcellerie ; il faut que vous ayez montré vos livres à quelqu'un. Rappelez-vous.

— Non, mademoiselle. Cent fois non. Je suis sûr de moi, je vous en donne ma parole d'honnête homme.

— Et vous n'en avez parlé à personne ? insista la danseuse, vous n'avez cité ce chiffre à qui que ce soit ?

— Je crois bien, un caissier doit enfermer en lui-même les secrets de son patron, comme sa caisse en enferme la fortune.

— Quoi ! pas un de vos amis n'a reçu la moindre confidence ?

— Non, non.

— Quand vous avez appris l'accusation qui pesait sur mon père, ne vous est il pas arrivé de dire que M. Blanchard possédait une somme dont vous auriez donné le chiffre ?

— Non, non, non.

— Alors, je ne comprends pas.

— Ni moi non plus, à moins que les nihilistes ne s'en soient mêlés.

— Les nihilistes ? pourquoi ? dans quel but ? Je ne connais pas de nihilistes. Mais je suppose qu'ils ont d'autres chats à fouetter, si ce qu'on raconte est véridique. Et, d'ailleurs, les nihilistes ne passent pas par le trou de la serrure.

— On ne sait pas, répondit non sans solennité le brave Beaujean, qui paraissait professer une vive admiration et ressentir une profonde terreur quand on parlait devant lui des nihilistes.

Martha sourit.

— Oh ! oui, vous êtes incrédules comme tous ceux qui arrivent en Russie. Mais si, comme moi, vous aviez vu des choses... incroyables, vous ne feriez pas la sceptique.

— Mais encore une fois quel intérêt auraient les nihilistes ?

— Et voilà, si, sans le savoir, vous êtes dans l'orbite de leurs machinations et de leurs manœuvres, vous serez emportée avec eux, et ils vous en feront voir de toutes les couleurs.

La jeune femme s'aperçut qu'il était inutile de discuter avec un homme aussi parfaitement convaincu.

— Savez-vous, monsieur Beaujean, demanda-t-elle encore au caissier, si mon père avait des raisons de disparaître mystérieusement de Paris...

Martha fut interrompue par l'entrée d'un commissionnaire qui, s'adressant en russe au caissier, lui remit une lettre et disparut. Beaujean alors fit comme la Nichamoff.

— C'est pour vous, mademoiselle, dit-il.

— Encore ! s'écria Martha au comble de l'étonnement.

La suscription de cette nouvelle lettre était évidemment de la même main que celle de la veille. Cette fois Mlle Versin la décacheta fiévreusement, dans l'espoir d'avoir la clef d'un mystère qui commençait à la taquiner.

Mais, une fois de plus, il n'y avait pas de signature au bas des quelques lignes qu'avait tracées le correspondant anonyme.

Martha dévora plutôt qu'elle ne lut ce qui suit :

« L'ami qui s'est permis de vous écrire hier et qui veille sur vous avec une sollicitude désintéressée, tient la preuve, mademoiselle, que M. Blanchard avait retenu sa place à-bord de l'*Equateur*, paquebot des messageries maritimes, parti le 5 juillet dernier. Un négociant de Bordeaux, qui m'a quelques obligations, s'est chargé gracieusement de s'en informer et vient de me télégraphier ce que j'ai l'honneur de vous faire connaître. On ignore, à la vérité, si M. Blanchard s'est réellement embarqué. Mais j'espère que les démarches de mon ami auront pour résultat d'éclaircir ce point important et je m'enpresserai de vous en informer dès que je le saurai moi-même. Comptez sur mon absolu dévouement. »

Martha, que tout Paris avait plus ou moins courtisée était, certes, habituée aux imaginations employées par les amoureux pour toucher son cœur ou seulement pour attirer son attention. Elle avait eu à subir, en diverses circonstances, des hommages obstinés et même des persécutions qui s'étaient manifestées sous mille formes ingénieuses et différentes. Elle connaissait particulièrement les attentions qui affectaient les allures d'un dévouement incessant et mystérieux.

Plusieurs fois déjà elle avait eu affaire à des gens qui semblaient l'espionner pour lui être agréable. Même il paraît que cette espèce de suiveurs n'est pas si rare qu'on le pourrait croire.

Il faut avoir du temps à perdre, à la vérité, une grande patience et des aptitudes spéciales, mais il y a vraiment des individus qui réunissent toutes ces conditions.

Cependant il lui était arrivé rarement d'être ainsi suivie et d'avoir quelqu'un qui marchât dans son ombre au point de savoir exactement où elle se trouvait à n'importe quelle heure de la journée.

Et puis, ce souci évident de la protéger et de l'informer des choses qui lui tenaient au cœur empruntait une saveur nouvelle aux circonstances douloureuses où elle se trouvait et à cette évidence que le poursuivant était venu de Paris avec elle ou avant elle-même, puisqu'il avait eu le temps de faire des démarches pour lesquelles Martha n'avait certainement pas perdu une minute.

La danseuse éprouvait à la fois un ennui sérieux et une secrète espérance.

Elle redoutait d'un côté que le personnage en question ne fût quelque banal soupirant qui rêvait d'obtenir d'elle à Pétersbourg ce qu'à Paris il n'osait pas attendre. Et malheureusement cela était infiniment plus probable que toute autre chose.

Mais elle eût éprouvé un bien grand bonheur si celui qui veillait ainsi sur elle eût été précisément le seul sur qui elle ne pouvait guère compter. Martha, malgré ses aspirations vers la vie bourgeoise et honnête, malgré la façon dont elle avait traité Pierre Leval, malgré tout ce qu'elle avait dit à son père, Martha Versin avait un cœur. Bien plus, ce cœur était pris : il appartenait tout entier, pour toujours, à celui-là même qui se croyait trahi, abandonné et qui, en ce moment peut-être, prenait son parti d'une rupture que d'ailleurs il n'avait ni provoquée, ni désirée, mais dont il entrevoyait à coup sûr les bons côtés.

Le lecteur a deviné que nous voulons parler de Pierre Leval.

En ce cas, dira-t-on, à quoi bon cette comédie de la séparation ? que signifie la scène qu'elle avait faite à Pierre et pourquoi l'avait-elle traité si durement ? C'est que Martha Versin, tout en aimant Pierre Leval, n'en était pas moins butée dans ses idées de rédemption et de

régénération. Elle voulait être une honnête femme. Elle
tenait à conquérir l'estime de tout le monde; et cette
honnêteté, cette estime, elle les plaçait bien plus haut
que l'amour de Pierre, pour qui elle serait morte sans
regret.

Cela semble invraisemblable. Bien plus, les deux
propositions ont l'air de se combattre. Mais que l'on
veuille bien songer que Martha était une nature excessive en tout, comme on l'a vu dans le scandale dont
madame de Sébezac fut la victime et dans la scène
qu'elle fit à sa mère deux heures après.

Ajoutez à cela que les nerfs la dominaient au point de
la troubler parfois profondément et qu'elle était d'un
entêtement rare.

Ainsi faite, la danseuse devait marcher dans la vie
en commettant à dix minutes d'intervalle des actions
contradictoires en apparence et qui, cependant n'é-
taient que la conséquence logique d'un caractère, d'un
tempérament et d'un état nerveux vraiment particu-
liers.

Donc, la Versin espéra vaguement — pendant une
minute — que Pierre Leval l'avait suivie à Saint-Pétersbourg, qu'il la surveillait avec sollicitude, qu'il s'em-
ployait çà et là, pour lui épargner l'ennui de démarches
longues et fatigantes au cours desquelles une femme
dans sa position peut avoir à se défendre contre des
obsessions désobligeantes.

Elle rêva qu'il n'attendait qu'un moment propice pour
lui faire connaître sa présence. Elle supposa que sachant
à quelle point elle tenait à être respectée, il ne voulait
même pas laisser croire qu'il la connaissait.

Mais au moment même où elle se laissait bercer par
de si douces illusions, le vieux caissier la ramena brusquement aux cruautés de la vie en lui disant :

— Ce ne sont évidemment pas les nihilistes qui s'occupent ainsi de vos affaires. Ce doit être beaucoup plus
simple que cela.

— Que pensez-vous ? parlez.

— Ne se pourrait-il pas que la préfecture de police, à Paris, ait envoyé ici quelque agent de la sûreté qui, sachant votre arrivée, a cru être simplement correct en vous avertissant des démarches faites par lui dans le but de connaître la vérité sur la disparition de M. Blanchard le lendemain du meurtre de M. Malvezin ?

Martha retomba de haut. Ce que pensait le caissier n'était guère naturel, pas probable davantage, mais enfin ce n'était pas absolument impossible, et dans l'état d'esprit où elle se trouvait, la malheureuse artiste ne dit pas non. Elle quitta le vieux caissier en le priant de la venir voir à son hôtel s'il apprenait quelque chose de nouveau, et en le chargeant d'aller chez toutes les connaissances de M. Blanchard, recueillir les attestations de l'honorabilité de son père, de façon à former un dossier dont l'influence serait décisive sur le parquet de Paris.

Martha rentra chez elle presque désespérée.

Pourquoi ? Elle n'en savait rien. Mais elle n'avait plus cette confiance que lui donnait le matin même la bonne Nichamoff, et pourtant tout ce qu'elle avait appris dans la journée était favorable à son père. Mais elle était dans cette situation d'esprit où un doute quelconque à propos de n'importe quoi enfante le découragement auquel succède vite le désespoir.

Son état moral avait évidemment une grande influence sur la tristesse profonde qui la gagnait : Son père disparu, Pierre ne donnant pas signe de vie, l'accusation portée contre Blanchard et la présence autour d'elle de personnes mystérieuses qui manœuvraient dans l'ombre, tout cela la troublait à un point extrême.

Ceux qui se cachaient ainsi paraissaient, à la vérité, lui être dévoués, mais avec ce pessimisme, qui était le fond de son caractère, elle se disait que peut-être d'autres individus, des adversaires, des ennemis pouvaient agir dans les mêmes conditions et lui nuire.

Pour la première fois, depuis son arrivée, elle se trouva bien seule à Saint-Pétersbourg. Pour la première fois elle regretta Paris.

Son énergie ne l'abandonna point pour cela, et certes, elle était résolue à faire tête à tous les dangers, à toutes les hostilités ; mais, après tout, elle était femme, et l'isolement a sur toutes les femmes une influence désastreuse.

Le lendemain matin, en se levant, elle trouva une nouvelle lettre de son correspondant anonyme. Blanchard, quoique sa place eût été arrêtée, ne s'était pas embarqué à bord de l'*Equateur*.

Il ne restait plus qu'un espoir : c'est que le père de Martha se fût rendu directement à Lisbonne, et l'auteur de la lettre espérait le savoir dès le lendemain.

Il ajoutait les quelques lignes suivantes :

« Lors même que M. Blanchard ne se serait pas embarqué à Lisbonne sur le paquebot des Messageries, il ne faudrait pas désespérer, car il y a deux ou trois lignes anglaises qui font le même trajet, et il a pu prendre l'une d'elles. Une personne de Buenos-Ayres est chargée d'ailleurs de faire connaître, lors de l'arrivée des navires, si M. Blanchard fait en ce moment la traversée. »

Tout cela était net, précis et admirablement prévu. Mais ce n'étaient ni les renseignements, ni les précautions qui étonnaient Martha, c'était la sollicitude occulte d'un être qui lui voulait certainement du bien mais qui l'agaçait singulièrement en ne se montrant pas.

Elle se creusa la cervelle pendant dix minutes pour essayer de se souvenir si elle avait vu cette écriture-là quelque part. Il lui sembla d'abord que quelques-unes des liaisons qu'elle étudiait avaient frappé ses yeux une fois au moins dans sa vie.

Mais non. Elle se trompait, cela n'était pas douteux.

Certaines barres de *t* et certains jambages des *l* devaient certainement frapper tout le monde de façon qu'on ne les oubliât pas. Elle sonna sa femme de chambre.

— Pauline, dit-elle, qui a apporté la lettre que voici ?

— C'est un moujik, comme on dit ici. Un homme très-barbu, que je reconnaîtrai s'il le faut, car il a une balafre sur le front et un œil crevé.

— Dites au portier de l'hôtel que si un nouveau message arrivait pour moi dans les mêmes conditions, il ait la bonté de monter avec le commissionnaire, à quelque heure que ce soit, même la nuit, et, je l'ordonne formellement, dites-le lui, qu'on ne craigne pas de me réveiller.

— Bien, madame.

La Nichamoff avait obtenu d'un haut personnage de la 3e section qu'un rapport favorable fût rédigé sur la conduite de Blanchard pendant son séjour en Russie. Deux ou trois faits très-honorables, dont l'accusé de Paris avait été le héros, y furent mentionnés. On y joignit un dossier sur la situation commerciale du père de la cantatrice, ainsi que sur son état de fortune, et l'on envoya le tout à Peterhof, où se trouvait le général Remeteff qui devait, en le signant, donner une autorité considérable à ces documents.

Beaujean, de son côté, se remuait comme une anguille et courait tout Pétersbourg pour faire signer par les négociants de la ville un certificat qui devait être d'un poids au moins égal sur la décision du juge d'instruction de Paris.

Il y était dit que pas un négociant ne s'était jamais, dans aucune circonstance, montré aussi scrupuleux, aussi délicat que Blanchard dans toutes les affaires commerciales et dans les autres relations de la vie ; qu'il paraissait impossible, à ceux qui le connaissaient, que non seulement Blanchard eût commis le crime, mais encore qu'on le soupçonnât.

Cela marchait donc admirablement. Tout le
monde ou presque tout le monde signait. Et la plupart
de ceux que le caissier rencontrait dans la rue et auxquels il en parlait lui répondaient invariablement :

— Venez chez moi, je signerai des deux mains.

Dès le premier jour, on put prévoir que cette bonne
volonté générale prendrait les proportions d'une manifestation en faveur du négociant.

— Nous aurons plus de mille signatures ! disait le
brave homme à Martha le soir du premier jour. Plus
de mille !

Les choses en étaient là quand il survint un incident
d'une gravité toute particulière et qui semblait devoir
tout perdre. La Versin, qui lisait les journaux français
avec la plus grande attention, pour suivre de loin la
marche de l'affaire, la Versin trouva dans une des feuilles
les mieux informées de Paris un long entrefilet concer-
nant l'affaire Malvezin.

L'article en question ne révélait rien de spécial sur
le crime en lui même ni sur la découverte du meurtrier,
mais il annonçait que l'instruction avait trouvé une piste
nouvelle.

Cette fois il s'agissait des motifs secrets qui auraient
poussé M. Blanchard à commettre le crime et il faut
avouer que les détails inédits et imprévus que l'on don
nait étaient de nature à mieux faire comprendre l'assassinat de Malvezin.

« Ce ne serait plus le vol, disait le journaliste, ce ne
serai plus le vol qui aurait été le mobile du meurtre. On
commence à croire que la disparition des cent et quelques mille francs de Malvezin ne serait qu'une adroite
manœuvre pour faire retomber la responsabilité du crime
sur de vulgaires bandits.

« On est, en effet, sur la trace de témoignages à la suite
desquels il serait péremptoirement établi qu'une ancienne
animosité, ou pour mieux dire, une véritable haine aurait

existé entre M. Malvezin et Blanchard. Une discussion
survenue au restaurant à propos d'une ancienne dette
que le joueur heureux réclamait au commerçant de
Saint-Pétersbourg aurait fait renaître chez ce dernier un
ancien désir de vengeance. Quelques instants après,
Blanchard tuait son ami dans un accès de haine et le
dévalisait pour faire croire à un vol banal. »

L'entrefilet se terminait par ces mots :

« En résumé, il y a d'ores et déjà une chose absolument certaine et qui ne fait doute pour personne ; c'est
que M. Blanchard est l'assassin. S'il ne l'était pas, en
effet, il n'aurait pas manqué de se montrer et d'établir
facilement, clairement son innocence. »

Le rédacteur, à la vérité, ne savait pas avec quelle
franche cordialité Malvezin avait accueilli Blanchard au
cercle lorsqu'il l'avait aperçu. Les témoins de cette rencontre auraient pu dire combien une haine mortelle
était peu probable entre ces deux hommes. Mais souvent
un journal pressé d'en savoir plus que les autres peut
faire un mal irréparable. Car, quoi qu'on en dise, la
presse ne ressemble pas à la lance d'Achille. Elle ne peut
guérir toutes les blessures qu'elle fait.

En lisant ces lignes perfides, qu'on eût cru écrites par
la main de quelque mortel ennemi, Martha se sentit
monter des vapeurs au front.

Ses tempes se mouillèrent d'une sueur tiède et elle
tendit le journal à la Nichamoff, qui ne la quittait presque pas.

La danseuse russe parcourut l'article et resta un instant muette.

— Ah ! vous comprenez comme moi, dit la Versin.
que ces quelques lignes révèlent un des plus terribles
dangers qu'ait couru mon père. Et, en effet, tant qu'on
l'accuse de vol, d'assassinat, d'infamie en un mot, il nous

est assez facile, grâce au concours de ses amis, il nous
est facile de prouver qu'il était incapable de commettre
un vol absolument inutile et par conséquent un meurtre
destiné à faciliter ce vol. Mais si on l'accuse positivement d'avoir seulement voulu se venger, que pourrai-je
répondre à cela? Un homme peut être probe, de mœurs
respectables, aimé de beaucoup de gens, estimé d'un plus
grand nombre et pourtant s'il est vindicatif, s'il n'est pas
maître de sa colère, il peut aussi frapper aveuglément
celui qui l'aura insulté ou auquel il a voué une haine
terrible.

— C'est vrai, dit la Nichamoff, et vous serez d'autant
moins admise à l'excuser que vous n'avez pas vécu avec
lui, que vous le connaissiez peu.

— Évidemment. On me dira: Vous l'avez vu quatre ou
cinq fois dans votre vie et vous ne pouvez savoir s'il n'é-
tait pas, comme tout le monde l'assure, un homme violent, brutal, emporté, incapable de se maîtriser dans
sa fureur.

— Cependant, ma chère amie, dit la Nichamoff, il ne
faut pas vous laisser abattre parce qu'un journal a, qui
sait? imaginé les lignes que voici.

— Non, croyez-moi, le journal n'a rien imaginé. Dans
des cas aussi graves que celui-là, les journalistes ac-
cueillent peut-être facilement des renseignement douteux, mais ils n'inventent pas. Ce serait trop infâme.

— Soit. Mais c'est la même chose si le journaliste ajoute foi aux propos d'un monsieur qui invente.

— Peut-être.

— N'importe. Il faut relever votre courage et faire
face à l'ennemi.

— Ah! je ne suis pas abattue. Mais je suis effrayée en
pensant à ce qui m'arrive, et combien j'étais folle quand
je voulais conquérir le respect et la considération du
monde.

— Pourquoi?

— Quand d'une bâtarde on a fait une sauteuse qui

n'a pas toujours eu la notion exacte du bien, il est impossible à cette bâtarde de se relever et de remonter un courant plus terrible que celui du Maëlstrom.

— Vous exagérez.

— Non. Hier j'étais douloureusement impressionnée. Un instinct inexplicable me remplissait de tristesse et de défiance. Vous voyez que mes pressentiments ne me trompaient pas. Je retombe brusquement au plus profond du désespoir et de l'angoisse. Hier, je tenais dans mes mains des preuves d'innocence telles que, même par contumace, un jury n'aurait pas osé condamner mon père. Aujourd'hui, depuis que j'ai lu ce journal, je sens bien que sa cause sera terriblement difficile à gagner.

La Nichamoff allait lui répondre, quand Martha se levant dans un accès de violente colère :

— Et bien ! n'importe ! s'écria-t-elle, je lutterai pour l'honneur, comme tant d'autres luttent pour la vie, et je lutterai jusqu'à ce que je sois définitivement vaincue, terrassée, morte ou victorieuse, car après tout, je ne renonce pas, non, je ne renonce pas à la victoire.

— Allons donc ! je vous retrouve ! s'écria l'étoile moscovite. Votre réputation de sauvage énergie était venue jusqu'à nous depuis longtemps et nous savions ce que vous aviez dépensé de courage et de force morale pour conquérir la place que vous occupiez à l'Opéra. Il m'était pénible, je ne vous le cache pas, de vous trouver affaissée, amollie et presque découragée dès les premiers jours de la lutte que le devoir vous impose. Croyez-moi, la tâche que vous avez entreprise n'est pas une mince affaire. Il faut vous attendre à trouver à chaque pas des pierres d'achoppement. Votre père étant innocent, il y a quelqu'un qui a intérêt à le faire passer pour coupable. Il arrivera donc, et tous les jours peut-être, des incidents qui ne doivent pas vous abattre, au contraire, et je ne saurais vous dire combien je suis

heureuse de vous voir rebondir et prendre la malechance
corps à corps.

Un tel langage dans la bouche d'une danseuse fera
sourire bien des lecteurs qui en sont restés à la vieille
légende du rat de l'Opéra et qui ne savent point qu'en
Russie, l'école de danse de St-Pétersbourg est une insti-
tution où les jeunes filles reçoivent, outre leurs talents
professionnels, une éducation très-soignée. On leur apprend les langues vivantes ; on leur fait des cours où
elles puisent, si elles sont douées ou laborieuses, une instruction solide et agréable.

Il n'est donc pas bien surprenant que de jeunes femmes
ainsi élevées ne soient pas de petites folles qui ne
pensent qu'au plaisir, incapables qu'elles sont d'aligner
deux pensées de suite.

Martha, décidée à combattre pour son père jusqu'à la
dernière extrémité, répondit à la Nichamoff qu'un moment d'hésitation et de découragement était bien naturel quand de si terribles événements étaient venus la
frapper ; quand depuis un mois elle était sous le coup
d'une angoisse mortelle.

— Mais rassurez-vous, ajouta-t-elle, c'est bien fini.
Toute crainte a disparu de mon âme. Je suis prête à
lutter dix ans s'il le faut pour accomplir ce que le devoir
m'impose, comme vous le disiez si bien tout à l'heure.
Je réhabiliterais mon père si le malheur voulait qu'on
ne le retrouvât pas, et je mourrais à la peine plutôt que
de renoncer à ma tâche.

— Je vous trouve vraiment telle que je vous avais de-
vinée, dit la Nichamoff.

Martha reprit :

— Il faut avant tout ne pas laisser s'établir cette légende qui ferait de mon père un homme irascible, capable de tuer pour satisfaire une vengeance et prêt à
voler pour dissimuler un meurtre.

Je veux que, sans désemparer, cette fable abominable

soit démentie. Je connais à Paris quelqu'un qui pourra me suppléer auprès des journaux, et je vais lui envoyer un télégramme.

Elle pensait à Perdrigeard.

Dès le lendemain de son arrivée, elle avait reçu la lettre de l'ex-terrassier et, en femme de cœur, elle avait regretté de s'être laissée emporter jusqu'à traiter un si fidèle ami comme le dernier des fâcheux.

Touchée de l'empressement avec lequel l'excellent garçon venait de publier son démenti et de la façon dont il s'était appliqué à le formuler, Martha n'avait pu se dissimuler que, soupirant ou simple ami, l'entrepreneur lui était assez profondément dévoué pour se consacrer entièrement à elle et à l'œuvre qu'elle poursuivait.

XVII

COMPLICATIONS

Le lendemain matin, sur la perspective Newski, comme elle revenait du télégraphe, après avoir expédié une longue dépêche à l'ancien entrepreneur, elle croisa un drowski dans lequel se trouvait une sihouette qui ne lui était pas inconnue. En la situation d'esprit où elle se trouvait, tout incident pouvait être une chose important-tante.

Elle ne put voir la figure du personnage, mais elle resta une minute convaincue qu'elle avait là une connaissance. Néanmoins elle ne songea point à s'arrêter pour vérifier l'exactitude du fait.

Seulement, par un mouvement machinal et bien naturel, qu'elle aurait réprimé à Paris et auquel elle s'abandonna dans cette circonstance, elle se retourna pour voir une dernière fois si elle ne saisirait pas quelque indice grâce auquel elle pût reconnaître le Parisien qu'elle soupçonnait.

Et juste en même temps, l'autre, le Parisien, en faisait autant, se retournait aussi, et ils se reconnurent.

— Perdrigeard ! s'écria-t-elle.

Et en effet, ce passant, qui s'était si bien dissimulé, mais qui n'avait pas eu la force d'âme nécessaire pour rester immobile dans sa voiture, c'était Anatole Perdrigeard lui-même.

Et alors Martha, qui tout à l'heure eût si vivement souhaité de le voir, de lui parler ; Martha, qui se disait qu'un dévouement pareil au sien était loyal et sincère ; Martha qui lui avait pardonné ; Martha fut prise d'une colère folle contre le pauvre bonhomme.

— Il m'a suivie ! s'écria-t-elle ; il a osé me suivre jusqu'ici ! Et me voilà encore persécutée ! Qu'est-il venu faire ? Oh ! je devine maintenant. C'est lui qui m'a écrit les trois lettres et qui se permet de s'occuper de mes affaires comme si je l'y avais autorisé. De quel droit se mêle-t-il à ma vie ? Que va-t-on dire quand on saura que ce magot se cache pour m'imposer une protection qui m'exaspère ! Dieu ! que les hommes sont donc sots et encombrants.

Et pendant que sa voiture la ramenait chez elle, Martha ne cessa pas une seconde d'exhaler sa fureur contre le pauvre Anatole, qui n'était pas fier de son côté. Cependant, si Perdrigeard était un timide, il ne manquait ni de résolution, ni de décision. Dès qu'il se fut aperçu que la Versin l'avait vu, il jugea que le plus sage était de ne pas continuer à ce cacher et qu'il fallait agir à visage découvert.

L'entrepreneur se doutait bien que Martha devait

être dans une colère verte contre lui ; mais il avait des nouvelles graves à lui communiquer et il se résolut à affronter la jeune femme. Si bien que la Versin le trouva sur le seuil de son hôtel quand elle arriva chez elle.

Il courbait humblement la tête, le pauvre Perdrigeard, faisant comme les enfants qui s'attendent à une semonce ou à une tape et qui sont bien résolus à subir l'une ou l'autre parce qu'ils l'ont bien méritée.

Mais il avait été habile en choisissant le lieu de la rencontre. Martha n'osa pas, devant le concierge et les autres garçons qui se tenaient là, faire à Perdrigeard la scène qu'elle préparait depuis vingt minutes.

— Montez, lui dit-elle avec une brusquerie sauvage.

L'entreprenenr s'effaça pour la laisser passer et la suivit dans l'appartement qu'elle occupait. A peine y furent-ils eutrés, que la danseuse, ôtant avec violence une toque en plume qu'elle portait sans cesse, s'alla planter devant Perdrigeard.

— Qui vous a permis, lui dit-elle, de me suivre jusqu'ici ? De quel droit vous embusquez-vous dans ma vie ? Vous êtes un...

— Oh ! pardon, mademoiselle, dit Perdrigeard avec une fermeté qu'on n'aurait pas soupçonnée dans son attitude, j'ai le droit, comme tout le monde, assurément, de venir à Saint-Pétersbourg, et il serait au moins singulier qu'il ne me fût pas permis de voyager parce que j'ai eu l'honneur de vous connaître à Paris.

— Je ne trouverais rien d'étonnant à ce que vous fussiez ici, riposta la Versin, si vous n'aviez cru devoir me compromettre une fois déjà...

— Eh ! mademoiselle, interrompit Perdrigeard, il s'agit bien de vous compromettre ou non. Savez-vous ce qui se passe ?

A cette question, Martha, qui sentait bien que sa

12*

colère était absolument déplacée, Martha garda le silence et interrogea l'entrepreneur du regard.

— Hier, tout semblait concourir pour établir l'innocence de M. Blanchard ; les témoignages étaient unanimes ; la ville entière, que je connais fort bien, car j'ai travaillé ici, la ville entière paraissait on ne peut mieux disposée.

— Et bien?

— Aujourd'hui, tout est changé.

— Comment?

— Aujourd'hui, mademoiselle, les fonctionnaires qui devaient me donner les notes les plus favorables essayent de se dérober.

— Pourquoi ?

— Le sais je? D'abord, il y a cet article perfide qui cherche à établir que Malvezin a été de la part de Blanchard l'objet d'une vengeance.

— Oui, je l'ai lu. Mais cela ne prouve rien. Vingt fois j'ai trouvé dans les journaux des choses semblables qui n'avaient aucune importance, et les magistrats comprendraient étrangement la justice s'il s'arrêtaient à de pareils cancans.

— Comme il vous plaira. Je n'en ai pas moins le regret de vous dire qu'ici les choses ont entièrement changé de face. Pour parler net, vous n'obtiendrez pas les attestations que l'on a sollicitées pour vous à la troisième section.

— Qui a dit cela?

— Moi, et je suis bien renseigné, comme vous avez pu vous en rendre compte par les trois lettres que je vous ai écrites.

— Ah! c'est, vrai, ce devait être vous, dit Martha, qui s'était apaisée et qui commençait à s'avouer que ce grotesque de Perdrigeard, que ce brave cœur valait mieux qu'elle, puisqu'il continuait à la servir, à se dévouer, malgré la façon dont elle le traitait.

Pendant qu'elle le secouait d'importance, lui ne songeait qu'à ses intérêts, qu'à ses affaires à elle. Aussi ne tarda-t-elle pas à se radoucir, et, avec une bonne grâce qui montrait combien sa nature, au fond, était supérieure, elle tendit la main au bonhomme en lui disant :

— Pardonnez-moi, monsieur Perdrigeard, je suis une méchante et vous valez mieux que moi.

— Oh! ne disons pas de bêtises, maintenant, fit l'entrepreneur, si vous me parlez comme ça, je m'en vais.

— Allons! voyons...

— Vous n'aimez pas qu'on vous rende service, je comprends ça, moi je n'aime pas qu'on me dise des choses aimables. Du reste, nous n'avons pas le temps d'échanger d'oiseuses paroles ; la situation est grave, croyez-moi.

— Qu'est-il donc arrivé ?

— Est-ce que je le sais ? Si je m'en doutais seulement, rien ne serait plus facile que de déjouer des manœuvres aussi effrontées.

— Mais, encore une fois, en quoi consistent ces manœuvres et d'où part le danger ?

— Le danger part de Paris, où votre père et vous-même devez avoir des ennemis acharnés.

— Vous êtes fou.

— Vous allez voir comme je suis fou. Hier, tout allait sur des roulettes. Il n'y avait qu'une voix à Pétersbourg pour proclamer l'honorabilité de Blanchard. Cet article arrive, et une volte-face se produit aussitôt.

— Quoi! tous ces gens-là seraient assez sots pour régler leur conduite sur les racontars d'une feuille quelconque ?

— Eh! non ! mais ne voyez-vous pas que la personne qui a fait insérer l'entrefilet si terrible que vous avez lu hier, sait que vous êtes à Pétersbourg ? C'est l'inconvé-

nient de votre célébrité que vous ne puissiez arriver
nulle part sans qu'on l'apprenne à Paris.

— Bon, je n'y puis rien. Ensuite?

— Eh si, vous y pouvez quelque chose, prendre un
nom de guerre, par exemple. Mais enfin le mal est
fait.

— Continuez.

— Si cet ennemi que vous avez là-bas a été assez
puissant pour donner à l'accusation d'assassinat dirigée contre Blanchard, cette tournure dangereuse, il
peut, par le courrier qui a porté ce journal, avoir
écrit à plusieurs personnes qui lui sont dévouées, de
tout faire pour vous empêcher de réussir et de répandre
les bruits les plus infâmes. C'est ce qu'on a fait.

— Comment? que voulez-vous dire? Quels bruits
répand-on?

— D'abord, on trouve que si le crime n'a eu pour
mobile que la vengeance, rien n'est plus plausible, et
on disserte là-dessus en rappelant cent faits plus ou
moins authentiques pour établir que Blanchard était
violent et vindicatif.

— Oh! mon Dieu!

— Les gens qui le connaissaient bien ont beau pro-
tester, ils ne gagnent rien.

Ce sont ceux qui ne l'ont jamais vu que l'on écoute
et que l'on croit.

— Mais c'est infâme!

— Et cela n'est rien encore.

Martha regarda Perdrigeard d'un air étrange. Elle se
demandait si l'ex-terrassier n'avait pas, lui précisément, un intérêt puissant à la tromper. Elle se souvint
des moyens extraordinaires qu'il avait employés pour
pénétrer chez elle et pour capter sa confiance. Elle alla
jusqu'à soupçonner Perdrigeard de connivence avec
le baron dans l'affaire du duel qui aurait été une rencontre pour rire. De Mainz lui semblait bien l'homme
de ces supercheries.

Elle pensait tout cela pendant que l'entrepreneur
parlait. Aussi sa voix prit-elle un accent de dureté particulière quand elle demanda :

— Et que dit-on encore? achevez, je vous écoute.

Elle prononça ces deux derniers mots avec un calme
incroyable et une intention qui ne pouvaient échapper
à son interlocuteur.

— Ce qu'on dit, mademoiselle, riposta Perdrigeard,
en devinant les soupçons qui venaient de naître dans l'esprit de Martha, on dit et on agit. On dit que M. Blanchard n'était pas un si parfait honnête homme que ses
amis et sa fille le voudraient faire croire. Voilà ce qu'on
dit.

— Ceux qui parlent ainsi sont des misérables qui
n'oseraient point me le dire en face.

— Ce qu'on fait, je vais vous l'apprendre :

Il y a de bas officiers généralement connus comme
des joueurs ou des ivrognes; des êtres douteux qu'on
voit dans tous les tripots, se grisant sept fois par semaine. Ils vont partout proclamant l'infamie de Blanchard.

— Oh! c'est trop fort!

— Ils racontent que votre père avait des vices
cachés, qu'il aimait les plaisirs malpropres, l'orgie et
le jeu. Ils disent que Blanchard avait perdu contre eux
et leur devait des sommes considérables dont ils attendent encore le paiement.

— Mais ce n'est pas vrai tout cela, n'est-ce pas?
s'écria la danseuse qui avait momentanément oublié ses
soupçons contre Perdrigeard. Sa poitrine se serrait en
apprenant ce que lui révélait cet homme..... Cet homme
qu'elle soupçonnait si outrageusement quelques minutes
auparavant.

— Et enfin, reprit celui-ci, sans daigner répondre à
cette question pleine d'anxiété, depuis une heure le
bruit se répand, sans qu'on sache qui l'a mis en circu-
lation, que Blanchard a été surpris volant au jeu et

qu'il a été chassé de trois ou quatre réunions de vi-
veurs pour cela.

— Mais il faut crier par-dessus les toits que ce n'est
pas vrai...

— A quoi cela servira-t-il,si les oreilles sont volontai-
rement fermées? Le caissier de votre père a beau se
démener et démentir ces abominations, il ne parvient
pas à étouffer la moitié des calomnies qui naissent sous
ses pas à chaque seconde.

— Alors, il faut remonter aux sources, s'écria Martha, et convaincre de mensonge ceux qui accusent
mon père.

— Vous n'arriverez à rien. Ils ont un argument qu'il
est impossible de réfuter. Quand on leur a prouvé
qu'ils racontent des faussetés avérées, ils vous répon-
dent ceci :

— Pourquoi donc M. Blanchard persiste-t-il à se cacher, puisqu'il est innocent ?

— Mais s'il est en mer ? s'écria Martha.

— Oui, quand on leur dit cela, ils rient effrontément et vous quittent.

Martha, qui n'avait rien perdu de son attitude énergique, regarda Perdrigeard dans les yeux et lui dit :

— Que concluez-vous donc de tout cela?

— Je conclus, répondit l'entrepreneur, que votre
père a un ennemi terrible ; que cet ennemi veut à tout
prix profiter de la situation que lui a faite le meurtre
de Malvezin, pour le perdre, et qu'il emploiera tous les
moyens en son pouvoir pour arriver à ce but. Qui sait
même si ce n'est pas l'assassin lui-même qui a saisi
avec empressement cette occasion de détourner sur
Blanchard les investigations de la police? Il est évident,
en effet, que les bas officiers qui accusent votre père ont
été subornés, gagnés peut-être à prix d'argent.

— Où se cache cet ennemi si dangereux dont vous
parlez?

— Il est évidemment à Paris, et c'est là qu'il faut aller le démasquer le plus tôt que nous pourrons.

— A votre avis, nous n'aurions donc plus rien à faire à Saint-Pétersbourg?

— Pas grand'chose, au moins.

— Eb bien! vous vous trompez, monsieur Perdrigeard; il faut faire une enquête nous-mêmes. Il faut remonter à la source des bruits que vous venez de me rapporter...

— Cela sera difficile.

— ... En découvrir les auteurs, continua la Versin avec animation, et les convaincre de mensonge, de lâcheté, d'infamie.

— Je ne demande pas mieux et je suis prêt à faire tout ce que vous ordonnerez; mais, encore une fois, ce sera difficile.

— Pourquoi? Parce que les personnes que j'interrogerai me répondront: On me l'a dit, et que *on* ce n'est personne? Mais je ne me contenterai pas de cela, et je forcerai bien les gens à parler.

— Je ne demande qu'à vous croire.

— Et enfin vous serez bien assez habile, je pense, pour me découvrir ces bas officiers qui prétendent être les créanciers de mon père.

— Je ferai tout pour cela.

— Les avez-vous vus, entendus?

— Non, on me les a signalés seulement, et je crois que le caissier connaît leur noms, ce qui est l'important.

— Quand vous saurez où ils sont et qui ils sont, vous me les amènerez. Je leur parlerai, moi. Après, nous partirons pour Paris, si vous voulez; nous irons offrir la bataille à cet ennemi que vous avez découvert et auquel je ne crois guère, j'ai le regret de vous le dire en toute sincérité.

Perdrigeard pâlit, mais n'en garda pas moins son

attitude respectueuse. Il leva sur Martha un regard de chien fidèle et dit :

— Vous êtes dure pour un homme qui ne veut que vous servir, mademoiselle. Mais vous me rendrez justice un jour.

— Avez-vous autre chose à me dire ?

— Non, pour le moment. Ah ! pourtant, encore un mot. J'ai lieu de croire que la Nichamoff ne joue pas tout à fait franc jeu avec vous. Je n'ai aucune preuve, à la vérité ; mais elle serait au service de vos ennemis que cela ne m'étonnerait guère.

— Quoi ! vous prétendez ?...

— Je n'accuse pas, mademoiselle, je vous préviens, soyez sur vos gardes. C'est tout ce que je puis vous conseiller.

— Mais enfin, on n'insinue pas une semblable accusation sans l'appuyer sur quelque indice ou quelque révélation.

— Mon Dieu, mademoiselle, c'est encore un bruit qui est en l'air. Il y a des gens qui disent, en parlant de la Nichamoff : Celle-là, Mlle Versin ferait bien de ne pas trop s'y fier.

— Encore une fois, qui dit cela ?

— Tout le monde et personne. Croyez-moi, soyez attentive.

— Merci du bon conseil, je vous attendrai ce soir à six heures, ici, quoi qu'il advienne.

Perdrigeard parti, Martha se rendit aussitôt chez la Nichamoff. Elle était femme à faire tête crânement à l'ennemi. Et si sa camarade la trahissait, elle voulait en avoir le cœur net.

— Que se passe-t-il ? lui demanda la danseuse moscovite, dès qu'elle aperçut la Versin et sur le ton d'une femme inquiète autant que désolée.

— Pourquoi cette question ? interrogea la Parisienne avec un sang-froid qui lui faisait honneur.

— Et ! ma chère, on dirait que tout le monde s'est

donné le mot pour condamner votre père et pour vous
condamner vous-même.

— Depuis quand?

— Depuis ce matin on ne trouve que gens qui racontent mystérieusement des infamies dont M. Blanchard
serait l'auteur, et on ne s'étonne plus qu'il soit introu-
vable ; il a, dit-on, cent bonnes raisons pour se cacher.

— Qui parle ainsi?

— Mais tous ceux qui, hier encore, étaient admirablement disposés en votre faveur.

Martha frappa du pied avec une incroyable violence.

— Ce n'est pas une réponse. Il me faut des noms
propres. Je veux connaître ceux qui calomnient. Je veux
les aller trouver et les mettre en demeure de parler...

— Ils ne voudront pas...

— Ça, c'est mon affaire, mais je compte que vous me
les désignerez ; sinon, je serai forcée d'interpréter votre
silence comme un acte de complicité avec les calomniateurs.

— Eh ! ma chère, quelle mouche vous pique ? répondit la Nichamoff vexée, je vous en citerai vingt ;
prenez les noms : Ugareff, officier de la garde ; Kasimoff, négociant en grains ; Paramine, de la ferme des
eaux-de-vie ; Saint-Martin, le commerçant français de
la perspective...

— Merci, j'en ai assez comme cela. Il faudra bien
que ces messieurs me disent qui leur a révélé tant de
mensonges.

— Vous savez aussi que les dispositions de la troisième section se sont modifiées de tout au tout en
vingt-quatre heures. Le colonel Ivanoff, qui vous a si
bien accueillie l'autre jour, m'a fait savoir que des ordres sont venus de haut pour interdire toute immixtion
de la police russe dans l'affaire Blanchard.

— Cette décision est définitive ?

— Peut-être.

— Eh bien ! soit ! s'écria Martha dans un accès de colère, je ferai seule mon enquête et l'on verra si je sais me défendre.

— Seulement, ajouta la Nichamoff, le colonel, qui, malgré vent et marée, s'intéresse à vous, le colonel m'a priée de vous mettre en garde contre un danger.

— Encore ! Oh ! parlez, un de plus, un de moins, quand on en est entourée, comme je le suis...

— Beaujean, vous savez, le caissier Beaujean ?...

— Oui... Eh bien ?

— Il vous trahit, m'a dit le colonel.

— Quoi ! ce vieux brave homme ?

— Ce vieux brave homme est un fourbe, qui vous engagera dans quelque terrible aventure pour se débarrasser de vous. On le soupçonne...

— Ah ! on soupçonne tant de monde, que je ne sais plus à qui me fier. Mais, au fait, de quoi le soupçonne-t-on ?

— D'avoir un intérêt à ce que votre père ne reparaisse plus à son bureau.

— Qui dit ça ? toujours la troisième section ?

— Toujours.

— Elle est bien extraordinaire, votre troisième section. Mais n'importe. Je cours chez M. Saint-Martin, au revoir.

Au revoir, répondit la Nichamoff, qui trouvait que la Française avait bien vite changé de ton avec elle.

Et pourtant Martha ne croyait véritablement pas à la trahison de la Nichamoff ; mais dans la situation nouvelle où la plaçait la malveillance dont elle se voyait accablée, il n'était pas étonnant que l'étoile française, naturellement si soupçonneuse, eût été refroidie par le propos de Perdrigeard. Et puis, quoi qu'elle en eût, après l'article de la veille et les nouvelles du matin, il lui aurait fallu, certes, une force d'âme surhumaine pour ne pas être troublée par les rapports qu'on lui faisait. Elle était donc restée très-hautaine avec la danseuse russe, et elle n'était pas éloignée d'ajouter foi aux accusations qui concernaient le caissier.

Elle se rendit chez ce Saint-Martin, un négociant français depuis longtemps en relations d'affaires avec Blanchard.

C'était un homme âgé, grave, un peu solennel, qui se croyait important et qui n'était pas fâché de le faire croire aux autres. Grâce à des circonstances heureuses, ce M. Saint-Martin avait fait en douze ans une grosse, très-grosse fortune. Quand on parlait dans la colonie française d'un homme riche et qui méritait l'admiration de ceux qui courtisent l'argent, on disait : Voyez M. Saint-Martin.

De plus, les honneurs étaient venus pour lui à la suite de la fortune, et après s'être cru quelque chose pendant longtemps, il avait fini par se croire quelqu'un. Du reste, personnage à trois mentons, à deux ventres, portant beau et ne s'attendant guère à ce qui allait lui arriver.

Dès qu'elle eut pénétré dans le comptoir du bonhomme, Martha se fit connaître, et avec une précision de langage qui ne laissait rien à désirer, elle arriva droit au fait.

— Monsieur, lui dit-elle d'un air très-peu intimidé, je viens à vous pour que vous me rendiez un grand service.

— Lequel, mademoiselle? dit le marchand d'un air empressé, comme un homme étonné de ne pas en imposer davantage à une actrice.

— Depuis hier, de vilain bruits ont circulé qui portent atteinte à l'honorabilité de M. Blanchard.

— En effet, mademoiselle, j'ai entendu dire...

— Ah! fort bien, monsieur, que disait-on ?

— Mais, mille choses.

— Vous seriez bien aimable de m'en citer une sur ces mille.

— Mon Dieu ! je n'ai rien de bien précis...

— Oh ! monsieur, n'essayez pas de vous dérober.

— Mais, mademoiselle...

— Car ou bien on n'a rien dit, reprit Martha, et c'est vous qui êtes le calomniateur, ou bien vous ne mentez pas, et alors, en refusant de me révéler ce que vous savez, vous vous faites le complice de misérables qui seront très promptement dévoilés ; croyez-le bien.

Le négociant faillit tomber de son haut en entendant un femme de théâtre le traiter, lui, Saint-Martin, avec une pareille vigueur. N'était-ce pas inimaginable ? Mais Martha commençait à lui en imposer et il ne savait comment se tirer de ce mauvais pas.

— Croyez bien, mademoiselle, dit-il, que je suis incapable de porter atteinte à la considération de qui que ce soit.

— J'en suis convaincue, monsieur, répondit la Versin. C'est pour cela que je me suis adressée à vous tout d'abord, parce que j'avais confiance dans votre loyauté. Et j'espère que vous allez courageusement me dire la vérité.

L'adverbe courageusement était de trop. Saint-Martin se dit avec quelque raison que s'il y avait du courage à parler franchement, il devait y avoir aussi du danger. Mais le bon bourgeois crut toujours devoir raconter ce qu'on disait. Ce serait ça de gagné avec une gaillarde qui paraissait si peu disposée à être indulgente et qui s'exprimait avec une si vigoureuse facilité.

— Eh bien ! mademoiselle, dit Saint-Martin d'un air crâne, on affirme dans toute la ville que M. Blanchard avait des dettes énormes, qu'il gâchait beaucoup d'argent avec les femmes de tout âge, et qu'une fois au jeu il ne connaissait plus personne.

Martha eut toutes les peines du monde à se contenir, mais enfin elle parvint à garder une attitude calme, et c'est à peine si sa voix tremblait quand elle dit :

— Qu'entendez-vous par les femmes de tout âge ?

Ceci tendrait à insinuer que mon père était un débauché de la plus honteuse espèce.

— Je n'ai rien dit, moi, mademoiselle, répondit Saint Martin. Vous me priez de vous révéler ce que j'ai entendu dire, et je m'empresse de vous satisfaire.

— Bon, mais vous n'avancez là que des accusations vagues qu'il me serait facile de vous appliquer.

— Comment?

— Qui pourrait m'empêcher de dire que vous avez été aux galères?

— Moi ! s'écria Saint-Martin abasourdi.

— Oui, vous. Et quand tout le monde le répéterait dans Pétersbourg, cela prouverait-il que vous y êtes allé? Non, n'est ce pas? Il faudrait le prouver et, en tout cas, vous établiriez facilement le contraire.

— Certes !

— Vous commenceriez par traîner les calomniateurs devant les tribunaux ; on remonterait aux sources.

— Je crois bien.

— Eh ! Je ne fais autre chose pour mon père. Vous l'accusez, et vous l'accusez bien plus lâchement qu'on ne pourrait le faire pour vous, car quelle que soit la raison de son absence, il ne peut se défendre, il ne peut réduire au silence ses calomniateurs.

Saint-Martin baissait la tête et avait perdu de son air magistral.

— Donc, reprit Martha, je vous demande non pas des accusations générales, il me faut quelque chose de positif.

— Mais je ne sais rien.

— Allons donc !

— Je vous en donne ma parole d'honneur, mademoiselle.

— Alors, pourquoi parlez-vous? pourquoi vous faites-vous le complice de diffamateurs?

— Mais sapristi, je ne me fais, je vous assure, le complice de personne. Après tout, je me moque bien de tous ces cancans.

— Moi, monsieur, je ne m'en moque pas, je ne puis pas m'en moquer. Du reste, il aurait mieux valu tenir votre langue que venir me dire ensuite : Je me moque...

— Pourtant...

— Un homme de votre âge, qui a des prétentions à être sérieux, accuser ses connaissances aussi légèrement !

— Encore une fois, ce n'est pas moi qui ai accusé.

— Qui c'est-il, alors?

— C'est... c'est... Je ne me souviens plus...

— Cherchez, monsieur, cherchez... J'attends...

En prononçant ces derniers mots, Martha le regardait d'un œil flamboyant et fit mine de mettre la main dans sa poche. Saint-Martin songea aux nihilistes, aux explosions, à Vera Sassoulich, à son extermination ; il crut que la chanteuse cachait un révolver et allait le tuer. De deux dangers il choisit le moindre, ou tout au moins le plus éloigné et dit :

— Je ne refuse pas de vous éclairer, mais les renseignements que je vous donnerai ne seront guère précis, car ce que j'ai appris, je l'ai entendu dire dans un cercle par vingt personnes différentes, et il se peut que je commette quelque erreur. Pour vous plaire, il ne faudrait pas non plus que j'accusasse des innocents.

— Nommez les vingt personnes, je saurai choisir.

— Cela m'est impossible, parceque je ne puis me rappeler le nom de tous les gens qui étaient là.

— N'importe, répondez-moi.

— Je vous écoute.

— Où est ce cercle? demanda brusquement la Versin.

— A cinq cents verstes d'ici, rue Michel, 43.

— Il est cinq heures. Y trouverons-nous du monde ?

— Oui, mais en très-petite quantité. Ce soir à dix heures, tous les habitués s'y trouveront en même temps.

— Bien ! je viendrai vous chercher ici ce soir à dix heures précises. Et ne vous dérobez pas. Cela vous coûterait extrêmement cher, je vous en préviens.

Martha, sans attendre une réponse, remonta dans sa voiture et se fit conduire à la troisième section. Le colonel Ivanoff, qu'elle fit demander, la reçut aussitôt.

— Merci, colonel, lui dit-elle, de ne m'avoir pas défendu votre porte. C'est toujours ça.

— Nous prenez-vous pour des Cosaques ? fit le colonel en souriant.

— Non, mais je sais qu'en Russie on sait observer une consigne, et votre consigne est de m'envoyer promener.

— Oh ! mademoiselle.

— La Nichamoff m'a confié votre embarras. On vous interdit de me rendre service.

— Comme attaché à la troisième section, oui, mais comme Ivanoff, si je puis vous être utile... je ne demande pas mieux que de vous prouver ma bonne volonté.

Voulez-vous accepter mes services, là, tout simplement, comme je vous les offre ?

— Je vous répondrai quand je saurai si votre phrase à double tranchant ne cache pas une déclaration d'amour prête à se manifester.

— Non, mademoiselle, il n'y a pas de déclaration d'amour au bout de ma phrase. Ce n'est pas que je sois insensible... mais la Nichamoff m'a dit qui vous étiez : elle m'a conté votre vie, et je serai heureux de vous donner quelque preuve d'estime et d'intérêt.

— Votre parole d'officier.

— Ma parole d'honneur.

— Merci. C'est donc à M. Ivanoff que je m'adresse et je lui demande quels sont les deux officiers subalternes qui se disent les créanciers de mon père pour une forte somme perdue au jeu.

— Il me semble, dit en souriant le colonel, que ce n'est pas précisément à moi, Ivanoff, que vous faites cette question ; mais fort heureusement l'attaché de la troisième section peut répondre sans avoir à redouter de trop se compromettre : l'un se nomme Alexis Titcheff et l'autre Boleslas Polski.

— Ce dernier est Polonais.

— D'origine.

— Ils habitent Saint-Pétersbourg tous les deux?

— Oui, pour le moment ; l'un est dans les dragons de la garde en qualité d'enseigne ; l'autre Polski, est lieutenant d'infanterie à la caserne Constantin.

— Je vous suis reconnaissante. On m'a dit de votre part que Beaujean, le caissier de mon père, me trahissait.

— C'est un avis que j'ai reçu assez mystérieusement, je dois en convenir, mais qui doit être exact.

— Vous n'en êtes pas plus sûr que cela?

— Non, mais la voie par laquelle j'en ai été informé est ordinairement d'une sûreté absolue.

— Encore une fois, merci, colonel, et au revoir.

— N'avez-vous rien de plus à me demander?

— Non, pour le moment, mais je reviendrai probablement demain, car je compte avoir besoin de vous une fois encore.

— Tout entier à votre disposition. Une visite comme la vôtre m'honore et me charme.

On ne pouvait être plus gracieux que le colonel Ivanoff, décidément.

Martha rentra chez elle et dîna.

XVIII

UN AMI

A neuf heures et demie, elle se rendit de nouveau chez Saint-Martin. Le commerçant attendait la chanteuse. Il faisait une assez triste mine, le pauvre homme, et cherchait par quel moyen il pourrait se tirer du mauvais pas dans lequel il s'était engagé. Mais il avait beau creuser sa petite cervelle, il ne parvenait pas à trouver ce moyen triomphant. Martha ne lui laissa pas le temps de se reconnaître et l'enleva pour ainsi dire. Dix minutes après, la jeune femme et son compagnon descendaient de voiture à la porte du cercle, et Saint-Martin introduisait Martha dans un salon où il fit mine de la laisser seule.

— Non, non, dit-elle, ne vous éloignez pas. Je désire ne pas vous perdre de vue.

Cependant il faut que je prie ces messieurs de passer ici...

— C'est inutile, interrompit la Versin. Pour cette besogne difficile, un mougik suffira.

Et, sans attendre une réponse, Martha tira le cordon d'une sonnette. Un domestique apparut qui demanda en français :

— Monsieur a sonné ?

— Oui, répondit la chanteuse, en coupant la parole au négociant. Y a-t-il beaucoup de monde au cercle ?

— Trente personnes à peu près.

— Veuillez m'en nommer quelques-unes s'il vous plaît, mon ami.

— J'ai vu monter M. Sabouloff, M. Irskeff, M. Paramine, le général Ivan Stoff, M. Kasimoff.

— C'est fort bien, mon garçon, priez ces messsieurs,

13*

de la part de Mlle Martha Versin, de vouloir bien lui
accorder un instant d'entretien dans ce salon..

— Oui, mademoiselle, fit le valet en s'inclinant.

Une minute après, les membres du cercle arrivaient
un à un, et avec un certain empressement. Il était aisé
de voir que la plus alléchante curiosité s'était emparée
d'eux. Tous, en effet, avaient quitté une partie intéressante ou une aimable conversation, pour se rendre à
l'invitation de Martha.

— Je vous remercie, messieurs, leur dit-elle, d'avoir
accédé à mon désir, quoique vous trouviez peut-être
étrange la démarche que je fais aujourd'hui. Je ne me
cache pas qu'elle n'est point ordinaire. Elle pourrait, je
l'avoue encore, être taxée même d'effronterie, si je n'a-
vais, pour excuse, le devoir impérieux de défendre mon
père absent contre des accusations affreuses. Que mon
langage ne vous étonne pas trop ; je vous parle comme
si vous me connaissiez, messieurs, parce que si vous ne
m'avez jamais vue, il a été question de M. Blanchard
et de moi-même dans ce cercle : nous sommes donc
presque des connaissances, nous serons peut-être tout à
l'heure des amis.

Il y eut, à la suite de ces paroles, un murmure assez
flatteur qui fut suivi d'un court silence. Martha reprit :

— Monsieur Saint-Martin, voulez-vous être assez bon
pour me présenter ces messieurs ?

Saint-Martin nomma tontes les personnes présentes, parmi lesquelles Martha reconnut deux des
noms que lui avait cités la Nichamoff. Quand le négociant eut fini, Martha se tourna vers Constantin Kasimoff, très-riche marchand de grains, qui venait de lui
être nominativement désigné l'un des derniers, et
lui dit :

— Vous avez à Pétersbourg, monsieur, la réputation
d'un homme d'honneur, et vous êtes assez riche pour
avoir le courage d'être indépendant, pouvez-vous me
dire quelles sont les personnes qui ont prétendu que

mon père avait tous les vices et qu'il jouait gros
jeu?

— Pourquoi, mademoiselle, vous adressez-vous plutôt à moi qu'à un autre ?

— Parce que, plus qu'un autre, vous vous êtes fait
le propagateur de ces calomnies. Peut-être n'y atta-
chiez-vous pas grande importance, mais vous voyez que
vous aviez tort.

— Ce dont vous parlez, mademoiselle, répondit Kasimoff, a été raconté ici même, dans la conversation, à
diverses reprises, et comme tout le monde y prenait part,
il me serait assez difficile de dire qui de nous a porté la
nouvelle. Cependant, je crois que Nicolas Paramine en a
parlé un des premiers.

— M. Nicolas Paramine ?

— C'est moi, mademoiselle.

— Où avez-vous appris les nouvelles dont je recherche
l'origine ?

— Chez un officier de mes amis. Serge Ugareff, où
j'ai tout entendu raconter en détail par un Français,
assez connu à Saint-Pétersbourg, M. Perdrigeard.

— Perdrigeard! s'écria la jeune femme stupéfaite,
quel Perdrigeard?

— Le seul Perdrigeard que l'on connaisse à Saint-
Pétersbourg, un entrepreneur de terrassement qui a
beaucoup travaillé au chemin de fer de Kiew.

— Connaissez-vous son prénom ?

— Oui, attendez. Il s'appelle Anatole, je crois, un
drôle de nom, à ce qu'il dit :

— Mais, interrompit Martha, ce Perdrigeard habite-
t-il Pétersbourg ?

— Non, mademoiselle. Je crois qu'il habite Paris, et
il n'est arrivé ici que voilà sept à huit jours, dix peut-
être.

— Et vous dites que c'est M. Perdrigeard qui a répandu sur mon père les bruits étranges qui circulent
depuis avant-hier?

— C'est lui, lui seul, et une danseuse appelée Nichamoff. Il est vrai que, pour cette dernière, je ne puis
rien garantir, n'ayant pas été ténoin auriculaire de ce
qu'elle raconte !

Martha resta quelques instants abasourdie. Perdrigeard ! un ennemi ! La Nichamoff ne l'ayant bien accueillie que pour mieux la trahir ! Elle regarda Nicolas
Paramine avec une fixité qui faillit troubler celui-ci,
tant il y avait d'acuité dans le regard de la chanteuse.

— Vous êtes bien sûr de ce que vous avancez, monsieur ? demanda-t-elle avec une lenteur voulue.

— J'ai eu l'honneur de vous dire que j'ai entendu de
mes oreilles raconter les détails dont vous nous entrete-
nez.

— Par M. Anatole Perdrigeard ?

— Oui, mademoiselle.

— Et l'on vous a dit aussi que Mlle Nichamoff répandait les même bruits ?

— On me l'a dit, en effet.

Martha n'en revenait pas. Malgré son énergie, elle
crut un moment qu'elle ne serait pas maîtresse de ses
nerfs ; mais elle fit un effort violent et retrouva sa liberté d'esprit.

— Messieurs, dit-elle, je vous remercie. Monsieur Paramine, je vous suis particulièrement reconnaissante. Vous
venez tous de me rendre un service éminent. Je ne crois
pas encore, quoi qu'on dise, je ne crois pas que M. Blanchard soit un joueur effréné ni un homme dont on puisse
soupçonner l'honnêteté. Mais je veux faire une enquête,
et je vous serais véritablement obligée de me dire où et
à quelle heure je pourrai trouver MM. Titcheff et Polski.
Ne le savez vous pas, monsieur Paramine?

— Titcheff est en ce moment à Tsarskoë-Selo pour son
service, répondit Paramine, mais je me charge de lui
faire savoir que vous désirez l'entretenir. Et si vous le
désirez, je l'amènerai ici demain soir à dix heures.

— Merci. Pouvez-vous en faire autant pour M. Polski ?

— Non. Je ne le connais pas, mais je pourrais prier M. Ugareff de l'avertir.

— Et il viendrait également ici ?

— Je crois qu'il n'y aura aucun inconvénient.

— Encore une fois merci, messieurs, et à demain.

Martha salua d'un air grave et sans permettre que Saint-Martin la reconduisît, rentra chez elle. Dès qu'elle se trouva dans sa chambre d'hôtel, elle fut prise d'un accès de colère folle.

— Perdrigeard ! ce misérable ! la Nichamoff ! cette drôlesse ! et Beaujean lui-même ! ce polisson ! Ils me trompent tous les trois d'une manière infâme, ce trio s'est moqué de moi si cruellement que je voudrais pouvoir les broyer ensemble Ai-je été assez confiante, assez sotte, assez ridicule ! A-t-on dû rire de moi partout où je me suis présentée, dans ma naïveté, pour faire mon enquête comme je le disais ! Et mon père ! que croire ? Est-il vraiment l'homme loyal et pur que je me figure ? Seuls Beaujean, la Nichamoff et Perdrigeard m'en disaient du bien, et ils mentaient peut-être.

Mais aussi, reprit-elle avec violence, c'est bien fait. Pourquoi me suis-je fiée au premier venu ? Pourquoi ai-je cru à la bonne volonté, au dévouement désintéressé d'un gros homme qui s'est imposé à moi par surprise ?

— Ah ! si je le tenais, si je l'avais là, devant moi, comme je le traiterais, comme je le l'insulterais, comme je le punirais de sa lâcheté, de sa trahison.

Elle prononçait ces derniers mots quand la femme de chambre, entr'ouvrant la porte, lui dit :

— M. Perdrigeard fait demander à madame si elle peut le recevoir. Il ajoute qu'il y a urgence.

Il était fort tard comme on pense, puisque Martha n'avait quitté le cercle qu'à onze heures passées ; mais elle n'hésita pas.

— M. Perdrigeard fait demander cela ? s'écria la Versin au comble de la fureur. Je crois bien que je peux le recevoir et tout de suite. Faites-le entrer.

Anatole Perdrigeard, qui avait sans doute le renseignement auquel Martha paraissait attacher un si grand
prix, se présenta comme un homme que l'on va remercier
et chaudement. Mais à peine avait-il franchi le seuil que
Martha venant vers lui prit le bras et le traitant avec
la dernière violence lui jeta au visage les épithètes de
traître et de lâche.

— Espérez-vous encore m'en imposer par votre hypo-
crisie et vos mensonges ? lui dit-elle sans aucun ménagement. Mais vous êtes démasqué, Judas, et vous allez
sortir de chez moi, d'où je vous chasse honteusement,
misérable qui vous êtes introduit auprès d'une pauvre
femme accablée par d'horribles malheurs et qui avez
profité de cela pour lui voler sa confiance.

Anatole Perdrigeard, sa large bouche ouverte jusqu'aux oreilles, ses petits yeux écarquillés, restait en
face de la danseuse, l'air ahuri, les bras ballants,
essayant vainement de comprendre et ne trouvant positivement rien à opposer à un accueil aussi inattendu.

Lui qui se mettait littéralement en quatre, qui se mul-
tipliait avec un incroyable empressement et un dévouement sans borne, voilà comme on le traitait. On l'appelait lâche et misérable !

— Mais quel intérêt infernal avez-vous donc à être si
abominablement cruel et pervers ? reprit la chanteuse.
Ah ! je devine. Votre intérêt, c'est d'empêcher mon
père de reparaître, ou s'il reparaît, qu'il soit écrasé par
vos diffamations. L'ennemi dont vous osiez me parler
ce matin, — par un comble d'audace, — l'ennemi que
je dois redouter, qui sème autour de moi les dangers
et les embûches, cet ennemi, c'est vous. Et comme vous
avez probablement achevé ici l'œuvre diabolique dont
vous comptez que mon père et moi, nous serons les
victimes, il vous tarde de me ramener à Paris. Mais je
ne me laisserai pas faire. Vous êtes le mensonge incarné.
Je ne vous crois plus. Vous avez toujours menti depuis
que je vous connais. Tout dans votre conduite a été

tromperie, y compris ce fameux duel. Vous vous êtes joliment bien entendu avec ce baron de contrebande pour me faire accepter une protection délicate et discrète. Et j'ai failli croire à tout cela. Mais j'y pense, votre baron est Russe aussi. Il doit être votre associé dans cette aventure.

Décidément une pareille colère chez Martha était invraisemblable. Il est impossible qu'on s'emporte à ce point contre un honnête homme, sans être légèrement atteint d'aliénation mentale. L'ex-entrepreneur finit par sourire. Perdrigeard était un singulier tempérament. Quand une femme, et principalement Martha, lui disait des choses aimables, il ne savait pas les entendre, et son premier mouvement était de se fâcher. Volontiers même il perdait la tête. Mais quand cette même femme le traitait avec la dernière dureté, quand elle l'accusait de félonie, il ne perdait pas une parcelle de son sang-froid. Au contraire, il semblait que cela lui donnât une plus grande dignité, une conscience plus sûre de sa propre valeur. Il attendit donc que Martha eut terminé sa philippique.

— Il est clair, dit-il alors avec le calme le plus extraordinaire qu'on a raconté des choses énormes sur mon compte à Mlle Versin.

— Je vous ai prié de sortir. Sortez ! criait Martha hors d'elle-même.

— Je regrette de ne pas vous obéir, parce que si je sortais selon votre volonté, vous en auriez demain un remords éternel.

— Impudent coquin !

— Insultez-moi, mais écoutez-moi, reprit tranquillement Perdrigeard, ne se doutant probablement pas qu'il rééditait, sans y mettre de prétention, le fameux mot de Thémistocle : Frappe, mais écoute.

— Connaissez-vous Nicolas Paramine, demanda la Versin avec explosion, croyant que Perdrigeard allait se taire, confondu ?

Au grand étonnement de Martha, son interlocuteur
ne changea pas de visage, ne baissa pas les yeux.

— Non, mademoiselle, répondit-il tranquillement.

— Eh bien ! il vous connaît, lui. Je gage que vous ne
voudrez pas connaître davantange Serge Ugareff.

— En effet, mademoiselle, pas davantage, répondit
doucement le terrassier, et je défie Serge Ugareff de
prouver qu'il me connaît.

— Oui, je sais, continua la danseuse, vous êtes un
homme habile en artifice, un admirable artisan de trahison. Mais vous êtes démasqué, je vous méprise, je
vous hais, je vous trouve infâme. Sortez, encore une
fois sortez, mais sortez donc !

Elle se leva menaçante et s'avança vers Perdrigeard
en cherchant de tous côtés quelque houssine avec laquelle
elle pût lui cingler la face. La malheureuse était arrivée
au comble de la furie. Ses nerfs surexcités depuis un
mois se détendaient ainsi. Une autre aurait pleuré ou
serait tombée en convulsions. Martha, elle, stigmatisait
le pauvre Perdrigeard qui n'en pouvait mais, et qui se
creusait en vain la tête pour s'expliquer un tel accueil.
A la fin, la chanteuse le prit brutalement par le bras,
le fit tourner avec une force nerveuse extraordinaire et
le poussa dehors.

L'entrepreneur comprit qu'il n'y avait rien à espérer,
sans doute, car il fit avec les deux bras un geste de découragement. Le front rouge de honte, il s'inclina devant la Versin et sortit.

Martha, restée seule, ne s'apaisa pas tout de suite ;
sa colère s'exaspéra, au contraire, quand elle songea de
nouveau à l'abominable isolement dans lequel on venait
de la mettre.

Ah ! si la Nichamoff ou le caissier Beaujean se fussent
présentés chez elle en ce moment, ils eussent été reçus
avec une vigueur dont ni l'un ni l'autre ne croyait Martha capable, malgré sa réputation de fermeté. Fort

heureusement ils dormaient de bon cœur tous les deux
à cette heure-là.

— Ainsi donc, déclamait la Versin en se promenant
à grands pas dans son petit salon d'hôtel, ainsi tous ces
gens-là étaient des espions et des traîtres ! La Nichamoff m'arrachait mes secrets, pour les vendre sans
doute ; le caissier à l'air dévoué me demandait ce que
je comptais faire pour contrecarrer mes projets et s'ap-
proprier l'argent confié à sa garde.

Enfin, il n'y a pas jusqu'à ce Perdrigeard, qui a si
habilement joué la comédie pour se glisser comme un
serpent dans ma confiance qui est aussi un espion et
un traître. Tout le monde m'abandonne ou me combat.
On espère, sans doute, en agissant ainsi, me forcer à
repartir et à discontinuer la lutte. Ah! l'on me connaît
mal. Je suis effrayée, c'est vrai, de tant de perverses
menées qui s'agitent autour de moi ; mais je ne suis
pas découragée, on pourra s'en apercevoir bientôt.

Elle tournait dans son salon comme une lionne en
cage, gesticulant et parlant à haute voix, tendant parfois un bras menaçant vers un ennemi qu'elle voyait
devant elle, ou s'avançant plus vite, avec une audace
sincère, vers un danger qu'elle croyait distinguer
en face. Il était deux heures du matin quand elle
acheva sa dernière philippique.

— Seule ! je suis seule! plus isolée que le jour où je
suis arrivée à Pétersbourg, et tout ce que j'ai fait depuis
ce moment n'a servi à rien, à rien. Il faut tout recommencer, avec l'inquiétude et la méfiance en plus. Je
suis damnée.

Il y avait trois heures qu'elle parlait et qu'elle marchait. Epuisée, elle tomba dans un fauteuil et se prit la
tête dans les mains en pleurant à la fin. Et peu à peu,
bien lentement, le calme revint dans son esprit. Elle
songea bientôt sans trop de révolte à ce qui lui était
arrivé. Un nouveau plan se forma sans trop de recher-

ches dans sa tête et elle finit par se coucher pour dormir quelques heures d'un lourd sommeil.

Le lendemain, elle se confina dans son appartement, donnant l'ordre de ne recevoir absolument personne, sauf le colonel Ivanoff s'il se présentait, ce qui était fort improbable, et elle attendit impatiemment le soir. Elle devait, on s'en souvient, avoir une entrevue au cercle avec Titcheff et Polski.

Perdrigeard, lui, s'en était allé, absolument navré, ne comprenant rien à ce qui lui arrivait. Mais c'était un philosophe que l'ex-terrassier. Il pensa que la Versin avait ses nerfs et que le lendemain elle serait probablement plus traitable.

Il revint donc le lendemain, mais on lui répondit que Martha était absente on qu'elle ne recevait personne. Toujours est-il qu'on l'éconduisit, et cette fois ce fut avec un réel chagrin qu'il se retira.

Il avait adroitement manœuvré, lui aussi, la veille, et il savait également les noms des officiers qui se prétendaient créanciers de jeu de Blanchard. Il savait bien d'autres choses. Et puis, il voulait mettre en garde Martha contre la Nichamoff et contre Beaujean.

Car si la danseuse russe croyait à la perfidie du caissier et de Perdigeard, si Beaujean de son côté se défiait de Perdrigeard et de la Nichamoff, on était parvenu également à prouver au terrassier qu'il fallait être on ne peut plus prudent, sinon tout à fait en méfiance envers l'étoile de Saint-Pétersbourg et le caissier Beaujean.

Comme on le voit, ceux qui menaient cette intrigue étaient des gens fort habiles.

Ils savaient bien que la Nichamoff, comme le caissier, comme l'ancien entrepreneur, se justifiraient des soupçons qu'on faisait planer sur eux. Mais faire croire à la Versin qu'elle était entourée d'embûches et de traîtres constituait une manœuvre très-adroite, puisqu'on parvenait ainsi, grâce à son tempérament exces-

sif, à la brouiller en quelques heures avec tous
ceux qui la soutenaient, avec tous ceux qui l'ai-
maient.

Perdrigeard voulait donc s'entendre avec Martha
pour démasquer tout ce monde, et la mauvaise humeur
de la danseuse pouvait être cause d'un retard on
ne peut plus fâcheux. Ce brave garçon néanmoins
ne perdit pas entièrement courage et après quelques
instants consacrés à regretter l'attitude déplorable
de Mlle Versin, il résolut d'opérer tout seul contre les
calomniateurs de Blanchard. Etant parvenu à savoir
que Titcheff et Polski devaient se rendre au cercle
à dix heures, il dressa aussitôt ses batteries, et, grâce
à quelques amis qu'il avait à Pétersbourg, il fut en
mesure d'agir comme il l'espérait.

Donc, le soir même, vers neuf heures et demie, il se
présenta au cercle et s'informa si les deux bas-officiers
étaient arrivés. On lui répondit affirmativement. Alors
il sortit et revint quelques instants après, accompagné
d'un homme entre deux âges, et, aussitôt introduit
dans le salon, il pria qu'on prévînt Titcheff et Polski,
que deux messieurs désiraient leur parler.

Et comme le domestique chargé de cette commission
allait s'éloigner pour la remplir, Perdrigeard lui fit un
signe, l'attira dans un coin et lui dit :

-- Voici cent roubles qui t'appartiendront tout à
l'heure, si tu veux me rendre un petit service.

— Avec plaisir, petit père, répondit le moujick.

— Quand tu auras averti ces messieurs qu'on désire les
entretenir, tu ajouteras, soit en les accompagnant, soit
à un autre moment, mais de façon à n'être entendu
que d'eux seuls, tu ajouteras les paroles suivantes :

« Je crois que c'est M. Blanchard et un de ses amis, »
Comprends-tu ?

— Oui, monsieur, oui, je comprends.

— Retiendras-tu ces quelques mots ?

— Je crois bien.

— Répète, alors.

— Je crois bien que c'est M. Blanchard et un de ses amis.

— Bon. Alors, ils seront étonnés et demanderont peut-être si ce Blanchard est celui que l'on recherche comme assassin.

— Comme assassin ? demanda le pauvre diable terrifié.

— Oui, mon ami.

— Oh ! fit le moujick :

— Allons, bon ! voilà que tu as peur. Mais rassure-toi, Blanchard n'a tué personne, et il est aussi peu coupable que toi-même.

— Ah ! fit le brave homme avec un soupir de satisfaction.

— Donc, s'ils t'adressent la question que je viens de prévoir, tu répondras simplement : Oui, petit père.

— Et il y aura cent roubles pour ça ? demanda le garçon qui trouvait qu'empocher tant d'argent pour un travail si facile et d'une si courte durée, c'était véritablement tromper sur la quantité de la marchandise vendue.

Mais Perdrigeard n'avait pas eu le temps de calculer s'il payait trop ou pas assez.

— Oui, dit-il. En voici d'abord cinquante. Tu toucheras les autres quand nous aurons la preuve de ton obéissance.

Le moujick empocha les cinquante roubles et alla chercher les deux officiers. Ceux-ci ne tardèrent pas à descendre au salon où les attendaient Perdrigeard et son compagnon.

Le garçon qui les suivait riait dans sa barbe, à l'idée qu'il avait déjà une forte somme dans sa poche et qu'il allait en toucher autant pour une besogne bien facile. A la façon dont ils entrèrent, à l'acuité des regards qu'ils jetèrent du côté de Perdrigeard, ce dernier crut que le moujick avait tenu à gagner honnêtement ses

cent roubles. Titcheff et Polski ne connaissaient pas
Perdrigeard, mais on leur avait évidemment parlé de
l'entrepreneur et on le leur avait dépeint, car ils n'hésitèrent pas une seconde.

Une fois en face de ceux qui sollicitaient d'eux un entretien, ils s'écrièrent avec un étonnement parfaitement joué et un ensemble non moins admirable :

— Monsieur Blanchard, cher monsieur Blanchard !

— Eh ! oui, messieurs, dit Perdrigeard en montrant
son ami, M. Blanchard lui-même, arrivé aujourd'hui
même par mer.

L'entrepreneur était ravi. Quant aux officiers, leur
embarras se manifestait par une attitude inquiète et
quelque peu nerveuse. Ils se demandaient évidemment
quelle conduite ils allaient tenir devant ce Blanchard
si brusquement retrouvé. Oseraient-ils soutenir qu'ils
avaient joué contre lui et gagné des sommes énormes,
ou prendraient-ils un autre moyen de se tirer d'affaire ?

Il faut avouer que le cas était tout à fait embarrassant ; car le lecteur a évidemment compris que Blanchard ne devait pas un centime à ces deux avan-
turiers.

Parmi les moyens qu'ils cherchaient, il y en avait un
qui pouvait leur venir à l'esprit : déclarer que ce n'était
pas ce Blanchard-là qui leur devait ; mais ils n'y son-
gèrent pas, et comme il arrive souvent à des brigands
surpris en flagrant délit de mensonge, ils résolurent de
persister dans l'affirmative et de continuer à soutenir
per fas et nefas, c'est-à-dire à tout prix, qu'ils étaient
les créanciers de Blanchard.

La conversation n'était pas encore engagée, que déjà
ces misérables étaient tombés dans le traquenard tendu
par l'ancien entrepreneur.

— Messieurs, dit Blanchard avec un grand calme, je
n'ai pas besoin de vous demander si vous me reconnaissez, puisque votre premier mot a été mon nom.

— Nous vous reconnaissons parfaitement, en effet, répondit Polski.

— Fort bien. On me dit que j'ai joué contre vous des sommes énormes et que je les ai perdues.

— Oui, dit Titcheff avec un phénoménal sang-froid, dans un souper à l'hôtel Demouth, en compagnie de mon estimable ami Polski et de quelques autres joyeux compagnons : vous me devez quarante-deux mille roubles argent que je vous ai gagnés le 28 juin dernier.

— Vous en êtes sûr ? demanda Blanchard. Ne vous offensez pas de ma question. Il m'arrive quelquefois de me griser et pour perdre une somme de cette importance, il fallait que je fusse ivre.

— Est-ce que vous voudriez, s'écria Titcheff, exciper de cet état d'ébriété pour vous soustraire au paiement de vos dettes ?

— Je ne veux exciper de rien du tout, répliqua Blanchard, je constate un fait, voilà tout.

Polski et Titcheff étaient aux anges. Leur audace réussissait au delà de toute espérance. Blanchard lui-même, déclarant qu'il était gris quand il avait perdu, ces messieurs n'avaient plus aucun ménagement à garder et pouvaient soutenir, fort et ferme, qu'il fallait, avant tout, les payer.

Cependant Perdrigeard intervint :

— Encore une fois, messieurs, dit-il, nous nous adressons à votre loyauté. Vous affirmez que mon ami Blanchard a joué avec vous et a perdu quarante-deux mille roubles d'un côté.... et de l'autre ?

Du regard l'entrepreneur interrogeait Polski. Celui-ci n'avait pas toute l'assurance de son compagnon, mais il était tout de même lancé et rien ne pouvait l'arrêter. Ils pensaient, tous les deux, que lorsqu'un homme commence à mentir, il commettrait une sottise de ne pas mentir jusqu'à la dernière extrémité, le pied sur les marches de l'échafaud, la tête sur le billot.

Et d'ailleurs, Blanchard était dans une fausse position. Un homme accusé d'assassinat, peut bien être
accusé de mille autres choses et surtout de dettes de
jeu. Quel est celui de nous qui ne se laisserait pas per-
suader qu'un assassin est à fortiori capable de jouer et
de perdre même l'argent qu'il n'a pas, qu'il ne peut pas
avoir?

Polski se dit tout cela et répondit avec le plus imper-
turbable aplomb du monde, comme un homme qui ne
risque pas d'être démenti :

— Moi, je n'ai gagné que dix-neuf mille cinq cents
roubles.

— Fort bien. Je vous sais gré de votre modération,
fit Perdrigeard. Elle est la preuve que vous êtes honnête, car rien ne vous empêchait, n'est-ce pas, de réclamer cent mille roubles, puisque M. Blanchard
ignorait ce qu'il faisait quand il a joué et perdu.

Les deux bas-officiers russes sentirent bien l'acuité
des paroles de Perdrigeard, qui leur disait à mots très-
clairs qu'ils avaient pu tromper leur adversaire, mais ils
étaient trop avancés pour faire le moindre pas en
arrière. Ils gardèrent le silence et attendirent.

— Tout cela est bien entendu, reprit Blanchard, et
vous me reconnaissez pour celui qui a fait avec vous
une partie ?....

Nous vous l'avons déjà dit trois fois, répondit Titcheff
qui devenait insolent et qui le prenait sur un ton de créancier fort impatient, nous vous l'avons dit trois fois et
vous êtes bien long à nous reconnaître. Nous avions cru
jouer avec un homme d'honneur. Est-ce que nous nous
serions trompés?

Ils appelaient homme d'honneur un individu qu'ils
croyaient être un assassin.

— Je vais vous payer, messieurs, reprit Blanchard
avec une véritable mélancolie, mais retenez bien ceci :
Je suis forcé de me cacher à cause du crime dont on

m'accuse en France et que, bien entendu, je n'ai pas commis.

Il y avait une effronterie assez bien jouée dans ces derniers mots qu'accompagnait un sourire méchant.

— Vous me croyez innocent, je suppose.

— Comment donc ! fit Titcheff d'un air dégagé, en homme qui n'a qu'une préoccupation, toucher la somme qu'il attend.

— Car, continua Blanchard, vous avez trop d'honneur pour accepter de l'argent qui proviendrait d'un crime.

— Certainement, certainement.

— Je vous dis tout cela, messieurs, pour que plus tard, vous puissiez le répéter au besoin.

— Devant des magistrats ?

— Pourquoi pas ?

— Mais nous n'hésiterons pas à déclarer que vous nous parlez ainsi, rien de plus.

— C'est parfaitement comme ça que je l'entends.

— En ce cas, vous pouvez compter sur nous, fit Polski.

— Et finissons, ajouta Titcheff de plus en plus désireux de voir les fameux roubles, sur lesquels il ne comptait certainement pas vingt minutes auparavant.

— Seulement, ajouta Perdrigeard, monsieur voudrait vous payer devant témoins pour que, plus tard, il ne soit pas inquiété lorsqu'il pourra reparaître dans le monde.

— Qu'à cela ne tienne.

— Du reste, il est de notoriété publique, vous ne l'ignorez pas, que Blanchard vous doit ; nous jugeons qu'il faut vous payer devant des personnes qui puissent l'attester au besoin.

— Comme il vous plaira, dit Polski, laissant voir

dans ses yeux et dans les mouvements nerveux de ses lèvres combien il lui tardait d'en avoir fini.

— En ce cas, dit Blanchard, nous allons prendre pour témoins MM. Kasoff, Paswitz, Kaïleff et Paleïeff qui doivent être au cercle.

Les deux officiers acceptèrent. On fit demander les personnes ci-dessus désignées, et elles descendirent aussitôt. Pas une d'elles n'avait connu personnellement Blanchard, l'entrepreneur le savait. D'autre part, elles étaient toutes Russes. Titcheff et Polski s'en réjouissaient, parce qu'au besoin elles devaient prendre le parti de leurs compatriotes.

Dès que ces messieurs furent assis, Perdrigeard prit la parole.

— Nous vous avons fait prier de descendre, messieurs, pour assister à un petit règlement de compte entre M. Blanchard que voici et ces messieurs qui lui ont gagné environ cinquante-neuf mille roubles argent. Cette somme va être payée devant vous, ce dont vous témoignerez au besoin.

MM. Kasoff, Paleïeff et les deux autres s'inclinèrent. Ils n'avaient laissé voir aucun étonnement au nom de Blanchard. Depuis un grand quart d'heure tout le cercle connaissait la présence du négociant, grâce à l'indiscrétion du moujick acheté par l'entrepreneur. Eh quand on avait fait demander ces messieurs, c'est avec un empressement plein de curiosité qu'ils avaient déféré au désir témoigné par Perdrigeard.

Blanchard tira de sa poche un volumineux portefeuille et dit en s'adressant à ses prétendus créanciers :

— Vous déclarez devant les honorables personnes qui nous écoutent, vous déclarez que je suis bien M. Blanchard, votre débiteur...

— Oui, répondirent en même temps Titcheff et Polski.

— Que vous me reconnaissez parfaitement. Et que je

14

suis la même personne que le Blanchard poursuivi par
le parquet de la Seine pour crime d'assassinat suivi de
vol.

C'est ici que Perdrigeard et son compagnon attendaient les deux officiers : s'ils hésitaient, ou s'ils décla-
raient que ce n'était pas le même Blanchard, les quatre
témoins en prenaient note et l'aveu était d'une importance capitale pour le père de Martha.

Une lettre de rectification adressée au journal qui
avait insinué les infamies que l'on sait et signée par les
témoins devait avoir un poids extraordinaire. Mais
Titcheff et Polski n'hésitèrent pas.

— Oui, répondirent-ils en même temps.

— Et qu'enfin vous m'avez gagné, à vous deux, cinquante-neuf mille cinq cents roubles.

— Oui, oui, finissons-en, dit Titcheff, avec un mouvement de colère.

— Eh ! bien, messieurs, s'écria alors le compagnon
de Perdrigeard, d'une voix tonnante, vous êtes d'infâmes voleurs et je ne suis pas...

Il fut interrompu par un bruit qui se faisait à la
porte du salon.

— Oh ! admirable, fit Perdrigeard enchanté.

C'était Martha qui arrivait pour le rendez-vous
qu'elle avait assigné aux deux créanciers de son père.
A peine avait-elle paru à la porte du cercle, que le concierge lui apprit la présence de Blanchard. Elle ne pouvait pas se présenter dans des conditions plus favorables aux desseins de Perdrigeard.

— Mon père ! où est mon père ? s'écria-t-elle d'une
voix étranglée par l'émotion.

Et la malheureuse s'élança vers la porte du salon
qu'on lui désignait, l'ouvrit avec violence et entra.

Elle vit le groupe d'hommes qui se tenaient là et courut à eux pour y découvrir Blanchard. Elle alla de l'un
à l'autre, les dévisageant en hâte, cherchant toujours
celui pour qui elle avait un culte. Un silence profond

régnait dans la vaste pièce. On n'y entendait que les frôlements de sa robe de soie qui criait tristement quand, dans sa marche fébrile, elle allait et venait regardant tous ces inconnus.

— On m'a trompée! Pourquoi m'a-t-on trompée? dit-elle enfin avec cette véhémence qui lui était ordinaire. On m'a dit que mon père était ici. Quel intérêt?...

Titcheff et Polski devenaient pâles comme des morts. Ils regardaient autour d'eux avec effarement, cherchant par quelle issue ils pouvaient s'échapper. Deux renards pris au piège.

— Je vous demande pardon, mademoiselle, dit alors Perdrigeard sur le ton le plus solennel, mais il était nécessaire de convaincre de mon innocence une personne qui devrait pourtant se défier des calomniateurs et ne pas ajouter foi aux propos que peut tenir le premier venu.

— Que prétendez-vous ?

— Et il importait aussi de confondre deux voleurs fieffés qui ne peuvent plus maintenant soutenir leurs mensonges.

Perdrigeard ne pouvait s'empêcher d'avoir un petit air triomphant qui lui donnait la physionomie la plus cocasse du monde.

— Que signifie? commença Titcheff toujours arrogant.

Le drôle persistait à vouloir se sauver en payant d'audace quand même. Polski, moins effronté, baissait les yeux et ne demandait qu'à se sauver du guêpier dans lequel il s'était si imprudemment fourré.

— Cela signifie, riposta Perdrigeard, que l'homme que vous avez reconnu pour Blanchard n'est pas Blanchard.

— Allons donc ! osa dire le lieutenant.

— Il est facile de le prouver ; qu'on fasse descendre M. Saint-Martin.

Les deux officiers voulurent alors se soustraire aux explications qui les attendaient, mais Perdrigeard, qui était un homme solide, en retint un et l'autre fut arrêté par le faux Blanchard.

Saint-Martin descendit en toute hâte. Naturellement, il déclara qu'aucune des personnes présentes n'était Blanchard.

— Et pourtant, dit alors l'entrepreneur, ces deux officiers ont reconnu dans monsieur le Blanchard auquel ils ont gagné tant d'argent, ils l'ont reconnu hautement devant quatre témoins que voici ; ils lui ont réclamé des sommes que jamais personne ne leur a dues. Ces deux officiers sont donc des chevaliers d'industrie, des voleurs, de simples voleurs.

— Ah ! permettez, s'écria Titcheff, qui ne se croyait pas encore battu, permettez. Si ce n'est pas M. Blanchard qui nous doit, c'est assurément monsieur, car c'est lui qui a joué avec nous et nous l'avons bien reconnu.

— Vous mentez toujours, riposta de nouveau Perdrigeard. Monsieur est arrivé aujourd'hui à Pétersbourg, et il n'y est jamais venu auparavant. Vous ne l'avez jamais vu et il ne s'est jamais enivré.

Titcheff et Polski, livides, se taisaient. Tous les acteurs de cette scène, auxquels s'étaient mêlés beaucoup de membres du cercle, se regardaient sans trop comprendre. Il était nécessaire d'expliquer cette situation et de dire comment elle avait été amenée. Perdrigard reprit la parole :

— Messieurs, dit-il, depuis trois jours, les bruits les plus infâmes ont couru sur l'honorable M. Blanchard, qui est un parfait honnête homme, malgré ce qu'on écrit, malgré ce qu'on dit, et quelqu'un a eu le pouvoir d'indisposer contre lui, en vingt-quatre heures, l'opinion publique qui lui était favorable.

Je savais que les bruits répandus dans Pétersbourg étaient calomnieux ; mais il fallait le prouver, et pour cela nous avons dû jouer la petite comédie dont vous venez de voir le dénoûment.

Persuadé que M M. Titcheff et Polski étaient soudoyés

pour diffamer M. Blanchard, je me suis arrangé pour conduire ici monsieur, qui n'est jamais venu en Russie et
qui s'appelle Giraud. Je leur ai fait croire adroitement
que c'était M. Blanchard, comme pourra le dire ce
moujick, et ainsi prévenus, ils n'ont pas hésité à reconnaître un homme qu'ils n'avaient jamais vu.

Voilà, messieurs, la petite ruse que j'ai employée.

Elle a réussi au delà de toutes mes espérances. M. Titcheff et M. Polski sont des larrons qui allaient toucher
sans remords une somme qu'on ne leur doit pas. Ils
n'ont jamais vu M. Blanchard, ils ne le connaissent pas.
Cela est vrai, n'est-ce pas, messieurs, et vous en êtes
persuadés ?

— Oui, oui, s'écria-t-on de toute part.

Les deux officiers semblaient cloués au sol ; un grand
vieillard s'approcha d'eux — c'était le président du
cercle — leur toucha légèrement l'épaule à chacun avec
un mouvement de répugnance et se redressant de toute
sa hauteur, leur montra la porte en disant :

— Sortez, misérables, sortez !

Ils secouèrent la torpeur à laquelle ils étaient en proie,
comme s'ils s'éveillaient d'un rêve, ils s'en allèrent d'un
pas rapide en jetant des regards de haine autour d'eux.

— Vous voyez, messieurs, reprit l'entrepreneur, que
M. Blanchard ne devait rien à ces drôles. Toutes les
autres accusations formulées contre lui, ne sont pas
plus exactes, ni plus sérieuses. Il y a ici M. Paramine
qui me connaît, dit-on, je voudrais bien le voir.

Tous les regards se tournèrent vers Paramine, qui
s'avança et répondit :

— Je ne prétends pas vous connaître ; mais on m'a
affirmé...

— Ah ! oui, les inculpations par ricochet. Elle réussis-
sent presque toujours ; c'est ainsi que moi-même je m'y
suis laissé prendre, dit Perdrigeard. Hier j'ai accusé —
faussement, je le crois aujourd'hui — j'ai accusé Mlle Nichamoff de tromper Mlle Versin. On me l'avait dit. Mlle

Nichamoff m'a peut-être de son côté taxé de trahison.

— Non, dit Martha, s'avançant vers Perdrigeard, mais elle m'a mis en défiance contre Beaujean.

C'est cela, vous le voyez, la trame était assez bien ourdie. On s'était arrangé de façon à nous faire combattre les uns les autres. Pendant que Beaujean circonvenu était prêt à dire que j'étais un drôle, Mlle Nichamoff accusait Beaujean, et moi j'accusais la danseuse qui, j'en suis sûr maintenant, est aussi dévouée que moi-même à Mlle Versin.

Oui, oui, je disais bien tout à l'heure. C'était une trame bien ourdie. Et M. Paramine est un des artisans de cette trame...

— Moi !

— Oui vous, dit Martha, vous qui avez déclaré hier soir, devant vingt personnes, que M. Perdrigeard avait attaqué mon père, que vous l'aviez entendu et que cela se passait chez Serge Ugareff.

— J'ai dit... voulut répondre Paramine... mais l'ex-terrassier lui coupa la parole.

— Ce Serge Ugareff, où demeure-t-il ? lui demanda Perdrigeard.

— Rue de Kasan, 43.

— Bien, merci. Il faut régler cette affaire séance tenante. Je vais chez Serge Ugareff qui me connaît, chez lequel je tiens des propos et nous allons voir quelle figure il fera quand je le prierai de dire mon nom.

— Ah ! mais que personne de vous ne coure l'avertir, dit Martha d'une voix pleine de colère et d'autorité en voyant un mouvement de retraite se dessiner chez deux ou trois personnes.

Puis, se tournant vers Perdrigeard, elle lui tendit la main devant tout le monde et, avec un peu de honte dans le regard et dans la voix, elle lui dit :

— Vous me pardonnerez ?...

— Nous n'avons pas le temps de nous occuper de ces

choses-là, répondit le terrassier plus ému qu'il n'aurait
voulu le laisser paraître.

Pauvre Perdrigeard, pardonner ! On lui demandait de
pardonner ! Est- ce qu'il se souvenait de quoi que ce
soit ? Qu'est-ce qu'il demandait à la Versin ? De l'accepter comme chien de garde et de lui accorder de temps à
autre un regard d'amitié, rien de plus. Pardonner ! Ah !
bien oui. Qu'on le laissât goûter la joie qu'il éprouvait
d'avoir confondu les ennemis de Martha, cela lui suffisait et au delà.

XIX

UGAREFF ET JOHANN MULLER

Pendant que Saint-Martin, très-penaud, se répandait
en excuses auprès de la chanteuse, pendant que les
autres membres du cercle organisaient, séance tenante,
l'adresse au parquet de Paris pour témoigner de l'honorabilité de M. Blanchard, pendant qu'ils la signaient
tous avec empressement sous les yeux de Martha, légèrement attendrie, Perdrigeard se faisait porter rue de
Kasan, chez Serge Ugareff.

L'ancien entrepreneur, malgré les apparences, était
dans une verte colère. Il trouvait que le sieur Ugareff
abusait vraiment de la permission de mentir et il se pro-
posait de lui en demander compte aussi durement que
possible. Il était même disposé à pousser les choses
jusqu'à la correction manuelle.

Celui-ci n'était pas chez lui. Perdrigeard se fit indiquer
la maison où il le trouverait et s'y rendit.

En route il eut heureusement le temps de se calmer
et de changer ses batteries.

Ugareff, en costume d'officier supérieur de la garde,

assistait à une petite soirée de famille. L'entrepreneur
le fit demander. Mais on pria Perdrigeard de se mêler
aux amusements de la fête.

Avec un sang-froid parfait, Perdrigeard entra dans
les salons, se fit montrer Ugareff, alla vers lui et lui dit
à haute voix, de façon à être entendu de tous :

— Serge Alexandrowich, me connaissez-vous ? J'ai
parié que vous ne me connaissez pas.

— Et vous avez gagné, répondit l'officier égayé par
l'originalité de la demande.

— Vous ne m'avez jamais vu ?

— Jamais, au moins depuis que vous portez cette tête
là sur les épaules.

Tout le monde se mit à rire, le terrassier aussi.

— Vous n'auriez pu me voir que depuis huit ou dix
jours.

— Et je jure bien que je ne vous ai jamais rencontré.

— Et que, par conséquent, je ne suis jamais allé chez
vous ?

— Encore moins.

— Merci, Serge Alexandrowich, merci, je me retire

Le bonhomme salua tout le monde en souriant et se
dirigea vers la porte ; mais, avant de sortir, il eut l'air
de réparer un oubli, et revenant à Serge Ugareff :

— Je m'appelle Anatole Perdrigeard.

— Ah ! fit l'officier, j'ai du moins entendu parler de
vous.

— Je le sais, répondit l'entrepreneur qui disparut.

Serge Ugareff n'attacha pas d'abord grande importance à cet incident assez curieux. Il savait bien qui
était ce Perdrigeard, mais il n'était pas homme à s'en
inquiéter. Le lendemain matin, l'honnête et sensible Anatole était en train de rêvasser doucement dans son lit
en lisant les journaux selon sa paresseuse habitude
lorsqu'on frappa un peu brusquement chez lui.

Perdrigeard n'était pas assez bête pour imiter ces gens
qui, dans les hôtels, ne ferment jamais leur porte par

derrière et s'exposent à être dévalisés par leur faute. Il se
leva donc pour donner un tour de clef et profita de l'occasion pour passer un pantalon et un veston du matin. Deux
hommes entrèrent. Ils avaient l'un et l'autre des mines
si farouches que Perdrigeard se rapprocha de sa cheminée sur laquelle on voyait un revolver parfaitement entretenu.

— Ah! ah! messieurs Titcheff et Polski, dit assez
crânement l'entrepreneur, qui ne savait pas trop ce que
voulaient ses visiteurs, vous venez me demander des
explications. Fort bien. Asseyez-vous, s'il vous plaît.
Malheureusement, je n'en ai pas à vous donner d'autres
que celles d'hier soir. Vous avez joué un rôle infâme et
j'ai pris, croyez-le, toutes mes précautions contre vous.

Les deux drôles avaient bien envie de se venger, et
Perdrigeard s'attendait à tout ; mais cela n'eût pas arrangé leurs affaires, et ce fut en suppliant qu'ils prirent
la parole.

— Monsieur, dit Titcheff, qui avait perdu beaucoup
de son arrogance, nous venons vous prier de ne pas nous
perdre.

— Comment ! vous perdre ! Expliquez-vous !

— Mon colonel et le général dont dépend Polski ont
été informés ce matin même et nous ne savons par qui,
de ce qui s'est passé hier soir au cercle.

— Eh bien ?

— Eh bien, monsieur, on nous menace d'un conseil
de guerre et si l'on nous juge, c'est la Sibérie.

— Ah ! ça, dit Perdrigeard, que voulez-vous que j'y
fasse, franchement ? ce n'est pas moi qui vous ai poussé
à calomnier Blanchard, ce n'est pas moi...

— Non, ce n'est pas vous, évidemment, interrompit
Polski, mais vous nous avez donné une leçon qui nous
profitera et il serait dur, pour une faute que nous re-
grettons, de perdre nos situations.

— Encore une fois, s'écria Perdrigeard, pourquoi
l'avez-vous commise, cette faute ?

— Ecoutez, monsieur, reprit Polski, j'avais fait des folies. Je devais payer de grosses dettes fort criardes, on est venu me proposer de dire ce que j'ai malheureusement soutenu et qu'à cette condition, on me donnerait oh ! Dieu ! pas grand'chose, mais enfin de quoi faire attendre mes créanciers. Et puis on m'a fait souper, on m'a fait boire, et j'ai consenti, parce que j'étais dans une impasse.

— C'est aussi mon histoire, fit Titcheff à son tour.

— Bon, fit Perdrigeard, que puis-je faire ?

— Déclarer au général que nous n'avons pas réclamé l'argent de Blanchard...

— Mais je ne puis dire cela, je mentirais.

— Pourtant...

— Tenez, il y a un moyen d'arranger les choses. Allez chez Mlle Versin, obtenez son pardon, et si elle consent a ne plus vous en vouloir, je me charge de tout... à une condition cependant.

— Laquelle !

— C'est que vous me direz le nom de celui qui vous a fait faire cette énorme sottise.

— C'est Serge Ugareff...

— Ah ! encore ! Décidément cet Ugareff est encombrant et il paiera pour vous.

— Oh ! non, nous ne pouvons rien contre lui. Il niera et nous serons condamnés.

— Mais je le tiens, moi. D'ailleurs, Ugareff ne m'importe guère. Il y a derrière lui quelqu'un qui le fait agir et c'est celui-là que je veux connaître. Savez-vous, vous, le nom du personnage qui a poussé Ugareff lui-même ?

— Non !

— Tant pis. Mais n'importe. je ne me dédis pas de ce que j'ai promis. Que Mlle Versin vous pardonne et je me charge du reste.

Titcheff et Polski sortirent pour se rendre chez Martha ; mais à peine avaient-ils mis le pied dans la rue qu'on les arrêtait et qu'on les transférait dans une prison

militaire, qu'ils ne devaient quitter que pour aller en
exil.

L'empereur, à qui on avait parlé de l'incident du cercle et de la ruse de Perdrigeard, était furieux et voulait
que le châtiment infligé aux deux misérables fût exem-
plaire.

Ce fut alors que Serge Ugareff se souvint d'Anatole
Perdrigeard et fut pris à son tour d'une belle peur
bleue.

Il suffisait en effet d'un mot de l'entrepreneur pour
que, dans la circonstance, Ugareff fût arrêté à son tour
et convaincu d'avoir mené toute cette intrigue.

Epouvanté des conséquences que pouvait avoir sa conduite, il se tint coi jusqu'au moment où Perdrigeard,
accompagné de Martha, se présenta chez lui. Sa frayeur
augmenta quand l'ancien entrepreneur, qui savait
bien ce qu'il faisait, le prit sur le ton d'un homme qui
tient son sort dans sa main et lui dit :

— Serge Alexandrowich, vous n'ignorez pas que Titcheff et Polski sont des hommes perdus. Vous êtes leur
complice et pis encore, car c'est vous qui les avez pous-
sés à commettre l'infamie dont ils sont les mauvais
marchands aujourd'hui. Vous devez vous attendre, n'est-
ce pas, à partager leur sort ?

Ugareff était un homme de décision. Il ne s'amusa
point à faire l'étonné, ni à nier, comme se serait empressé de le faire un imbécile.

— Oui, dit-il, je suis compromis, mais il me sera facile
de prouver que je n'avais à l'affaire aucun intérêt direct.
Ce que j'ai fait n'a eu d'autre mobile que d'être agréable
à quelqu'un.

— C'est bien possible, dit Perdrigeard.

— Si vous mentez, du reste, ajouta la Versin, cela
vous coûtera très-cher, car je serai sans pitié pour vous,
et le czar n'a pas envie de rire en ce moment.

Serge Ugareff le savait.

— Je ne mens pas, dit-il.

— Alors vous avez été vous-même un instrument qui a mis en mouvement Polski et Titcheff, ces deux rouages subalternes de la machination malpropre dont Blanchard était la victime.

— Oui, j'ai servi, moi aussi, d'instrument.

— Cela revient à dire, reprit Perdrigeard, que derrière vous il faut chercher le vrai coupable, celui qui, tout en restant caché, a mené les choses par votre entremise.

— C'est cela.

— Eh bien ! continua l'ancien terrassier, nous voulons bien vous croire, mais il faut nous prouver que vous dites la vérité.

— La preuve, c'est que je m'engage à vous payer, dans un laps de temps que vous indiquerez, la somme de...

— De l'argent ! Vous comptez acheter notre silence ! Ah ! vraiment, seigneur Ugareff, je vous croyais plus intelligent que cela.

Vous n'avez donc pas su que mademoiselle a tout quitté, une situation hors ligne, des appointements énormes, des amis sûrs, pour se mettre en mesure de justifier son père d'une accusation abominable ? Vous ne vous êtes donc pas renseigné sur mon compte ? Je suis plus riche, probablement, que ceux qui vous emploient. Il nous faut autre chose.

— Quoi donc, alors ?

— Il nous faut le nom et l'adresse du malfaiteur qui vous a chargé de calomnier Blanchard, sa fille, la Nichamoff, Beaujean et moi-même.

— Je ne les sais pas, répondit Ugareff.

— Ah ! vraiment ? dit Martha. Comment donc avez-vous reçu ses ordres, par quel canal vous êtes-vous entendu avec lui ?

— C'est une femme qui a servi d'intermédiaire.

— Une femme de quelle nationalité ?

— Une Allemande.

— Et cette Allemande, où peut-on la voir !

— Elle n'habite pas Saint-Pétersbourg, répondit Ugareff.

— Monsieur Perdrigeard, interrompit Martha, ne continuez pas d'interroger cet homme, il se moque de nous.

— Non, de par tous les saints, je suis sincère et de
bonne foi.

— Allons nous-en, reprit la chanteuse avec obstination, nous n'avons plus rien à faire ici. C'est la troisième
section qui terminera cette affaire.

— Mais mademoiselle, s'écria Serge Ugareff, je vous
jure que vous savez la vérité.

— En ce cas, je ne la sais pas toute.

— Vous ne m'avez pas donné le temps de vous apprendre le reste.

— Il a raison, mademoiselle, continuons de l'interroger. Comment s'appelle cette femme?

— Sophie Enauer.

— Où demeure-t-elle?

— A Paris.

— Elle n'agit pas pour son compte?

— Je ne le pense pas.

— Alors, parlez, parlez tout de suite, sans réticence
et sans vous faire attendre, ou bien nous irons aussitôt
faire notre déposition.

— D'après ce que j'ai cru deviner, Sophie Enauer
sert les intérêts d'un personnage que je ne connais pas,
mais qui doit s'appeler...

— Allons de la franchise; dites sans hésiter: qui
s'appelle?

— Eh bien! il s'appelle Johann Muller.

— Il habite Paris également?

— Oui.

— Il est Russe?

— Non, Allemand, comme Sophie, mais il connait la
Russie, où il s'est marié autrefois.

— Bon, et vous savez son adresse à Paris?

15

Serge Ugareff hésita, comme s'il eût calculé quelque chose.

— Allons, vous la savez, fit Perdrigeard avec aplomb. Nous attendons.

— Eh ! bien, Johan Muller doit demeurer rue Richelieu, 122.

— Tiens, fit Perdrigeard, je connais quelqu'un dans cette maison. Mais il ne s'agit pas de ça. Vous devez savoir où est Blanchard? Car ou on le sequestre, ou bien l'on profite d'un voyage dont ce Muller seul connait le but et la durée.

— Non, cela, je ne le sais pas.

— Vrai?

— Je n'ai pas envie de mentir, vous pouvez me croire, dit Ugareff avec l'accent de la sincérité.

— Vous avez connu ce Muller?

— Oui, autrefois, en Russie, à l'époque de son mariage.

— Avec qui s'est-il marié?

— Avec la fille d'un petit gentilhomme d'Ekaterinoslaw.

— Elle s'appelait?

— Elisabeth Ameroff.

— Bon ! Cette femme est avec lui à Paris?

— Non. Il l'a abandonnée depuis longtemps, on croit qu'elle habite Odessa où elle est servante.

— Que savez-vous de plus?

— Rien, répondit Ugareff avec aplomb.

— Etiez-vous seul à exécuter les ordres de ce Muller?

— Je ne sais pas.

— Est-ce vous qui avez imaginé et répandu les calomnies dont la Nichemoff, Beaujean et moi pouvions être les victimes?

— Oui, sur les indications de Muller.

— Est-ce vous qui étiez chargé de soudoyer Polski et Tucheff et qui leur avez dicté leur conduite?

— Oui !

— C'est bien. Vous n'avez rien à craindre de nous, à
la condition que vous resterez désormais de notre bord
et que si plus tard nous avons besoin de vous, nous
saurons où vous trouver. Du reste, vous y gagnerez probablement plus qu'avec Muller.

Ugareff s'engagea solennellement à ne plus rien tenter
contre la Versin, ni contre Blanchard et l'entretien fut
terminé. Martha rentra chez elle. Perdrigeard se rendit chez le colonel Ivanoff. Les dispositions de la troisième section s'étaient modifiées du tout au tout depuis
l'arrestation de Titcheff et de son complice. L'entrepreneur obtint du colonel une pièce très-importante qui
établissait la parfaite honorabilité de Blanchard, dont
la conduite en Russie « avait toujours été, non seulement correcte, mais encore à l'abri de n'importe quel
blâme. »

Une fois en possession de ce document, Perdrigeard
revint auprès de la Versin et lui dit :

— Le certificat que voici et l'adresse qui vous a été
délivrée hier soir par les négociants de Pétersbourg, au
cercle de la Perspective, auront une grande influence
sur les décisions de la justice française.

Il faut donc ne pas perdre une minute à présent, et à
mon avis, vous n'avez plus rien à faire ici. Retournez à
Paris, où est le nœud de l'intrigue qu'il faut trancher à
tout prix.

— Vous pensez à tout, mon ami, dit la jeune femme
avec une sincère émotion, et je suis si honteuse de mes
injustes soupçons, je suis si désolée de les avoir expri-
més d'une façon cruelle, que je n'ose plus lever les
yeux sur vous.

— Oh ! mademoiselle, vous avez bien tort, allez, et à
votre place j'oserais joliment lever les yeux sur moi,
dit Perdrigeard avec son large sourire qui donnait à sa
face ronde l'aspect d'une lune coupée en deux par un
fin nuage.

— Vous êtes vraiment bon comme un père !

— Comme un grand-père, mademoiselle.

— Oh ne riez pas ainsi, mon ami, je suis si coupable envers vous, j'ai été si sotte et si brutale ! Tout autre, à votre place, m'aurait laissée là, sans plus s'inquiéter de mes affaires ; tandis qu'au contraire, vous vous êtes dévoué avec plus d'acharnement que jamais, et, grâce à vous, me voilà presque sûre de justifier mon père. Comment pourrai-je reconnaître tant de services rendus avec une si constante abnégation ?

— Nous parlerons de cela plus tard, mademoiselle, quand l'innocence de votre père, proclamée bien haut, lui permettra de nous remercier lui-même tous les deux.

Perdrigeard mit dans ces trois derniers mots une intonation mélancolique dont l'accent frappa la danseuse, qui le regarda fixement. L'entrepreneur était toujours laid, bien entendu, mais il avait dans ses petits yeux une flamme joyeuse, un air de satisfaction comme si rien n'eût pu lui être plus doux que l'accomplissement des sacrifices qu'il faisait à Martha.

— Mais, ajouta-t-il, ne perdons pas un temps précieux. Le train qui doit vous ramener à Paris part ce soir, à cinq heures dix minutes. Il faut être prête à s'embarquer. Nous ne sommes encore qu'au commencement de nos peines peut-être, et nous devons, avant tout, surprendre l'ennemi qui ne se doute pas encore des avantages que nous avons sur lui.

— Il faudrait qu'Ugareff ne lui télégraphiât, ni ne lui écrivît pas un mot.

— Evidemment. Mais je crois pouvoir en répondre.

— Il faudrait même que l'arrestation des deux officiers ne fût pas connue à Paris avant notre arrivée.

— Pour cela, Ivanoff peut nous être d'un grand secours. Je vais retourner le voir.

— Vous partez avec moi ?

— Non.

— Vous voyez bien que vous m'en voulez !

— Mademoiselle, repartit Perdrigeard, si je vous en voulais, je partirais avec vous au contraire.

Martha l'interrogea du regard.

— Je n'ai pas oublié, mademoiselle, ce que vous m'avez appris la première fois que j'ai eu l'honneur de vous voir. Pour un peu de consideration, vous êtes capable de grandes choses. Je ne veux pas que les méchants qui vous surveillent puissent mal interpréter ma présence dans le même train que vous.

Martha eut un léger sourire.

— Oh ! ne vous méprenez pas sur le fond de ma pensée. Ce n'est point que je me croie le moins du monde compromettant, et je serais désolé de l'être ; mais il est nécessaire que personne n'ait un prétexte à imaginer quelque sotte histoire sur votre compte.

— Vous avez encore raison, mon ami ; vous avez si souvent raison...

— Que je finis par être ennuyeux, n'est-ce pas? acheva philosophiquement le bon Perdrigeard.

— Allons, ne faites pas le sceptique, Perdrigeard ; je vous assure que cela ne vous va pas.

— Bon! mais enfin, partez-vous ce soir ?

— Oui, puisque vous l'ordonnez, vous la sagesse et le bon sens.

— Sous les mêmes cheveux crêpus.

— Je pars si bien que vous allez me rendre un dernier service.

— Oh ! un dernier... je pense bien que ce ne sera jamais le dernier.

— Vous êtes bien prétentieux ! Allez chez la Nichamoff de ma part ; faites-lui mes excuses et avertissez-la que je passerai l'embrasser vers trois heures.

— Bien ! n'avez-vous rien à dire à Beaujean?

— Si, mais je voudrais qu'il pût venir, lui, car il faut que je coure maintenant dire adieu au colonel Ivanoff et à M. Saint-Martin.

— Surtout au colonel Ivanoff.

— Oh ! ne craignez rien. J'y vais à l'instant même, et pendant ce temps ma femme de chambre entreprendra les malles.

Le lendemain matin, à sept heures, Perdrigeard montait dans un compartiment de première classe et partait pour Paris. Martha était en route avec quatorze ou quinze heures d'avance.

XX

MALBEC

Dès son arrivée, l'entrepreneur de terrassements, sans même prendre le temps de voir personne, se rendit rue Richelieu, 122, et demanda au concierge si M. Muller était chez lui.

A ce nom, le concierge dévisagea Perdrigeard et parut assez étonné. L'ex-terrassier connaissait son monde et avait trop pratiqué Paris pour ne pas comprendre qu'il y avait quelque chose de particulier dans ce cas de M. Muller. Il tira de sa poche deux jolis louis. Il en mit un dans la main du concierge et garda l'autre au bout des doigts comme un renfort destiné à soutenir le premier et dit :

— Qu'est-ce que c'est que M. Muller ?

— Je ne sais pas.

— Ah !... il ne demeure donc pas ici.

— Non.

— Canaille d'Ugareff ! grommela Perdrigeard, qui fit mine de remettre son deuxième louis dans sa poche.

Ce n'était pas l'affaire du portier qui reprit avec un certain empressement.

— Cependant, je crois pouvoir dire à monsieur qu'avec un peu d'adresse, il apprendrait peut-être où l'on trouve ce M. Muller.

— Pourquoi ?

— Parce que, si je ne connais pas de Muller parmi mes locataires, en revanche, je reçois assez souvent des lettres pour M. Johann Muller.

— Ah ! bon ! s'écria Perdrigeard. Et qu'en faites-vous ?

— Je les monte au second.

— Mais au second, c'est le bureau du baron de Mainz, si je ne me trompe.

— Oh ! du baron de Mainz... Et de bien d'autres.

Perdrigeard ne fit pas attention à cette réponse et continua :

— C'est peut-être un des employés du baron ?

— Je ne crois pas. Je suppose même que ce n'est pas au baron qu'il faudrait s'adresser pour savoir ça.

— Et à qui donc ?

— A M. Malbec, ou bien encore à l'un des trois garçons de bureau que vous avez pu voir si vous êtes monté là-haut quelquefois.

En achevant de donner ce renseignement, le portier tenait l'œil fixé sur le louis que Perdrigeard pétrissait dans ses doigts et qui finit pourtant par tomber — comme c'était bien juste — dans la main qui l'attendait.

— Très-bien, fit l'entrepreneur, mais veuillez compléter les renseignements que vous venez de me donner. Qu'est-ce que c'est que M. Malbec ?

— C'est un des locataires du second, répondit le concierge qui n'avait aucune raison particulière de dévoiler à Perdrigeard les secrets du métier incroyable que faisait le loueur de cabinets d'affaires.

— Merci, dit le terrassier, en se dirigeant vers l'escalier.

Arrivé au second, Perdrigeard demanda M. Malbec, et ne fut pas peu surpris d'entendre l'un des huissiers à chaîne que trois semaines auparavant il avait pris pour le mercenaire du baron, lui répondre avec un grand sang-froid :

— M. Malbec est en affaires en ce moment.

— N'importe ! faites-lui passer ma carte. Peut-être jugera-t-il à propos de me recevoir tout de même.

Perdrigeard était de ces Parisiens qui ne croient jamais aux propos d'un domestique. Par principe, il supposait qu'on lui déguisait d'abord la vérité.

L'huissier à chaîne fit la commission et revint en disant :

— Si monsieur veut me suivre, il aura la bonté d'attendre cinq minutes.

Perdrigeard se souvint alors des cinq minutes du baron et regarda sa montre, décidé à ne pas poser longtemps. Mais, par un phénomène extraordinaire, M. Malbec, au moment même où finissait la cinquième minute, M. Malbec ouvrit lui-même la porte de son cabinet et s'adressant à Perdrigeard :

— Veuillez, monsieur, lui dit-il avec des formes très-convenables, vous donner la peine d'entrer.

L'ex-entrepreneur fut introduit dans une assez vaste pièce presque entièrement semblable à celle qui servait de cabinet au baron, ce qui d'ailleurs ne l'étonna pas, car on sait qu'à Paris tous les bureaux des agioteurs ou financiers de pacotille se ressemblent presque absolument.

S'étant assis sur l'invitation de Malbec, l'ancien terrassier ne prit pas la parole tout d'abord. Il étudiait la physionomie de l'homme qu'il était venu voir. Mais Malbec supposa que son visiteur, étant, sans doute, un novice dans l'art de tromper ses semblables, n'osait pas engager la conversation, et lui demanda tranquillement :

— Quelle est l'industrie que vous voulez entreprendre ?

— Plaît-il ? interrogea Perdrigeard qui ne comprenait pas.

— Au fait, remarqua flegmatiquement Malbec, cela ne me regarde pas.

L'ancien terrassier regardait de tous ses yeux celui qui lui parlait ainsi.

— C'est quelque fou, pensa-t-il.

Malbec reprit :

— Voulez-vous le bureau des grands financiers ou celui des usiniers, ou bien le petit jeu, sans cartons et et sans billets de banque ?

— Perdrigeard continuait à tomber des nues et sa surprise augmentait à chaque seconde en raison directe du carré des distances, mais il n'était pas habitué à se laisser ahurir bien longtemps par n'importe qui.

— Je ne suis pas venu pour être interrogé, mais bien pour interroger moi-même, dit-il sur un ton extrêmement raide.

— Ah ! soupira d'une voix calme l'impassible Malbec. Eh bien ! interrogez. Mais avant, une dernière question.

— Encore ! s'écria Perdrigeard déjà tout à fait grincheux.

— Oui, fit avec son calme incroyable le loueur de bureaux. N'êtes-vous pas le Perdrigeard qui a flanqué une balle dans le bras du baron de Mainz ?

— Si, je suis ce Perdrigeard-là ; cela vous prouve que je n'aime pas qu'on me fasse poser.

— Oh ! moi non plus. Et si vous êtes venu pour me chercher querelle, je vous préviens que moi, je ne me bats pas, et pour deux raisons : la première, c'est que je n'aime pas les coups, la seconde, c'est que je n'aime pas les coups.

Perdrigeard s'aperçut alors qu'il venait d'être un peu vif peut-être. Cela tenait sans doute à l'état nerveux dans lequel l'avait mis un voyage de quatre jours.

— Je ne viens pas vous chercher querelle, répondit-il, bien au contraire, puisque je veux vous demander un renseignement.

— Alors vous ne venez pas pour louer ?

— Non ! Vous avez quelque chose à louer ?

15.

— Oui, et je croyais .. Mais, je suis à vos ordres, parlez, monsieur, je vous écoute.

— Je sais pertinemment qu'il arrive ici souvent des lettres à l'adresse de Johann Muller.

— C'est bien possible.

— Et je désirerais apprendre qui est ce Johann Muller. J'ai en outre le plus grand intérêt à découvrir son domicile.

— Pourquoi ?

Perdrigeard, à cette question, sentit qu'il fallait trouver quelque chose qui décidât Malbec à lui répondre avec sincérité.

— Je vais vous le dire. Ce Johann Muller a prêté jadis une somme assez considérable à l'un de mes parents. Ce parent vient de mourir en me laissant sa fortune à la condition de rembourser à M. Muller les quarante mille francs qui lui sont dus.

L'ancien entrepreneur avait si bien réussi à Pétersbourg en plaidant le faux pour savoir le vrai, qu'il n'hésitait plus à tenir boutique de mensonges.

— Vous dites que ce monsieur s'appelle ?

— Johann Muller.

— Fort bien, grogna Malbec en prenant un gros livre à côté de lui dans un caster, Muller... Muller... Muller... répétait-il à demi voix tout en cherchant ce nom sur un répertoire et en feuilletant son livre... Muller... Muller... Muller... Ah ! voici. Mais non ! C'est Mulleraud. La fin du nom est un peu effacée. Eh bien, non, monsieur, nous n'avons pas ici de locataire ou d'employé qui réponde à ce nom-là.

— Véritablement ?

— Véritablement .

— On m'a pourtant bien dit de m'adresser rue Richelieu, 122, au second.

— C'est ici.

— N'avez-vous point parmi vos employés, ou ceux du baron de Mainz, qui a ses bureaux sur le même palier, un individu qui se fasse adresser ses lettres sous ce nom-là ?

Malbec, jusqu'alors, s'était un peu douté que Perdrigeard n'avait aucune idée du commerce auquel il se livrait, mais, lorsque l'entrepreneur lui eut dit que le baron avait ses bureaux sur le même palier, il en devint absolument certain, et répondit :

— Non, monsieur, aucun de mes employés n'a jamais reçu la moindre correspondance sous ce nom. Quant au baron de Mainz, vous comprenez que je ne puis vous répondre : ses affaires ne sont pas les miennes.

Malbec, en parlant de la sorte, avait un air pincé, presque majestueux, et s'était levé comme pour reconduire Perdrigeard.

Celui-ci comprit qu'il ne saurait rien par Malbec et se laissa doucement conduire à la porte ; mais, avant de partir, il voulut planter un jalon pour retrouver son homme, au cas où le loueur le connaîtrait véritablement.

— Je regrette beaucoup, dit-il, de ne pouvoir découvrir les traces ce monsieur. Mais, en somme, j'ai fait mon devoir, car voilà déjà quelques jours que je cherche, et si, par hasard, vous veniez à mettre la main dessus, je vous serais reconnaissant de lui faire savoir qu'il n'a qu'à se présenter chez mon notaire, M. Duparc, 23, rue Grange Batelière. Il lui suffira d'établir son identité pour être payé sans un jour de retard.

Cela dit, maître Perdrigeard salua en homme qui s'est débarrassé d'une corvée et descendit lestement l'escalier. Sur la dernière marche se tenait le concierge qui convoitait encore un louis ou deux.

— Eh bien ? demanda ce fonctionnaire avec une physionomie émerillonnée, comme s'il eût porté le plus vif intérêt aux démarches de l'ancien entrepreneur.

— Je n'ai rien trouvé, M. Malbec n'a pas voulu me renseigner.

— A moins qu'il n'ignore lui-même si quelqu'un, dans

ses bureaux, reçoit une correspondance sous ce nom. Il aurait mieux valu vous adresser au garçon.

— Peut-être ! mais écoutez-moi, nous pouvons résoudre ce problème à nous deux si vous voulez gagner quelques louis.

— Monsieur me paraît un si brave homme, répondit le portier, que je serais enchanté de lui être agréable.

— Bien. Voici donc ce que je vous propose : Il se pourrait que Johann Muller reçût une lettre de Russie aujourd'hui ou demain, peut-être même dans la semaine.

— Bien.

— Si elle arrive, comme je l'espère, vous ne la remettrez pas à son destinataire, vous me la garderez. Quand je l'aurai lue, je vous la rendrai en vous faisant savoir ce qu'il faudra faire.

— Et avec ça, Monsieur ? interrogea l'effronté concierge sur le ton du commis épicier que l'on va payer.

— Avec ça vous aurez cinq cents francs.

— Oh ! monsieur sait bien qu'une erreur de cette importance vaut plus de cinq cents francs.

— Non, mon ami, riposta Perdrigeard sur un ton dégagé. C'est juste le prix que cela vaut. S'il devait m'en coûter cinq francs de plus, je trouverais trop chère la satisfaction de ma curiosité. Tout dépend de l'importance que j'attache à cette lettre. Et son importance pour moi ne va pas au delà de cinq cents francs.

Le portier se dit qu'après tout il était toujours bon de tenir vingt-cinq louis, et promit de faire ce que lui demandait Perdrigeard. Et, en effet, le surlendemain il lui remettait une missive que l'ancien terrassier ne se fit aucun scrupule d'ouvrir.

— En agissant comme je le fais, se dit-il, pour excuser un acte douteux après tout, je défends Martha et son père contre des ennemis acharnés et je cours la chance de découvrir le mystère qui entoure la mort de Malvezin.

La lettre adressée à Johann Muller était d'Ugareff, ce qui d'ailleurs n'étonna nullement Perdrigeard. L'officier de la garde informait son ami — car Johann Muller devait être son ami — de ce qui était arrivé à Titcheff et à Polski, lesquels depuis le départ de Martha et du terrassier s'étaient vus condamnés à quinze ans de travaux dans les mines de Sibérie.

Mais Ugareff se gardait bien d'apprendre à son correspondant qu'il avait eu peur de Perdrigeard et qu'il s'était rendu coupable de trahison.

Par conséquent, Johann Muller ne se doutait pas que la Versin et son protecteur acharné sussent son nom et sa prétendue adresse.

Malheureusement la lettre d'Ugareff ne contenait aucune indication qui pût mettre Perdrigeard sur la trace de Muller ou qui l'aidât à découvrir ce personnage.

L'ex-entrepreneur, du reste, avait mis à profit les deux jours écoulés depuis son arrivé pour chercher dans Paris tous les Muller d'origine allemande qui pouvaient s'y trouver.

Il en avait découvert des quantités absolument imprévues, mais aucun ne paraissait être le Muller de Serge Ugareff.

Quand Perdrigeard eut pris connaissance et copie de la lettre, il la rendit décachetée au concierge en lui disant :

— Vous déclarerez que le facteur vous l'a remise en cet état, le pli ayant été porté par erreur au numéro 112 et ouvert par conformité de nom. Voilà vos cinq cents francs.

— Et si je découvre le destinataire ?

— Il y aura encore quelque chose d'agréable pour vous, répondit Perdrigeard qui commençait à ne plus espérer beaucoup.

Le terrassier s'en alla rendre compte à Mlle Versin et ne lui cacha pas qu'il serait difficile de mettre la main sur Johann Muller.

— Il me paraît évident, dit-il, que cet homme ne demeure pas rue Richelieu et que, s'il s'y fait adresser ses lettres, c'est par le canal d'une autre personne qui ne voudra très-probablemeut rien dire.

— Mais enfin, qu'est-ce que c'est que cette maison?

— Je n'en sais vraiment rien.

— Ce Malbec, quel commerce fait-il?

— Je n'ai pas pu le deviner.

— En ce cas, il faudrait s'informer, prendre des renseignements sur cet homme, savoir quel est son métier, quelles sont ses relations, s'il est allé en Russie, si par hazard ce ne serait pas lui même qui recevrait les lettres d'Ugareff sous le nom de Muller, car enfin cette correspondance était écrite en français?

— Non, répondit Perdrigeard, en russe.

— Eh bien, raison de plus. Et ce baron de Mainz, il est Russe, lui; n'est-ce point par son canal que Johann Muller se fait écrire? Quelle est la profession du baron?

— Il est financier.

— Bon. Mais il y a cent mille financiers à Paris. Toute l'ancienne bohême d'autrefois s'est jetée dans la finance. Elle est mieux habillée que jadis, mais elle n'en est que plus redoutable.

— C'est que le baron est directeur de la Banque générale des Deux-Mondes; on lui a versé devant moi des centaines de mille francs, qu'il a eu l'air de traiter comme un brin de paille.

— N'importe. Un de ses employés est peut-être celui que nous cherchons. Il ne faut pas nous laisser jouer par ce monde-là. D'ailleurs c'était votre avis à Pétersbourg.

— Vous avez raison, mademoiselle. Il y a, sans doute, un peu de lassitude dans ce que j'éprouve. Mais laissez-moi m'offrir vingt quatre heures de repos et je repartirai sur nouveaux frais. Vous pouvez être assuré que je n'abandonnerai pas la partie.

— Je n'en ai jamais douté, mon ami, dit Martha doucement, en tendant la main à Perdrigeard. Ce ne serait pas à moi, du reste, à vous en vouloir si vous vous fatiguiez. Vous n'avez aucun intérêt personnel à cette affaire et je n'oublierai jamais vos bontés.

Le lendemain, en effet, le bonhomme avait repris son ardeur et recommençait de plus belle son enquête. Tout d'abord il alla voir le concierge de la maison où Malbec exerçait son aimable industrie.

— Eh bien, cette lettre? demanda-t-il.

— Mon Dieu, monsieur, répondit le portier d'un air penaud, personne n'en veut. Je l'ai montrée à vingt ou vingt-cinq des gens qui viennent dans la maison. Tous me l'ont rendue avec indifférence en me disant: Ce n'est pas pour moi.

— Et M. Malbec?

— Oh! je suis sûr qu'elle ne lui est pas destinée. Il peut connaître celui qui l'attend, mais rien de plus. Et s'il ne veut pas parler, vous ne saurez rien.

— Le baron?

— Précisément. C'est sur lui que je comptais, parce qu'il est Russe. Aussi l'ai-je attendu, et justement il est venu de bonne heure ce matin. Mais il a pris la lettre, l'a examinée, retournée, parcourue, et m'a dit : Je ne connais pas ce Muller.

— C'est bien extraordinaire, dit Perdrigeard qui pensait à Ugareff. Et Serge Ugareff n'avait pas menti, puisqu'il écrivait lui-même à cette adresse du 122 de la rue Richelieu.

— Maintenant, monsieur, il vient tant de monde chez M. Malbec que tout espoir n'est pas perdu. Si ce n'est pas aujourd'hui qu'on découvre votre homme, ce sera peut-être dans la semaine ou à la fin du mois ou le mois prochain.

— Oui. Veillez donc, et comptez que vous serez bien récompensé si vous parvenez à me mettre en face de Johann Muller.

Perdrigeard, dans la matinée, l'après-midi, toute la soirée, ne rencontra pas un seul Parisien de ses amis sans lui demander s'il connaissait Malbec. Le plus grand nombre répondit négativement.

L'un deux se souvint qu'autrefois il avait été en contact avec un personnage de ce nom, qui était très-riche.

— Il pourrait avoir aujourd'hui soixante-dix ans.

— Ce n'est pas celui-là.

— Malbec ! lui dit le dernier qu'il comptait interroger, attendez donc, j'ai connu ça vers la fin de l'empire, un grand gaillard brun, l'œil insolent, un signe près de l'oreille.

— C'est ça, dit Perdrigeard, c'est ça.

— J'espère que vous n'allez faire aucune opération commerciale ni financière avec ce particulier.

— Non, non, mais que savez-vous de lui ?

— Il y a dix ans, il aurait assassiné toute sa famille pour cinquante louis. Il a vendu de tout et l'on prétend qu'il n'achetait pas grand chose.

— Recéleur ?

— On n'a jamais su au juste.

— Il y a longtemps que vous l'avez perdu de vue ?

— Dam ! sept ou huit ans.

— Je cherche un malfaiteur qui demeure dans sa maison.

— C'est lui ! s'écria en riant l'interlocuteur de Perdrigeard, ce ne peut être que lui.

— Ne plaisantons pas.

— Je vous assure qu'il y a huit chances contre deux que ce soit lui. Mais, du reste, il existe, quelqu'un qui peut vous renseigner sur son passé, sur son présent... Quant à son avenir, tout le monde est fixé là-dessus. C'est le bagne.

— Quelle est la personne dont vous me parlez ?

— Connaissez-vous Fontgerard ?

— Le coulissier ?

— Lui-même.

— Un peu, nous nous saluons dans les grandes circonstances, aux premières et aux enterrements.

— Eh bien! Fontgerard en sait long sur Malbec.

— Merci.

Perdrigeard ne perdit pas son temps. C'était l'heure où finissait la petite Bourse. Fontgerard ne pouvait manquer d'y être encore. L'entrepreneur s'y rendit

Quand le coulissier vit Perdrigeard s'approcher de lui avec l'intention manifeste de lui parler, il lui cria :

— Voulez-vous des Nords de l'Espagne ?

— Non. Je veux un renseignement.

— Ce n'est pas le moment. Le temps sera trop cher pendant dix minutes encore.

— Et après ces dix minutes?

— Je serai tout à vous.

En effet, le terrassier et le faux agent de change étaient installés un quart d'heure après dans un café du boulevard. Perdrigeard commençait ainsi son interrogatoire :

— Trocart m'a révélé tout à l'heure que vous connaissiez un certain Malbec, qui demeure rue Richelieu, 122.

— Oui, oui, oui, je l'ai connu et je le suis de l'œil, en amateur et par pure curiosité. C'est un de nos plus étonnants faiseurs. Il sera peut-être un jour extrêmement millionnaire.

— On dit qu'il pourrait bien un jour aussi être pendu, ou l'équivalent.

— C'est plus probable.

— Quelle profession exerce-t-il en ce moment?

— Mon cher, Malbec a imaginé quelque chose qui est assurément tout ce qu'il y a de plus fort, même à Paris Il loue à l'heure et à la journée des bureaux à des financiers d'occasion, à des commerçants de circonstance, à toutes sortes de gens en un mot ayant besoin de paraître et d'offrir assez de surface pour fourrer dedans leurs contemporains.

— Je ne comprends pas très-bien.

— Je vais m'expliquer. Supposons que vous soyez un bon bohème doué parfois d'imagination. Supposons, en outre, que de temps à autre vous ayez une idée qui, intel-

ligemment exploitée, vous rapporterait cinq cents, mille
ou deux mille francs Pour vous donner l'importance qui
vous manque, il est nécseaire que vous paraissiez sérieux
et suffisamment calé. Or, rien ne pose un homme comme
d'avoir des bureaux qui font dire aux naïfs de Paris,
lesquels sont plus nombreux qu'on ne croit : Il est dans
le commerce.

— Eh bien ?

— Eh bien! mon cher, Malbec, loue des bureaux à
ces industriels de passage. Toutes les fois qu'un monsieur vous dira : Venez donc me voir à mon bureau,
rue Richelieu, 122, au second, vous pouvez être sûr que
vous avez affaire à un gredin, à un filou ou à un simple
farceur.

— Ah ! ah ! fit Perdrigeard.

— C'est comme j'ai l'honneur de vous le dire.

— Alors le baron de Mainz ?...

— Oh celui-là, farceur et demi.

Perdrigeard remercia le coulissier et resta perplexe.

Et, en effet, il y avait de quoi. Il devait passer tant
de monde chez Malbec, que chercher Johann Muller, dans
cette cohue de chevaliers d'industrie, c'était vouloir
découvrir une aiguille dans un grenier à foin.

L'entrepreneur, après avor longuement réfléchi, décida qu'il valait mieux se tenir coi, n'avoir l'air de rien,
chercher sans bruit jusqu'à ce qu'un hasard heureux ou
une idée plus heureuse encore lui fît mettre la main sur
le Muller.

En attendant, Martha n'avait qu'à produire les pièces
rapportées de Pétersbourg, pièces qui devaient — au
moins cela était probable — amener une ordonnance,
de non lieu en faveur de Blanchard.

XXI

LA DIVA-CARCASSE

L'émotion produite par le meurtre de Malvezin n'était toujours pas calmée, et les journaux en parlaient encore. C'était, du reste, admirable matière à reportage que cet assassinat mystérieux. La police perdait son temps à en rechercher l'auteur, et chaque jour on inventait quelque incident nouveau sur ce sujet.

Une feuille du matin prétendit qu'on avait vu Blanchard en plein Paris, se promenant tranquillement comme avait fait Moyaux dans le temps. Un autre journal déclara qu'il se cachait dans un hôpital, où il simulait une maladie grave sous un nom supposé.

Cette fausse nouvelle inquiéta Mlle Versin. Elle courut à l'hospice désigné. Il n'y avait rien de vrai dans la nouvelle.

Enfin, le *Temps*, avec le sérieux qu'on lui connaît imprima que Blanchard venait d'arriver à la Plata, sur un navire de la pacific Steam Navigation Company, n'avait pas débarqué et continuait sa route pour les mers du Sud par le détroit de Magellan.

Cette fois, rien n'était plus vraisemblable, Martha se rendit au journal et s'informa. On ne sut pas d'abord d'où partait la nouvelle ; mais on finit par découvrir celui qui l'avait apportée.

C'était un tout jeune homme qui déclara tranquillement avoir entendu raconter la chose à la Bourse. Martha retomba dans son désespoir, et Perdrigeard se remit en campagne avec une nouvelle ardeur.

Pauvre Perdrigeard ! Anatole infortuné ! rien n'était capable de l'arrêter, ni même de ralentir son entrain !

Jamais, malgré ses quarante-trois ans, il ne s'était

senti si jeune. Une sève généreuse bouillonnait dans ses veines ; les plus terribles obstacles le faisaient sourire de pitié ; les travaux les plus invraisemblables lui semblaient jeux d'enfants. Il aurait voulu que Martha l'envoyât fouiller le monde pour y découvrir Blanchard. Affronter les tempêtes, courir les mers, s'exposer aux glaces du pôle ou aux torrides chaleurs de l'Afrique équatoriale, rien ne l'effrayait. Il n'avait qu'une seule terreur : ce qui se passait dans son cœur et dans sa tête.

Quand il regardait en lui-même et qu'il voyait grandir son amour pour Martha, comme grandissent les lianes du Brésil qui croissent, dit-on, d'un mètre par jour, le pauvre diable était pris d'épouvante. Le jour où il ne serait plus le maître de cacher ses sentiments ardents n'était pas éloigné. Déjà, plusieurs fois il avait été sur le point de se jeter aux pieds de la jeune femme et de lui dire :

— Je suis laid, je suis ridicule, je suis sot, je suis tout ce que vous voudrez mais je vous aime, et c'est plus fort que moi, il faut que vous le sachiez.

Il avait résisté parce que précisément il ne se faisait pas d'illusion sur ses agréments physiques, parce qu'il devinait que cet aveu serait reçu de la plus cruelle manière. Mais l'amour est, de sa nature, communicatif et n'a pas de joie s'il ne peut s'épandre.

Certes ! il n'avait aucune prétention, il ne demandait qu'une chose, être toléré. Bien entendu, Il offrait sa fortune et son nom, un nom irréprochable au point de vue de l'honorabilité ; mais c'était bien peu de chose. Il est vrai que Perdrigeard rachetait sa laideur et son allure bizarre par un cœur d'or et une bonté qui n'avait pas d'égale. Mais qu'est-ce que cela pouvait faire à Martha qu'il fût bon ?

— Le beau mérite que j'ai là d'être bon quand je suis si mal tourné. Je suis bon, parbleu ! Je n'avais que ce moyen-là de n'être pas tout à fait détestable.

Et il se disait qu'il était fou, fou, fou. Mais cela ne

l'empêchait pas de ne songer qu'à Mlle Versin. Il vivait
avec sa pensée, sans cesse hanté par son image. Il marchait, dormait, allait, venait, mangeait avec cette pensée, et lui faisait mentalement plus de cent déclarations
par jour.

Et quand il allait la voir, quand elle l'accueillait avec
l'affabilité dont elle ne s'était jamais départie depuis la
scène de Saint-Pétersbourg, il se comparait à Martha,
se trouvait stupide et le devenait réellement de jour en
jour. Quant à la jeune femme, elle ne s'apercevait de rien.
Depuis que Perdrigeard lui avait prouvé son dévouement d'une façon si éclatante, elle lui vouait une amitié
solide, inébranlable, et chaque fois qu'elle le recevait
c'était avec un véritable et sensible plaisir.

Mais elle ne se doutait pas que l'ancien entrepreneur
fût la victime d'une passion dont elle était l'objet. Ce
n'est pas que Martha eût le moindre mépris pour ce bon
garçon et qu'au fond elle ne se fût considérée comme
honorée de porter son respectable nom ; mais elle n'y
pensait pas. Cela ne lui venait pas à l'esprit. Perdrigeard
lui faisait l'effet d'un autre père, moins parfait que celui
qu'on accusait, mais bien aimable tout de même.

Et si l'ex-terrassier, se laissant dominer par son amour,
se fût jeté à ses pieds pour lui tout dire, à coup sûr,
dans le premier moment, elle n'aurait pas compris, et
dans le second, elle eût irrévérencieusement ri au nez
du pauvre homme.

Perdrigeard qui sentait cela résolut de se tenir tranquille jusqu'au jour où il aurait retrouvé Blanchard
Le père de Martha reparu et reconnu innocent, lui serait
un excellent avocat auprès de sa fille et il attendit, tout
en continuant ses recherches et ne laissant passer
aucune occasion de mettre la main sur Johann Juller, se
doutant bien que lorsqu'il tiendrait cet homme, il
aurait la clef du mystère.

Notre amoureux ne faisait plus la grasse matinée dans
on lit. Il lui fallait dépenser une activité terrible pour
ne pas avoir l'esprit incessamment occupé de Martha

et on le voyait courir dans Paris jusqu'à la lassitude la plus complète.

Un soir, comme il rentrait fourbu, son valet de chambre lui apprit qu'une dame était venue pour le voir vers deux heures de l'après midi.

— A t-elle laissé son nom?

— Elle n'a pas voulu. Je crois qu'elle compte revenir.

— Bien, fit Perdrigeard qui bâillait et n'attacha aucune importance à cette visite.

Mais le lendemain, même chanson. La dame était revenue et n'avait pas voulu dire qui elle était.

— Quelque mendiante, fit Perdrigeard. Vous lui donnerez un louis.

— Bien, monsieur.

Mais l'ancien terrassier se trompait. Ce n'était pas une mendiante et la visiteuse fit prier Perdrigeard de l'attendre le lendemain à deux heures.

La pensée du brave garçon était tournée perpétuellement vers le même objectif, l'entrepreneur se figura je ne sais pas pourquoi, que cette visite aurait une influence décisive sur sa vie et attendit.

A deux heures précises il vit entrer dans son cabinet une femme longue, sèche, rêche, au sourire douteux, au regard aigu.

— Monsieur, dit elle, je suis artiste lyrique et je me nomme Thérèse Malvignan.

— Honoré de votre visite, madame, dit Perdrigeard. Vous êtes assez célèbre pour que je sois enchanté de faire votre connaissance. Vous allez donner un concert?

— Oui, monsieur, et je place des billets à vingt francs.

— J'en prendrai deux. Ma fortune ne me permet pas d'aller plus loin.

— Les voici, fit Thérèse d'un air pincé.

Perdrigeard paya les deux stalles et reprit la conversation :

— Voulez-vous me permettre de vous dire maintenant que je suis un peu intrigué?

— Ah! pourquoi donc, demanda Thérèse de son ton cassant.

— Mon Dieu, madame, veuillez croire, avant tout, que je ne suis pas un fat et que je ne fais pas de finesse… mais je suis un peu étonné de l'insistance que vous avez mise à me voir moi-même, quand il vous suffisait de dire le motif de votre visite pour obtenir le même résultat et sans avoir le désagrément d'être affligée par l'aspect de ma figure.

— Je répondrai d'abord, monsieur, que votre figure n'est pas si antipathique, en réalité, que vous le voulez faire croire par modestie.

— Ah! prenez garde. Je vais…

— Ensuite, continua Thérèse, j'avouerai que les billets de concert ne sont qu'un prétexte, et que je suis venue pour vous prier de me dire la vérité sur votre duel avec M. de Mainz.

— La vérité? Mais, madame comment l'entendez-vous?

— Je voudrais savoir si la véritable cause de la querelle n'était pas une femme.

— Le baron est un homme bien heureux, madame, murmura gracieusement Perdrigeard en s'inclinant.

— Peut être! gronda Thérèse. Mais il ne s'agit pas de mon bonheur, et je voudrais une réponse catégorique.

— Et je ne vois aucun inconvénient à vous dire la vérité. Je me trouvais dans le bureau du baron, vous savez son bureau, rue Richelieu, 122.

— Ah! son bureau est au numéro 122 de la rue…

— Oui, madame. Nous causions de bonne amitié, quand survint tout à coup une vieille folle, Mᵐᵉ de Sébezac. Celle-ci, à peine assise, commença une diatribe contre Mˡˡᵉ Versin.

— Vous conviendrez qu'après le traitement à elle infligé par Martha, il n'est pas bien étonnant ..

— J'en conviens. Quoi qu'il en soit, les paroles et surtout le ton de cette ruine ambulante m'ayant exaspéré je me permis de lui faire connaître mon sentiment.

Elle se récria et M. de Mainz prit aussitôt son parti avec une vivacité qui dégénéra promptement en dispute. Le lendemain, nous nous sommes battus et voilà.

— Pourquoi donc alors, le lendemain avez-vous démenti publiquement la version du baron qui était la vérité ?

— Je vous ferai observer, madame, répondit Perdrigeard, que votre question est extraordinaire dans la bouche d'une personne que je n'avais jamais vue il y a vingt minutes.

— Monsieur, j'ai un intérêt majeur à savoir la vérité sur cette affaire.

— Je ne vous dis pas le contraire, mais je ne vois pas bien pourquoi. Permettez-moi donc d'ajouter, si cela peut vous être agréable, que je n'ai jamais eu l'intention ni la prétention de me poser en chevalier de Mlle Versin et que conséquemment il était inutile que le public me prît pour un Céladon, avec une tournure comme la mienne.

— Voulez-vous me donner votre parole d'honneur que vous ne me trompez pas ?

— Oh ! oh ! c'est donc très-sérieux ?

— Extrêmement sérieux,

— C'est que je n'aime pas beaucoup donner ma parole et engager mon honneur pour des misères.

— Des misères ! monsieur. Je n'ai qu'un mot à vous dire. Il y a là pour M. de Mainz et pour moi un cas de vie ou de mort.

— En ce cas, madame, dit Perdrigeard devenu très-sérieux, je vous affirme sur l'honneur que le duel qui a eu lieu entre le baron et moi n'a pas eu d'autres causes que celles dont je viens de vous parler.

— Ainsi, reprit Thérèse en se levant, il n'a pas été question dans cette affaire de la nièce de Mme de Sébezac ?

— J'ignorais que Mme de Sébezac eût une nièce.

— Vraiment?

— Je vous le jure.

— Eh bien! monsieur, la baron m'a conté que vous aviez l'intention d'épouser cette jeune fille.

— Moi? Ceci est positivement un mensonge de premier choix. Mais enfin quel intérêt avez-vous à savoir...

— Je suis la maîtresse de M. Michel de Mainz, s'écria la Malvignan avec explosion. Je puis me vanter de lui avoir été utile, de l'avoir aidé dans toutes ses entreprises. Il me doit beaucoup de reconnaissance, monsieur, et j'ai compté qu'il serait un jour mon mari.

— Bon, dit Perdrigeard, j'en serais pour mon compte tout à fait ravi. Mais enfin de ce qu'on m'attribue l'intention d'épouser une jeune fille, il ne peut pas résulter pour vous que le baron manque à son... devoir... devoir agréable d'ailleurs.

— Je vous demande pardon, fit Thérèse tout à fait montée, si le baron prétend que la nièce de cette vieille diablesse doit vous épouser, c'est qu'il a une raison de me cacher le nom du véritable futur, et le véritable futur doit être lui-même.

— Je ne sais jusqu'à quel point votre conclusion est exacte, mais vous pouvez être assurée, madame, que je ne me marierai point avec cette jeune fille, eût-elle cent millions de dot et des espérances en rapport avec cet honorable pécule.

— Je vous remercie, monsieur, et fasse le ciel que je me sois trompée, dit la Malvignan exaspérée.

— Je l'espère avec vous, madame. Mais, j'y pense, vous pourrez peut-être me donner à votre tour un renseignement, que je cherche en vain dans Paris depuis quelque temps déjà.

— Parlez, monsieur, je ne demande pas mieux que de vous éclairer.

16

— Puisque vous êtes intimement liée avec le baron, vous pourrez peut-être me répondre : je voudrais savoir si M. de Mainz connaît dans Paris un individu que je vous nommerai tout à l'heure, et au cas où il le connaîtrait, je serais bien content d'apprendre où il demeure.

— M. de Mainz a beaucoup de connaissance dans la colonie étrangère, mais il n'est véritablement l'ami de personne.

— Oh ! je ne tiens pas à ce que le personnage en question soit son ami.

— Parlez donc, monsieur, quel est le nom de cet homme ?

— Johann Mulher, répondit très-brusquement Perdrigeard.

A ces mots, Thérèse réellement surprise n'eut pas assez de sang-froid pour réprimer un tressaillement et l'ancien terrassier, quelque naïf qu'il fût, eut l'esprit de s'en apercevoir.

— Je crois, madame, dit-il, que j'ai eu la main heureuse en m'adressant à vous, car, ou je me trompe d'une façon extraordinaire, ou vous connaissez Johann Mulher.

— A vrai dire, monsieur, je ne le connais pas personnellement, répondit Thérèse, mais je sais que M. de Mainz entretient avec lui des relations dont je ne pourrais vous dire la nature.

— Oh ! peu importe. Pourvu que vous sachiez me dire où on le trouve et ce qu'il fait.

— Je suis forcée d'avouer, répondit la Malvignan, que je ne sais ni l'un ni l'autre.

— Et si j'allais le demander au baron lui-même.

— J'ai lieu de croire qu'il ne consentirait pas à vous satisfaire sur ce point.

— Ah !

— Mais nous pouvons nous entendre tout de même, reprit Thérèse, dont les yeux brillaient d'un feu sombre, haineux, presque sauvage.

— A quelles conditions? interrogea Perdrigeard, qui commençait à jauger son interlocutrice.

— Sans condition, riposta la chanteuse avec un sourire énigmatique.

— Pourvu que ce ne soit pas trop cher.

— Ne craignez rien, je vais faire tous mes efforts pour savoir l'adresse de Muller par le baron lui-même, et si je suis assez heureuse pour réussir, je vous en aviserai dès le lendemain.

— Et comment nous rencontrerons-nous?

— J'estime, répondit la Malvignan, qu'il est absolument inutile de nous revoir jusqu'au jour où je pourrai vous apprendre ce qui vous tient au cœur. Mais dès que je serai en mesure de vous montrer Muller, je viendrai chez vous entre neuf et dix heures du matin.

— Je vous attendrai, madame, fit Perdrigeard en s'inclinant devant Thérèse, qui se retirait.

Dès qu'elle fut partie l'ancien terrassier fit cette réflexion :

— Voilà, certes, une méchante femme. Mais que m'importe, si elle m'aide à découvrir le brigand que je cherche. Quant au baron, je crois qu'il aura du mal à épouser la jeune personne.

Perdrigeard parlait fort bien, car le baron avait du mal, mais cela ne l'empêchait pas d'aller de l'avant.

Depuis la fameuse soirée où il avait été si brillant, Michel de Mainz avait continué à ensorceler Mme de Sébezac et Clotilde de Renteria, sa nièce.

Ces dames ne pouvaient plus se passer de l'aimable financier, et presque tous les soirs, au lieu d'aller au cercle, comme il le disait à Thérèse, le baron se rendait plein de feu, chez Mme de Sébezac, à moins que la ministresse ne fût au spectacle. Dans ce cas, le chevalier de la vieille se montrait dans sa loge, l'accablait de compliments et déclarait à la jeune personne qu'il n'existait au monde aucune femme digne de lui être comparée.

Clotilde, avec sa sottise et sa vanité, trouvait que le baron représentait la fine fleur de la galanterie, de la distinction, de la bonne grâce et de toutes les qualités. Bientôt il n'y eut plus au monde gentilhomme qui méritât d'être cité avant lui ; si bien que la jeune fille en devint éperdument amoureuse et parla la première de l'épouser.

Comment Thérèse s'aperçut-elle de la trahison de son associé, on ne l'a jamais su au juste. Mais on pense que cela vint de Mᵐᵉ Caressat. La brave femme ne lui mit la puce à l'oreille, bien entendu, qu'à son corps défendant et sans se douter de ce qu'elle faisait, mais enfin on lui attribua cette révélation qui devait avoir de si graves conséquences.

Mᵐᵉ Caressat, un peu inquiète, malgré tout, sur le sort de l'argent prêté par elle au baron avait une manie bien innocente.

Quand elle allait quelque part faire une visite, elle entamait d'abord l'éloge de ses pensionnaires : le baron était divin, la Thérèse un ange et tous les deux des tourtereaux dont l'amitié la rajeunissait.

— Je vous assure, disait-elle, en faisant bien sonner deux s, je vous assure qu'ils sont charmants.

Mais par une association d'idées ou ne peut plus naturelle, elle pensait bientôt à son argent, et aussitôt elle vous demandait votre avis sur la délicate question de savoir si elle le reverrait jamais.

Les gens qui, comme elle, voyaient tout en beau, lui répondaient qu'elle n'avait rien à craindre. Les pessimistes secouaient la tête d'un air de doute et les brutaux ne se gênaient pas pour lui démontrer qu'on la dévalisait avec impudence. Elle était, comme on voit, bien avancée.

Quand on lui conseillait d'avoir confiance, elle ra-

contait des choses bien extraordinaires. Non seulement le baron lui avait emprunté à peu près tout son
argent, mais encore elle s'était laissée aller à signer des
billets de complaisance qui couraient le monde et qui
souvent l'empêchaient de dormir. Dans une circonstance difficile, de Mainz l'avait adroitement décidée à
acheter chez un orfèvre des bijoux d'un grand prix
et qu'on lui avait livrés contre un effet à quatre
mois.

Bien entendu, le baron avait mis les bijoux au mont-
de-piété et en son propre nom.

L'échéance approchait et Mme Caressat était sur des
épines.

Quand la pauvre dame racontait tout cela, il restait
bien peu de personnes pour entretenir encore son espérance, mais alors sans se rebuter, elle allait ailleurs
demander quelques consolations ou des encourage-
ments.

C'est ainsi qu'elle visita Mme de Sébézac. La veuve de
l'ancien ministre et Mme Caressat étaient des amies d'en-
fance et, quoique cette dernière n'eût pas été heureuse
dans la vie, quoiqu'elle se fût ruinée fort maladroite-
ment, Mme de Sébezac la voyait avec plaisir et lui gardait une amitié inaltérable.

Mme Caressat n'hésita pas à confier à son amie,
comme aux autres personnes, ses angoisses. Mais à
peine eut-elle ouvert la bouche et formulé un doute
sur la probité du baron, qu'elle fut rembarrée de la
belle manière.

— Ma chère, lui dit Mme de Sébezac, fais-moi le plaisir de ne pas attaquer devant moi un homme que je
considère comme le parangon de la délicatesse et de
toutes les vertus masculines.

La pauvre Mme Caressat, interloquée, voulut dire :
— Je ne l'attaque pas, je te consulte.
— Eh bien ! crois-moi, ton argent est mieux placé

chez lui que chez Rothschild ou à la Banque. Ah
ça ! qu'est-ce que tu viens me chanter avec tes inquiétudes ! M. de Mainz est dans une situation considérable.

On lui a compté sous mes yeux, — sous mes yeux,
entends-tu, — cent mille francs, qu'il avait prêtés personnellement à une personne un peu gênée.

— Vraiment ? Mais pourquoi donc me demandait-il
huit mille francs il y a quelques jours.

— Mais probablement pour développer son chiffre
d'affaires, et si tu les lui as prêtés, tu as joliment bien
fait. Le baron est millionnaire, ajouta tous bas Mme de
Sébezac, et s'il voulait me faire l'honneur d'épouser
ma nièce, je serais au septième ciel.

— Oh ! pour cela, ma chère, je crois qu'il ne peut y
songer.

— Eh pourquoi donc ? demanda Mme de Sébezac
grincheuse.

— Mais, répondit Mme Caressat, qui ne savait point
que le silence est d'or, parce que le baron est engagé
d'honneur avec Mlle Thérèse Malvignan, une grande
artiste...

— Ah ! oui, interrompit brutalement la ministresse,
je la connais, ta grande artiste. Elle a chanté à l'ancien
Lyrique en 1857, et je t'assure que c'était drôle. Et
puis elle a dix ans de plus que lui, ta grande artiste. Et
puis, est-ce qu'on se marie avec ces espèces ?

Mme Caressat était on ne peut plus scandalisée d'entendre de tels propos. Elle en oublia son échéance et
songea que Thérèse serait bien malheureuse si les dé-
sirs de la ministresse se réalisaient.

Selon son habitude, elle crut ne pas devoir insister,
mais elle garda son opinion : à savoir, que le baron
était bien incapable de se conduire ainsi à l'égard de la
« grande artiste. »

Revenue chez elle, Mme Caressat ne parla pas d'a-
bord de sa visite à la vieille folle, mais dans la soirée,

quand les deux femmes furent seules, elle ne put se tenir de dire à Thérèse avec l'intention de lui faire
plaisir :

— Savez-vous, ma chère, que le baron a tout à fait
conquis Mme de Sébezac !

— Vraiment ! madame ? répliqua Thérèse.

— Elle en est folle.

— Je suppose, pourtant, que ce n'est pas une folie
d'amour, dit la Malvignan avec son ton naturellement
raide.

— Oh ! non, bien entendu. Quand on a le bonheur de
vous connaître, il faudrait être abandonné du ciel pour
ne pas vous aimer toujours. Le baron a trop d'esprit
pour ne pas comprendre cela.

— Est-ce que Michel va souvent faire visite à Mme de
Sébezac ?

— Je ne sais pas, répondit la bonne hôtesse, qui craignait d'en avoir trop dit.

— Est-ce que cette vieille femme n'a pas une nièce ?
interrogea Thérèse sans y mettre de malice.

A cette question, Mme Caressat se troubla visiblement
déclara qu'elle n'avait pas entendu parler de la jeune
fille, qu'elle ne savait rien, et balbutia tellement que
sans en rien laisser paraître, la chanteuse en conçut
quelque vague souci.

Le soir même, quand de Mainz rentra, de l'air d'un
homme qui vient de s'ennuyer au cercle, Thérèse l'accueillit avec la même bonne grâce qu'à l'ordinaire, mais
quand ils furent seuls, elle demanda négligemment au
baron s'il avait vu Mme de Sébezac depuis longtemps.

— Pourquoi me demandez-vous cela, chère amie ?

— Pour rien, pour savoir. Il me semble qu'après ce
que vous avez fait pour elle, il serait maladroit de vous
tenir trop à l'écart.

— Oui, oui, mais ne craignez rien. Je ne perds pas
de vue cette excellente dame, qui nous sera, je

crois, d'un bon secours quand l'heure propice aura
sonné.

— Et quand ce moment viendra t-il ?

— Je ne sais. Dans six semaines ou deux mois. Le
jour où nous émettrons, avec Durand, les actions des
Houilles de Nouka-Hiva, j'irai la mettre dans nos intérêts, et elle nous donnera, je vous l'assure, un fort coup
d'épaule pour la formation du conseil.

— Je parie, reprit Thérèse, que vous ne l'avez pas
visitée depuis le duel.

— Si, une fois, lorsqu'elle a donné son bal.

— Oui, mais depuis ?

— Ah ! depuis, j'ai eu autre chose à faire, dit effrontément le baron.

Thérèse parla d'autre chose et les deux associés passèrent l'un et l'autre une nuit excellente.

Mais dès le lendemain, la Malvignan qui n'était pas
tranquille se mit à espionner le baron. Tout d'abord
elle alla chez ceux qui pouvaient l'éclairer et les interrogea plus ou moins adroitement. Partout où l'on connaissait la situation, on lui répondit évasivement. Mais
elle finit par rencontrer quelqu'un qui n'avait pas de
ménagements à garder et qui se moquait de ce que
pouvait dire le baron ou Thérèse.

Celui-là, qui d'ailleurs en savait un peu moins long
que les autres peut-être, celui-là commença par révéler
à « la grande artiste » que Michel se montrait fort
souvent avec les dames de Sébezac et qu'il paraissait
extrêmement assidu auprès de Clotilde.

— Du reste, ajouta-t-il, on prétend que le fameux
duel avec Perdrigeard a eu pour point de départ
Mlle de Renteria elle-même, et non point la vieille
veuve de l'ancien ministre, comme certains journaux
mal informés ont cru devoir le raconter.

— Il voudrait donc épouser cette jeune fille ?

— En général, madame, quand une demoiselle est
laide, il n'est pas d'usage qu'on en fasse sa maîtresse

si elle est riche. Or, Mlle de Renteria possède en toute
propriété plus d'un million. Un déclassé comme de
Mainz doit donc avoir l'intention formelle de faire une
fin. Sans cela, il ne perdrait pas son temps auprès de
ces deux macaques.

Thérèse ne jugea pas à propos d'en entendre davantage. Le lendemain, elle se rendit chez Perdrigeard et
s'informa, comme on l'a vu. Mais la réponse de l'ancien terrassier ne vint apporter aucune lumière nouvelle dans la nuit où marchait la Malvignan. Il n'y avait
qu'un point éclairci : le baron faisait sa cour à Clotilde,
et pourtant ce n'était pas pour elle qu'il s'était battu.

Un supplément d'enquête était nécessaire. Thérèse
continua tranquillement à recueillir des renseignements. Elle mettait à cette besogne, qui l'occupait
beaucoup, une méthode et un sang-froid effrayants.

Une femme si maigre, une comédienne aux lèvres
si minces, aux yeux si perçants, au nez si rigide était
à redouter, ainsi que l'avait si judicieusement pensé
Perdrigeard.

Et, en effet, la *diva-carcasse*, comme l'appela dans
son feuilleton du lundi un des plus éminents critiques
de ce temps, la diva-carcasse entretenait, sans rien en
laisser paraître, une sourde et violente colère qui devait se traduire plus tard, étant donné le tempérament
du sujet, non point en menaces ni en cris, mais en
actes vigoureux, méchants, terribles peut-être. Tous
ceux qui eussent vu, dans son éternelle voiture, cette
longue femme à la figure sombre et aux tressaillements
nerveux n'auraient pu manquer de se dire :

— Voilà une drôlesse qui médite quelque abomina-
tion.

— Ah ! le baron veut me lâcher ! pensait-elle, ah !
ce drôle qui est arrivé ici inconnu et nu, cet être qui
n'avait ni sou, ni porte-monnaie, ni poche quand je l'ai
ramassé un jour dans ma voiture s'est mis en tête de

planter là Thérèse Malvignan pour épouser une grue idiote et riche !

Ainsi je me serai consacrée à ce polisson. Je lui aurai montré Paris si bien qu'il en connaît toutes les ressources mieux que les Parisiens les plus madrés. Je l'aurai conduit chez la mère Caressat et je lui aurai appris à la mettre en coupe réglée pour que le jour où il a quelque chance de se tirer d'affaire il se moque de moi comme de sa première coupe de cheveux !

Eh bien ! non, cent fois non, mille millions de fois non. Il n'en sera pas ainsi. Je ne sais pas encore s'il me trompe vraiment. Mais je le saurai demain.

Le comte de Bagnac connaît intimement la Sébezac. Il me rendra, sans s'en douter, le service de m'apprendre la vérité sur ce point.

Et Thérèse Malvignan faisant émerger de la portière sa longue et parchemineuse personne, donna l'ordre au cocher qui la conduisait de la porter chez M. de Bagnac, 35, rue Bleue.

— Mon cher, lui dit-elle, je viens vous demander un vrai service.

Le comte, avec résignation, prenait dans sa poche le louis réglementaire.

— Non, dit Thérèse, il ne s'agit pas de concert pour aujourd'hui.

M. de Bagnac fit une grimace, car il craignait d'être plus sérieusement attaqué. Mais la Malvignan lui dit :

— On m'a raconté que Mlle de Renteria se marie. Je puis gagner une assez grosse somme en lui fournissant le trousseau ; voulez-vous être assez bon pour me ménager cette affaire ?

Depuis fort longtemps M. de Bagnac était mis en coupe réglée par la Malvignan qui, jadis, avait eu pour lui quelques bontés.

— Écoutez, Thérèse, lui dit le comte, nous allons faire un traité, si vous le voulez...

— Rendez moi d'abord le service que je vous demande.

— Je veux bien, mais écoutez-moi : combien de temps comptez-vous donner encore des concerts?

— Pourquoi me demandez-vous ça !

— Pour savoir combien j'ai de louis à vous compter dans l'avenir.

— Oh ! écoutez, mon cher, je n'ai pas envie de rire, je vous assure, et vous savez que je n'aime pas les mauvaises plaisanteries.

La Malvignan avait toujours eu le plus détestable caractère. Cette sortie n'étonna pas M. de Bagnac. Il se demanda seulement, pour la centième fois peut être, comment il avait pu aimer pendant cinq minutes cette femme désagréable.

— Je ne plaisante pas, dit-il, mais pas du tout, et voici ce que je vous propose : je vais vous donner dix louis pour cinq ans, je ferai la démarche auprès de Mme de Sébezac, mais je n'aurai plus l'honneur de vous revoir pendant un lustre tout entier.

— Insolent !

— Voyons, Thérèse, pas d'injures, ou je vous envoie promener.

La Malvignan accepta le traité et convint avec M. de Bagnac qu'ils auraient une dernière entrevue le surlendemain.

Comme elle rentrait chez Mme Caressat, elle vit un employé du télégraphe qui montait l'escalier devant elle et sans plus se presser d'ailleurs qu'il ne convient à un homme chargé d'une dépêche.

Les télégraphistes se font sans doute le raisonnement suivant :

— Puisque l'électricité met si peu de temps à transmettre les dépêches, il n'est point nécessaire que nous nous dépêchions nous-mêmes.

Il y a ainsi compensation. D'ailleurs, quand la nou-

velle est mauvaise, il est bien plus agréable de ne la
recevoir que le moins tôt possible.

Le facteur montait donc avec une sage lenteur, ce
qui ne gênait en aucune façon la Malvignan, car elle
avait depuis longtemps l'habitude de gravir les degrés
très-doucement, sans doute pour en gravir beaucoup et
longtemps.

Ils arrivèrent ainsi l'un et l'autre au palier de
Mᵐᵉ Caressat. où l'employé du gouvernement que la
France s'est librement donné, sonna énergiquement.

Thérèse, qui arrivait derrière lui, demanda au facteur ce qu'il voulait.

— C'est une dépêche pour Mᵐᵉ Malvignan.

— C'est moi, dit la chanteuse en tirant de sa poche
un léger pourboire.

Puis elle décacheta la dépêche et poussa un cri de
joie, un cri d'orgueil :

— Madame Caressat ! madame Caressat, appela-t-elle
en courant vers le salon de son hôtesse.

Celle-ci, avec un empressement qui était dans sa nature, mais que doublait l'appel de Thérèse, se montra
aussitôt en disant :

— Qu'y a-t-il, ma chère amie ?

— Un engagement à Vienne ! un engagement magnifique au théâtre de la cour !

— Ah ! mon Dieu ! fit Mᵐᵉ Caressat en joignant les
mains d'un air consterné, vous avez signé ?

La vieille dame s'était peu à peu si bien acoquinée au
baron et à sa prima dona qu'elle éprouvait un violent
serrement de cœur à l'idée d'être séparée d'elle.

— Vous avez signé ?

— Eh ! non, répliqua la Malvignan, puisque cette
dépêche me demande mes conditions.

— Qu'allez-vous faire ?

— Je ne sais.

— Le baron va être désespéré.

Ces quelques mots rappelèrent la diva-carcasse à la

réalité des choses. Dans l'ivresse du premier moment, elle venait d'oublier Michel de Mainz, et Clotilde, et Mme de Sébezac, et tout le monde, pour ne songer qu'à l'étonnante nouvelle : on lui offrait un engagement à Vienne, comme premier sujet.

Mais quand Mme Caressat parla du désespoir qu'allait éprouver le baron, elle tomba de son ciel et eut une inquiétude.

— Mais au fait, pensa-t-elle bientôt, cette proposition arrive infiniment à propos. Grâce à elle je pourrai m'assurer des sentiments de Michel. S'il paraît enchanté, je saurai à quoi m'en tenir ; s'il affecte un trop grand désespoir, ce sera aussi mauvais signe.

Le soir, dès que le baron arriva, on s'empressa de lui apprendre la nouvelle. D'abord, il ne voulut pas y croire. Il regarda Thérèse, puis Mme Caressat de l'air d'un homme qui pense qu'on se moque de lui. Et ce fut à ce point que la chanteuse finit par être froissée d'un tel étonnement.

— Ne me supposez-vous donc pas capable de tenir mon emploi à Vienne comme ailleurs ? dit-elle d'un ton rogue.

— Eh ! ma chère, fit le baron avec bonhommie, vous savez bien que je vous considère comme la première artiste de votre temps. Mais vous conviendrez d'une chose, c'est qu'après avoir attendu si longtemps, on peut douter d'une nouvelle semblable.

— C'est vrai, fit Mme Caressat qui avait une secrète inclination à approuver *de plano* un homme qui jouissait du titre de baron.

— D'ailleurs, ma chère Thérèse, il ne faut pas vous étonner si je n'accueille pas ce télégramme avec un enthousiasme extraordinaire.

— Que voulez-vous dire ?

— Est-ce que je ne vous connais pas ? Est-ce que je ne sais pas d'avance que si je vous prie de me sacrifier une année de gloire, vous n'en aurez pas le courage ?

17

Et pourtant, si vous allez à Vienne, vous me laisserez seul ici, seul et malheureux.

Thérèse écoutait de Mainz, se demandant s'il ne jouait pas la comédie.

— Que faire, alors ? dit-elle ébranlée.

— D'abord, que dit le télégramme ?

La Malvignan lut à haute voix :

« Télégraphiez chiffre appointements pour Théâtre Impérial de Vienne. »

— Pas autre chose ?

— Non.

— Eh bien ! ma chère amie, si vous m'aimez sincèrement, répondez que vous ne voulez pas quitter Paris.

La chanteuse, à ces mots, ne douta plus de l'affection du baron.

— Oh! dit-elle, je ne puis pourtant pas laisser passer cette occasion unique de me venger des humiliations qu'on m'a fait subir ici.

— Je ne dis pas; mais réfléchissez que vous allez m'abandonner.

— Pauvre baron ! murmura Mme Caressat attendrie.

Thérèse croyait de Mainz sincère. Raison de plus pour ne pas refuser un engagement qui la transportait. Débuter à Vienne! être prima donna assoluta sur un pareil théâtre! Jamais elle n'avait osé rêver une semblable chance ; et elle y renoncerait pour le plaisir de ne pas abandonner Michel ! Ah ! si Michel avait voulu l'abandonner! Peste ! c'eût été autre chose. Mais elle, planter là Michel, cela n'avait pas les mêmes conséquences.

Le baron insista, pria, se fit humble et doux. Elle résista.

— Pourquoi ne venez-vous pas à Vienne avec moi ? lui dit-elle.

— Mais, parce que j'ai mis six ans à me faire une situation à Paris, et que ce serait un acte fou que d'aller essayer quoi que ce soit ailleurs.

— Enfin, mon ami, je vais gagner là de gros appointements. Et après Vienne, qui sait si je n'irai point à Milan ou à Londres !

— Écoutez, Thérèse, vous m'aimez, n'est-ce pas ? demanda le baron.

— Je crois vous l'avoir prouvé, répondit la Malvignan.

— Oui. Eh bien ! voulez-vous concilier votre gloire et notre mutuelle affection ?

— Je ne demande pas mieux, répondit la prima donna.

— En ce cas, convenons d'une chose. De votre côté, vous n'accepterez pas cet engagement si les appointements qu'on vous offre sont trop médiocres et de l'autre, s'il sont dignes de votre talent, je m'engage à ne plus vous retenir.

On ne pouvait mieux parler. La Malvignan accepta. Quelqu'un qui fût venu lui rappeler ses soupçons de la veille, de la matinée même, l'aurait joliment fait rire.

— Mais, dit-elle, qu'est-ce que vous entendez par appointements médiocres ?

— J'entends qu'une artiste comme vous ne peut aller se faire entendre dans une capitale à moins de six mille francs par mois.

Ce chiffre exorbitant, eu égard au talent de Thérèse, ne parut pas excessif à la chanteuse, ni surtout à Mᵐᵉ Caressat.

— Non, certes ! pas à moins, reprirent en même temps les deux femmes.

— Alors, ma chère amie, demandez dix mille ou huit mille, et comme on vous proposera peut-être une réduction, vous céderez à sept ou à six. Et, dans ce cas, je vous aime trop pour ne pas me sacrifier à votre fortune, à votre avenir.

Les choses ainsi arrêtées, la Malvignan rédigea sa dépêche et demanda huit mille francs. Dix mille ! elle n'osait vraiment pas. Mais quelle ne fut pas sa stupéfaction quand, dans la soirée même, elle reçut un nouveau télégramme ainsi conçu :

« Acceptons huit mille. Télégraphiez répertoire et date d'arrivée : »

On ne décrit pas l'accent triomphal avec lequel Thérèse Malvignan lut ces quelques mots. Bouffie de vanité satisfaite, ivre de gloriole, pleine de morgue, elle promenait autour d'elle un regard insolent, comme pour dire :

— Eh bien, êtes-vous convaincus que je suis une artiste ?

Mais le baron n'accueillait pas le télégramme de Vienne avec le même enthousiasme. Il ne put même dissimuler son émotion quand il dit à Thérèse.

— Ainsi, vous allez partir ?

Le pauvre homme en pleurait presque. Mme Caressat, elle, en pleurait tout à fait. Mais c'était de joie. Elle était fière de la gloire qui attendait la Malvignan presque autant que la chanteuse elle-même.

Celle-ci planait dans l'Empyrée. Il lui semblait qu'un beau nuage rose doucement poussé par un vent tiède la transportât vers des régions où elle roucoulerait au bruit d'éternels applaudissements. Elle se voyait, en pleine capitale Autrichienne, entourée et courtisée par des princes, par des maréchaux, par d'illustres magyares. Que pouvait lui faire alors ce petit gentilhomme russe qui n'avait ni sou ni maille ?

Le lendemain, elle demanda par dépêche ses avances à son directeur. On lui envoya son premier mois, huit mille francs, et elle devint indécrottable. On ne pouvait l'aborder tant elle était occupée avec ses couturières, ses modistes, ses lingères, ses costumiers et tout son monde de ville et de théâtre.

— Encore une fois, ma chère Thérèse, lui dit un soir

le baron toujours fort triste, ne pourriez-vous pour moi renoncer à cet engagement qui me désole ?

— Eh ! mon cher, vous êtes extraordinaire. Voilà soixante mille francs que je vais gagner en huit mois et il faudrait vous sacrifier cette aubaine ! Vous devriez me remercier d'accepter, au contraire. Vous serez bien aise de trouver cet argent quand je le rapporterai à Paris. De Mainz n'insista pas. Il garda sa tristesse et se fit consoler quotidiennement à table par Mme Caressat qui ne cessait de s'écrier avec des sanglots prêts à éclater.

— Pauvre bâron ! Ah ! bàron ! misérable bâron !

Thérèse partit. Michel, l'infortuné Michel, la conduisit à la gare de l'Est. On se sépara courageusement. Mme Caressat pleurait. Mais la Malvignan, empêtrée dans son rêve de gloire, ne fut qu'à demi tendre. Il lui tardait d'être seule dans son coin de compartiment pour songer sans être dérangée aux ovations qui l'attendaient.

— Enfin ! fit-elle mentalement, quand la locomotive siffla le départ.

Ce fut avec une secrète joie qu'elle serra la main à Michel et fit un signe d'adieu à Mme Caressat Et quand la machine eut poussé son asthmatique respiration, lorsque tout le train eut franchi bruyamment la plaque tournante et qu'elle se sentit bien en route. Thérèse laissa s'échapper un profond soupir. C'en était fait. Elle allait être illustre. Nul, à son avis, n'en doutait, et elle moins que personne.

XXII

BLANCHARD RETROUVÉ

Le baron supporta plus bravement que ne l'aurait cru Mme Caressat, les premiers jours de cette cruelle séparation. Il eut même assez d'empire sur lui pour ne rien changer à ses habitudes. Allant à ses affaires dès neuf heures du matin comme les autres jours, il déjeunait en ville, ainsi que cela se passait à l'ordinaire, rentrait régulièrement dîner avec cette excellente Mme Caressat, qui, l'ayant pour elle toute seule, lui donnait du bâron avec une amplification de l'*a* qu'on ne saurait exactement reproduire et continuait à se rendre mélancoliquement à son cercle chaque soir, pour ne pas trop s'ennuyer.

Il poussa l'héroïsme — Mme Caressat n'en sut rien — jusqu'à être plus assidu que jamais auprès de Mme de Sébezac et jusqu'à faire une cour on ne peut plus formelle à Mlle de Renteria. Celle-ci, qui était folle de lui, on le sait, n'eut pas la patience d'attendre qu'il se posât en fiancé et le mit en demeure, catégoriquement, de faire sa demande.

Le baron objecta qu'il craignait de ne pas être bien accueilli ; que sa situation de fortune était loin de pouvoir se comparer à celle de Clotide ; qu'il avait une opinion trop sincère de ses faibles mérites pour ne pas croire que Mlle de Renteria le traitait avec une indulgence infiniment plus grande qu'il ne le méritait.

Mais la nièce de Mme de Sébezac était espagnole et voulait se marier. Coiffée du baron, elle répondit que sa tante remplissait une formalité en consentant à son mariage et qu'au cas où elle aurait des velléités de s'y opposer, il serait facile de l'y contraindre.

— Oui, mais la différence des fortunes! **disait de Mainz.**

— Ceci ne regarde que moi, monsieur le baron, ré₁ pondait Clotilde. En Espagne, nous ne savons pas dissimuler nos sentiments comme vos sottes de Françaises. Vous me plaisez, je veux être votre femme. Et je la serai, s'il n'y a d'autre obstacle que votre pauvreté, quelle qu'elle soit.

Le baron ne demandait qu'à se rendre, et il se rendit.

— Je n'osais pas croire à tant de bonheur, mademoiselle, dit-il. C'est le paradis que vous me faites entrevoir en parlant ainsi. Il n'est pas au monde un être plus heureux que moi. Dès ce momeut, je vais demander à madame votre tante un entretien particulier.

La ministresse ne laissa même pas parler le baron.

— C'est pour la petite, n'est-ce pas? Vous me demandez sa main! Enfin! Vous vous êtes décidé, j'en suis trop heureuse pour vous faire languir même une minute. Oui, je vous la donne. Oui je suis fière que vous entriez dans ma famille.

— C'est que je ne suis pas riche.

— Vous faites des affaires, vous gagnez de l'argent. Et d'ailleurs Clotide a quinze cents mille francs à elle. C'est plus qu'il n'en faut pour ne pas mourir de faim. Embrassez-moi, mon neveu.

Le baron ne se fit pas prier pour tomber dans les bras de la vieille folle. Il l'embrassa même de fort bon cœur en songeant qu'un mot d'elle venait de le faire riche et l'on appela Mlle de Renteria qui n'était pas bien loin.

— M. le baron, dit Mme de Sébezac, donnez à ma nièce le baiser de fiançailles.

Quand Michel de Mainz eut mis ses respectueuses lèvres sur le front assez étroit de sa future, Mlle Clotide dit à sa tante :

— Quand nous mariez-vous?

— Cela dépend de M. le baron.

— Oh ! madame ! si vous me consultez, je vais vous étonner par un empressement qui du reste est une preuve de l'ardent amour dont je suis dévoré. Je veux me marier tout de suite.

— Et moi aussi, déclara Mlle de Renteria sans hésiter.

— Permettez, permettez. Il y a des délais légaux que nous ne pouvons escamoter. Jadis, dans le bon temps, on vous mariait deux amoureux en dix minutes. De nos jours il faut subir le bon plaisir de la loi.

— Nous le subirons, ma tante, fit de Mainz avec enjouement.

— Mais occupons-nous au moins de remplir les formalités nécessaires. Il faut que dès demain les bans soient publiés et dans quinze jours...

— C'est parfait.

On ne se doute pas à quel point la célébrité a des inconvénients. Depuis son duel, le futur de Mlle de Renteria jouissait d'une certaine notoriété. On le citait parfois comme personnage important dans les comptes rendus de premières représentations quand il allait se pavaner dans la loge de Mme de Sébezac. Tant et si bien que les journaux en apprenant son mariage n'eurent rien de plus pressé que d'en faire un *Écho de Paris*.

On jugea même à propos de conter que la main de Clotide était une récompense offerte à la valeur du chevalier de la vieille. Présentée en ces termes, la nouvelle de ce mariage fit promptement le tour de la presse. Cela eut l'inconvénient de mettre en évidence le baron de Mainz, et surtout de faire dire çà et là, sur le boulevard, dans les cercles, partout et ailleurs :

— Mais qu'est-ce que c'est donc que ce M. de Mainz ?

Et comme il se trouve dans le monde toujours quelqu'un qui vous connaît, on se mit à raconter des choses bien extraordinaires sur le compte du baron. Il était, disait-on, le héros d'histoires d'une propreté douteuse. Les faiseurs avec qui Michel s'était trouvé en relation dans la mêlée parisienne, criaient naturellement très-

fort, parce qu'ils étaient jaloux. Et d'ailleurs, ils en
savaient à coup sûr plus long que les autres, étant de
ceux qui avaient eu directement affaire à la conscience, à la délicatesse et à toutes les vertus privées
de cet excellent étranger.

Cependant, il faut l'ajouter, sauf l'accusation d'avoir
vécu aux crochets de la diva Carcasse, on ne lui reprochait en réalité rien de particulièrement défini et toutes
les anecdotes qu'on se passait de l'un à l'autre étaient
plus ou moins discutables.

Quoi qu'il en soit, on s'occupa énormément du baron
dans un certain monde pendant deux jours. Il n'y avait
en ce moment ni crime nouveau, l'assassinat de Malvezin datait de six semaines, ni événement politique considérable, ni drôlesse trop en vue, ni cabotin qui fît du
bruit.

Toutes ces circonstances réunies firent que l'attention
publique se porta sur de Mainz, faute d'autre sujet d'é-
tonnement ou de conversation. A défaut de grives on se
contente de merles. Et certes, le baron, sans être un
merle blanc, pouvait passer pour un merle de choix.

Il se trouva que Martha, dont les recherches n'avaient
abouti à rien depuis plus de quinze jours, entendit parler, comme tout le monde, du bohème international.
Mlle Versin n'avait vu l'amant de Thérèse qu'une seule
fois dans sa vie, mais il avait produit sur elle une impression désagréable.

— Mais enfin, s'écria-t-elle au moment où deux de
ses camarades lui parlaient du futur de Clotilde, mais
enfin, qui connaît ce monsieur?

— Eh! ma chère, vous êtes mieux placée que personne pour savoir ce qu'il est.

— Moi?

— Certainement. Ecrivez à Pétersbourg aux quelques
amis que vous y avez, à la Nichamoff par exemple, et
certainement l'on vous dira tout ce qu'on sait sur son
compte.

17

— Au fait, répondit Martha, comment n'y ai-je pas pensé. J'ai même un moyen beaucoup plus à ma portée.

— Et lequel?

— Celui de m'informer à l'ambassade. Ivanoff m'a donné une lettre pour le premier secrétaire.

— En ce cas, ma chère, avec une course de voiture vous pourrez satisfaire votre curiosité.

Martha ne remit pas au lendemain l'exécution de ce projet. Deux heures après, on l'introduisait auprès de M. Mourawieff à qui elle adressait questions sur questions.

— Mon Dieu, mademoiselle, répondit le jeune diplomate, je voue avouerai que nous sommes tout juste aussi savants que vous, à l'ambassade, sur le point que vous voulez éclaircir.

— Je croyais pourtant, monsieur, qu'aucun sujet russe ne pouvait quitter l'empire sans passeport en sorte qu'on était toujours fixé sur la moralité, la situation de fortune et l'état civil de tous les Moscovites présents à Paris.

— Ce que vous me dites là est parfaitement exact. Mais il y a certaines catégories de gens qui échappent à notre contrôle.

— Lesquelles?

— Celle des malfaiteurs, par exemple, qui n'ont pas demandé la permission de voyager et qui se sont échappés de notre pays après avoir commis quelque méfait dans des coins ignorés de la Russie.

— Est-ce que vous pensez que M. de Mainz...

— Je ne dis pas cela. M. de Mainz n'est pas sur la liste des sujets du czar qui ont la permission de séjourner à Paris. Mais il est probablement en règle avec sa conscience et avec les lois tout de même.

— Comment?

— Peut-être ses parents ont-ils quitté la Russie quand il était tout petit, à une époque même ou il n'était pas né. Dans ces deux cas, sa personnalité nous échappe totalement. Mais quel grand intérêt avez-vous à être fixée sur l'identité du baron?

Martha, en quelques mots, mit le comte de Mourawieff au courant de ce qui lui était arrivée en Russie.
Sans nommer Ugareff, elle lui confia l'incident relatif à
cet officier et comment celui-ci, pour se soustraire à
une punition sévère, lui avait révélé l'action secrète dans
toute cette affaire, d'un certain Johann Muller.

— A défaut de notes sur le baron de Mainz, reprit
la chanteuse, pouvez-vous me renseigner sur ce Johann
Muller?

— Mon Dieu, mademoiselle, répondit le secrétaire
d'ambassade, c'est comme si vous demandiez à un préfet français de vous renseigner sur un certain Pierre
Martin.

— Ah! pourquoi? je ne comprends pas très-bien.

— Le nom de Muller, quoique allemand, ou peut-
être parce qu'il est allemand, ajouta Mourawief avec un
sourire, est aussi commun en Russie que celui de Martin en France. Muller! Tout le monde s'appelle Muller
en Allemagne, et comme les Allemands ont débordé
dans notre pays, on trouve une infinité de Muller dans
les grandes villes moscovites.

— Alors, vous ne connaissez personne de ce nom?

— Je connais au contraire cinquante Muller et c'est
trop pour pouvoir vous éclairer sur votre Johann à
vous.

— Il semble, dit alors Martha, que ce qui serait simple dans toute autre affaire doive s'embrouiller et se
compliquer en ce qui me concerne. Il est curieux que
justement cet homme porte un nom extrêmement répandu.

— Cela n'est pas une raison, reprit le comte, pour
que nous ne cherchions pas à découvrir tout de même
ce Johann Muller et je vais essayer avec vous.

M. de Mourawieff fit apporter un registre. Après l'a-
voir feuilleté pendant dix secondes, le secrétaire d'ambassade mit le doigt au milieu d'une page et montra
successivement trois lignes à Mlle Versin.

— Tenez, mademoiselle, dit-il, voici parmi les Muller de Russie en ce moment à Paris trois Johann Muller.

L'un deux est le fils d'un pope du gouvernement de Jaroslaw. Il n'a point de permission de séjour et nous le soupçonnons véhémentement de nihilisme.

— C'est peut-être celui-là.

— Au cas où il serait prouvé que c'est là votre Johann Muller, il faudrait arrêter tout de suite l'officier dont vous m'avez parlé.

-- Et que vous ne connaissez pas ?

— Non. Mais que nous aurions dans nos mains en vingt-quatre heures. Du reste, la peur qu'il a eu d'être compromis pourrait bien être un indice. Il faudra creuser ça.

— Que fait ce Muller à Paris ?

— Il étudie beaucoup et donne des leçons.

— Pauvre ?

— Certainement.

— Alors ce n'est point celui que je cherche, car le mien a soudoyé Titcheff et Polski.

— En ce cas, passons au second Muller. Celui-là est connu de toute la Russie.

— Pourquoi ?

— C'est un bandit célèbre.

— Qu'a-t-il donc fait ? C'est peut-être le mien.

— Il était employé de la ferme des eaux-de-vie dans un grand village près de Riga lorsqu'il obtint d'être envoyé dans une petite ville du centre de la grande Russie. A trente ou quarante verstes de cette petite ville existait une jeune fille de seize ans extrêmement riche, quoique de petite noblesse. Nadèje Markoff était en outre orpheline et dépendait d'un tuteur qui habitait Pétersbourg, Johann Muller se mit en tête d'épouser Nadèje. Il était, dit-on, assez bien tourné, agréable de figure et fort capable d'enjôler une jolie fille. Malgré tous ces dons naturels, Johann Muller ne parvint pourtant pas à plaire. La jeune fille avait pour lui une aversion insurmontable et il fut rebuté fort énergiquement. Sur ces entrefaites, le tuteur de Mlle Markoff se ruina complétement au jeu et tomba dans une misère noire.

— On joue donc beaucoup en Russie? demanda Martha.

— C'est le pays du monde, mademoiselle, où l'on boit le plus d'eau-de-vie et où les jeux de hasard ont le plus de dévots.

— Continuez. Il me semble que j'écoute un roman.

— Ce fut, en effet, un terrible roman. Quand Muller apprit la déconfiture du tuteur — ce dernier se nommait Walissoff — il se rendit à Pétersbourg et lui proposa un pacte. Walissoff devait consentir au mariage de Nadèje avec Muller, et en retour, Johann, aussitôt marié, vendrait les immenses domaines de Mlle Markoff et donnerait la moitié du prix à son complice.

— Mais, interrompit Martha, ce Walissoff ne pouvait il aller vivre tranquillement auprès de sa pupille et jouir encore d'une existence convenable?

— Certainement, mais il n'avait pas acquitté toutes ses dettes de jeu, et puis il espérait reconquérir sa fortune dissipée. La passion du jeu ne se discute pas, d'ailleurs, reprit le comte de Mourawieff. Dès que Johann Muller eut le consentement écrit de Walissoff, il revint auprès de Nadèje, soudoya autour d'elle tous ceux qu'on pouvait acheter, força les autres par mille moyens, à s'éloigner, et déclara nettement à la jeune fille qu'elle eût à l'épouser. Fièrement Mlle Markoff répondit qu'elle aimait mieux mourir.

— Soit, répondit Muller, et tirant un pistolet de sa poche, il lui en appliqua le canon sur la potrine en disant : Vous serez ma femme ou vous mourrez.

— Pauvre enfant!

—Vous avez compris, mademoiselle, ce qui arriva. Nadèje eut peur. Elle demanda un sursis pour s'habituer à l'idée d'épouser Johann.

— Pas une minute, répondit Muller. Dites oui ou non

sur l'heure. Seulement n'oubliez pas que *non* c'est la mort. Elle consentit. Puis elle se révolta et retira son consentement. Mais épouvantée par de nouvelles menaces et se sentant tout à coup enveloppée d'ennemis, elle consentit encore. Johann Muller fit hâter les préparatifs du mariage qui devait avoir lieu dans la chapelle du château. Walissoff arriva bientôt pour assister à la cérémonie. On avait averti Nadèje que si devant le pope elle refusait de dire oui, elle serait tuée à l'instant. La pauvre enfant avait écrit à un de ses cousins qui servait dans le Caucasse et se faisait forte de tout retarder jusqu'à ce qu'il arrivât. Mais les deux misérables devinèrent son espérance et on la conduisit à l'autel six jours avant l'époque fixée.

— Et la pauvre Nadèje se laissa marier?

— Oui. Mais son cousin arriva quelques heures après la cérémonie et quoique Johann Muller eût tout préparé pour vendre les biens de la famille Markoff en moins de deux jours, il n'avait pas encore eu le temps de dépouiller sa femme. Nicolas Waleïeff — c'était le nom du cousin — était un brave et charmant soldat qui avait conquis ses grades à la pointe de son épée. Dès qu'il sut ce qui s'était passé, il fit prendre Walissoff et Johann Muller, les mit dans une voiture fermée à clef, puis il les emmena à Saint-Pétersbourg. Nadèje était du voyage. Ce coup d'autorité, un pareil acte de décision donnèrent à réfléchir aux deux complices. Ils firent des efforts surhumains pour briser leur prison ambulante et y parvinrent au milieu de la seconde nuit. Nicolas et sa cousine arrivèrent donc seuls à Pétersbourg et portèrent leur plainte aux pieds de l'empereur. Le mariage de la jeune fille fut cassé.

— Et les deux misérables?...

— Les deux misérables parvinrent à gagner la frontière autrichienne; jamais plus on ne les a revus.

— Et vous croyez que ce Johann Muller est à Paris?

— On l'affirme. Seulement, si le vôtre est riche, ce ne

peut être celui-là, car le nôtre est sans le sou. Pour être
exact, je dois ajouter qu'on ne l'a jamais vu ici et que
certains récits le font passer pour mort.

— Comment?

— Un a raconté dans les journaux de Pétersbourg
que Walissoff et son ami, une fois en sûreté, se prirent
de querelle et se reprochèrent mutuellement d'avoir été
maladroits dans l'exécution de leur projet de spoliation.

Des paroles, ils en vinrent aux menaces, Muller n'étai
pas la bravoure même. Walissoff, s'en étant aperçu, le
rudoya de la bonne manière. Ils en vinrent aux coups, et
l'on prétend que Johann Muller fut tué dans la bataille.
Mais on n'a aucune preuve authentique d'un si fâcheux
dénoûment.

— L'important est de savoir si vous avez la certitude
que ce Muller soit à Paris, si on l'y a vu, si enfin on
peut le découvrir.

— Mademoiselle, il y a un rapport de police qui a signalé sa présence en France il y a six ou sept ans.

— Et depuis?

— Depuis, il n'a pas donné signe de vie ailleurs; c'est
ce qui fait penser qu'il est toujours à Paris.

— Voilà qui est bien problématique. Voyons le troisième Muller.

— Le troisième Muller, mademoiselle, est un homme
régulièrement sorti de Russie, ayant sa permission de
séjour à Paris en règle et s'y livrant au commerce des
céréales.

— Ah! celui-là est dans le commerce?

— Oui, mademoiselle.

— Et vous pourriez me dire où est situé son bureau?

— Parfaitement, rue du Quatre-Septembre, n° 3.

— Je vous remercie.

Martha, en quittant l'ambassade de Russie, se fit conduire chez le troisième Johann Muller. Elle avait songé à
ceci que la rue du Quatre-Septembre croise la rue Richelieu et que le Johann Muller, s'il avait quelque vilaine

besogne à accomplir, pouvait bien se servir pour cela des bureaux à la journée que louait M. Malbec.

Muller était dans son comptoir quand Mlle Versin lui fit demander s'il voulait la recevoir. Il vint lui-même avec un certain empressement au-devant de la chanteuse et, l'invitant à s'asseoir :

— Pardonnez-moi, mademoiselle, dit-il, de vous rece-voir dans l'officine du commerçant.

— Ce bureau, monsieur, est assez bon pour moi et j'aurais du regret à vous déranger ailleurs, n'ayant qu'un petit renseignement à solliciter de vous.

— Parlez, mademoiselle.

Martha se mit bien en face du négociant et lui dit :

— Je viens de la part d'Ugareff.

Johann Muller ne broncha pas.

— Ugareff ! répéta-t-il, quel est cet Ugareff ?

Évidemment la question était faite de bonne foi.

— Serge Ugareff, officier dans la garde.

— Vous devez vous tromper, mademoiselle, et si M. Ugareff vous a donné une commission pour un Mul-ler, je ne suis pas ce Muller, car je ne connais, et n'ai jamais connu personne qui s'appelle Serge Ugareff. Du reste, je ne suis jamais allé à Pétersbourg.

— En ce cas, je vous demande pardon, monsieur, et...

Martha fut interrompue par l'arrivée d'un homme as-sez essoufflé, qui dit, sans prendre garde à elle, que, d'ail-leurs, il ne connaissait pas.

— On a retrouvé Blanchard !

— Mon père ! s'écria la Versin qui ne put s'empêcher de croire à ce que disait le nouveau venu, quoique, de-puis un mois, il ne se fût pas passé de jour où les jour-naux n'eussent annoncé son arrestation ou son passage dans telle ou telle ville.

— Comment ! fit Muller assez ému.

— Oui, oui, continua le porteur de nouvelles, c'est bien lui qu'on a retrouvé rue des Écuries-d'Artois.

— Dans un hôtel? demanda la jeune femme. Dites-moi, dites-moi, vite, où dois-je courir pour le voir ?

Et comme l'étonnement se peignait sur le visage du nouvelliste, Johann Muller lui présenta la chanteuse.

— Mademoiselle Versin.

— Ah ! fit l'autre sur un ton singulier.

— Mon père ! vous dites que mon père est retrouvé ?

— Oui, mademoiselle.

— Où est-il?

— Je crois, mademoiselle, répondit le messager de la bonne nouvelle assez embarrassé, que vous le trouverez à la préfecture de police.

Martha prit à peine le temps de saluer et sortit pour remonter en voiture.

— A la préfecture de police ! dit-elle à son cocher, et à toute vitesse.

Quand elle fut partie, Johann Muller, s'adressant à celui qui venait d'annoncer la réapparition de Blanchard, lui dit avec un ton de reproche :

— N'avez-vous pas eu tort de donner cette fausse joie à Mⁱˡᵉ Versin ?

— Le fait est vrai, archi-vrai officiel; on a retrouvé Blanchard, mais on l'a retrouvé mort.

— Mort?

— Oui, dans une cave de la maison en construction devant laquelle le cadavre de Malvezin a été découvert.

— Et comment ne l'a-t-on pas trouvé plus tôt?

— Par la bonne raison que le pauvre homme avait été enterré assez profondément.

— Comment avez-vous su cela?

— Je passais dans le faubourg Saint-Honoré quand j'ai vu la rue de Berry pleine de monde. Il ne m'a pas fallu faire plus de vingt pas pour apprendre qu'on venait d'exhumer par hasard un cadavre dans une cave de la maison neuve.

— Mais qui vous a dit que c'était le cadavre de Blanchard ?

— Je me suis mêlé à la foule, et une circonstance fortuite m'a rapproché du commissaire de police chargé des constatations.

— Et c'est lui qui a déclaré...

— Que c'était le corps de Blanchard. Le doute n'est pas permis, a-t-il ajouté. Nous avons trouvé dans sa main un fragment de papier sur lequel son nom était écrit.

— Pauvre homme, dit Johann Muller avec conviction.

Martha, dès qu'elle fut arrivée à la préfecture de police, se fit conduire au cabinet du préfet et demanda une audience immédiate. Elle fut, en effet, reçue sans délai.

— On a retrouvé mon père, monsieur le préfet, dit-elle, et je voudrais le voir.

— Mais, mademoiselle... voulut interrompre M. Andrieux, car c'était alors M. Andrieux qui dirigeait — et d'une main sûre — la police de Paris.

— J'espère qu'on va l'interroger tout de suite, dit-elle avec volubilité, pour qu'il puisse établir aussitôt son innocence. Mais je voudrais le voir immédiatement, si c'est possible.

Le préfet la regardait avec stupéfaction. Elle ne savait pas la vérité. N'ayant entendu que ces mots : « On a retrouvé Blanchard », elle arrivait à la préfecture, convaincue que son père était vivant et qu'elle allait le voir sans une minute de retard.

M. Andrieux fut obligé de prendre mille précautions pour lui apprendre ce qui s'était passé. Mais il eut beau employer toutes les ressources de son esprit délié à la préparer au malheur qui la frappait, elle ne comprit pas. Elle supposait toujours qu'on voulait l'habituer à l'idée de la culpabilité de son père et elle se cabrait avec acharnement :

— Je suis sure que mon père n'est pas un criminel.

A la fin, le préfet fut catégorique.

— Mademoiselle, dit-il, le malheur qui vous frappe est plus grand que vous ne le croyez.

— Il ne peut pas y avoir pour moi de plus grand malheur que de ne pas estimer mon père.

— Mais, mademoiselle, s'il était mort ?

— Mort ! s'écria la danseuse. Suicidé ? Oh ! ce serait horrible !

— Non, mademoiselle, il ne s'est pas suicidé.

— Alors il était innocent ! s'écria Martha dans un élan qui la peignait tout entière.

Pour cette jeune femme, il valait certainement mieux être mort qu'indigne de respect et de considération.

— Oui, mademoiselle, il était innocent. Et tout porte à croire qu'il a été assassiné comme M. Malvezin.

— Assassiné ! répéta la Versin consternée.

Le sentiment filial, qui était si développé chez Martha, reparut dans toute sa grandeur. Elle suffoqua d'abord sous les sanglots qui lui étreignaient la gorge. Une violente attaque de nerfs se déclara et il fallut la soigner dans le cabinet du préfet. Celui-ci, fort embarrassé, fit mander un médecin. Martha prit force éther et retrouva bientôt ses esprits. Mais elle resta écrasée par la douleur. Immobile, muette, encore agitée par des soubresauts convulsifs, elle restait là sans regard, songeant dans le brouillard de sa pensée à ce père qu'elle aurait tant aimé.

— Et il est mort ! mort assassiné ! dit-elle désespérée. Mais au moins, on connaît l'assassin, je pense ?

La question était adressée au préfet, qui répondit :

— On croit le connaître. Mais veuillez, mademoiselle, vous épargner ces émotions cruelles. Permettez-moi de vous confier aux bons soins du docteur, qui va vous reconduire chez vous.

— Oh ! pas avant de connaître les détails du crime ; pas avant d'avoir appris comment on a pu accuser mon père du meurtre dont il était lui-même la victime. Je veux être mise au courant de tout.

— Mais, mademoiselle, nous ne savons pas grand'chose encore. L'identité de M. Blanchard a été établie. Voilà ce qui est acquis pour le moment. Tout le reste n'est que suppositions.

— Mais encore, que supposez-vous ?

— On pense que Malvezin et Blanchard ont été attaqués par des bandits qui les savaient porteurs de sommes considérables.

Malvezin a dû être tué le premier, par derrière, d'un coup vigoureusement appliqué. Puis on se sera jeté sur M. Blanchard, qui a dû résister assez longtemps.

— Mais pourquoi n'a-t-on pas retrouvé son corps à côté du cadavre de M. Malvezin ?

— Parce qu'il a été enterré assez profondément dans une cave de la maison devant laquelle a eu lieu le crime. Et si l'on n'avait eu besoin de creuser un puisard dans cette cave même, jamais probablement on n'aurait découvert la vérité.

— Mais enfin pourquoi... pourquoi l'assassin ou les assassins ont-ils enterré une de leurs victimes et pas l'autre ?

— C'est la première question que s'est posée le chef de la sûreté en apprenant la nouvelle, et il croit — c'est aussi mon opinion — que les meurtriers avaient fait disparaître le corps de Blanchard pour qu'on l'accusât du crime, ce qui d'ailleurs est arrivé, comme vous le savez malheureusement, mademoiselle.

— C'est vrai ; c'est pour cela, évidemment, s'écria la jeune femme. Non contents d'avoir assassiné mon père, ils voulaient le déshonorer !

— C'est probable.

— A-t-on des soupçons, sait-on de quel côté il faut chercher les meurtriers ? Je ne vous demande pas s'ils sont arrêtés, puisque l'on ne recherchait comme coupable que celui-là même qui a péri.

— Non, mademoiselle, il y a une heure à peine que je suis informé de la nouvelle découverte qu'on vient do faire et, avant de soupçonner quelqu'un, il faut réunir des présomptions, chercher à qui peut profiter le crime et, en cela, on ne peut agir à la légère.

— D'autant moins, ajouta Martha, que déjà la police a commis une grande injustice en proclamant partout la culpabilité de M. Blanchard.

— Le préfet ne jugea pas à propos de relever cette parole en un pareil moment. Il se contenta de dire :

— Croyez bien, mademoiselle, que nous n'aurons aucun repos avant d'avoir vengé matériellement et moralement monsieur votre père.

— Je vous remercie de cette bonne parole. Je ne suis guère en état de vous faire part des quelques renseignements que j'ai recueillis en Russie et qui pourront mettre la police sur les traces des criminels...

— Mais, au contraire, mademoiselle, il faut faire un courageux effort et parler tout de suite. Remarquez qu'une heure perdue en un pareil moment permettrait peut-être à l'assassin de se mettre en sûreté.

— Oui, oui, mais je suis si émue, si troublée, d'ailleurs les journaux n'en ont pas encore parlé.

— Non ; seulement ils en parleront tous ce soir ou demain avec ensemble. Si le malfaiteur qui a commis ce crime n'est pas un assassin ordinaire, un repris de justice, — et nous avons bien des raisons pour croire qu'on va avoir en face de soi un personnage qui ne fréquente pas les bas-fonds de Paris, — il aurait le temps de se mettre à l'abri de l'autre côté d'une frontière quelconque. Veuillez donc être assez bonne pour me révéler ce que vous savez.

Martha tenait trop à venger son père, pour ne pas comprendre l'importance de ce que lui disait le préfet de police. On fit appeler le chef du sûreté, et, devant trois ou quatre personnes, Martha raconta les divers incidents de Saint-Pétersbourg, les calomnies dirigées contre Blanchard par un journal de Paris, l'intervention de Titcheff et de Polski comme prétendus créanciers de jeu, l'attitude et les révélations d'Ugareff et l'enquête entreprise par Perdrigeard pour découvrir Johann Muller.

— Il y a deux heures à peine, ajouta-t-elle, j'étais à l'ambassade de Russie où l'on me signalait la présence de deux Johann Muller à Paris ; un nihiliste qui ne peut avoir pris aucune part à l'assassinat et un marchand de céréales en gros chez lequel je me trouvais quand on est venu annoncer que mon père était retrouvé.

— Est-ce que M. Blanchard ne faisait pas en Russie le commerce des grains ?

— Si, monsieur.

— N'aurait-il pas été en relations d'affaires avec ce Johann Muller.

— Je l'ignore.

— Nous le saurons.

— Et enfin, ajouta la jeune danseuse, il peut y avoir un troisième Johann Muller, mais on n'est pas sûr qu'il soit à Paris. Celui-là est un bandit déterminé, avide d'argent et capable de tout.

Au moment où Martha finissait de parler, un agent entra par une porte spéciale dans le cabinet du préfet et se préparait à prendre la parole, quand le chef de la sûreté lui fit un signe. L'homme resta muet et attendit. On pressa Martha de partir. Elle demanda, au moment où elle se retirait, si elle ne pourrait pas voir les restes mortels de son père. Mais le préfet la pria de ne pas affronter un pareil spectacle le jour même.

— Demain, mademoiselle, dit-il, après l'autopsie, venez de nouveau me voir et nous serons à vos ordres.

Mlle Versin se retira. Dès qu'elle fut partie, l'agent à qui on avait imposé silence précisément à cause de la danseuse, l'agent annonça que les vêtements de Blanchard et tout ce qu'il portait sur lui à l'heure de sa mort venaient d'arriver à la préfecture.

Après une désinfection nécessaire, on fouilla dans

les poches d'une jaquette où l'on trouva un portefeuille absolument vide, quelques cigares et un morceau de carton blanc sur lequel étaient tracés des ca-
ractères russes. Le pantalon contenait trois ou quatre
petites clefs qui devaient être les clefs des malles de
M. Blanchard. Et enfin il n'y avait rien du tout dans
les poches du gilet. Or, il était absolument improbable
que M. Blanchard n'eût aucun argent sur lui quand
il avait été tué. On l'avait donc assassiné pour le voler,
comme on avait frappé Malvezin pour lui enlever les
cent vingt mille francs qu'il rapportait chez lui.

Un interprète mandé en toute hâte déchiffra sans
hésitation les quelques mots russes tracés sur le carton.
C'était un nom suivi d'une adresse. Voici l'un et
l'autre.

« Johann Muller, 122, rue Richelieu. »

On juge si cette découverte fit sensation.

Il y avait également une autre pièce d'une rare importance que possédait la police. L'auteur veut parler
de ce fragment de papier dont il a été question et qui
pouvait être d'un grand secours pour découvrir l'assassin. On l'avait trouvé dans la main crispée du mort et
il devait y avoir eu lutte pour la conquête ou la défense de ce papier. Il paraissait même probable que
l'assassin, après le crime, n'était pas parvenu à s'en
emparer malgré son vif désir, parce que la main du cadavre devenue rigide n'avait pas pu être ouverte.

Il avait fallu se contenter de déchirer tout le papier
qui dépassait soit du côté du pouce, soit du côté du petit
doigt. Il n'était resté dans le milieu de la main qu'un
très menu morceau, sur lequel on pouvait lire les mots
suivants :

« A M. Blanchard, de Saint-Persbourg la s... «

Ici passait la coupure et au-dessous de la ligne qu'on
vient de lire, dans un angle, se trouvait un seul mot :
« Valeur. »

C'était tout, et comme on le voit ce n'était guère.
Néanmoins on comptait beaucoup sur ces quelques
mots pour parvenir à la vérité. L'écriture paraissait tracée d'une main ferme et ne semblait pas déguisée ni
contrefaite. Le bruit que Blanchard, au lieu d'être un
assassin, comme les journaux ne cessaient de le répéter depuis deux mois, avait été, lui aussi, la victime du
meurtrier de Malvezin, se répandit dans Paris avec une
rapidité foudroyante. Le crime passionnait le boulevard et les faubourgs. Il n'était donc pas bien étonnant qu'on se communiquât la nouvelle avec un empressement incroyable.

C'est ce qui peut expliquer comment Martha, rentrant chez elle, y trouva deux visiteurs. Perdrigeard
d'abord, qui s'était fait une figure de circonstance et
qui avait sa grimace de désolation.

Le pauvre homme était sincèrement navré. Quoiqu'il
eût soigneusement caché ses sentiments depuis son retour de Pétersbourg, Anatole Perdrigeard avait senti
son amour grandir à chaque heure, à chaque minute,
quoiqu'il fît des efforts sincères pour combattre cette
passion.

Plus le malheureux se trouvait laid, plus il était
désespéré. Quand il apercevait sa tournure bizarre et
sa pleine lune dans une glace, il poussait un soupir et
se tournait le dos avec un geste de mauvaise humeur.
Il est des gens que la nature a faits ridicules et qui
n'en sont pas moins persuadés de leur élégance et de
leurs agréments physiques. Perdrigeard n'avait pas de
ces illusions. Il se savait désagréable à voir ou tout au
moins comique, et il s'en voulait à lui-même d'être si
peu séduisant.

Aussi s'était-il bien promis — une centaine de
fois à peu près — de ne jamais laisser voir son
amour et surtout de n'en parler de sa vie. Mais
cette obstination à se faire si souvent une semblable promesse, indiquait assez qu'un mouvement secret

le poussait non moins fréquemment à se jeter aux
pieds de la danseuse et à lui dire combien il l'aimait.
Fort à propos alors, il se souvenait qu'on ne pouvait le
voir s'attendrir sans être pris d'un fou rire et il se
maudissait.

— Après tout, disait-il, quand il était pris d'une de ces
rages, après tout, est-ce que je ne vaux pas le plus
joli fils de la terre ? Qu'on me trouve un homme qui,
comme moi, ait fait sa fortune à la force du poignet et
honnêtement, je puis m'en vanter ; qu'on me montre
un pauvre diable devenu millionnaire à mon âge sans
avoir jamais consenti à une indélicatesse. Quoi ! Je suis
laid ? Eh bien ! après ? Demain, le plus beau des hommes
qu'elle aimera peut perdre un œil ou recevoir une fiole
de vitriol au visage et être à jamais infiniment plus
affreux que moi. Et puis, je suis bon !... Eh ! oui, grand
imbécile, s'écriait-il tout à coup en interrompant l'énu-
mération des circonstances atténuantes, oui, tu es bon.
Et qu'est-ce que ça fait ? Elle ne t'aime pas et comme
toutes les femmes, elle sera impitoyable. Et elle aura
raison encore.

Le pauvre Perdrigeard ne dormait plus, ne mangeait
plus, ne riait plus, et conséquemment serait devenu
de moins en moins beau si, par une juste conséquence
de ses malheurs, il n'eût maigri, ce qui lui rendait la
figure plus humaine.

Ne parvenant pas à mettre la main sur Johann Muller,
il n'avait plus qu'une chose à faire : penser à Martha. Et
il y pensait si bien, qu'il s'acheminait tout doucement
vers l'aliénation mentale. Invariablement, chaque matin, il se levait en déclarant que c'était trop souffrir.

— Je ne puis continuer à mener une existence si
abominable, disait-il. C'est aujourd'hui, aujourd'hui
sans faute, que je demanderai à Martha si elle veut
être ma femme.

Jusqu'à midi, cela ne faisait pas un doute. A quatre

18

heures précises, il entrerait chez Mlle Versin et là, sans
préambule, sans précautions oratoires, il lui demanderait sa main. Vers deux heures, il commençait à se
dire que le lendemain serait un jour plus favorable à
cet aveu. Mais, à trois, par un retour de vigueur morale,
il se faisait honte à lui-même et s'imposait l'obligation
d'aller jusqu'au bout et pas plus tard que tout à
l'heure.

Quatre heures sonnaient au moment où il entrait
chez Martha. Mlle Versin l'accueillait de la façon la
plus affable, s'informait de ce qu'il avait fait, lui con-
fiait ce qu'elle espérait faire. On parlait beaucoup de
Blanchard, de Johann Muller, d'Ugareff et de vingt autres. Puis le bon Perdrigeard n'ajoutait pas un mot et
se retirait Gros-Jean comme devant.

Le lendemain, cela recommençait, et à cinq heures
il était un peu moins avancé que la veille, parce
qu'il se décourageait chaque jour davantage et qu'il
finissait par s'avouer son incurable lâcheté devant cette
femme.

— Encore, disait-il, si je trouvais une occasion de me
faire tuer ponr elle, peut-être qu'elle m'aimerait quand
je serais mort.

Et cela m'avancerait bien ! ajoutait-il avec un sourire désolé.

XXIII

LE CŒUR DE PERDRIGEARD

Le jour où l'on découvrit le cadavre de Blanchard,
Perdrigeard s'était promis, avec plus d'énergie que
jamais, d'attendrir Martha et de lui dépeindre l'honneur et le bonheur qu'il attendait d'elle. Tout le monde
le savait trop occupé de l'affaire Malvezin pour qu'on

ne se hâtât pas de lui apporter la sinistre nouvelle. Le bonhomme en fut atterré. Son premier mot fut celui-ci.

— Pauvre Martha ! quel chagrin !

Il se rendit chez elle aussitôt, ne songeant plus à sa déclaration éternellement avortée.

Un secret espoir lui faisait entrevoir chez la grande artiste une douleur qui demanderait un secours, un appui, au moment où tout semblait l'abandonner. Et, tant il est vrai que l'amour le plus violent a toujours un fond égoïste, il s'imaginait que Martha le mettrait sur la voie d'un aveu et l'encouragerait à parler.

Certes ! s'il eût trouvé Mlle Versin en arrivant chez elle, peut-être que, grâce à l'émotion profonde à laquelle il était en proie, Perdrigeard eût trouvé des accents pleins d'une commisération éloquente. Peut-être même, ces accents l'eussent-ils insensiblement amené à parler de lui comme un soutien pour la malheureuse jeune femme. Et une fois sur cette pente, qui sait s'il n'aurait pas eu le courage de tout dire ?

Malheureusement, Martha entrait en ce moment à la préfecture de police. Perdrigeard fut introduit dans le petit salon où il venait tous les jours, et attendit. Un quart d'heure après, la porte s'ouvrit. Un jeune homme entra. C'était Pierre Leval.

Lui aussi, par un sentiment généreux, s'était dit qu'il fallait aller chez Martha pour la réconforter dans son malheur. Quand la jeune femme arriva, elle vit Perdrigeard le premier. La présence de l'ancien terrassier ne pouvait la surprendre. Elle s'attendait à le trouver là, tant déjà l'habitude lui était venue de le voir paraître dans tous les moments où elle avait besoin de consolation.

— Vous savez ?... dit-elle en pleurant.

Perdrigeard fit un signe de tête affirmatif et tendit la main à la danseuse par un geste qui ne manquait pas de noblesse... Mais à ce moment même, Martha devina

plutôt qu'elle ne vit Pierre se tenant un peu à l'écart.
Et alors, dans un élan plein de désespoir et de charme
en même temps, la jeune femme courut vers celui qui
l'avait tant aimée, et se jetant à corps perdu dans ses
bras.

— Pierre ! Pierre ! s'écria t-elle au milieu de sanglots
déchirants, mon père est mort, mon père a été assassiné !

Perdrigeard devint terriblement pâle à l'aspect de
cet enlacement. Si Martha et Pierre eussent pu s'inquiéter de lui en ce moment, ils l'auraient vu chanceler et
s'appuyer à un coin de la cheminée, comme s'il eût
craint de tomber.

Le coup, en effet, était cruel, plus cruel encore qu'on
ne peut se l'imaginer. Quoi de plus naturel, en effet, de
la part de Martha, que de laisser voir son amour pour
Leval ; ce qu'il y avait d'inconsciemment féroce, c'était
de ne pas s'occuper de Perdrigeard. C'était de le considérer, par ce fait, comme un être à part en présence
duquel il ne vaut pas la peine de se gêner, une espèce
d'animal domestique, un chien fidèle que l'on flatte et
qu'on affectionne, mais qui n'existe pas en réalité, dès
que le chapitre du cœur est ouvert. Il a le droit d'avoir
de l'instinct, mais une âme et une âme sensible, allons
donc !

Le pauvre Perdrigeard fit toutes ces réflexions en
quelques secondes et il fut pris d'une tentation affreuse :
il lui vint à l'esprit de rappeler à Martha tout ce qu'il
avait fait pour elle ; il pensa une minute à lui reprocher
de n'avoir point soupçonné même qu'il pût l'aimer : il
ouvrit la bouche pour la maudire.

Et certainement c'eût été fort sage de sa part que de
traiter celle qu'il adorait le plus brutalement possible,
car elle se serait sans doute fâchée et l'aurait mis à la
porte. Et du jour où il n'aurait plus eu l'occasion de
revoir Martha, Perdrigeard aurait peut-être commencé
à moins souffrir. Mais il n'eut pas le courage d'agir

si énergiquement. L'idée que cette porte lui serait
fermée pour toujours lui parut inadmisible. Il se contenta donc de baisser la tête et des larmes coulèrent
silencieusement sur ses joues bouffies. Mais par un phénomène tout particulier, le pauvre Perdrigeard, cette
fois, n'était pas enlaidi par sa douleur.

Martha pleurait amèrement sur la poitrine de Pierre
et tous les efforts que faisait celui-ci pour la consoler
restaient inutiles. Sa poitrine se gonflait en soubresauts
précipités et pendant plus d'un quart d'heure il y eut
une scène muette qui en aurait appris plus long à un
spectateur intelligent que tous les propos du monde.

Pourtant Martha finit par se calmer. Pierre la fit
asseoir et lui montra du regard l'ancien entrepreneur
qui restait immobile et désolé. A travers ses pleurs,
Martha vit la figure décomposée de Perdrigeard et
aperçut une grosse larme qui coulait sur sa pâleur
de marbre. Avec cet égoïsme si naturel aux gens qui
souffrent, elle ne comprit pas. Rapportant tout à sa
douleur personnelle, elle crut que son défenseur attitré
pleurait, lui aussi, par sympathie, la mort de Blanchard. Simplement, sans se douter du mal qu'elle allait
lui faire, elle tendit la main à Perdrigeard.

— Tenez, Pierre, lui dit-elle, voici l'ami le plus noble, le plus grand, le plus dévoué que j'aie rencontré de
ma vie. Vous le connaissez de nom, je pense, c'est
M. Perdrigeard. Depuis deux mois, il a tout fait pour
moi, jusqu'à se battre en duel. Il faudra que vous soyez
son ami. Ah! cette fois, c'était trop fort. Perdrigeard
ne put y tenir.

— Mademoiselle, dit-il, je n'ai pas le droit de me
plaindre, puisque je ne vous ai jamais rien dit qui pût
vous faire soupçonner l'état de mon cœur; mais épar-
gnez-moi, je vous prie. Je ne vous demande rien...

Ici la voix lui manqua, Pierre crut qu'il allait
tomber. Mais le pauvre homme se raidit et, saluant

Martha, il gagna la porte en faisant des efforts surhumains pour ne pas sangloter.

Rien ne peut peindre la stupéfaction de Martha. Quoi!
Perdrigeard avait un cœur! Perdrigeard était capable
d'aimer! Perdrigeard pouvait être jaloux et souffrir
comme tout le monde! Mlle Versin était trop intelligente pour ne pas deviner qu'en effet il n'y avait rien
de bien étonnant à tout cela et elle n'eut pas un mouvement de dédain. Elle pensa que son fidèle ami allait
être bien malheureux et se reprocha de ne pas lui avoir
caché son amour pour Pierre Leval, car malgré les
scènes brutales qu'elle lui avait faites deux mois auparavant, Martha n'aimait et n'avait jamais aimé que
Pierre.

Dans un moment de trouble, quand elle aspirait à
une sorte de retraite, elle avait traité Pierre durement, et même il pouvait se considérer comme un
homme qu'on a mis à la porte. Mais sa maîtresse, qui
croyait, de bonne foi, pouvoir le quitter, avait découvert, pendant cette courte absence, qu'elle était plus
éprise de lui qu'il ne s'en était jamais douté.

Malheureusement pour Martha, cet éloignement de
huit à dix semaines avait produit chez Pierre un effet
diamétralement opposé. Ce jeune homme qui craignait
trois mois auparavant de ne pas pouvoir vaincre son
amour pour la danseuse, en était arrivé, au contraire,
à une très-parfaite indifférence. Il gardait à la jeune
femme une amitié sincère, et certes il était capable de
lui rendre les plus éclatants services, mais ce n'était
plus le garçon très-amoureux, qu'il eût été assez facile
d'amener à devenir un mari. C'était désormais un ami,
rien de plus.

Quand Perdrigeard fut parti, la jeune femme eut un
mouvement de profonde sympathie et dit :

— Pauvre garçon !

Puis, avec cette sérénité qui rend les femmes vrai-

ment terribles, elle ne songea plus à ce qui venait de se
passer. Pierre l'observait attentivement.

— Martha, lui dit il, M. Perdrigeard vous aime, et je
crois qu'il vous aime sincèrement.

— Je le crois aussi, répondit-elle, et c'est pour cela
que je le plains de tout mon cœur.

— Vous avez peut-être eu tort, dans ce cas, de ne
pas le désespérer tout de suite, fit Pierre d'une voix
grave.

— Qu'entendez-vous par là, Pierre? Est-ce que, sérieusement, vous croyez que je me suis aperçue, avant
ce qui vient de se passer, que M. Perdrigeard avait de
l'affection pour moi? Vous ne me connaissez donc
pas encore? Je suis incapable de laisser croire à
un homme qu'il pourra un jour me plaire, si...

La danseuse fut interrompue par l'arrivée d'une camarade de l'Opéra qui lui venait rendre visite. Celle-là
fut suivie bientôt d'une seconde, puis d'une troisième.
Si bien que Pierre se retira. Il redoutait la scène des
condoléances. Car toutes ces dames, qui n'étaient point
venues chez la Versin pendant qu'on accusait son père,
s'empressaient de lui rendre leur estime dès qu'elles
apprenaient la découverte du cadavre.

Ce fut bientôt une procession d'artistes des deux sexes
appartenant à l'Opéra. Quelques-uns étaient sincères.
Mais le plus grand nombre espéraient qu'on les nom-
merait dans les feuilles publiques lorsqu'il serait question de la manifestation sympathique organisée par
Académie nationale de musique.

La pauvre Martha passa une affreuse après-midi. Il
lui fallut entendre les sottises innombrables qu'inspira
la mort de Blanchard à ce monde de musiciens, de té-
nors et de sauteuses. Il lui fallut dévorer ses larmes
pour pouvoir répondre à celui-ci ou à celle-là. Et encore ne fut-elle pas à l'abri des méchants propos. L'un,
qui l'avait vue pleurer, descendait l'escalier en disant :

— Ce n'est pas une étoile, cette femme-là, c'est une fontaine.

L'autre, devant qui elle s'était tenue pour ne pas éclater en cris de douleur, arrivait le soir à la représentation en répétant dans tous les groupes:

— En voilà une qui a le cœur assez sec, je pense. Je ne lui ai pas vu verser une larme.

Cette série de visites fut couronnée par l'arrivée de M. le directeur de l'Académie de musique lui-même, cet homme éminent qui est parvenu à se constituer une réputation de capacité par le canal de quelques journalistes dont il a joué les ouvrages modestes.

— Ma chère Martha, dit en entrant cet impressario plus remarqué que remarquable, je crois me faire l'organe de tous vos amis et de toutes vos camarades en vous disant quelle part nous prenons au malheur épouvantable qui vous frappe. Nous y sommes d'autant plus sensibles que vous n'avez jamais froissé ni désobligé personne. On nous assure que vous êtes atteinte par cet événement jusque dans vos intérêts matériels et qu'il se pourrait que vous fussiez gênée.

— Qui a dit cela? s'écria Martha sur le ton de l'indignation.

— On s'est trompé? Tant mieux, ma chère enfant, reprit le directenr sur un ton paterne. Nous n'en sommes pas moins à votre disposition, mes artistes et moi. Si vous voulez rentrer à l'Opéra, je suis à vos ordres. Si vous tenez seulement à donner votre représentation d'adieu, vous n'aurez qu'à m'indiquer le jour que vous aurez choisi.

— Merci, mon cher directeur, répondit Martha. Je n'accepte pas et je ne refuse pas davantage; mais quoi qu'il arrive, je me souviendrai de votre complaisance et de votre générosité.

La générosité du directeur partait en même temps d'un bon naturel et du désir de faire une grosse recette, surtout du désir de faire une grosse recette. Ses instincts

de barnum lui avaient fait comprendre que la rentrée de
Martha, dans les circonstances où elle se trouvait, serait
aussi productive avec un spectacle coupé que le meilleur
opéra du monde, chanté par les plus éminents artistes
de l'univers.

Et, en effet, la foule ne pouvait manquer de se porter
à l'Opéra le jour où la fille de Blanchard, dont toute la
France connaissait la courageuse obstination à vouloir
prouver l'innocence de son père, danserait un ballet
quelconque ou seulement se montrerait sur la scène.
C'était, pour le fonctionnaire qui présidait aux destinées,
de l'Académie de musique, c'était une occasion unique
de rafraîchir son escalier, dont on commençait à se lasser
quelque peu. Le lendemain et pendant quelques jours
encore, Martha dut consacrer beaucoup de temps aux
interrogatoires que lui fit subir le juge d'instruction, en
qualité de témoin dans l'affaire du meurtre de son père.
On lui demanda principalement si elle ne connaissait
aucun ennemi à Blanchard. Mais que pouvait répondre
la pauvre enfant. Qu'elle avait vu son père trois ou quatre fois dans sa vie et qu'elle ne savait rien de ses affaires. La police, de son côté, ne parvenait ni à découvrir
l'assassin, ni même à soupçonner quelqu'un.

On avait télégraphié à Pétersbourg pour savoir si les
livres de Blanchard faisaient mention du fameux Johann
Muller. Beaujean, le caissier, avait répondu avec la plus
grande promptitude que le répertoire de son patron
contenait deux fois le nom de Johann Muller. Une fois
avec l'adresse : rue du Quatre-Septembre, 3, Paris, l'autre
sans adresse, mais avec les deux initiales suivantes :
M. M. entre deux parenthèses, à la suite du nom.

Naturellement on se rendit chez le commerçant de la
rue du Quatre-Septembre et il fut interrogé par un
commissaire de police.

Johann Muller déclara qu'il habitait Paris depuis quatre ans, qu'en effet il connaissait M. Blanchard, qu'il
avait été en relation d'affaires avec lui et qu'il était dis-

posé à répondre aux questions qu'on voudrait bien lui adresser.

Dès les premiers mots, on s'aperçut qu'on faisait fausse route. Ce Muller-là était un honorable marchand, extrêmement riche, qui jouissait de la considération générale. A la Banque, au tribunal de commerce, partout on donna sur lui les renseignements les plus flatteurs, et enfin il établit en quelques minutes et d'une façon irréfutable l'emploi de son temps dans la nuit pendant laquelle le crime avait été perpétré.

Restait donc l'autre Muller ; mais où et comment le prendre, puisque c'est à peine si on savait exactement où il était? On établit bien une souricière dans la maison de Malbec, mais les agents qui firent partie de ce service perdirent leur temps pendant plus de trois semaines. Ils virent là une infinité de gens tarés ou sur le point de l'être, mais pas le moindre Johann Muller.

Peu à peu, le bruit qui s'était fait autour de cette grosse affaire s'apaisa. Les journalistes découvrirent bien encore, tous les deux ou trois jours, quelque Johann Muller; mais un nouveau crime plus ou moins corsé vinacaparer l'attention publique et l'affaire Malvezin-Blanchard, comme on l'appelait depuis quelque temps fut reléguée au second plan.

Martha, qui n'avait cessé d'agir pendant tout ce temps, se demandait s'il fallait renoncer à venger son père.

Sa douleur, du reste, tout en restant profonde et vivace, ne s'en était pas moins un peu émoussée au milieu de ce brouhaha d'interrogatoires, de courses, de visites de condoléances ou de curiosité, ce qui est souvent tout un.

Depuis qu'on avait trouvé le cadavre de son père, il ne s'était rien produit de particulier, sinon que M. le comte de Mourawieff avait écrit à la chanteuse un billet laconique par lequel il l'informait qu'il existait réellement une famille de Mainz en Finlande, près de Revel, et que le baron, dont on annonçait le mariage, pouvait parfaitement être l'héritier de cette antique maison.

Martha ne pensait presque plus à l'ancien amant de Thérèse, et la nouvelle la laissa indifférente. Cependant elle eût bien voulu en faire part à Perdrigeard, mais l'ancien entrepreneur ne se montrait plus. On ne le voyait nulle part. Une fois seulement il était allé au cercle, à ce fameux cercle du Rocher que le gain de Malvezin et l'assassinat qui en avait été la conséquence venaient de rendre célèbre.

Quand on l'aperçut, ce furent de toute part des cris de bon accueil, des serrements de main, des témoignages d'amitié, car il était aimé ce gros bon garçon d'Anatole, comme on l'appelait souvent.

Mais ce gros bon garçon d'Anatole resta triste et rendit froidement les poignées de main. On crut le dérider en lui parlant du pari qu'il avait fait de séduire Martha.

— Eh bien, êtes-vous près de réussir ?

— Messieurs, répondit Perdrigeard sans rire une seconde, j'ai perdu mon pari et je viens pour payer les dix mille francs que je dois à mon adversaire.

— Mais pas du tout, répondit le parieur, qui était fort correct en matière de gageures, vous ne me devrez cet argent que dans vingt-trois jours et une fraction. Je ne puis donc recevoir.

— Je vous déclare que j'ai perdu, répondit Perdrigeard. J'en suis sûr. Je ne réussirai pas, cela est certain. Autant donc vous payer tout de suite, d'autant plus que je vais partir pour un assez long voyage.

L'ancien terrassier tira un portefeuille de sa poche et compta dix mille francs à celui qui les avait si singulièrement gagnés. Par un hasard assez extraordinaire, le baron de Mainz vint ce soir-là précisément au cercle. Il eut aussi son petit succès. On le complimenta sur son prochain mariage, on lui fit fête, mais beaucoup plus froidement et beaucoup moins sincèrement qu'à Perdrigeard.

Anatole et lui se trouvaient face à face pour la

première fois depuis le duel. Ils se regardèrent sans grande haine. Mais l'entrepreneur évita de se laisser réconcilier avec lui. Il savait trop à quoi s'en tenir sur la valeur de ce locataire de Malbec pour renouer des relations avec un semblable personnage. Il lui céda la place, et depuis on ne le revit pas au cercle. Il n'avait pourtant pas quitté Paris, quoiqu'il eût annoncé son départ. Il restait obstinément chez lui, écrivant beaucoup, lisant tous les journaux possibles. Martha était désolée de ne plus le voir. Elle se reprochait de n'avoir pas deviné cette passion qui ne demandait rien, et volontiers elle fût allée au-devant de Perdrigeard, lui tendre la main et lui dire :

— Voyons, mon ami, nous ne pouvons être des amants, vous le savez bien, soyons de bons et sincères amis.

Mais la Versin ne pouvait ignorer qu'on ne guérit ni un homme ni une femme de leur amour avec de semblables paroles, et qu'une pareille amitié est toujours un mensonge de l'une des deux parties. Elle le savait d'autant mieux qu'elle commençait à redouter une semblable consolation de la part de Pierre.

Pendant plus de quinze jours, elle ne l'avait pas beaucoup vu. Mais lorsqu'il fallut laisser à la police le temps de découvrir l'auteur ou les auteurs du crime, elle lui écrivit pour qu'il vînt.

XXIV

LE CŒUR DE PIERRE

Leval n'avait pas résisté à cette prière et pendant quelques jours, il se rendit assez souvent auprès de Mlle Versin ; mais sa régularité n'allait pas jusqu'à l'empressement, jusqu'à l'assiduité, et il restait parfaitement maître de lui quand Martha n'était pas toujours capable de lui parler avec tranquillité.

Pierre, cependant, ne connaissait pas exactement l'état de son propre cœur. Il trouvait toujours Martha aussi délicieuse que possible. Elle avait en plus cette espèce d'auréole que donne à une femme la célébrité d'où qu'elle vienne.

Par une belle après-midi, Leval lui dit :

— Vous ne me parlez plus de vos beaux projets d'autrefois, ma chère amie ?

— Mes projets de retraite ?

— Oui.

— C'est qu'ils sont devenus impossibles. Mon père vivant, je les aurais mis à exécution. Mais après ce malheur, je ne puis compter que sur moi pour vivre.

— Comment ! que sur vous ! ma bonne Martha. Est-ce que vous rentreriez au théâtre après vous être retirée avec tant d'éclat ?

— Eh ! oui, mon ami, je rentrerai au théâtre.

— Vous en étiez pourtant bien dégoûtée.

— Certes ! Je le suis encore.

— Eh bien. n'y rentrez pas et...

Pierre hésita. Il se souvenait trop de la dure façon dont il avait été traité pour ne pas craindre d'être rabroué de nouveau s'il lâchait quelque énormité.

— Et... quoi ? demanda doucement la Versin.

— Redevenons bons amis.

— Martha ne se fâcha pas. Elle resta silencieuse et fit un mouvement de lèvres qui voulait dire mille choses.

— Ecoutez, mon cher Pierre, je vous aime, je vous ai toujours aimé, et notre courte séparation n'a fait qu'augmenter une affection que je n'essaie pas de cacher parce que je n'y réussirais pas.

— Eh bien ! alors ?

— Mais vous n'avez pas pu croire que je sois devenue tout à coup une autre femme que celle dont vous avez connu les aspirations ?

19

— Ah ! Ah ! nous allons recommencer, alors, pensa Pierre.

— Je viens de trop souffrir en peu de temps, et j'ai eu si souvent pendant ces deux mois à subir les familiarités de faquins de toute condition, que je suis affamée plus que jamais de vie fermée.

— Comment arrangez-vous ça ? Vous voulez danser de nouveau, et en même temps vous demandez qu'on vous respecte, et enfin par surcroît vous m'aimez.

Martha eut un mouvement de révolte qu'elle sut comprimer assez vite.

— Et cela vous étonne, mon ami, n'est-ce pas ?

— Mais, ma pauvre Martha, quoi que vous en disiez, je vous connais suffisamment pour savoir que vous avez peut-être l'ambition de tout concilier.

— Si cela ne vous étonne pas, vous m'avez en pitié, et vous vous dites que je ne sais pas prendre la vie telle qu'elle est ; c'est possible. Oui, mon cher Pierre, je vous aime et de vous je ne veux rien, rien que votre affection. C'est pour cela que je consentirai à danser encore jusqu'au jour où vous croirez que j'étais digne d'une autre destinée.

— En attendant ce jour ?

— En attendant, mon ami, nous serons, si vous le voulez, comme deux fiancés...

A ces mots, Pierre faillit bondir. Deux mois auparavant, cette parole « comme deux fiancés » lui eût paru presque naturelle. Déjà les siens le tourmentaient pour qu'il quittât Mlle Versin, et il résistait, comme c'est l'usage. Il avait même entrevu la possibilité de donner son nom à Martha.

Mais, depuis, c'était la danseuse elle-même qui avait paru vouloir se séparer de lui. Ils étaient restés éloignés l'un de l'autre. Bref, il faut dire le mot, Pierre ne l'aimait plus et il considérait un mariage dans ces conditions comme une chose tout à fait impossible.

— Si je vous comprends bien, ma chère, vous voulez

gagner quelque argent pour vous faire une dot ?...

— C'est un peu ça, répliqua la chanteuse, mais c'est aussi autre chose.

— Ah ! voyons cette autre chose.

— Eh bien, je voudrais, pendant le temps qui va s'écouler, obliger tout le monde à dire du bien de moi, forcer la main à la considération et passer pour une femme si digne de respect que vous aurez l'air de commettre une action toute naturelle...

Elle s'arrêta n'osant pas dire le mot qu'elle avait à la bouche.

— En vous épousant ? ajouta Pierre, qui l'avait deviné, ce mot.

— Oui, répondit-elle en fixant sur les yeux du jeune homme un regard avide.

Pierre Leval ne parut ni ému, ni surpris. Il avait évidemment tout son sang-froid. Martha, elle, commençait à le perdre.

— Et jusqu'à ce moment du... mariage, quelle sera notre situation réciproque ?

— Vous serez mon ami dévoué, rien de plus. Je n'ai abdiqué aucun des sentiments dont je vous ai fait part il y a quelques semaines. Si vous ne voulez pas, je n'aurai aucune objection à faire. Certes, vous êtes libre ! Nous nous dirons adieu pour toujours et je travaillerai pour gagner ma vie.

— Hélas ! ma pauvre Martha, fit Pierre avec la plus grande douceur, que vous êtes bien une artiste, une poète. C'est un joli rêve que vous avez fait.

— Un rêve ! s'écria la jeune femme en se levant brusquement et sur le ton de la colère.

— Ah ! si vous vous fâchez tout de suite, nous ne pourrons ni nous expliquer, ni nous entendre.

— Un rêve !

— Eh, oui ! Encore une fois, regardez en face la réalité des choses. Je ne sais comment m'exprimer pour ne pas vous froisser.

— Ah! ne vous gênez pas, allez.

— Il y a eu un grand malheur dans votre vie, c'est votre naissance.

— Évidemment je suis bien coupable d'être née de cette façon, et je n'ai pas le droit d'aimer parce que je suis venue au monde sans qu'on m'ait consultée.

— Des mots que tout cela, ma chère enfant. La société repose sur certaines bases qu'il faut respecter...

— Ah! mon pauvre Pierre, n'essayez pas de jouer le rôle de M. Joseph Prudhomme. Ne prenez pas de circonlocutions et dites brutalement que vous ne voulez pas. Si vous n'avez pas d'amour, n'ayez pas de pitié, je ne veux pas de l'une sans l'autre. Ainsi c'est dit, ce n'était même pas un rêve, c'était une illusion dont je me berçais comme une sotte?

— Je n'ai pas dit ça, Martha.

— Vous l'avez laissé comprendre plus clairement encore que si vous l'aviez dit.

— Ecoutez-moi, Martha. Je vous ai beaucoup aimée. Il y a deux mois, vous n'auriez eu qu'un mot à dire pour me faire accomplir toutes vos volontés, sans exception. Au lieu de cela, vous me mettez à la porte, vous me traitez avec une dureté que je ne m'explique pas, et aujourd'hui vous vous étonnez que je sois rebelle à vos intentions. Je ne sais vraiment comment il faut vous prendre.

— Vous avez raison, Pierre. J'ai agi en femme nerveuse, excessive. A cette époque, je croyais avoir beaucoup souffert et j'étais dans un état de surexcitation inexplicable. J'ai été méchante, j'en conviens; pardonnez-moi et adieu.

Pierre Leval regardait Martha et ne répondait rien. Il se consultait. La jeune femme était aussi belle qu'autrefois; même elle avait de plus dans les yeux une nuance de mélancolie qui la rendait plus charmante. Ses lèvres fermes et rouges, dont les coins se relevaient autrefois assez insolemment, prenaient peu à peu un dessin moins accusé et ce léger changement forçait davantage les sympathies en doublant l'attrait.

— Après un assez long silence, Leval reprit la parole en disant :

— Au revoir, Martha, vous m'accorderez bien quelques jours pour songer à ce que je dois faire.

— Hélas ! mon pauvre ami, répondit la danseuse, quand on est dans notre situation, quand on me connaît comme vous me connaissez, quand enfin on ne fait pas ce que j'espérais dans un élan du cœur, c'est qu'il n'y a aucune bonne raison de mener les choses à bien. Adieu donc.

— Ma pauvre Martha, je ne m'en irai pas ainsi. Nous nous reverrons, et peut-être que vous en serez enchantée.

Pierre Leval appartenait à l'école de ceux qui ne désespèrent jamais les autres. Au fond, il était fort peu disposé à revenir, et il se disait qu'après tout il valait mieux pour lui tenir ferme et ne pas céder. Mais il ne voulait pas partir fâché avec Martha. Par nature, il n'aimait pas être mal avec les gens.

Quand il eut disparu, la pauvre danseuse, qui depuis si longtemps était cruellement éprouvée, resta dans son fauteuil, presque sans mouvement.

Certes ! elle ne s'illusionnait plus. Ce qui lui arrivait était dans les choses possibles, prévues même.

Pourquoi Leval l'eût-il épousée ? Est-ce qu'il le lui avait jamais promis ? Non. Est-ce que même il le lui avait laissé espérer ou simplement entrevoir ? Pas davantage.

Bien plus, Pierre, tout le monde le savait, Pierre était embarqué depuis que Martha l'avait pour ainsi dire renvoyé, dans des préliminaires de mariage peu avancés, mais qui n'en existaient pas moins.

Sans que de part ou d'autre on eût donné des gages, les premières démarches avaient été faites. La rencontre peu fortuite et tout à fait traditionnelle à l'Opéra ou à la Comédie-Française avait eu lieu sans que les deux parties le plus directement intéressées eussent témoigné la moindre répugnance. Au contraire, Mlle Champdor, une petite personne délicate, frêle et fort décidée tout de même avait répondu à sa grand'mère que M. Leval lui paraissait un jeune homme accompli. Et l'on était parti de là pour pousser les choses plus avant, c'est à-dire pour inviter Pierre Leval et sa tante qui s'était occupée de l'affaire, à venir diner à la campagne.

Et Pierre y était allé. Il en était même revenu parfaitement enchanté de la jeune fille, mais libre de cœur néanmoins. Elle ne lui avait produit aucune impression foudroyante. Ce qui pouvait décider Pierre à compléter l'aventure, c'est que la jeune demoiselle possédait une fortune personnelle très-considérable, en sa qualité d'héritière d'un de ses grands-oncles qui lui avait laissé deux millions quand elle avait cet âge délicieux où une fillette est toujours un enfant prodige qui charme tout le monde.

Les deux millions avaient fait des petits pendant que Juliette Champdor grandissait, et avec la fortune que devait lui laisser son père et sa grand' mère, elle était un des plus considérables partis de Paris.

Pierre Leval chargea sa tante de faire la demande. Et la grand'mère de Juliette répondit :

— Nous sommes d'accord. Il ne manque plus que le consentement de mon gendre. Je lui en parlerai ce soir-même.

Le gendre, M. Champdor, appartenait au sous-genre des gens heureux. Tout lui avait réussi dans la vie. Les événements les moins agréables finissaient presque toujours par tourner à son avantage. Il avait deux ou trois qualités et une infinité de défauts. Ses qualités lui servaient toujours et ses défauts ne lui nuisaient jamais. Il y a des gens comme ça.

L'intelligence que la nature lui avait offerte ne dépassait pas la moyenne, mais la chance avait voulu qu'elle

lui fût utile dans toutes les circonstances. Aussi se croyait-
il un aigle. Et vraiment ce n'était même pas un oiseau.

Il était extrêmement riche, comme on l'a vu. Son
bonheur en ménage avait été complet. Une fille vraiment charmante embellissait son âge mûr.

Un seul point noir le désolait. Une seule ombre depa-
rait cette lumière. Il était féru d'un désir qui n'avait
jamais pu être satisfait.

M. Champdor aurait voulu voir fleurir sa boutonnière.
Mon Dieu ! il y a dans Paris bien des chevaliers de
la légion d'honneur qui ne le valaient pas, et il avait
fait pour son pays autant que bien des fonctionnaires
dont tout le mérite consiste à n'avoir jamais manqué
l'heure du bureau. Mais enfin il n'était pas décoré et il
aurait voulu l'être.

Longtemps il avait caressé l'espérance que son droit
éclaterait aux yeux du gouvernement. Une fois même
il avait eu un ami nommé ministre de l'intérieur. Mais
le malheureux, — je parle du ministre, — n'avait pas
gardé son portefeuille plus de quarante-huit heures et
il ne songea pas, en si peu de temps, à décorer Champdor.

Si Pierre Leval lui eût promis de le faire comprendre
dans la prochaine fournée de chevaliers, certes il l'eût
accepté pour gendre sans désemparer.

Mais ce fut le contraire qui arriva. Quand sa belle-
mère, qui avait tout préparé sans se préoccuper
de ce qu'il en pensait, vint à lui parler de ce mariage, il
se récria et déclara tout net qu'il avait d'autres intentions, que M. Pierre Leval n'avait aucune des qualités
qu'il souhaitait chez son gendre.

— Juliette, dit-il, est assez riche pour pouvoir épouser
un gentilhomme et M. Pierre Leval a vraiment un nom
par trop bourgeois.

— Un gentilhomme ! et pourquoi faire ? demanda la
belle-maman, au comble de la surprise.

— Mais pour avoir des petits-enfants qui seront barons, ou comtes, ou ducs...

— Il est fou ! pensa la vieille dame, qui avait pour principe de ne jamais s'opposer ouvertement à un projet ridicule ou à une idée fantasque. Il est fou ! Mais nous attendrons que l'accès soit passé. Et il passera vite, je pense. Le mieux est encore de n'en rien dire à Juliette.

XXV

GRANDEUR DU BARON

Or, le lendemain même du jour où M. Champdor avait répondu si catégoriquement à sa belle-mère, Martha, fort triste, était occupée à écrire deux ou trois lettres, quand sa femme de chambre, qui, comme on sait, n'avait pas pris part aux premiers événements de ce récit, vint la prévenir qu'une vieille dame l'attendait au salon.

— Qui est-ce ? demanda la danseuse, une mendiante ?

— Oh ! non, madame, elle est arrivée dans une voiture de maître.

— Comment savez-vous cela ?

— C'est un grand laquais très-bien qui est monté s'informer si madame était chez elle.

— Pourquoi n'a-t-elle pas donné son nom ?

— Elle m'a répondu que c'était inutile.

— Ce n'est jamais inutile. Enfin j'y vais.

Martha, convaincue qu'elle allait subir une visite banale et sans importance, ouvrait la porte du salon, quand elle vit assise dans un fauteuil la dernière des femmes qu'elle se fût attendue à y trouver : Mme de Sébezac.

Oui ! Mme de Sébezac elle-même, en plein jour chez la Versin.

Toujours teinte et toujours peinte, badigeonnée, suiffée, astiquée, la vieille femme, raide comme un bâton, jeta un regard de vipère sur Martha, et se leva, ou du moins fit un mouvement qui équivalait à une politesse. Mais elle le fit de si mauvaise grâce et avec une intention si manifeste d'être insolente, que la danseuse prit la parole :

— Que voulez-vous, madame ? demanda-t-elle, et que venez-vous faire chez moi ?

Martha restait debout et dominait Mme de Sébezac, en lui jetant un regard hautain et dur qui semblait demander à la ministresse pourquoi elle s'était assise sans qu'on l'y invitât.

— Vous allez le savoir, mademoiselle, répondit Mme de de Sébezac qui, de son côté, paraissait outrée.

— Faites vite, madame, reprit la Versin, car je n'ai pas grand temps à vous consacrer.

— Oh ! prenez-le de moins haut, ma chère, je vous fais trop d'honneur...

Martha se dirigea vers la cheminée et prit un cordon de sonnette.

— Que faites-vous ? demanda la tante de Clotilde.

— Je vais sonner pour qu'on vous reconduise, madame ; car, pour aujourd'hui, je ne suis disposée ni à écouter vos impertinences ni même à les châtier.

Mme de Sébezac faillit bondir de fureur, quand la danseuse évoqua un si cuisant souvenir.

— Je suis venue, mademoiselle, reprit-elle, pour vous dire que votre conduite est abominable.

— Quelle conduite ?

— Ma nièce en mourra.

— Votre nièce ! Quel est cet hébreu ?

— Oh ! oui, vous allez faire l'étonnée, mais je suis au courant de tout et je viens vous sommer...

— Encore !

— Oui, encore ! Après tout, pourquoi garderais-je des ménagements ! continua Mme de Sébezac.

Elle n'était pas maîtresse d'elle-même, la pauvre femme.

— Et ne faites pas la rusée, ajouta-t-elle, cela ne prendrait pas.

— Cette femme est folle pour venir ainsi m'insulter chez moi sans raison.

— Sans raison ! quand c'est vous qui avez négocié d'une façon occulte un mariage dont je ferai une maladie.

— Madame, dit Martha sur un ton extrêmement décidé, vous allez me faire le plaisir de sortir d'ici. Il est certain que vous ne savez pas ce que vous dites.

— Mais votre Pierre Leval se mariera tout de même, allez.

— Pierre Leval ?

— Si ce n'est pas avec celle-là, ce sera, et j'en serai ravie, avec une autre.

— Que voulez-vous dire ? demanda la jeune femme haletante.

Le nom de Pierre Leval jeté dans la conversation par la veuve du ministre était venu la frapper et lui faire une nouvelle blessure.

— Oui, puisqu'il faut vous mettre les points sur les *i*, M. Pierre Leval veut épouser M¹¹ᵉ Champdor, une petite pimbêche qui ne vaut pas bien cher, quoiqu'elle soit très-riche.

Martha se sentit chanceler.

— Eh bien, madame, dit-elle, en quoi cela peut-il m'intéresser et vous amener dans cette maison ?

— En quoi ? En ce que ce mariage vous irrite, vous exaspère et que vous avez résolu de l'empêcher.

— Moi !

— Et pour cela vous avez imaginé de jeter dans les jambes de M. Champdor le propre futur de ma nièce, M. le baron de Mainz.

— Je ne comprends pas très-exactement la charade que vous venez me conter là, madame : mais il me sem-

ble que vous m'accusez — si du moins cela peut être
une accusation — de vouloir faire épouser Mlle Champdor à M. de Mainz... dans le but...

— D'empêcher M. Pierre Leval. votre amant, de vous
abandonner.

— Vous vous trompez, madame. Il y a déjà longtemps que M. Pierre Leval n'est plus mon amant ; mais
je suis enchantée d'apprendre de votre propre bouche
que M. de Mainz pourrait bien épouser sa fiancée. Cela
me fait un sensible plaisir, puisque ça vous désoblige.

— On dit partout que...

— Oh ! madame, si je vous répétais tout ce qu'on dit
partout sur votre compte, vous seriez bien vite partie,
ce qui me serait infiniment agréable.

— Ecoutez, mademoiselle, reprit Mme de Sébezac,
nous pouvons nous entendre.

— Je crois que vous vous flattez, madame. Je n'ai rien
fait pour provoquer l'événement dont vous vous plaignez.
Je n'y puis rien. Cela doit vous suffire, je pense. Et si
vous avez l'intention de rester chez moi, malgré moi,
vous y resterez toute seule, car je me retire.

Martha tourna le dos à la vieille peinture et marcha
vers la porte.

— Mademoiselle ! mademoiselle ! s'écria Mme de Sébezac, je vous donne deux cent mille francs, si vous n'em-
pêchez pas le mariage de Pierre Leval.

— Ah ! c'est trop d'insultes, s'écria la danseuse en
revenant vers sa visiteuse, sortez, madame, sortez tout
de suite, ou je vous soufflète pour la seconde fois.

Martha était livide et frémissante. Elle tendait impé-
rieusement le bras vers la porte, et il y avait dans son
regard tant de menaces que la vieille tante de Mlle Clotilde eut décidément peur. Elle gagna la porte, non
sans une lenteur assez crâne pourtant, et avant de disparaître :

— Je mettrai un terme à vos insolences, je vous le
jure, glapit-elle.

Mlle Versin ne daigna pas répondre, et la scène se termina par le départ définitif de la coquette antique.
Quand elle fut seule, Martha eut beau se creuser la tête,
elle ne parvint pas à comprendre pourquoi Mme de Sébezac était venue chez elle, ou plutôt elle crut — ce qui
était fort naturel — que sa délabrée ennemie avait saisi
un prétexte quelconque pour lui annoncer le mariage de
Pierre Leval et se venger ainsi, à la façon des serpents.

La pauvre jeune femme, malgré le silence gardé par
Pierre, depuis sa dernière visite, n'avait pas perdu tout
espoir, tant l'âme humaine est longue à renoncer à ses
illusions.

Elle se disait que si le jeune homme revenait la voir,
et très-probablement il reviendrait, elle saurait trouver
des accents émus pour le ramener auprès d'elle et pour
lui faire accepter la situation tant désirée. Mais Pierre
se mariait, mais il épousait une héritière prodigieusement riche, et elle sentait que l'intérêt entrant en jeu,
elle serait bien mal venue à reparler de son amour.

Elle perdit donc toute espérance et pleura. Au milieu
de ses larmes, elle se ressouvint du jour où Pierre était
revenu chez elle et ce souvenir évoqua l'image du bon
Perdrigeard.

Elle le vit ému, laissant couler lui aussi des larmes
qui devaient être bien amères. Elle se rappela son mot
égoïste malgré son apparence de pitié : Pauvre garçon!
Et par un retour sur elle-même, il lui vint à la pensée
que quelqu'un pouvait la voir dans sa douleur, dans
son désespoir, et dire d'elle avec la même légèreté de
cœur : Pauvre fille !

Mais elle ne supposa même pas que Perdrigeard eût
les qualités d'un mari, d'un mari qui lui apporterait cette
considération dont elle se montrait si avide.

Perdrigeard ! l'esprit de Martha s'arrêta une minute
sur le souvenir de cet ami dévoué. Puis elle revint à
Pierre, et par une succession d'idées bien simple, à Mme de
Sébezac, qu'elle accabla de malédictions. Seulement

elle ne crut pas un mot de ce qu'avait dit la veuve du
ministre sur le baron de Mainz. Cela, pour elle, c'était
le prétexte.

Eh bien, non, Martha se trompait. Je ne sais qui a dit
un jour : Il n'y a que les choses impossibles qui arrivent,
mais il semble que cette sentence avait été faite pour le
baron. Cet insensé près de se marier avec Clotilde, entrant par cette porte dans un monde qui devait le traiter un peu sévèrement d'abord, mais où il pouvait espérer de se faire accepter, n'avait pas trouvé encore le rêve
assez beau et s'était glissé on ne sait comment dans l'a-
mitié de M. Champdor : il lui avait réellement demandé
sa fille en mariage.

Ce qu'avait dit Mme de Sébezac était exact, très-exact :
de Mainz était le rival de Pierre. C'était même ce rival,
dont le père de Juliette avait dit à sa sœur :

— J'ai trouvé mieux.

Le lecteur ne doit pas être moins surpris que Martha
de ce coup de théâtre inattendu, que lui ménageait de
Mainz et qui paraissait si peu probable quelques jours
auparavant. Voici ce qui s'était passé : Lorsque Thérèse
de Malvignan fut partie pour Vienne, l'âme ravie, ivre
d'espérance et de sot orgueil, le baron, nous l'avons vu,
n'avait pas eu l'air de modifier son genre de vie. Il savait
trop bien que Mme Caressat pleurerait pour Thérèse et
plus lamentablement si elle apprenait quelque chose. Il
savait aussi que, même sans le vouloir, elle pourrait,
en écrivant à la diva-carcasse, lui révéler des faits dont
cette dernière pourrait s'émouvoir un peu trop tôt. C'est
pourquoi, comme nous l'avons dit, il fit le bon apôtre,
parut ne rien changer à son genre de vie et se montra fort
assidu à dîner en tête-à-tête avec la bonne vieille.

Mais, en réalité, le départ de Thérèse avait été pour
lui le signal d'une délivrance, d'une indépendance qu'il
célébra joyeusement.

En revenant d'accompagner la Malvignan au chemin
de fer, il s'était rendu directement chez Mme de Sébezac,

dont la nièce à ce moment représentait pour lui le maximum de ses audacieuses espérances.

Chemin faisant, Michel de Mainz se tint un petit discours qui ne péchait point par la fadeur :

— Et maintenant que je suis débarrassé de mes impe-
dimenta, se disait-il, à l'assaut ! baron de Mainz, à l'assaut ! Tout est prêt pour la victoire. La capitale du peuple le plus spirituel de la terre est remplie de naïfs, de
prudhommes et d'idiots sur la tête desquels tu vas bâtir
ta fortune. Il ne faut plus qu'une ligne de conduite
et de la suite dans les idées. Le marchepied, c'est Mlle de
Renteria. Je serai roi de Paris, si j'ose et j'oserai. Il suffit d'étonner les Parisiens pour les conquérir, et mille
millions de billets de banque, je les étonnerai. Ils peuvent s'y attendre. Je les étonnerai si bien qu'ils n'auront
pas le temps de se reconnaître avant que je sois arrivé
au pinacle d'où je les défierai bien de me faire descendre.
A l'assaut ! baron de Mainz, à l'assaut.

Comme on le voit, le baron poursuivait son idée. La
conquête de Paris était son seul but. La conquête de Paris, c'est-à-dire être quelque chose dans cette foule où
les gens illustres se comptent par milliers.

La conquête de Paris, c'est-à-dire être riche, être puissant, traiter de pair à pair avec les hommes d'Etat et
avec les gens qui font agir ceux-ci. Être une individua-
lité importante en apparence et en réalité. Pouvoir tout
dans la coulisse aussi bien que sur la scène. Paraître
redoutable et imposer une vraie terreur à ses ennemis.
N'avoir qu'un mot à dire pour faire la fortune d'un homme
ou n'avoir qu'à froncer le sourcil pour ruiner vingt familles. Lutter avec les rois de la finance et les terrasser
à sa fantaisie. Avoir à ses pieds tout un peuple de plats
courtisans, dans ses salons tout un monde de clients
dévoués et stupides, à ses troussses, une cohue de solli-
teurs, à sa disposition une cohorte de drôles prêts à tout
pour quelques sous. Tenir en sa puissance les secrets
et l'honneur de cent mille personnes ; forcer la main

aux plus rigides et faire des plus puissants eux-mêmes
des serviteurs incapables de se rebiffer. Telle était la
façon dont M. le baron Michel de Mainz entendait la
conquête de Paris.

Aussi, dès le lendemain, s'empressa-t-il de commencer
la campagne. A l'insu de Thérèse, et quelquesjours avant
son départ, le baron avait déjà loué un vaste rez-de-
chaussée dans une maison d'aspect sévère, rue Volney.

Il existe à Paris des fournisseurs qui vendent à cent
cinquante pour cent de bénéfices, mais à crédit, en es-
comptant les atouts que peuvent avoir en main les
aventuriers ou les drôlesses. L'un deux, qui connaissait
du reste son prochain mariage avec Mlle de Renteria,
lui installa un appartement d'une somptuosité incroyable et lui organisa des bureaux d'un confortable miri-
fique.

Sur la porte de ces bureaux, rien, pas une plaque,
pas un nom. Le baron de Mainz, directeur général de
la banque générale des Deux-Mondes, était évidemment
un financier trop général, trop sérieux, trop connu,
trop puissant pour avoir besoin d'une étiquette. A bon
vin, pas d'enseigne. Et tous ceux qui étaient dignes de
faire avec lui des affaires, c'est-à-dire les gens à millions,
n'étaient-ils pas tenus de savoir son adresse ?

Mais s'il n'y avait pas de plaque en cuivre à la porte,
avec son nom gravé dessus, en revanche, son antichambre était encombrée de garçons de bureau ou de recette.
Coiffés du claque, portant une livrée bleue d'une coupe
irréprochable et dont les boutons étaient aux armes du
baron, ceux-ci s'empressaient auprès du moindre visiteur pour le diriger à travers le labyrinthe des caisses, des
contentieux, etc., etc.

Mais c'est surtout quand quelqu'un de cossu demandait le baron lui-même que les domestiques s'agitaient.

On entendait des tapements étouffés de portes de frise,
le bruit sourd des pas empressés sur les tapis épais ; on
distinguait le claquement que font les doigts discrets

frappant à la direction et tout le brouhaha des maisons en activité. Dans certaines profondeurs résonnait le bruit des écus qu'on répandait en des balances de cuivre pour les peser.

Le fracas argentin du métal faisait cependant son embarras avec une certaine mesure qui ne dépassait pas les convenances.

Le baron lui même, correctement vêtu, mais portant adroitement les mêmes vêtements qn'avant sa prétendue fortune, le baron se donnait une attitude pleine de raideur à la fois, et de dignité. A la Bourse, qui allait être son champ de bataille, il avait semé des émissaires adroits, — oh! pas très-nombreux, trois ou quatre, — qui racontèrent comment le baron, à l'aide de capitaux étrangers, venait, sans avoir eu besoin de recourir à l'argent français, de créer une colossale entreprise qui allait faire parler d'elle.

Des télégrammes adressés à Paris, de Vienne, de Pétersbourg, de Londres s'informaient de la Banque général des Deux-Mondes.

Chose étrange! on payait à cette caisse fantastique, et chose plus extraordinaire encore, on y présentait des chèques, tout ce qu'il y a de plus authentique en fait de chèques. Des étrangers à l'air sérieux venaient y montrer des lettres de crédit que les banquiers de leur pays leur avaient données sur la banque générale des Deux-Mondes.

Il est certain qu'il y avait de quoi être stupéfait, et on l'était. Dans le monde des affaires, le baron passait pour un simple farceur. On ne lui aurait pas pris, chez le plus petit banquier de Paris, un effet de cinq cents francs. Et voilà que tout à coup cette personnalité douteuse se manifestait avec éclat. Les incrédules n'avaient qu'à se rendre rue Volney pour voir qu'on ne les trompait pas. Même le baron avait une allure si naturelle, un ton si simple, il parlait de millions avec une sincérité si calme, si étonnante, que les plus sceptiques

se demandaient s'ils rêvaient. Et peu à peu la surprise
s'émoussa ; on crut réellement à la maison du baron.
On s'émerveilla même.

— En tout cas, disait-on, ce ne sont pas des actionnaires français qui boiront le bouillon.

Les gens de la Bourse, habilement travaillés, regardèrent d'abord Michel de Mainz avec un sourire
railleur ; puis ils lui trouvèrent la physionomie
d'un véritable fiancier ; puis la badauderie humaine faisant son éternel métier de dupe, on finit par l'entourer
d'une certaine curiosité qui ne tarda pas à se changer
en cette espèce de considération sotte que les gens les
plus honnêtes ne peuvent pas toujours s'empêcher d'accorder à l'argent et même à ce qui n'est souvent que
l'apparence de l'argent.

Du reste, ainsi que nous l'avons dit, la banque des
Deux-Mondes fonctionnait. Les plus acharnés douteurs
se rendirent au hall de la rue Volney et virent de leurs
yeux qu'on y payait réellement des traites, des reçus à
caisse ouverte, et que parfois on y comptait des sommes
énormes.

Les choses en arrivèrent bientôt à un point tout à fait
imprévu. Le baron parvint à passer réellement pour un
personnage.

Dans les premiers temps, il arrivait à la Bourse escorté d'un ami, d'un simple compagnon. Quelques jours
après, il était suivi de deux ou trois personnes, et puis
enfin, un jour, on le vit monter l'escalier de l'antre
traînant à sa suite sept ou huit caudataires qui avaient
l'air de cueillir ses paroles comme manne céleste.

Et alors, il se trouva qu'on alla bientôt à sa rencontre, qu'on le traita comme un seigneur d'importance.
Ce qui fit que les autres financiers d'occasion qu'on en-
cense et qu'on flagorne sous la colonnade, se rappelant
leur point de départ et ayant conscience du peu qu'ils
sont, du peu qu'ils valent et du hasard qui les a faits

millionnaires, finirent par se dire avec la plus louable
sincérité :

— Eh ! eh ! qui sait ! ce gaillard-là est peut-être infiniment plus fort que nous.

Et comme ce n'était réellement pas un sot que le
baron, il s'aperçut bien vite de ce qui se passait. Sa situation s'enflait à vue d'œil. Il s'agissait de ne pas la
pousser jusqu'à ce qu'elle crevât et c'était là le dificile.
Néanmoins il sut se tenir. Gardant un maintien réservé
jusqu'à la froideur, il parut tout d'abord à la hauteur
de sa nouvelle fortuue.

Affable avec la foule des petites gens, calme et digne
avec la moyenne finance, il se tenait sur une réserve
excessive, quoique exempte de morgue avec un certain
nombre de gros bonnets qu'il affectait de considérer
comme de petits personnages. Chaque jour il apportait
une nouvelle plus ou moins grave. Le premier il connaissait les cours de certaines valeurs étrangères, et
l'on venait le consulter avec un empressement plein de
bonne foi.

De Mainz pour tout dire en était arrivé à ce point où
il pouvait tout oser. Il osa mettre en pratique une idée
gigantesque.

Avec une certaine modestie, sans fla-fla, en homme
froid que le succès ne grise pas, il parla mystérieusement
à quelques personnes d'un projet d'émission absolument
extraordinaire. Puis il provoqua une réunion prépara-
toire de financiers à laquelle les plus sévères crurent devoir assister.

Là le baron expliqua à ses auditeurs qu'il voulait
monopoliser le commerce de toute la France dans les
mains d'une société contre laquelle personne ne pourrait lutter, qui ne ferait que des affaires au comptant
dont tous les bénéfices, par conséquent, seraient sûrs et
qui, à un moment donné, deviendrait infiniment plus
puissante que ne le fut jamais la Compagnie des Indes.

— Et, tenez, ajouta-t-il, pendant que les chan-

tiers de construction se disposeraient à nous livrer
la flotte qui nous sera nécessaire, mille ou douze cents
navires à vapeurs, il y a une opération tout indiquée
dont je vais en deux mots vous faire toucher l'économie.
La France, dévorée par le phylloxéra, n'aura plus
dans dix ans que des centièmes de récolte. Outre la
viticulture, qui sera perdue pour ce pays, des milliers
de négociants seront ruinés, après des milliers de propriétaires.

Eh bien ! messieurs, que faire ?

Une chose bien simple. Tablons sur le phylloxéra.
Supposons qu'il doive tout détruire, et allons avec nos
capitaux acheter d'avance, dans tous les pays du monde,
le vin que la terre produit. Nous transporterons ce vin
en France, qui deviendra l'entrepôt général de l'univers, après avoir été une féconde productrice. Par
traité, nous nous rendrons acquéreurs de vingt,
de trente, de cinquante récoltes à venir, et il ne se
boira pas une goutte de vin sur la terre sans que nous
l'ayons fournie.

A ces mots, on entendit dans un coin une voix qui
cria :

— Farceur !

Mais une tolle générale fit taire l'insolent interrup-
teur et le baron reprit, comme s'il n'avait pas entendu,
le cours de sa harangue.

Il démontra de la façon la plus claire que la société
qu'il voulait fonder était appelée au plus étonnant avenir ! Il alla même jusqu'à laisser entendre que dans cette
idée gigantesque se trouverait très-probablement la solu-
tion de la question sociale qui intéressait tous les esprits.

Il poussa même les choses jusqu'à laisser voir comment il entendait résoudre le problème, et il parla
d'une immense participation de tous les travailleurs ou
employés aux bénéfices de la société.

Bref, il déploya l'éloquence la plus imprévue et fit un
profonde impression sur ses auditeurs. L'affaire était en

levée. Quelques bons contradicteurs apostés, adressèrent au baron des questions insidieuses auxquelles il répondit sans hésitation. D'autres, agissant pour leur propre compte, lui posèrent des objections assez sérieuses qu'il réfuta très-victorieusement.

Séance tenante, l'appui des plus gros banquiers de l'univers fut acquis à la banque générale des Deux-Mondes.

La présidence du conseil d'administration fut offerte à un homme dont le nom seul suffisait pour assurer le succès et qui l'accepta. M. Champdor fut nommé vice-président par acclamation. Cette dernière nomination était, de la part du baron, un coup de maître, le père de Juliette était absolument conquis·

— Vous avez trouvé là, monsieur, dit-il à de Mainz, une idée colossale, la plus grande peut-être, de ce siècle si fécond en miracles.

— Monsieur le baron, ajouta Champdor, vous pouvez m'inscrire dès aujourd'hui pour deux mille actions. Je désire consacrer un million au moins à cette étonnante affaire. Et comme je veux que mes petits-enfants soient aussi riches que moi, ma fille, qui a une fortune personnelle de trois cent mille francs de rente, souscrira également pour une forte somme.

A partir de ce moment Champdor tout à fait englué voulut que de Mainz devînt son gendre. Celui-ci ne demandait d'ailleurs pas mieux.

Trois jours après, le baron officiellement présenté assistait à un dîner d'apparat que son futur beau-père donnait en son honneur.

La veille du dîner Champdor avait signifié à sa fille que décidément Leval lui déplaisait et qu'elle devait se préparer à épouser le baron. Ce fut un coup de foudre. La bonne maman voulut sermonner son gendre.

— Quoi! lui dit-elle, vous allez donner votre fille à un Tartare quelconque, sortant on ne sait d'où? Et encore est-ce bien un Tartare? Ce baron de Mayence,

car Mainz est le nom allemand de Mayence, n'est-il pas
pis qu'un cosaque?

— Ma mère, répondit Champdor, je suis le seul juge
en cette question. J'estime que M. de Mayence, comme
vous dites, est un homme éminent et un parfait gentilhomme. Juliette est ma fille. J'en disposerai à mon
gré.

— Peut-être, dit l'aïeule avec fermeté.

— Une révolte ! s'écria Champdor avec l'indignation
des gens peu habitués à rencontrer des obstacles, une
révolte ! Je voudrais bien voir ça.

Ainsi rabrouée, la bonne dame, selon sa sage habitude, garda le silence, eut un sourire et laissa Champdor se féliciter de sa fermeté, dont on ne tarda pas
d'ailleurs à voir les effets. Ayant fait appeler sa fille, il
lui signifia sa volonté dans les termes suivants :

— Puisque ta grand'mère et toi-même avez deviné
que le gendre de mon choix n'était autre que le baron
de Mainz, je n'ai pas besoin de t'apprendre ce que j'ai
résolu.

Cette façon brutale d'imposer un drôle fit monter la
colère au front de la jeune fille. Elle oublia les recom-
mandations de sa grand'mère, qui lui avait conseillé
d'opposer à la volonté de son père une force d'iner-
tie dont on tirerait parti au moment psychologi-
que.

Se redressant avec un dignité singulière, Juliette répondit :

— Vous avez sans doute une autre fille, mon père,
pour faire un gendre de ce monsieur, car il ne sera jamais mon mari.

M. Champdor, stupéfait, ne comprit pas d'abord,
puis il éclata.

— Voilà donc, dit-il, la résistauce prêchée par votre
grand'mère, et à laquelle je m'attendais. Mais vous
plierez, je vous en préviens...

— Aucune force humaine ne m'empêchera de dire

non quand on me demandera si je veux être sa femme.

— Juliette ! !...

Comme on le pense Mlle de Renteria ne fut pas la dernière à être informée de tout. Ce n'était plus l'apathique et dédaigneuse Espagnole que rien ne pouvait émouvoir. A peine dormait-elle. Quant à manger il n'en était plus question. D'un bout du jour à l'autre elle ne parlait que de jeter de l'acide sulfurique au visage de sa rivale.

Mais pendant ce temps, Michel de Mainz faisait des progrès. M. Champdor le voulait à sa table tous les jours, et Pierre avait été congédié sans grande forme. Juliette, toujours énergique, gardait un silence farouche, et le baron épuisait en vain son imagination et son éloquence.

— Monsieur, lui avait-elle dit courageusement devant son père, je ne vous aime pas et je ne vous épouserai pas. Je vous prie donc de ne pas m'adresser la parole, ce serait du temps perdu.

— Je me flatte, mademoiselle, répondit de Mainz, que quand vous me connaîtrez mieux, vous reviendrez sur cet arrêt sévère. On a vu de plus grands miracles.

Mlle Champdor eut le bon sens de ne rien riposter à cette prétention insolente et, de ce jour, elle se conduisit comme si le baron n'eût pas existé, comme si sa place à table eût été vide.

Cela n'empêchait pas Pierre d'être extrêmement malheureux, car le jeune homme, qui s'était laissé engager sans trop d'empressement dans ce mariage, était devenu amoureux, réellement amoureux de Juliette quand il avait eu le bonheur de la voir de près et de connaître cette nature d'élite fine et charmeresse.

Par conséquent, ce baron de malheur faisait le désespoir de trois personnes : Clotilde, Pierre et Juliette. Sans compter, bien entendu, la vieille Sébezac, qui n'en décolérait pas depuis trois semaines Il fallait l'entendre lancer vers le ciel les menaces et les malédictions de son répertoire, qui était d'une certaine richesse.

Le bon Perdrigeard lui-même était atteint indirectement par cette évolution du directeur de la banque générale des Deux-Mondes. Ayant appris que Pierre Leval devait épouser Mlle Champdor, l'excellent Anatole s'était terré chez lui, faisant le mort et attendant que les événements lui permissent de revenir aussi naturellement que possible auprès de Martha.

Et voilà que tout à coup, ce drôle de baron que Perdrigeard rencontrait une fois de plus en travers de sa route, s'ingérait de faire échouer un mariage sur lequel étaient bâties ses plus chère s espérances.

Cette fois, c'était bien un peu trop fort.

Enfin il existait une dernière victime de Michel de Mainz et c'était Thérèse Malvignan qui décidément ne réussissait pas à Vienne et qui songeait au retour.

Celle-là n'était pas une femmelette capable de prendre des demi-mesures. Elle avait l'audace pour elle et rien à perdre. C'est pourquoi elle était fort dangereuse pour de Mainz.

Une seule personne pouvait donc avoir quelque gratitude pour le baron et lui savoir gré de prétendre à la main de Juliette : Martha. Oui, Martha, qui fut envahie par un joie immense après le départ de Mme de Sébezac.

— Ah ! ce mariage ne va pas tout seul, dit-elle avec des rayons dans les yeux. Ah ! Pierre a un rival et un rival titré. S'il pouvait me revenir ! Il faut du reste que les chances de succès du baron soient considérables pour que cette antique aliénée vienne me faire une scène aussi sotte.

Et Martha s'informa.

Elle sut que M. Champdor coiffé du baron voulait ce mariage avec une obstination d'autant plus grande que la résistance de sa fille était plus désespérée. On lui apprit que Pierre Leval n'allait plus dans la maison et qu'il errait tous les soirs dans les couloirs de l'Opéra, où une vieille habitude l'avait ramené. Ce fut alors qu'une idée vint à l'esprit de Martha, idée admirable ; du moins elle le crut.

Se souvenant de l'orgueil un peu naïf dont Pierre avait été gonflé en diverses circonstances quand la jeune artiste obtenait des succès retentissants, Martha se dit que le directeur de l'Académie nationale de musique lui avait offert un engagement nouveau ou une représentation d'adieux à son bénéfice.

— Oui, ajouta-t-elle, je reparaîtrai sur la scène une fois, une seule fois. Je veux que la salle, dans une ivresse que je provoquerai par mon talent, m'acclame comme jamais un public ne l'a fait pour personne. Je veux que tout le monde, ce soir-là, m'aime et me désire : je veux qu'on jette sur Pierre des regards jaloux et qu'il entende ce qu'on dira de la danseuse triomphante. Il faut enfin que cet ingrat soit dans ma loge à ma merci quand la représentation finira. Après... il ne faut pas plus de quinze jours pour se marier.

Elle partit aussitôt de son pied léger pour l'Opéra, la charmante étoile, et annonça au directeur que poussée par le besoin, elle acceptait une des deux offres qui lui avaient été faites. Elle choisissait une soirée à bénéfice dans laquelle elle danserait le fameux ballet dont nous avons parlé au commencement de ce récit.

Un peu refroidi était le bon impresario, depuis le jour où il avait fait blanc de son épée chez Mlle Versin, mais il avait alors offert ses services devant tant de monde qu'il ne put reculer.

— Ma chère enfant, dit-il, je suis à votre disposition. Choisissez votre jour.

— Le 17 décembre, si vous voulez ?

— C'est une date bien rapprochée. Vous n'aurez pas le temps d'organiser grand'chose.

— Oh ! mes camarades des autres théâtres y mettront de la bonne volonté.

— C'est que je veux pour vous une soirée retentissante et des adieux touchants.

— Je l'entends bien aussi de la sorte, fit Martha, qui songeait à Pierre.

— J'accepte donc le 17 décembre. Cela nous fait trois semaines devant nous.

— Et cela suffira. Merci, mon cher directeur. Je viendrai tous les jours au théâtre jusque-là, car je vous préviens que je veux éblouir Paris avant de disparaître pour toujours.

— Vous n'aurez qu'à être vous-même, ma chère amie ; au revoir !

Le lendemain, tous les journaux de Paris annonçaient la représentation d'adieu qu'allait donner Mlle Versin.

La chose fit un bruit énorme. Les acteurs et les chanteurs de tous les théâtres, qui avaient compati à ses cruels chagrins, vinrent spontanément lui offrir leur concours ; on l'aimait et on l'estimait. Elle n'eut qu'à choisir. Il se prépara donc pour le 17 décembre une fête extraordinaire, merveilleuse, et telle que les plus étonnantes solennités en devaient être éclipsées complètement. Mais pendant ce temps, les événements marchaient. M. Champdor avait fait publier les bans de sa fille avec le baron de Mainz.

Juliette quoique très-ferme encore, commençait à s'inquiéter. Pierre, lui, perdait tout espoir. La bonne aïeule avait beau le voir en cachette et le réconforter, il ne voulait pas se consoler.

— N'a-t-il pas été déjà le fiancé de Mlle de Renteria ? s'écriait la grand'mère de Juliette. Les bans n'étaient-ils pas également publiés ? Et cependant cela ne s'est pas fait.

— Mais Juliette est trop riche.

— Ah ! voilà. Cependant, si j'étais à votre place, je

20

chercherais au baron une abominable fille, huit ou dix fois millionnaire, bossue, borgne, paralytique et chauve.

— Ne riez pas.

— Je suis très-sérieuse. Je gage qu'il planterait là M. Champdor et Juliette pour courir après ce nouveau sujet.

— Malheureusement, il n'y en a pas, de monstres si riches.

— Il y en a bien, mais nous ne les connaissons pas.

— Ah ! si seulement, ajouta Pierre, on pouvait lui jeter dans les jambes son ancienne maîtresse, la Malvignan !

— Eh ! ne vous flattez pas que cela réussirait, mon ami. La Malvignan attend sans doute un morceau des millions de ma petite fille. Elle se tiendra tranquille et contente.

— Vous avez peut-être raison. Mais que faire?

— Avoir confiance dans ma bonne Juliette. Vous verrez si elle a du cœur.

Ces aimables paroles ne rassuraient pas entièrement Pierre Leval. Il fut cependant distrait par l'annonce du bénéfice de Martha.

Pauvre Martha ! Il en avait conservé un souvenir doux et quelque peu mélancolique. Son amour pour elle était éteint, du moins il le croyait, mais il lui gardait dans son cœur une gratitude profonde pour les beaux jours de jeunesse passés avec elle. Ces jours restaient dans sa mémoire comme le seul chapitre de sa vie qui valût la peine d'être retenu.

Il se promit donc d'aller à la représentation de Martha et il voulut payer un fauteuil dix fois sa valeur. Perdrigeard aussi courut un des premiers à l'Opéra et loua une loge entière.

Il semblait que tout Paris se promît d'être de cette solennité artistique, tant on mettait d'ardeur à en retenir les places. Il n'était question que de cela.

Le baron aussi devait en être, et Clotilde l'ayant su par sa police, décida qu'elle irait également avec sa tante.

Une autre femme, entre temps, donnait aussi sa représentation d'adieu sans le savoir, sur une autre scène : c'était Thérèse Malvignan.

Comme on le pense bien, la diva carcasse n'avait eu aucune espèce de succès à Vienne. Sa première apparition avait provoqué l'étonnement. Une telle maigreur, une laideur aussi corsée, un air si prodigieusement revêche, surtout quand elle voulait sourire, avaient fait dire au public :

— Il faut qu'elle ait un fier talent pour oser chanter dans une capitale avec une figure semblable.

Mais ce fut un bien autre désappointement quand elle ouvrit la bouche. La voix était courte et maigre comme elle. Son talent ne dépassait pas celui des cantatrices de quatrième ordre, et comme elle voulait racheter son insuffisance vocale par des effets dramatiques très-corsés, elle se tortillait en chantant de la façon la plus étrange et la plus comique.

La malheureuse fut accueillie de façon à ne lui laisser aucune illusion sur le sort qui l'attendait. Quelques journalistes trop bienveillants déclarèrent cependant qu'il fallait faire la part d'une émotion bien naturelle. Elle chanta une seconde fois. Ce fut encore une défaite. Mais à la troisième cela prit les proportions d'un désastre. Quelques abonnés se fâchèrent et un incongru siffla.

Alors Thérèse qui était cabotine jusqu'au bout des ongles chercha la cause de sa chute en dehors d'elle-même. Il est si facile d'attribuer ses malheurs au mauvais vouloir des autres et son insuccès à une cabale. C'est ce qu'elle fit. Mais comme elle était grincheuse et méchante, elle accusa de la formation de cette cabale le directeur lui-même, et à sa huitième représentation — elle avait chanté une fois par semaine — elle sortit de scène furieuse, alla droit à l'impresario et déclara devant tous les artistes qu'il voulait se débarrasser d'elle par des moyens inavouables.

Le pauvre homme ne répondit rien d'abord et se contenta de sourire, ce qui exaspéra davantage l'étique chanteuse. Elle insista et le prit sur un ton si violent que le directeur, la saisissant par le bras, l'entraîna dans son cabinet, qu'il ferma.

Pour le coup, Thérèse resta interdite et fort inquiète. Elle ne savait ce qui allait lui arriver.

— Mademoiselle, dit l'impresario en lui montrant un siège, donnez-vous la peine de vous asseoir. Je vais répondre, et catégoriquement, à vos accusations.

Thérèse, encore en costume de Léonor du *Trouvère*, prit le fauteuil qu'on lui indiquait et attendit.

— Je ne vous connaissais ni de nom ni de réputation, mademoiselle, reprit le directeur, quand un de mes correspondants de Paris m'écrivit que vous étiez libre.

— Quel correspondant ?

— Durand, le sucesseur de Gette.

— Fort bien. Continuez, fit Thérèse.

— Voyant qu'il s'agissait de discuter seulement, la Malvignan reprenait tout son aplomb.

— Je répondis que je n'avais aucunement l'intention de vous engager, mais je reçus par retour du courrier une nouvelle lettre très-curieuse et que je puis vous montrer.

— C'est inutile. Que disait cette lettre ?

— Mlle Malvignan, disait Durand en substance, est une cantatrice d'un vrai mérite, mais en la faisant débuter sur votre théâtre, il ne vous en coûtera pas un sou.

— Comment ?

— Cette cantatrice, continuait la lettre, tient à paraître sur une scène de premier ordre, et il y a quelqu'un qui consent à faire les fonds du premier mois.

— Qu'est-ce que cela veut dire ?

— Vous le savez probablement mieux que moi.

— Pas le moins du monde.

— Toujours est-il qu'on m'envoya un chèque de huit mille francs, vos appointements du mois de septembre, et je me prêtaî parfaitement à cette combinaison, avec l'intention, si vous réussissiez, de vous garder aux mêmes conditions.

— Ainsi, quelqu'un a payé huit mille francs pour que je débute à Vienne ?

— Oui, mademoiselle, et j'ai le regret de constater avec vous que votre succès a été négatif. C'est pourquoi vous ne faites plus partie de mon personnel.

La Malvignan était pâle comme une vieille lune. Elle ne pouvait en croire ses oreilles. Un vague soupçon germait lentement dans sa tête, mais elle ne s'y arrêtait pas encore.

— Ainsi, dit-elle d'une voix étranglée par la plus cruelle émotion, la dépêche que vous m'avez adressée ?...

— Avait été dictée par M. Durand, de Paris.

— La somme de huit mille francs comptée comme premier mois chez Durand ?...

— Ne venait pas de Vienne. Elle sortait de la caisse Durand et Cie.

— Mais qui donc l'avait avancée réellement ?

— Ah ! cela, mademoiselle, je n'en sais rien ; seulement, si vous retournez à Paris, il est fort probable que l'agent dramatique dont nous venons de parler saura éclaircir cette partie du mystère.

Thérèse avait passé de la pâleur blanche à la pâleur verte. Une fureur, une ces fureurs qui vous saisissent à la gorge et vous font craindre l'apoplexie s'empara d'elle.

L'impresario la vit se lever brusquement et tendre les

20*

bras vers lui en remuant les lèvres. Mais il ne distingua aucun son. Les yeux hagards, le nez crispé, la bouche convulsée, Thérèse Malvignan était horrible à voir. Elle voulait parler, et l'aphonie la plus complète répondait à ses efforts. Enfin, elle tomba raide sur le tapis. Pour le coup, le directeur fut effrayé. Il fit mander un médecin en toute hâte. Celui-ci saigna la chanteuse, — on saigne encore à Vienne, quand cela est nécessaire, — et Thérèse revint à elle.

Ramenée chez elle, la Malvignan qui après tout n'était pas une femmelette, congédia médecin et complaisants, et se mit à songer à la situation. De temps en temps elle était prise, malgré elle, de terribles accès de colère, et alors elle eût épouvanté le baron et bien d'autres

— Qui a pu me jouer ce tour infernal ? disait-elle en parcourant sa chambre à grands pas, sans s'inquiéter de sa saignée et de son bras emmailloté. Michel ! Il n'y a que Michel ! Ah ! misérable polisson, damnée canaille, que j'ai ramassé crevant de faim, que j'ai façonné, à qui j'ai appris Paris et ses ressources, c'est toi qui pour te débarasser de Thérèse...

Mais non, fit-elle tout à coup, non. Ce n'est pas possible. Où aurait-il pu trouver ces huit mille francs ? Car ce n'est pas un rêve, cela. Je les ai touchés, ces huit mille francs, et si Michel avait quelques sous devant lui... c'est à peine...

Elle s'arrêta et poussa un cri de fureur.

— Mais si ! mais si ! c'est avec l'argent de la Caressat qu'il a pu m'éloigner de Paris pour se marier... avec quelque pimbêche très-riche. Et alors, que lui font quelques milliers de francs ?...

Affaissée, écrasée par cette découverte, la diva tomba dans une prostration cruelle qui dura dix ou douze minutes. Elle était là, sans mouvement, sans idée, anéantie.

Mais bientôt cette pensée que Michel l'avait éloignée creusa comme un trou dans son cerveau, et elle eut beau faire, elle y revint sans cesse, ainsi que dans un rêve il vous arrive de prononcer indéfiniment le même mot et de retomber dans le même événement.

Alors elle reprit sa colère et recommença sa promenade de bête fauve.

— Il a osé ! s'écria-t-elle à pleine voix, le drôle a osé !

Un rire nerveux, un rire fou éclata sur ses lèvres avec un bruit de sinistre fanfare.

— Eh bien, soit ! ajouta-t-elle, soit ! à nous deux, monsieur le baron de Mainz ! à nous deux !

Et dire que je lui gardais là soigneusement quatre mille francs sur ce mois qui vient de lui ! Idiote ! Mais qu'importe, j'ai bien fait de ne pas tout manger. En route pour Paris, Thérèse Malvignan, en route. Il va se passer sans doute de jolies choses. J'en sais assez sur son compte pour le déshonorer à jamais et pour le rejeter dans la boue où nous nous sommes rencontrés.

Dès le point du jour, la Malvignan courut au télégraphe et lança une dépêche à l'adresse de Perdrigeard.

Avec cet instinct qui est si aigu chez la femme haineuse, Thérèse s'était dit que l'ancien entrepreneur devait détester mortellement le baron et qu'il était le seul à Paris à qui elle pût s'adresser pour obtenir un renseignement sûr. Mais la journée se passa sans que Thérèse reçût une réponse.

Étant allée au théâtre, elle s'informa très-adroitement, auprès des artistes qui connaissaient bien leur boulevard des Italiens et qui recevaient des journaux de Paris, s'ils n'avaient pas entendu parler du mariage d'un certain baron de Mainz.

Le baryton Martini — qui s'appelait Martin et qui était né rue Montholon — lui apprit alors que le mariage de Michel devait être chose faite, car il y avait déjà quinze jours qu'on l'avait annoncé.

La Malvignan eut assez d'empire sur elle-même pour se contenir. Malgré son trouble, ce fut d'une voix calme qu'elle demanda le nom de l'épousée.

— Un nom espagnol... je ne me souviens pas très-bien.

— Est-ce que vous avez encore le journal?

— Non, je les donne tous au souffleur, qui est un vieux camarade à moi.

— Voyons, Martini, cherchez bien...

— Attendez donc! c'est, je crois, la nièce de ce monument badigeonné qui ne manquait pas un lundi à l'Opéra, la femme d'un ancien ministre, une toquée de choix qui nous envoyait des œillades en scène.

— Mme de Sébezac?

— Juste, c'est sa nièce qu'il épouse, une demoiselle Clotilde de quelque chose en *a* qui sent l'Andalousie à plein nez. Ah! j'y suis, de Renteria.

— Merci, mon ami, dit Thérèse en emportant cet éclaircissement précieux. Et maintenant, s'écria-t-elle en rentrant chez elle, nous allons rire.

Trois heures après, ses malles étaient faites, et elle envoyait chercher une voiture, quand on lui remit un télégramme. C'était la réponse de Perdrigeard. Elle était ainsi conçue :

« Absent hier, ai trouvé dépêche en rentrant. Baron épouse Mlle Juliette Champdor. »

— Allons, bon! qu'est-ce qu'il raconte celui-là? grommela Thérèse en fourrant le télégramme dans sa poche.

— Puis elle partit pour la gare, et une heure après elle filait à toute vapeur sur Paris, songeant à ce qu'elle allait faire. Sa colère contre Michel était, il faut le dire, un peu hésitante et ses résolutions ébranlées. L'un lui disait qu'il épousait Mlle Clotilde, l'autre une demoiselle Champdor. Qui croire? Et puis, si l'on était si peu d'accord sur le nom de la future, la nouvelle du mariage elle-même, ne pouvait-elle pas être un canard? Grave matière à perplexité.

Que faire, en effet, en arrivant à Paris? La première intention de Thérèse avait été de tomber sans dire gare, chez Mme de Sebezac, et de lui servir une scène *di primo cartello*. Dans cet art-là, Mlle Malvignan n'avait pas de rivale.

Mais si ce n'était pas la nièce de la vieille ruine qu'épousait le baron, il fallait y regarder à deux fois avant de se lancer.

D'autre part, Thérèse n'avait chance de réussir que si le baron était surpris par son arrivée et n'avait pas le temps de parer le coup droit qu'elle lui ménageait.

Elle voyagea donc dans un état d'hésitation et d'anxiété fort vives.

Mais quand elle mit le pied sur le quai de la gare de l'Est, elle se retrouva sur son terrain et reprit sa résolution, bien décidée à agir tout de suite, en s'inspirant des circonstances.

Et d'abord, elle se garda d'aller chez Mme Caressat qui, avec sa sensiblerie et ses *bâron*, ne pouvait que lui nuire. D'ailleurs, la pauvre vieille dame devait avoir envie de rentrer dans son argent, et un mariage riche du baron était pour elle l'assurance qu'elle ne perdrait rien. En tablant sur le cours ordinaire des choses humaines, il fallait ne pas compter sur Mme Caressat, au contraire.

Thérèse descendit donc à l'hôtel et envoya séance tenante un commissionnaire chez Perdrigeard.

Une demi-heure après, Anatole arrivait en hâte, persuadé que la Malvignan allait mettre les pieds dans le plat, empêcher le mariage du baron, assurer par conséquent celui de Pierre Leval, en sorte que Martha resterait libre.

Le calcul était fort juste.

Dès qu'il fut entré chez la Malvignan, celle-ci, sans perdre une minute en salutations et en politesses, entama vigoureusement l'entretien :

— Vous m'avez télégraphié, dit-elle, que de Mainz se mariait avec une demoiselle Champdor, et les jour-

naux ont annoncé qu'il épousait la nièce de Mme de
Sébezac. Où est la vérité?

— Vous arrivez de loin, ça se voit, répondit Perdri_
geard. Le baron a dû épouser Mlle de Renteria, et, s'il
n'avait pas bifurqué, l'affaire serait bâclée. Mais il s'est fait
gober par un millionnaire, M. Champdor, et la fille de
ce dernier étant bien plus riche, il s'est jeté sur cette
nouvelle proie, bien que la jeune personne n'en veuille
à aucun prix.

— Il est fou! fou! positivement.

— Bah! plus avide que fou.

— Fou à lier, vous dis-je. Il avait cette Renteria, —
c'est bien le nom, n'est-ce pas? — qu'il pouvait épouser en trois semaines pendant que je n'y étais pas, et
qui était riche. Mais il a fallu qu'il me donnât le temps
de revenir. Où demeure cette demoiselle Champdor?

— Avenue des Champs-Élysées, un petit hôtel très-
élégant, à gauche.

— Et vous dites que la jeune fille ne veut pas de
mon baron?

— A aucun prix.

— Est-elle capable de dire non devant M. le maire?

— On affirme qu'elle s'en vante. Mais, vous savez,
il ne faut jamais compter sur ces virilités qui s'annon-
cent un mois à l'avance.

— Oh! Rassurez-vous, monsieur Perdrigeard, elle
n'aura pas besoin d'aller jusque-là.

— Vrai?

— Avez-vous un intérêt à ce que ce mariage ne se
fasse pas?

— Je crois bien...

— Dormez donc sur vos deux oreilles, il sera cassé
avant huit jours.

— Ne perdez pas de temps.

— Ayez confiance. Du reste, je vous ménage une petite surprise qui vous sera probablement agréable.

— Laquelle, madame?

— Vous le saurez en temps utile, dit Thérèse Malvignan ; apprenez-moi seulement à quelle heure on est sûr de vous trouver chez vous?

— Tous les matins, jusqu'à onze heures, à moins d'événement considérable.

— Bon ! il se peut que vous receviez ma visite d'ici à peu de temps, et vous verrez de quel bois je me chauffe. Ah! M. Michel me lâche. Ah! il emprunte audacieusement devant moi huit mille francs destinés à m'envoyer voir en Autriche s'il y est ! Dans quinze jours je serai baronne de Mainz, monsieur Perdrigeard, c'est moi qui vous en réponds.

— Ainsi soit-il, fit l'ancien terrassier sans grande conviction.

— Je le serai, vous dis-je ou il y perdra son nom, ajouta la chanteuse sur un ton de sybille enragée.

Perdrigeard s'en alla content, sans trop savoir pourquoi, mais il s'en alla content. Assurément, Thérèse ne lui paraissait pas de taille à faire rompre le mariage du baron aussi rondement qu'elle s'en vantait. Mais elle allait mettre des bâtons dans les roues de ce char de l'hyménée, et c'était toujours ça en attendant que M. Champdor ouvrît les yeux sur les mérites de son futur gendre.

La Malvignan commença par prendre le vent et organisa une petite police avec le concours d'une douzaine de cabotines sans emploi qui eussent vendu père, mère et enfants pour un louis.

Thérèse elle-même, en grande tenue, avait voulu pénétrer jusqu'au baron, en se présentant à la banque des Deux-Mondes. Mais sans doute on avait donné son signalement à l'huissier de service qui l'éconduisit en lui disant que de Mainz était à Londres.

Folle de colère elle jura que le baron se repentirait de la traiter ainsi et elle se mit à le traquer tant qu'elle put, mais de tout un long mois elle ne parvint pas à mettre la main sur cet homme qui était partout et qui néanmoins paraissait insaisissable. Elle ne réussissait donc pas.

Perdrigeard était furieux. Il lui montait au cerveau des envies folles d'aller prendre le baron par les oreilles et de lui dire sans façon :

— Je vous défends d'épouser Mlle Champdor.

Mais ces choses-là ne se font pas, et le pauvre homme en était réduit à perdre son temps chez Thérèse, qu'il objurguait de toutes ses forces.

— Ah! Ah! c'est comme ça que vous êtes baronne ! lui disait-il sur un ton rageur. Voilà quinze jours que vous êtes ici et vous n'avez pas adressé la parole à votre fameux Michel.

— Si ce n'est pas au bout de quinze jours, repartait la Malvignan, ce sera au bout d'un mois.

— Je t'en souhaite ! fit Perdrigeard irrévérencieusement. Dans huit jours, le baron sera marié, et vous irez pleurer dans le sein de Mme Caressat.

— Laissez-moi donc tranquille. Dans huit jours si M. Leval aime Mlle Champdor il pourra l'épouser à son aise : vous verrez.

— Vous vendez la peau de l'ours, ma chère.

— Ah ! taisez-vous. Tenez, vendredi dernier, je me suis déguisée en homme pour aller à la Bourse.

— Et que faire, mon Dieu ?

— Je voulais prendre Michel par les moustaches et le ramener avec moi...

— Oh ! vous n'auriez pas réussi.

— Pourquoi ?

— Le baron aurait résisté.

— Alors, j'aurais ameuté les braillards qui flânent sous le péristyle du monument et, devant tous, j'aurais adressé un petit discours à M. de Mainz.

— Ah ! ah ! et pourquoi ne prononcez-vous pas ce petit discours pour moi tout seul qui le goûterais autant que les messieurs du quatre et demi et de l'amortissable.

— Parce que je ne renonce pas à voir le baron s'incliner devant les bonnes raisons que j'ai à lui donner, et qu'alors, je n'aurai aucun intérêt à lui être désagréable.

— Vous me faites l'effet de ces chasseurs au lion qui prient Dieu de ne pas rencontrer leur gibier.

— Vos plaisanteries ne m'atteignent pas.

— Dans huit jours elles vous atteindront. Le baron de Mainz se mariera sous votre nez et vous n'irez pas, je pense, lui faire une scène à l'église, il serait trop tard. Le mariage civil serait consommé et c'est lui seul qui compte.

— Encore une fois, je vous prouverai...

— Des mots, des mots, des mots... voilà quinze jours que vous parlez et que vous n'agissez pas.

— Ah! vous trouvez!

— Oui, ma chère et tous ceux que cela peut intéresser sont de mon avis.

— Voulez-vous parier, que ce soir même, j'aille le réclamer chez M. Champdor où il doit dîner?

— Je vous en défie.

— Il ne faudrait pas répéter ce mot-là deux fois.

— Je vous en défie encore et toujours. Pour accomplir un pareil acte de vigueur, il faudrait une gaillarde autrement trempée que vous ne l'êtes.

— Vous croyez?

— J'en suis sûr.

— Eh bien! vous verrez, s'écria Thérèse en se levant brusquement et en tendant les bras vers Perdrigeard en un geste de comédienne.

— Vous avez tort de vous engager de la sorte, rien ne viendra troubler la sérénité du baron.

Thérèse Malvignan, poussée peu à peu par l'ancien entrepreneur, en était arrivée à l'exaspération.

— Vous m'avez défiée, vous avez eu tort. Il ne faut jamais défier les fous.

— C'est vrai, mais je vous crois très-sage.

21

— A quelle heure dîne-t-on chez M. Champdor ?

— A sept heures et demie, je pense.

— C'est bien. En ce cas, à huit heures il y a chance de trouver tout le monde à table.

— Probablement.

— Voulez-vous venir avec moi ?

— Pourquoi faire ?

— Pour vous assurer que je suis une gaillarde suffisamment trempée.

Perdrigeard réfléchit un instant. La Malvignan reprit :

— Vous pouvez être certain que je ferai les choses comme il faut. D'ailleurs, nous rendrons service à tant de gens en empêchant ces noces stupides, que nous pourrons nous vanter d'avoir fait œuvre pie.

— N'importe, dit Perdrigeard, j'aimerais mieux ne pas en être. Et pourtant, je serais bien aise de tout voir.

— Eh bien, mon cher, je vais vous indiquer un moyen simple de n'avoir aucune responsabilité. Précédez-moi de quelques instants et insistez pour voir Michel.

— Mais on ne voudra pas le déranger.

— Probablement. Vous direz alors qu'il s'agit pour le baron de vie ou de mort.

— Oh ! c'est un peu gros...

— J'arriverai sur ces entrefaites et je forcerai la porte. Et quand l'événement aura eu lieu, vous pourrez déclarer que vous veniez prévenir de Mainz de ce qui l'attendait.

Le gros Perdrigeard, avec son air gauche et sa bonne face ne manquait ni d'audace ni d'adresse. La proposition le tenta.

— Soit, dit-il, dans ces termes, j'accepte l'aventure.

XXVI

LE SCANDALE

Il était huit heures cinq quand la Malvignan, très élégamment parée, se présenta chez M. Champdor.

Déjà Perdigeard l'y avait précédée de deux minutes à peine, et il parlementait avec un domestique quand elle survint.

— Où est M. le baron de Mainz ? demanda-t-elle avec autorité.

— Là ! vous voyez ! s'écria l'ancien entrepreneur, voilà ce que je craignais !

Le domestique restait interdit. Il voulut prétendre que le baron n'était pas visible. Mais Thérèse lui coupa la parole et lui ordonna, sur un ton qui n'admettait pas de réplique, d'aller chercher M. de Mainz, et à l'instant. Le valet, subjugué, obéit.

Mais au moment où celui-ci ouvrant la porte pénétrait dans la salle à manger, Thérèse, avec une incroyable audace, le poussa vivement et y entra avec lui.

Est-il besoin de dire que l'émotion fut grande à cette table où étaient assises vingt ou vingt-cinq personnes.

Michel de Mainz très-troublé fit un signe à Champdor. Celui-ci, furieux, se dressa et tendant la main.

— Joseph, dit-il, reconduisez madame, de gré ou de force.

— Si Joseph se permet la moindre inconvenance à mon égard, répondit la Malvignan, je lui jette à la figure une bouteille de vitriol que j'ai dans ma poche.

Cette fois, Thérèse produisit un effet comme elle n'en avait jamais obtenu sur la scène. Joseph se tint à distance respectueuse ; les dames se levèrent avec effroi et firent mine de s'enfuir. Le baron devint livide et Champdor fut pris d'une vénérable peur qui lui coupa la parole.

Pendant ce brouhaha, la Malvignan se penchant à l'oreille de Michel, lui dit à voix basse :

— Tu viens avec moi tout de suite et tu m'épouses dans quinze jours.

Le baron tenait la fortune à sa portée et n'avait point envie d'y renoncer. Quoiqu'il fût vraiment épouvanté, il ne consentit pas à lâcher sa proie.

— Cette femme, dit-il, que je connais, mesdames et messieurs, mérite une grande pitié. Elle est revenue récemment de l'étranger avec la tête totalement dérangée. Qu'on n'ait contre elle aucune colère ; qu'on ne lui en veuille même pas. Quand son accès sera passé, elle s'en ira d'elle-même.

Thérèse comprit la portée d'une semblable accusation, mais elle n'en parut pas autrement inquiète.

— Soit, donc, dit-elle, laissez alors parler la folle.

Il régnait une grande émotion chez tous les convives, qui, pour la plupart avaient quitté la table. La Malvignan put se pencher de nouveau à l'oreille de Michel et lui dire :

— Encore une fois, veux-tu m'épouser ?

— Non, répondit-il brutalement, jouant le tout pour le tout.

La chanteuse se redressa.

— Monsieur Champdor, dit-elle, vous avez la naïveté de vouloir donner votre fille à cet homme. Vous êtes fier peut-être d'avoir pour futur gendre un baron. Eh bien ! écoutez-moi...

Thérèse s'arrêta une minute. Elle jeta un regard interrogateur à Michel, regard qui signifiait clairement : quitte cette maison avec moi et je me tais. Mais le baron, qui ne se doutait pas que la Malvignan le connût aussi bien, lui répondit par un coup d'œil de mépris.

— Cet homme, reprit-elle alors, n'est pas plus baron

que vous et que moi. Cet homme n'est pas Russe, cet
homme n'est pas noble ; cet homme s'est moqué...

Juliette et sa grand'mère poussèrent en même temps
un soupir de satisfaction.

— Calmez-vous, madame, dit alors Champdor, qui
croyait Thérèse véritablement aliénée.

— Ah ! vous coupez dans ma folie, vous ? l'interrompit Thérèse. Pauvre homme ! En ce cas, donnez-lui
votre fille et vous verrez ce qui arrivera. Votre baron
de Mainz, savez-vous ce que c'est ? Un ancien garçon
d'hôtel qui n'a d'autre mérite que de parler trois ou
quatre langues. Il est Allemand, et il n'a pas le sou. Si
vous voulez des preuves, je vais avoir l'honneur de vous
en offrir.

Tout en parlant, Thérèse sentait grandir sa surexcitation. Elle n'allait pas être maîtresse d'elle-même. Ses
paroles sortaient enflammées de sa bouche avec une
abondance et une facilité incroyables.

— Elle va mettre les pieds dans le plat, c'est le cas
de le dire, pensa Perdrigeard qui était toujours dans
l'antichambre, l'œil à la fente de la porte s'amusant
beaucoup.

Le baron eut l'imprudence de dire :

— Il est facile de raconter que je ne suis ni noble, ni
Russe, ni baron. Mais il faudrait appuyer cette accusation de quelque preuve.

— Tu t'appelles Johan Muller ! s'écria Thérèse avec
explosion.

Perdrigeard au comble de la surprise ne jugea pas
nécessaire d'en entendre davantage. Une heure après il
était chez le chef de la sûreté. Dans la soirée on arrêtait
Thérèse Malvignan.

La malheureuse crut et on lui laissa croire d'abord
que son arrestation avait été provoquée par une plainte
du baron et qu'il s'agissait pour elle d'être enfermée
comme folle.

— Nous ne vous garderons pas longtemps, madame,

lui dit le chef de la sûreté, le temps seulement d'empêcher que vous fassiez un esclandre au mariage de M. de
Mainz.

— Michel se marie aujourd'hui ?

— Oui, madame.

— Ah ! le misérable ! il m'a jouée, il s'est moqué de
moi, s'écria douloureusement la diva. Quel drôle ! Ai-
je été assez bête, assez bête !

Comme elle achevait ces mots, elle sentit le regard
du commissaire qui pesait sur ses yeux.

Et elle fut prise d'un accès de colère si effrayant,
que le chef de la sûreté se demanda s'il n'appellerait
point. Tout à coup, la Malvignan se mit à parcourir le cabinet de l'homme de police en proférant des menaces et
des malédictions.

— C'est fini, disait-elle, fini, fini. Ce polisson m'a jetée
à l'eau.

Et elle criait nerveusement, et elle se plantait devant
celui qui venait de lui révéler ces étonnantes choses :

— C'est vrai, n'est-ce pas, ce que vous venez de me
dire ? demandait-elle.

Puis, éclatant :

— Eh bien, elle a un joli mari, la demoiselle Champdor.

Tout à coup, elle s'arrêta, et poussant un éclat de
rire joyeux :

— Mais ce n'est pas vrai, ce n'est pas vrai, ils ne sont
pas mariés.

— Oh ! fit le policier.

— Ils ne peuvent pas être mariés.

— Allons donc !

Thérèse se redressa l'œil en feu, la lèvre tremblante,
le nez frémissant, les mains tendues :

— Il y a une loi, je pense ! s'ecria-t-elle.

— Il y en a même beaucoup, mademoiselle. Mais je
vois que le baron de Mainz ne nous a pas trompés.

— Que dites-vous?

— L'incohérence de votre langage, la violence de vos paroles, le trouble profond dont vous êtes agitée, cela suffit à démontrer qu'on ne vous a pas calomniée. Il n'est pas nécessaire de connaître la médecine pour être fixé sur votre état mental.

— Encore? fit la Malvignan avec explosion.

Puis elle fit un. effort, et avec une rare puissance de volonté, redevint maîtresse d'elle-même.

— Vous avez raison, dit-elle, je dois avoir l'air d'une folle. Et cela n'est pas bien étonnant. Une autre le deviendrait peut-être à ma place. D'ailleurs vous ne pouvez pas savoir qu'on vous trompe. Mais me voilà froide et tranquille. Voulez-vous que nous causions?

— Je ne demande pas mieux, répondit gravement le chef de la sûreté.

— J'ai dit que Mlle Champdor et M. de Mainz n'étaient pas mariés, n'est-ce pas?

— Oui.

— J'ai ajouté qu'il y avait une loi !

— Ce qui est incontestable.

— Cette loi dit, si je ne me trompe, qu'un mariage est nul quand il y a erreur ou tromperie dans la personne de l'un des deux époux.

— Le Code ne s'exprime pas ainsi textuellement, mais le sens est exact.

— Eh bien ! monsieur, le baron de Mainz s'appelle tout simplement Johan Muller.

— Allons donc !

— Je vous montrerai des lettres qui lui sont adressées ; je trouverai à Paris deux Allemands qui le connaissent et qui, comme lui, ont à cacher bien des choses.

— Vous savez que nous ne vous perdrons pas de vue et qu'il ne faut pas espérer de nous échapper.

— Est-ce que j'y songe? Il s'agit bien de ça. Il s'agit de punir ce drôle, ce malfaiteur, ce faussaire.

— Ah ! il serait aussi faussaire?

— Parbleu, puisqu'il prend un nom qui ne lui appartient pas, et qu'il signe de ce nom.

— Je l'entendais autrement.

— Oh ! il l'est aussi peut-être autrement.

— Alors, pour peu qu'il soit assassin, c'est un homme complet.

— Ne riez pas, un homme qui a fait ce que je sais sur son compte est capable de tout.

— Un mot, seulement.

— Deux, si vous voulez, à condition qu'il soit puni et démarié.

— M. de Mainz demeurait avec vous rue Legendre, chez Mme Caressat ?

— Oui.

— Tous les soirs il allait au cercle ?

— Oui, tous les soirs à peu près.

— A quelle heure rentrait-il ?

— Toujours entre minuit et minuit et demi.

— Jamais plus tard ?

— Je crois que cela ne lui est arrivé qu'une seule fois.

— A quelle heure est-il rentré cette fois-là ?

— Au jour. Il pouvait être quatre heures.

— Bon ! Et à quelle époque cet événement s'est-il produit.

— C'est l'été dernier. Ah ! tenez, c'est la nuit qui a suivi le scandale que fit Mlle Martha Versin en souffletant Mme de Sébezac aux courses.

— Je vous remercie.

— Quel rapport cela peut-il avoir ?

— Je crois que vous m'interrogez, répondit le chef de la sûreté, sévèrement.

Thérèse, un peu moins surexcitée, eut l'intuition qu'elle venait de répondre quelque chose de grave, et resta silencieuse, cherchant dans son esprit pourquoi on lui avait fait ces trois ou quatre questions.

Mais le chef de la sûreté ne lui laissa pas le temps de réfléchir.

— Vous comprenez, mademoiselle, lui dit-il, combien il est important pour Mlle Champdor que le faux baron de Mainz soit démasqué avant la nuit.

— Je crois bien, dit Thérèse avec une sincérité naïve et comique.

— Il serait nécessaire de prévenir M. Champdor avant que les époux soient partis pour le voyage qu'ils doivent entreprendre selon l'usage.

— Venez chez moi, je vous ferai voir les lettres. Nous irons ensuite chercher Wilhem Schultze et Gustave Enaüer. Ceux-là vous en apprendront plus long que moi, je vous assure.

— Mademoiselle, je suis à vos ordres. Nous avons en bas une voiture.

Le chef de la sûreté venait de jouer un jeu d'une rare habileté. Informé par Perdrigeard comment l'entrepreneur avait fait pour pousser la Malvignan à un scandale, il s'était empressé d'employer le même moyen qui venait de réussir admirablement.

Il lui avait suffi d'exciter la colère de la chanteuse pour qu'elle dévoilât tous ses secrets.

XXVII

LE BÉNÉFICE DE MARTHA

Ce jour-là on venait de décider que l'émission des actions du fameux *Monopole Commercial* aurait lieu le 21. La nouvelle connue en Bourse à une heure et quart mit le feu au ventre de tous les gens qui vivent de jeu et de spéculation.

Les bureaux de la banque générale des Deux-Mondes

ressemblaient à une fourmilière, quoique la souscription ne dût être ouverte que trois jours après.

Une foule épaisse de gens d'affaires de tout âge et de toute condition gravissait ou descendait le perron de la banque.

Des garçons de recette et leur bicorne, des employés du télégraphe, des remisiers, des coulissiers, des banquiers, des étrangers de toute sorte, des gens de rien, des hommes connus, des journalistes, des reporters, des politiciens, des sénateurs, des députés, des pures et des impures — car il y avait aussi des dames — se mêlaient, se croisaient, se lamentaient, se heurtaient, se saluaient, se toisaient, se dédaignaient et se jalousaient.

On eût cru que dans cette banque allait se distribuer la manne céleste sous les espèces de dividendes fantastiques.

Le cabinet du baron était littéralement assiégé par une armée de quémandeurs assoiffés d'argent qui employaient mille ruses de guerre pour parvenir auprès du dieu lui-même.

Le dieu, c'était de Mainz,

Quelques-uns, doués de biceps, forçaient toutes les consignes, passaient sur le ventre aux huissiers, entraient insolemment dans les bureaux et semblaient exiger qu'on fît ce qu'ils désiraient. Ceux-là, généralement, en étaient pour leur sotte brutalité. Les malins employaient des finesses plus ou moins spirituelles. Quand ils étaient parvenus à faire rire, ils se croyaient victorieux et souvent ils l'étaient.

Le baron ivre d'orgueil et de joie touchait au sommet. Les gens les plus raides s'humiliaient devant lui pour obtenir une faveur. De tous les coins de l'Europe les télégrammes arrivaient en avalanches.

Bien mieux : des banquiers hollandais ou allemands, plus pressés que les autres et plus pratiques, avaient envoyé des hommes de confiance, *missi dominici*, qui s'assuraient par eux-mêmes que le bruit qu'on faisait autour

du Congrès des milliards n'était pas de la mousse
pure et solicitaient du baron, par les lettres les plus
plates écrites sur du papier ministre, des audiences offi-
cielles, comme s'ils eussent été des ambassadeurs s'a-
dressant au souverain auprès duquel ils étaient accré-
dités.

De Mainz les recevait avec une solennité que les délé-
gués auraient trouvée bien humiliante s'ils avaient connu
les dessous de cette incroyable fortune.

Et pendant ce temps les employes, doublés, triplés
pour la circonstance, s'agitaient de toutes parts comme
des diables dans une fournaise. Les uns entraient, les
autres sortaient. Ceux-ci couraient à travers la maison
comme des fous, ceux-là — les culs de plomb, — assis
avec acharnement, écrivaient, écrivaient, écrivaient,
Tel remuait à la fois les bras, les jambes et les lèvres ;
tel autre criait sans agir ; un troisième agissait sans rien
dire ; un dernier enfin ne faisait rien du tout et contem-
plait cette universelle danse de Saint-Guy avec le calme
d'un philosophe qui sait ce que vaut la paresse.

Champdor qui ne croyait pas un mot de ce que Thérèse avait dit la veille chez lui arriva, au milieu de la
journée et resta ébahi devant un pareil tohu-bohu.

— Mon gendre ! mon gendre ! s'écriait-il, c'est merveilleux, ma parole d'honneur !

Et il s'étonnait du sang-froid qu'affectait le baron.

Vers les trois heures de l'après-midi, de Mainz, entouré
de son état-major d'actionnaires qui valaient littéralement leur pesant de billets de banque, passa une sorte
de revue de ses bureaux.

Quand il arriva dans le hall où se démenaient deux
ou trois cents enragés qui suppliaient qu'on prît leur
argent tout de suite, il y eut une manifestation très-
curieuse. Le cortège fut accueilli par un hourrah!

Ce soir-là, on s'en souvient, devait avoir lieu la représentation au bénéfice de Martha.

Sauf Thérèse Malvignan, se trouvaient à l'Opéra

presque tous les personnages importants de notre récit :

Martha sur la scène d'abord, Martha triomphante, adorée, couverte de fleurs et accablée d'applaudissements ; Perdrigeard et Pierre Leval aux fauteuils d'orchestre ; Mme de Sébezac et sa nièce dans leur loge ordinaire ; le baron, seul, occupant une baignoire, et enfin Mlle Champdor, son père et son aïeule dans une avant-scène du premier étage.

Juliette un peu pâle, avec de la mauvaise humeur dans les lèvres et dans l'œil, mais délicieusement jolie tout de même avec sa robe de soie bleu-ciel, sans aucun ornement.

Juliette, dont tous les spectateurs ou à peu-près connaissaient la résistance aux projets d'un père qu'on jugeait durement, faisait, pour ainsi dire, face au public et, autant que les convenances le permettaient, les jumelles restaient braquées sur elle ; puis on se tournait avec assez de sans-façon vers Pierre Leval, dont on étudiait l'attitude et la physionomie.

Mais c'étaient surtout Mme de Sébezac et sa nièce dont les lorguettes insolentes ne quittaient presque pas la direction des dames Champdor.

On jouait un acte de la Comédie-Française. L'auteur mentirait s'il affirmait que l'attention était générale. On s'examinait, on bavardait, on se saluait. Les habitués de ces sortes de solennités échangeaient de petits signes de reconnaissance et d'amitié ; on se montrait celui-ci ou celle-là.

Enfin c'était le petit train-train ordinaire.

Après l'acte de la Comédie-Française, il y eut un intermède où l'on entendit uue bonne demi-douzaine de célébrités et les frères Lionnet : Anatole avec Hippolyte, Hippolyte avec Anatole.

Tout marchait bien. Le rideau allait se relever sur le premier acte de *Bul-bul*, dans lequel Martha devait danser une valse célèbre dans toute l'Europe.

Au moment même où l'orchestre entamait le prélude,

ceux qui restaient attentifs à la comédie de la salle virent
entrer le baron dans la loge des Champdor. Chaudement
accueilli par le père, il n'obtint qu'un signe de tète de
l'aïeule et à peine un regard de Juliette, que Pierre Leval ne perdait pas des yeux.

Lorsque Martha fit son entrée en scène, au milieu des
applaudissements de mille admirateurs, elle vit le baron
derrière la jeune fille, dans l'attitude d'un homme que
l'on ne peut plus évincer, et il y eut dans ses yeux une
telle joie, son front rayonna d'une telle espérance, qu'elle
apparut belle comme une fée à tout ce public qui la savait admirable et qui cependant trouvait qu'elle n'avait
jamais été si parfaite.

Son second regard s'était porté sur Pierre, qui ron-
geait son frein à l'orchestre et qui, lui aussi, sentit quelque chose d'inusité dans sa poitrine quand il vit si
éblouissante de grâce et de beauté celle qu'il avait tant
aimée.

Quant à Perdrigeard, il fut écrasé par cette glorieuse
apparition, et pendant tout le temps qu'elle dansa, il
garda une attitude dévote, dont ses voisins ordinaires
furent bien surpris.

Comment la jeune femme dansa-t-elle? Comme une
libellule. La joie de son âme avait sans doute décuplé
son talent, car il semblait qu'elle ne fît aucun effort.

Les spectateurs haletants la suivaient du regard en
ayant l'air de se demander si ce n'était pas là quelque
rêve brillant qui leur passait devant les yeux.

Jusqu'alors, rien de jeune, rien de beau, rien d'heureux n'avait paru sur cette scène qui fût comparable à
Martha, et quand elle eut disparu dans la coulisse, il
éclata une tempête d'applaudissements qui ébranla de
la base au faîte le bâtiment, pourtant solide, qu'a bâti
M. Charles Garnier.

Quand enfin on se fut lassé de crier, de trépigner,
d'acclamer, chacun quitta sa place, et l'on se répandit

dans les couloirs, on se visita de loge à loge, on se rendit au foyer.

C'est là qu'il y avait le plus de monde. On y remarquait principalement un groupe qui grossissait à chaque minute et où l'on parlait haut, comme si ceux qui le composaient se fussent cru sous la colonnade de la Bourse.

C'était en effet des spéculateurs, des financiers, des agioteurs qui se pressaient à s'étouffer pour entendre deux personnages causant à haute voix.

— Qui donc est là ? demanda un indifférent à quelqu'un qui cherchait de la façon la plus véhémente à se rapprocher.

Celui-ci, à cette question, jeta un regard de dédain sur un homme aussi peu au courant des choses importantes de ce monde et lui dit :

— Mais c'est le baron qui cause de l'émission de demain avec son beau-père.

— Le baron ! répéta le questionneur, qui décidément ne méritait qu'une considération de deuxième rang, quel baron ? M. de Rothschid ?

Un éclat de rire méprisant fut la seule réponse qu'obtint cet être incomplet, et il entendit son interlocuteur grommeler :

— D'où sort cet Esquimau ?

Comme on l'a deviné, il s'agissait du baron de Mainz et de l'estimable M. Champdor son beau-père... futur.

L'ancien ami de Thérèse Malvignan était dans toute sa gloire, dans tout l'éclat d'un triomphe qu'il savourait d'ailleurs avec une tenue presque irréprochable.

Dix minutes après, le second acte de *Bul-bul* commençait, et Martha continuait à provoquer chez les spectateurs un véritable délire. Les fleurs, les enthousiasmes furent plus nombreux, plus drus que tout à l'heure.

Après la chute du rideau, il se fit un incroyable vacarme. On rappelait avec fureur la bénéficiaire. Elle revint enivrée, mais n'ayant d'yeux que pour Pierre. Le pauvre

Perdrigeard, qui se brisait les mains en applaudissant comme un sourd, ne parvint pas à lui montrer qu'il était là.

Ce premier rappel fut suivi d'un second, puis d'un troisième, et on l'aurait rappelée toute la soirée si, soudain, l'on n'eût vu le baron quitter l'avant-scène de M. Champdor et un peu après M. Champdor lui-même se lever avec une certaine précipitation pour disparaître à son tour.

Que se passait-il?

La foule des curieux se massa bientôt dans le corridor qui conduisait à l'avant-scène, et assista tout d'abord à un spectacle qui n'avait rien de bien intéressant.

Un monsieur en habit noir, fort correct, causait avec le baron, à voix basse.

Michel de Mainz s'exprimait vivement, faisait des gestes de dénégation et semblait le prendre de haut.

Son interlocuteur, très-froid, très-calme, ne laissait paraître sur son visage aucune émotion et ne faisait pas un geste, parlant bref, et disant sans doute des choses tout à fait importantes.

M. Champdor se tenait à quelques pas des deux causeurs, tendant le cou pour entendre et n'y parvenant pas.

A deux reprises il avait voulu s'approcher, et à deux reprises l'interlocuteur de Michel lui avait fait signe de ne pas se mêler de choses qui ne le regardaient point. Perdrigeard et Leval étaient au premier rang des curieux.

Le premier se disant que sans doute il allait y avoir là quelque dénoûment inattendu ; le second, jetant sur son rival un regard de haine et de provocation.

En ce moment, le baron fit un geste d'impatience et se retourna comme pour rentrer dans sa loge.

— Ah! prenez garde! lui dit alors tout haut celui qui l'avait fait demander, en lui mettant la main sur le bras.

— Mais je vous dis qu'on s'est moqué de vous et qu'il

est souverainement ridicule de me déranger en un pareil moment.

Tout le monde entendit les paroles de Michel comme on avait entendu la menace de l'autre.

Le cercle des curieux se rapprocha légèrement alors.

Mais l'indiscrétion de ces messieurs ne fut pas satisfaite, car la conversation fut reprise avec énergie, mais si bas qu'aucune parole ne frappa les oreilles, pourtant fort attentives, de Perdrigeard et de Leval.

— Vous avez tort de résister, disait l'inconnu à Michel de Mainz. Je n'ai qu'un mot à prononcer, qu'un geste à faire pour que de cette foule sortent deux vigoureux gaillards qui vous prendront au collet.

— Allons donc ! Vous seriez cassé demain si vous osiez commettre pareille imprudence, répondit le baron.

— Vraiment, vous êtes fou ! reprit le chef de la sûreté, car c'était lui, vous êtes entièrement fou. Quoi ! je viens vous dire que je ne veux pas faire de scandale par égard pour M. Champdor et pour sa fille, je vous prie de me suivre sans bruit pour que nous nous expliquions clairement sur les faits dont on vous accuse...

— A quoi bon ? ce sont des calomnies.

— Soit. Mais encore, établissez qu'on vous diffame.

— Après la représentation.

— Ah ! c'est trop fort, continua toujours à voix basse le chef de la sûreté, je vous répète que j'ai la preuve indéniable de votre culpabilité. Vous êtes un faussaire, un voleur et un meurtrier. Wilhlem Schulze et Gustave Enaüer ont fait des aveux complets et m'ont tout dit. Encore une fois, voulez-vous me suivre ?

Le baron était fort pâle, mais il payait d'audace.

— C'est une femme qui vous a raconté ces sottises, dit-il. C'est Thérèse Malvignan ou Mlle de Renteria. La police devrait bien ne pas se mêler de mes affaires de cœur, celles de la ville et de l'Etat n'en iraient que mieux,

— Pour la dernière fois, voulez-vous me suivre ? demanda le chef de la sûreté à haute voix.

— Non, répondit le baron sur le même ton.

La foule s'était encore rapprochée, et au premier rang Mlle de Renteria, s'éventant avec frénésie, ne perdait ni un geste, ni un regard, ni un mouvement de la physionomie du baron. Sa tante, devinant que les choses allaient mal tourner, voulut l'emmener. Elle refusa de bouger. La cohue devenait de plus en plus compacte. Par toute la salle, on allait répétant que le baron semblait avoir des difficultés avec le chef de la sûreté, et pour cette fraction du public parisien si affamée de scandale, c'était une aubaine dont pas un n'aurait voulu perdre sa part.

Le chef de la sûreté jugea qu'il n'y avait plus aucun ménagement à garder.

— Je vais appeler deux agents, dit-il, toujours à haute voix.

— Faites ! riposta le baron de Mainz avec un sang-froid parfait et de façon à être entendu fort loin.

Le magistrat de police fit un geste : il y eut dans la foule un mouvement de houle provoqué par les deux hommes qui répondaient à l'appel de leur chef. Ce dernier reprit :

— Au nom de la loi, Johan Muller, je vous arrête.

Le baron eut un sourire de dédain.

— Je vous arrête, reprit le commissaire, comme faussaire, voleur et assassin. Agents, emparez-vous de cet homme et qu'on le conduise au Dépôt.

Ces dernières paroles, prononcées à très-haute voix, produisirent un effet de stupeur sur l'assistance. On croyait à quelque irrégularité financière de la part du baron. Qu'il fût accusé d'avoir contrevenu aux lois sur les Sociétés et d'autres peccadilles courantes dont on rit quand on n'en est pas la victime, tout le monde s'y attendait. Mais qu'on le proclamât ainsi assassin et filou, c'était tellement fort, que tout le monde crut vraiment à une erreur.

— Champdor, dit le baron en s'adressant à son ami, laissez-moi vider cette affaire. Je serai de retour dans une heure. Il y a là une erreur ou une infamie que je ne m'explique pas. A moins que monsieur ne serve les passions et les intérêts de quelqu'un.

— Je ne vous quitte pas, dit alors le père de Juliette, obstiné dans son aveuglement.

— Emmenez cet homme ! fit durement le chef de la sûreté.

Les deux agents, tenant chacun l'un des poignets du baron, l'entraînèrent avec assez de brutalité. Un cri perçant retentit dans la foule, et à la stupéfaction générale, Mlle Clotide de Renteria se jeta sur Michel de Mainz en pleurant et en disant :

— Il est innocent, messieurs, il est innocent. Je l'aime, je l'aime !

La pauvre fille perdait la tête, et dans sa violente passion se compromettait à jamais.

Quand on voulut l'éloigner, elle se cramponna vigoureusement aux vêtements de Johan Muller, car c'était vraiment lui. On fut forcé d'employer la force, et cette scène devint cruelle au point d'embarrasser le chef de la sûreté qui voyait son prisonnier devenir intéressant. Heureusement pour Mme de Sébezac et pour le magistrat, Mlle de Renteria finit par s'évanouir. Elle fut emportée au foyer et des soins lui furent donnés pendant que le baron était emballé dans un fiacre et partait pour le Dépôt.

Nous n'essaierons pas de décrire le désarroi qui suivit cet événement. La foudre tombant sur le lustre de l'Opéra n'aurait pas produit un effet plus extraordinaire.

Tous les lâches bonshommes qui une heure auparavant, se mettaient si joyeusement à plat ventre devant de Mainz, se regardaient les uns les autres avec des mines déconfites.

Ceux-là pour la plupart étaient des mendiants qui espéraient une obole et auxquels elle échappait. Rien de bien douloureux dans leurs cas.

Mais il y avait d'autres infortunés dont la situation était joliment plus critique : nous voulons parler des malins, de ceux qui avaient devancé l'heure et souscrit aux milliards,par faveur spéciale, avant tous les autres, de ceux qui avaient escompté le succès et qui se réjouissaient de toucher le lendemain même, peut-être, la prime dont bénéficiaient déjà les actions par eux empochées.

Hélas ! tout s'écroulait pour eux du même coup. Adieu le succès, adieu les primes, adieu la fortune. Cette vaste salle de l'Opéra était pleine de gens qui venaient de pâlir jusqu'à la lividité et qui sentaient quelque chose se disloquer dans leur cerveau ! Non seulement ils n'allaient pas gagner beaucoup d'argent, mais encore le fantôme impitoyable de la ruine les attendait chez eux pour les prendre à la gorge. Quelques-uns espéraient encore qu'on s'était trompé et le disaient tout haut pour se rassurer bien plus que pour rassurer les autres.

— Ce chef de la sûreté vient de commettre, en tout cas, la plus énorme sottise qu'on puisse rêver.

— Pourquoi ?

— Le baron est un financier sérieux. Est-ce que vous croyez à cette histoire de vol, de faux, d'assassinat...

— Peuh !...

— Comme si cet être grassouillet était capable de tuer quelqu'un !...

— On ne sait jamais.

Et machinalement chacun regardait du côté de la loge qu'avait occupée le baron pour voir s'il était revenu. Dans un coin, Perdrigeard était entouré par plus de cinquante personnes. On lui rappelait ce qu'il avait dit à l'ent'racte précédent.

— Vous saviez donc ce qui se passait? lui demandait-on de tous côtés.

— Je m'en doutais.

— Pourquoi?

— Ah ! messieurs, c'est là mon secret.

— Mais enfin !

— Ah ça! vous avez donc cru à ce champignon financier qui pourrissait dans le fumier des faiseurs il y a cinq mois et qui tout à coup s'est montré haut sur tige, insolent et hardi ! Vous y avez cru?

— Pourquoi pas?

— Eh bien ! vous aviez tort, messieurs, car c'est vraiment un voleur, un faussaire et un assassin.

La toile se levait sur le troisième acte du ballet, qui devait finir la soirée.

Il y avait un peu de désordre dans la salle quand l'orchestre préluda. Beaucoup de spectateurs regagnèrent leurs places avec précipitation. D'autres s'entassèrent aux portes, quelques-uns restèrent dans les loges où ils étaient allés raconter aux femmes curieuses les péripéties de l'événement et enfin un petit nombre, parmi les abonnés, avait couru porter des nouvelles dans les coulisses.

Cette débandade fit que pas mal de fauteuils d'orchestre restèrent vides et que beaucoup de loges se trouvèrent trop pleines. Perdrigeard et Leval furent de ceux qui ne revinrent pas à leurs places. Ce dernier, manœuvrant avec une grande habileté, s'était glissé dans la loge de M\ule Champdor, où il avait eu le bon goût de se dissimuler derrière une colonne, si bien que personne dans la salle n'y soupçonnait sa présence. Quant à Perdrigard, il était dans les coulisses, où, entouré de cinquante danseuses, il racontait par le menu les événements qui venaient de s'accomplir dans la salle.

Martha, informée une des premières de l'arrestation du baron, apprit en même temps, on n'a jamais su par qui ni comment, que Michel de Mainz était l'assassin de son père. Cette nouvelle la troubla profondément. Mais elle n'en prévit pas toutes les conséquences.

Il lui parut bien dur d'aller danser encore quand de pareilles émotions venaient l'assaillir une fois de plus.

Elle s'y résigna pourtant et fit son entrée en scène ayant complètement oublié le but primitif qu'elle avait assigné à cette soirée.

Pierre Leval, Mlle Champdor et tous les acteurs de ce drame n'existaient plus. Elle se sentait envahie par sa douleur et elle venait d'oublier ses autres chagrins pour ne plus songer qu'à ce monstre qui lui avait tué son père.

C'est dans ces dispositions d'esprit qu'elle reparut devant le public. Presque malgré elle, son regard se porta sur la loge de Mlle Champdor, dans laquelle une heure auparavant, se pavanait le baron. Mais elle faillit tomber à la renverse quand elle aperçut derrière la jeune fille Pierre, qui se dissimulait assez pour ne pas être aperçu du reste de la salle, mais qu'on voyait trop bien de la scène. Et sa douleur filiale s'effaça subitement pour faire place à une douleur plus terrible, plus tuante.

L'orchestre alors entama la fameuse valse. Martha, eut la force de se raidir contre le coup inattendu qui la frappait. Elle se mit à danser avec un charme, une perfection, un idéalisme que ne se figureront jamais ceux qui n'assistaient pas à cette représentation unique.

Dans le fond de son âme, elle espérait sans doute reconquérir Pierre. Quand l'adorable jeune femme eut donné au public la première partie de cette valse sublime, la salle qui n'était occupée un instant auparavant que du baron et des dames Champdor, la salle entière oublia tout pour s'étonner, pour s'abîmer dans une admiration aveugle, pour applaudir avec frénésie et crier bravo par toutes ses bouches.

Mais en ce moment Juliette et sa grand'mère, qui visiblement avaient attendu que l'attention du public fût au spectacle de la scène se levèrent sans bruit et se retirèrent. Martha qui ne quittait pas la loge des yeux, vit Pierre Leval s'empresser auprès de ces dames, les aider à mettre leurs manteaux et enfin sortir en offrant son bras.

Une fureur rouge s'empara de la pauvre femme qui faillit tendre les bras vers la loge maudite et crier de toutes ses forces : Pierre ! Pierre !

Fort heureusement cette impression dura très-peu de temps et fut remplacée par un désespoir immense, sous lequel Martha faillit sucomber. Et puis un autre accès de colère la reprit au moment où il fallut recommencer la valse. Cette fois ce fut avec un emportement incroyable qu'elle en enleva les difficultés devant tous les spectateurs émerveillés qui la regardaient la bouche ouverte.

Un accompagnement de bravos se manifesta bientôt dans la salle pendant qu'un murmure admiratif semblait former la basse d'une orchestration nouvelle et inattendue. Dans une autre circonstance la danseuse eût frémi d'orgueil et de plaisir. Mais Martha ne voyait rien, elle ne soupçonnait rien, elle n'entendait rien. Une rage terrible la dominait et elle se demandait ce qu'elle allait faire. Il lui prenait des envies furieuses de mourir là, subitement, devant tout ce monde, pour laisser au moins à l'ingrat un regret sinon un remords.

Entre-temps, quelques spectateurs envoyaient dévaliser tous les magasins des fleuristes du boulevard pour faire porter cette moisson en tas à ses pieds.

Des commissionnaires arrivèrent bientôt apportan sur leurs crochets des montagnes de fleurs. Et pendant qu'on applaudissait, pendant qu'on redemandait la valse, les bouquets gigantesques, les fleurs coupées à la hâte aux arbustes en caisse, les roses, les lilas blancs par brassées vinrent joncher la scène et faire à la danseuse désespérée une sorte de tapis triomphal.

La pauvre enfant regardait tout cela d'un œil froid et sans qu'un sourire de reconnaissance ou de joie vînt

éclairer son visage. Son idée de mort la dominait et elle
pensait que ces belles fleurs, qu'on ne cessait d'apporter par les coulisses, de jeter par la salle et de faire
passer par l'orchestre, orneraient très-bien son cer-
cueil.

La foule, surexcitée par les événements de la soirée,
trépignait sans s'apercevoir de ce qui se passait. Perdrigeard seul, qui n'avait pas quitté la scène et qui
connaissait bien Martha, Perdrigeard s'attendait à quelque esclandre.

— Elle va faire un coup de sa tête, pensait-il.

La folie des spectateurs augmentait et s'alimentait
en se dépensant. Il était question d'envoyer à la Versin
une ambassade d'abonnés pour la supplier de rentrer à
l'Opéra.

L'industriel qui avait gagné tant d'argent avec l'escalier poussait de toutes ses forces à cette démarche. Il
promettait de doubler les appointements de la danseuse, et il comptait faire une excellente affaire.

Néanmoins, on ne pouvait pas coucher à l'Opéra et
il fallait finir ce troisième acte qui devait se terminer
par un ensemble et la reprise de la valse.

Martha revint se placer devant le chef d'orchestre et
recommença pour la troisième fois à tourner gracieusement.

Perdrigeard, troublé jusque dans ses entrailles, se
sentait oppressé par une angoisse mystérieuse dont il
n'aurait pu expliquer l'origine. Attentif derrière un portant du premier plan, il ne perdait pas de vue la jeune
femme car il s'attendait à quelque malheur. Et en
effet, le public n'était pas au bout de ses surprises.

Martha partit tout à coup.

Comme si elle eût été emportée par une brise violente, on la vit tournoyer, tournoyer avec une grâce
exquise, avec un élan sans pareil, valsant, valsant;
il semblait qu'elle ne fût pas maîtresse de se retenir. Ja
mais on ne vit rien de pareil. Elle disparaissait de

temps à autre derrière les masses de corps du ballet et on la voyait bondir de nouveau si vite, si furieusement, si divinement qu'un cri s'échappa de toutes les poitrines oppressées. C'était un vertigineux et stupéfiant spectacle, on eût dit qu'une trombe l'avait prise malgré elle et l'emportait.

Tout a une fin pourtant, l'orchestre termina la valse par trois accords et les applaudissements les plus foux, les hurrahs les plus invraisemblables éclatèrent.

Mais les spectateurs n'étaient pas au bout de leur surprise. Martha, elle, ne s'arrêta pas, elle tourbillonnait plus fiévreusement que jamais. Le chef d'orchestre croyant qu'elle voulait récompenser le public de ses acclamations en reprenant la valse, entraîna ses musiciens et Martha ne cessa plus de tourner. Plus elle allait plus la pauvre Versin accélerait le mouvement et plus l'orchestre entraîné à son insu hâtait de son côté l'exécution de la valse. Le tour de force que la danseuse accomplissait tout à l'heure, elle le renouvela, mais avec une intensité de tournoîment qui commençait à faire frémir la salle. Ce n'était plus une valse, c'était une ronde folle, accélérée, quelque chose de tempétueux qui donnait le vertige et faisait mal.

Sur la scène bientôt on eut peur.

— C'est de la folie, s'écria Perdrigeard atterré, elle va se tuer.

Hélas! oui, la pauvre Martha voulait se tuer et cette idée de valser furieusement jusqu'à ce qu'elle tombât morte devant la foule, lui était venue quand elle avait vu Pierre quitter la loge avec les dames Champdor.

— C'est fini, avait-elle murmuré.

Puis elle s'était lancée dans cette valse insensée au cours de laquelle on la voyait passer comme un tourbillon sur le devant de la scène toutes les vingt secondes.

Elle allait toujours comme vont ces âmes de jeunes

filles qui dansent éternellement sur les ondes trem-
blantes des étangs éclairés par les étoiles : elle allait,
elle allait tournant toujours ; tournant si terriblement
qu'une peur horrible s'empara de la salle et de toutes
parts on se mit à crier : Assez ! assez ! assez !

Mais elle n'écoutait rien ou plutôt elle n'entendait
rien, car dans ses oreilles il n'y avait qu'un bourdonne-
ment affreux, précurseur de la congestion.

— Assez ! assez ! assez ! criait-on de toutes parts,
assez :

— Ah ! bien oui, on eût dit que ces cris l'aiguillon-
naient ou que ses nerfs arrivés au paroysme de l'excitation ne pouvaient plus être retenus.

- Sur l'injonction du public, l'orchestre s'arrêta.

Cela ne fit rien, Martha prête à manquer de respiration, la figure pourpre, déjà épuisée visiblement, mais
reprenant sa danse par sursauts, continuait à valser
encore.

En ce moment Perdrigeard désespéré eut l'intuition
de ce qui se passait dans l'esprit de Martha.

— Il faut la sauver, s'écria-t-il.

Et avec un courage que bien des héros n'auraient pas
eu, le bonhomme qui se savait gros, bizare, laid, s'é-
lança sur la scène au moment où la danseuse passait de
son côté et sans hésitation avec une vigueur, une adresse,
une promptitude surprenantes il enleva Martha dans ses
bras et l'emporta dans la coulisse.

Ah ! si Perdrigeard avait eu peur d'être ridicule il
s'était trompé. Un tonnerre d'applaudissements accueillit
son intervention.

Mais il n'entendit rien. Il se sauvait avec son fardeau
traversant les corridors et descendant les escaliers.
Arrivant ainsi sur le boulevard Hausmann, il mit la jeune
femme dans une voiture et la ramena chez elle, avec un
médecin du théâtre qui avait eu l'intelligence de le

22

suivre.La pauvre enfant fut prise à l'instant d'une fièvr e
cérébrale.

Dans la salle, à la suite de cet incroyable événement, régnait un désarroi plus incroyable encore. On
ne saurait décrire le tumulte qui s'ensuivit. Le rideau
restait levé, tout le monde ayant l'esprit ailleurs. Les
femmes dans les loges poussaient des cris de terreur,
quelques-unes s'évanouirent. On en porta au foyer, où
Clotilde de Renteria n'était pas encore revenue à elle.
Il y eut des attaques de nerfs par douzaines et l'on entendit des cris déchirants qui remplirent l'air d'épouvante. Les hommes eux-mêmes restaient anéantis.

Les sceptiques s'en allaient en disant :

— Parbleu ! voilà une soirée que le plus exigeant ne
peut trouver entachée de fadeur.

Au dehors le bruit du suicide de Martha s'étant répandu, il se forma des attroupements tout autour de
l'Opéra, ou, pour mieux dire, les attroupements devinrent
plus compactes, car ils s'étaient déjà formés en grand
nombre lorsque l'arrestation du baron avait été connue.
Celui-ci passa la nuit au Dépôt, où l'excellent Champdor, vertement chapitré par le chef de la sûreté, finit
par l'abandonner à son triste sort.

De Mainz, ou plutôt Johan Muller, crut habile de
jouer l'indignation et l'innocence. Il prétendit d'abord
que ses ennemis avaient soudoyé la police pour empêcher l'émission des cinq milliards, la fameuse émission, pour laquelle tout était prêt, et qui ne put avoir
lieu, en effet. Quel désastre ! Et quel désespoir !

Mais l'affaire de l'émission avec toutes ses conséquences, c'était la petite pièce. La grosse intéressait le
baron tout seul, et il y allait de sa tête. Rendons-lui
cette justice qu'il se défendit comme un beau diable.
Malheureusement pour lui, sa situation était lamentable.

On lui prouva par A plus B qu'il était parfaitement
Johan Muller, le même qui avait voulu épouser à main

armée Nadège Markoff avec l'aide d'Ivan Walissoff.
Grâce au morceau de papier trouvé dans la main crispée de Blanchard, il fut facile d'établir que le véritable
assassin de celui-ci n'était autre que de Mainz.

Bref, le baron, malgré ses dénégations, se vit perdu.
Et Dieu sait s'il maudissait cette Thérèse Malvignan,
cause de tout le mal. Pauvre Thérèse ! quand elle
sut que le baron était un assassin, avec son étrange tempérament de fille, elle conçut pour lui une sorte d'admiration.

— C'est peut-être pour moi qu'il avait tué cet
homme, pour me faire riche. Je n'ai pas su attendre.
Malheureuse !

Et elle sentit renaître son amour pour ce drôle, plus
violent et plus dévoué qu'autrefois.

Rien ne peut peindre son désespoir quand elle parut
devant le juge d'instruction. Elle y fit une scène abominable disant qu'on l'avait trompée, que le baron était
le plus honnête des hommes et qu'elle se vengerait.
Puis elle supplia, elle menaça, elle refusa de répondre,
désespérée qu'elle était d'avoir été la cause de ce qui arrivait. Il fallut la prendre par tous les bouts et la mettre
en contradiction avec elle-même pour en tirer quelque
chose.

Mais son remords et ses désespoirs furent vains, Johan Muller passa aux assises et n'en fut pas moins
condamné à mort.

On établit que c'était un de ces fameux garçons d'hôtel allemand éternellement vêtus d'un habit noir et qui
parlent trois ou quatre langues. Par exception, il fut
exécuté peu de temps après sa condamnation, M. Grévy
n'ayant pas cru cette fois devoir lui faire grâce.

Pendant deux mois Martha se débatit entre la vie et la
mort. Enfin sa jeunesse triompha de sa douleur, et un soir
Perdrigeard fut informé que tout danger était définitivement écarté. Perdrigeard, qui n'avait pas quitté
la malade pendant deux mois, sommeillant quel-

que quart d'heure par-ci par-là, dans un fauteuil, Perdrigeard rentra chez lui. Le lendemain, il ne reparut pas chez la jeune femme, ni le surlendemain.

Mais celle-ci s'était habituée aux soins délicats et touchants de son garde-malade ; elle avait eu le temps de juger envers quel cœur elle s'était montrée si cruelle.

« Mon cher ami, lui écrivit-elle, je ne peux plus me passer de vous, voilà ce que c'est que de se sacrifier pour les femmes. Revenez donc ou je me laisse mourir.   MARTHA.

Le pauvre Perdrigeard accourut, ivre de joie. Cette fois, il n'eut pas besoin de parler.

— Mon ami, mon meilleur ami, lui dit Martha, dites-moi comment je pourrai reconnaître votre dévouement et votre amour, dont je n'ai plus envie de rire ni de me fâcher.

— Je vous le dirai quand vous serez tout à fait forte, répondit Perdrigeard aussi ému que peut l'être un gros homme plein de cœur.

Pierre et Mlle Champdor s'étaient unis pendant la convalescence de Martha. Celle-ci ne le savait pas et ne tenait pas à le savoir.

Peu de temps après, elle quitta Paris pour aller se marier avec Perdrigeard et vivre avec lui dans un coin où elle réalisa son rève d'être une honnête femme considérée et adorée des pauvres, dont elle se fit la providence. Elle fut plus heureuse qu'elle ne l'avait jamais espéré, et son mari fut encore plus heureux qu'elle.

Thérèse Malvignan est revenue habiter avec Mme Caressat. Et celle-ci, quoique ruinée par Johan Muller, qui, au temps de sa prospérité, avait oublié de lui rembourser ce qu'elle lui avait prêté, trouvait qu'on avait été bien sévère pour le bââron.

FIN

TABLE DES MATIÈRES

FIN DE LA TABLE

Imprimerie de DESTENAY. Saint-Amand (Cher).

Imprimé en France
FROC030913211120
25766FR00019B/311

9 782329 499000